Tekrar Büyümek İstiyorum

Algıları Değiştirerek ve Davranış Kalıplarını Yeniden İnşa Ederek İçindeki En İyiyi Ortaya Çıkar

Translated to Turkish from the English version
of
I Wanna Grow Up Once Again

> "Sumit Goel'in kitabı çok ilişkilendirilebilir ve bizi içsel benliğimize bağlıyor; bizi kendi evrimimizin yolculuğuna çıkarıyor."
>
> – Anupam Kher

Dr. Sumit Goel

Ukiyoto Publishing

Tüm küresel yayın hakları
Ukiyoto Yayıncılık
28 Ağustos 2023 tarihinde yayınlandı

İçerik Telif Hakkı © Sumit Goel

ISBN 9789357876339

Tüm hakları saklıdır.

Bu yayının hiçbir bölümü, yayıncının önceden izni alınmaksızın elektronik, mekanik, fotokopi, kayıt veya başka herhangi bir yolla çoğaltılamaz, iletilemez veya bir erişim sisteminde saklanamaz.

Yazarın manevi hakları ileri sürülmüştür.

Bu bir kurgu eseridir. İsimler, karakterler, işletmeler, yerler, olaylar, yöreler ve olaylar ya yazarın hayal gücünün ürünüdür ya da hayali bir şekilde kullanılmıştır. Yaşayan veya ölmüş gerçek kişilerle veya gerçek olaylarla olan benzerlikler tamamen tesadüfidir.

Bu kitap, yayıncının önceden izni olmaksızın, yayınlandığı cilt veya kapak dışında herhangi bir şekilde ödünç verilmemesi, yeniden satılmaması, kiralanmaması veya başka bir şekilde dağıtılmaması koşuluyla satılmaktadır.

www.ukiyoto.com

Dr. Sunil ve Madhur Goel için
... Yolculuğumu ve büyümemi kim başlattı
... Sen benim hafızamda yaşıyorsun
Anamika, Mohit, Samreedhi, Samidha ve Sparsh Goel için
... Büyümeme kim katkıda bulundu
... Sen benim kalbimde yaşıyorsun
Komal Ranka, Niyati Naik, Preksha Sakhala, Krisha Pardeshi icin
... Büyümemi kim destekledi
... Hayatımı aydınlatıyorsun
Hepiniz için
... Birlikte büyüyeceğiz

Anupam Kher Konuşuyor ...

"Yaşam koçluğu üzerine bir kitap yazdım çünkü hayatım nasıl yaşayacağıma dair kendi referans noktam haline geldi."

Algılarımız bizi tanımlar. Algılarımız yaşamdaki kalıplarımızı belirler. Basitçe, kendiniz ve yaşam hakkındaki algılarınızı değiştirin, davranış kalıplarınızı kıracak ve kendiniz için seçtiğiniz bir yaşamı yaratacaksınız.

Kendinize sorun - Bu durumdan ne öğreniyorum? Beni nasıl dönüştürdü? Amaç duygumu nasıl yeniden şekillendirdi? Bana hayat hakkında ne öğretti?

Denediğinizde, başarısızlık riskini alırsınız. Denemediğinizde, bunu garantilemiş olursunuz.

Unutmayın, üzüntü ve sıkıntılar küçümsenecek ya da korkulacak şeyler değildir; bunlar insan karakterini zenginleştirir. Bize cesaret ilhamı verir ve hayatı yaşamaya değer kılar. 'Hayat fırtınada hayatta kalmak değil, yağmurda dans etmektir.' Her anı yaşarken, üzüntülü zamanlarda üzüntüyü, mutlu zamanlarda da mutluluğu deneyimlemeliyiz.

Kendinizi keşfedin ve kalbinizin sesini dinleyin. Umutsuzluğa kapılmayın ama hayattan ilham alın. Ve o ilham kıvılcımını kendi içinizde arayın. Ödünç almayın. Biraz iç gözlem, kendinizi keşfetme yolunda size uzun bir yol kat ettirecektir. Süreç bir kez başladığında, kendinizi zulüm altında hissetmek yerine sorunlarınızın çoğunun cevabını bulmaya başlayacaksınız.

Zor zamanları hayatınızdaki bir öğrenme eğrisi olarak görün. Başarılı insanlarla o kadar da başarılı olmayanlar arasındaki kritik fark, yaşadığımız tersliklerden bir şeyler öğrenme isteğidir.

Büyümek İstiyorum... Bir Kez Daha!

Hayat düşündüğümüz gibi değildir ve her zaman planlarımıza göre gitmez. Hayat bizim onu nasıl şekillendirdiğimizdir. Her çile bize değerli dersler öğretir. Düşüncelerimiz ve zihniyetimiz bizi bekleyen şeyleri nasıl algıladığımıza dair çok şey oluşturur. Bu yüzden kendinize bu şansı verin. Olmasını istediğiniz şeyi yapın. Korkunun zihin alanınıza hükmetmesine izin vermeyin. Ne de olsa kendimizin efendisiyiz.

Hayattaki dayanıklılığımız ancak değişimin hayatımıza getirebileceği fırsatları saklamak ve görmezden gelmek yerine değişimi kucakladığımızda ve bu zorlukları olumlu bir şekilde yönettiğimizde güçlenebilir.

Geçmişten ders almak, yeniden ayarlamak, yeniden değerlendirmek ve yeniye uyum sağlamak, bizi her zaman yenilenmiş bir coşkuyla ileriye götürecek ve yaşam için taze bir lezzet aşılayacaktır. Hepimiz mutlu, tatmin edici ve başarılı hayatlar yaşamak isteriz. Bunu başarmak için, nasıl ve ne zaman uyum sağlayacağımızı, neleri bırakacağımızı ve gerekli değişiklikleri yapmak için hangi derslerden öğrenmemiz gerektiğini aktif olarak anlamamız gerekir.

Dolayısıyla, algıyı değiştirin; kalıpları kırın!

Sumit Goel'in kitabı, bizi içsel benliğimize bağlayan çok ilişkilendirilebilir bir kitap. Bizi evrim yolculuğuna çıkarıyor. İlk nefesle, ilk çığlıkla Hayat denen büyük ve uzun yolculuğa başlarız. Büyüdükçe hayatımızı, kendimizi ve etrafımızdaki dünyayı anlamaya çalışırız. Bu anlayışlar bizim algılarımızdır. Algılarımız bizim için bir gerçeklik ve hayatımızın hikayesi haline gelir. Algılarımız davranış kalıplarımıza yol açar. Ve çoğu zaman, bu davranış kalıpları kırmakta zorlandığımız şeylerdir. Ve böylece, her gün aynı rutin hayatı takip ederiz. Kendimizi döngüler içinde, hayatın içinde buluruz. Hikayeler farklıdır, durumlar farklıdır, ancak kalıplarımız aynı kalır.

Hayatımıza dönüp baktığımızda, bazen her şeyi yeniden yaşamayı dileriz. Bu kitap sizi farkındalık, kabullenme ve eylemden oluşan üç adımda bir dönüşüm yolculuğuna çıkarıyor.

Bence dertlerinize güler ve neyin yanlış gittiğini tüm dünyaya anlatırsanız, hiçbir şeyden korkmazsınız. Sevdiğiniz işi yaptığınızda ve bunun için derin bir tutkuya sahip olduğunuzda, her gün bir tatil ve iyi geçirilmiş bir gün gibi görünür.

"Kendimizin en iyi versiyonu olma sürecine aşık olalım."

Her zaman söylediğim gibi ...

Sizinle İlgili En İyi Şey SİZSİNİZ!
En İyi Gününüz Bugün!
İçtenlikle tavsiye ederim ...
Büyümek İstiyorum... Bir Kez Daha!
Algıyı Değiştirin ve Kalıpları Kırın

Anupam Kher
Uluslararası Aktör,
Yazar, Motivasyon
Konuşmacısı

Yolculuk Başlasın

"İçinde bulunduğum yaşamın sonsuzluğunda her şey mükemmel, bütün ve eksiksizdir."

– Louise Hay

Hepimiz hayallerimizi gerçekleştirmek ve istediğimiz hayatı yaratmak isteriz.

Ama bu istediğimiz şekilde gerçekleşiyor mu?

Çocukken çok fazla hırsımız vardı. Pratik ya da pratik olmayan bizim için fark etmezdi. Bu rolleri oynamaktan büyük keyif alırdık. Olmak istediğimiz kişiyi oynayabilirdik.

Ancak, büyüdükçe, hissetmedik mi... keşke mümkün olsaydı... hayatımızı geri sarabilseydik ve kendimize - Büyümek İstiyorum... Bir Kez Daha!

O halde şimdi bizi durduran nedir?

Çok pratik görünmediğinde kalplerimizi takip edersek ne olacağını düşünmek korkutucudur. Rutin hayatın güvenli, öngörülebilir varoluşundan vazgeçmek korkutucudur. Yapamayacağımızı düşündüğümüz şeyi yapmak korkutucudur. Başarısız olabileceğimizi düşünmek korkutucudur. Nereden başlayacağımızdan emin olamamak korkutucudur.

Sıklıkla hayatımızın anlamını veya amacını sorgularız. Birdenbire ortaya çıkmış gibi görünen 'cesaret kırıcı' düşüncelerimiz vardır. Kendimizi diğer insanlardan farklı hissederiz. Duygularımızla bağlantı eksikliği bizi birbirimizden ayırır ve parçalar. Duygularımız itildiğinde, sanki içimizde bir şey eksikmiş gibi bir boşluk hissederiz, ancak bunun ne olduğunu tanımlayamaz ve bağlantı kurmakta zorlanırız. Bir gruba, toplumun geneline dahil olmak için kendimiz olmaktan vazgeçmeye çalışırız. Arkadaş edinmek, sosyal çevrelerin bir parçası olmak isteriz. Ama sonunda kendimizi yalnız hissediyoruz.

İnternet aracılığıyla birbirimize bağlı olmamıza rağmen, çoğumuz paradoksal bir şekilde kendimizi hiç olmadığımız kadar yalnız hissediyoruz. Tatmin, memnuniyet ve güçlenmeye giden yol, birkaç olumlu düşünce okumak kadar basit değildir. Birçoğumuz için, tüm kişisel gelişim kitaplarını okumuş, seminerlere katılmış ve teknikleri uygulamış olanlar bile, bir şeylerin yanlış olduğunu hisseder.

Çünkü yardım için dışarıya bakıyoruz.

Biz böyle yaşıyoruz: Okula gitmek, üniversiteye gitmek, sevmediğimiz bir işi yapmak, evlenmek, çocuk sahibi olmak, emeklilik için para biriktirmek ve yavaş yavaş pes etmek. Güvenli bir hayat sürebiliriz. Ama bu bir yaşam değil, sadece var olmaktır. Ama biz böyle yaşamak istemiyoruz.

Hepimiz bir zamanlar çocuktuk ve o çocuk hala içimizde yaşıyor. Çocukluk acılarımızı, travmalarımızı, korkularımızı ve öfkemizi biriktiririz. Ebeveynlerimizin sahip oldukları bilgi, eğitim ve duygusal olgunluk düzeyiyle yapabileceklerinin en iyisini yaptıklarını hatırlamak önemlidir. Ancak yine de, içimizin en derin yerinde 'Bir şeyler yolunda değil'. Büyüdükçe, duygusal yüklerimizi geride bıraktığımızı düşündük. Olgunlaştığımızı, büyüdüğümüzü düşünürüz. Ancak, hayatımızın herhangi bir noktasında, iç sesimiz bize hala - Büyümek istiyorum ... bir kez daha!

Bu kitap çocuklar için en iyi hediye olabilirdi. Ancak, ne yazık ki, kitabın amacını özümsemeleri için çok erken.

Bu kitap, hayatı yaşamanın ve olmayı seçtikleri şey olmak için 'büyümenin' en uygun anında olan gençler ve genç yetişkinler için hazırlanmıştır.

Bu kitap, hayatımızı yaşadığımızı düşünen tüm 'olgun bizler' için hazırlanmıştır. Aslında pek sayılmaz, daha önümüzde uzun bir yol var.

Bu kitap hepimiz için... "biz insanlar!

Bu kitap, şimdiye kadar hayatımızı nasıl yaşadığımıza ve bundan sonra nasıl yaşamayı seçtiğimize dair bir 'içsel yolculuk'!

Bu kitapta yolculuk etmeyi seçerken, durup düşünmek için zaman ayırmamız gerekir.

Bu kitap ilk okunduğunda, içimize bakmamızı sağlayacaktır. Kitapta öyle bir nokta olacak ki, her birimiz ... Bu benim hikayem! Amaç Farkındalık yaratmaktır.

Algılarımızın ve kalıplarımızın farkında olduğumuzda, bu kitabı tekrar okumak için içimizde bir dürtü oluşacaktır. Niyet Kabullenmedir.

Son niyet ise Eylemdir.

Yolumuzu 'dışarıda' bulmak zorunda değiliz. O zaten içimizde, ortaya çıkmayı bekliyor. Tek yapmamız gereken ilk adımı atmak.

Şimdi başlamayı seçiyoruz.

Anupam Kher'in de uygun bir şekilde ifade ettiği gibi... En güzel gününüz bugün!

İlk adımı atacak mısınız?

Tek Başına

Yapayalnızım, bir adada mahsur kaldım
Sanki sevdiklerim elimi bırakmak üzere
Yapayalnızım, karanlık ormanda kayboldum
Duygularımın tutuklandığını hissediyorum.
Yapayalnızım, masmavi okyanusta dolanıyorum
Kalbim ve ruhum arasındaki bağlantıyı kaybetmiş gibi hissediyorum.
Yapayalnızım, arkama yaslanmış gökyüzüne bakıyorum
Ağlamak hobim haline geldi.
Kalabalığın içinde tek başımayım
Sanki kendimi yüksek sesle eleştirmek istiyorum
Yapayalnızım, düşüncelerin yapbozunda şaşkınım
Her türlü dikkat dağıtıcı şey yüzünden yönümü şaşırmış gibi hissediyorum
Yapayalnızım, kalbim acıyla ağrıyor
Kendi motivasyonumun boşa gittiğini hissediyorum
Yapayalnızım, şiş göz kapaklarım ve kuru gözlerimle
Denesem bile asla geri kazanamayacağımı hissediyorum.
Yapayalnızım, umudum yok oldu
Güneş ışığının olmadığı karanlık bir tüneldeymişim gibi hissediyorum
Yapayalnızım, kırık bir kalp taşıyorum
Çöküşümün başlamak üzere olduğunu hissediyorum
Yapayalnızım, ne mazeret ne de sebep var

Korkunç bir insan olduğumu hissediyorum.
Sonsuza kadar yalnız kalacağım
Keşke, büyümek istiyorum... bir kez daha

Teşekkür

Her birimizin hikayesi insanlığın hikayesidir.

Bazı ruhlar sadece varlıklarıyla bize ilham verirler.

Bu harika hayatta tanıştığım herkese, ilham veren her hikayeye, kendimi yeniden inşa etmeme yardımcı olmak için beni kıran her duruma teşekkür ediyorum. Hepinize şükranlarımı sunuyor ve bu kitabın ruhani amacına hizmet etmesini içtenlikle diliyorum.

Anupam Kher başlı başına bir kurum - çok yetenekli ve çok yönlü, bir aktör, bir yazar ve eylemleriyle ilham veren gerçek bir motivasyon kaynağı. Onun desteği şevkimi ikiye katlıyor.

Kashvi Gala ve Niyati Naik, bu kitabın başlangıcından ortaya çıkışına kadar özenle destek oldular. Bu kitaptaki edebi katkılarını takdirle karşılıyorum.

Komal Ranka her zaman odaklanmamı sağlayan gerçek bir dost, motive edici ve eleştirmen oldu.

Mritsa Kukyan, Preksha Sakhala, Vini Nandu, Krisha Pardeshi'ye en çok ihtiyaç duyduğum anda gösterdikleri samimi destek için teşekkür ederim.

Parizad Damania, Jenil Panthaki, Divya Menon, Roopali Dubey, Vipin Dhyani ve beni kutsayan, benim için dua eden, hayatlarını ve deneyimlerini paylaşan pek çok insana!

Kaynağı ne olursa olsun, tavsiyeleri, öğretileri, makaleleri, blogları, kitapları, web siteleri ve deneyimleriyle bu çalışmaya anonim olarak katkıda bulunanlara şükranlarımı sunuyorum.

Ukiyoto Publishing ekibi profesyonellikleri, çabuklukları, disiplinleri, organizasyonları ve pozitiflikleri için alkışı hak ediyor!

Teşekkürler! Dhanyavad! Gracias! Merci! Teşekkürler!

İçindekiler

Bölüm 1: Algılar	1

Büyümek…	2
Algılar	13
Yalnızlık Algısı - "Psikolojik Yalnızlık"	18
Psych-Alone: Fırtınanın 'Ben'i	23
Psikolojik yalnızlık: Ben İyiyim	30
Psikolojik yalnızlık: Hayır Diyemiyorum	35
Psikolojik Yalnızlık: Yeterince İyi Değilim	41
Psikolojik yalnızlık: Ben Hatalıyım	48
Psikolojik Yalnızlık: Ben Bir Başarısızım	53
Psikopat Yalnız: Üzgünüm	61
Psikolojik Yalnız: Ben Bir Yalancıyım	66

Bölüm 2: Kalıplar	76

Kalıplar	77
İçsel Çocuk Kalıpları	81
İçsel Çocuk Kalıpları	88
İç Diyalog ve Zaman Sıçraması	91
Düşün-Aberasyonlar	105
Adillik Yanılgısı	115
Bağlantının Kesilmesi	122
Çarpıtmalar	126
Uzmanlık	130
İçsel Çocuk Özellikleri	134
Kalıplarımızı Araştırmak	140

Bölüm 3: Değiştirin Algı, Kalıpları Kırın	150

Evren Bir Düşüncedir!	151
Dönüşüm Yolculuğu	157
Tetikleyiciler	165
Neden Yapmıyoruz Ne Yapmak İstiyoruz?	175
Tutunmak … Bırakmak	186
Aksilikler ve Tükenmişlikler	196

Kalıpları Kırmak	204
Sadece Yap…	210
Oyuncu - Gözlemci - Yönetmen - Yapımcı	219
Farkındalık: Bir Nefeste Yaşam	227
Algıyı Değiştirdi ve Kalıpları Yıktı	236
Her şey yolunda!	242
Yeni Bir Başlangıç	243

Bölüm 1: Algılar

Büyümek...

> "Çünkü her yetişkinin içinde bir çocuk vardı ve her çocuğun içinde de bir yetişkin olacaktı."
> "Çocukluklar asla uzun sürmez. Ama herkes bir tane hak eder."
> "Güçlü çocuklar inşa etmek, kırılmış insanları onarmaktan daha kolaydır."
> "Hepimiz çocukluğumuzun ürünleriyiz."
> – Michael Jackson

Büyümek... İlk Yıl

Çocukluk, kendisine ilk sunulan görüntüleri öbür dünyaya yansıtan bir ayna gibidir. İlk şey çocukla birlikte sonsuza kadar devam eder. İlk sevinç, ilk üzüntü, ilk başarı, ilk başarısızlık, ilk başarı, ilk talihsizlik onun hayatının ön planını çizer.

Duyguları ifade etmek, bebeklerin bizimle iletişim kurmak için kullandıkları ilk araçtır. Doğumdan itibaren duruşları, sesleri ve yüz ifadeleriyle duygularını ifade ederler. Bu tutumlar, davranışlarımızı bebeğin duygusal durumuna göre uyarlamamıza yardımcı olur. Bir çocuk büyüdükçe, çeşitli duygusal ve sosyal dönüm noktalarından geçer. Anne karnındaki yaşamdan doğum sürecine ve uykulu bir yeni doğan bebek olarak başlayan çocuk, kısa süre içinde uyanık, duyarlı ve çevresindeki insanlarla etkileşime girmeye ilgi duyar hale gelir.

Bebeklerin duygusal ifadeleri ayırt etme yeteneği yaşamın ilk altı ayında gelişir. Bu dönemde, gülümseyen yüzleri ve mutlu sesleri tercih ederler. Altı aydan önce, mutluluğu korku, üzüntü veya öfke gibi diğer ifadelerden ayırt edebilirler. Yedi aydan itibaren, diğer birçok yüz ifadesi arasında ayrım yapma becerisi geliştirirler.

1. Ay

Yeni doğanlar zamanlarının çoğunu uyuyarak geçirirler. Kucağa alınmayı severler ve kucaklandıklarında heyecanlanırlar. Çeşitli uyanıklık durumlarından geçerler. Sessiz uyanıklık durumu, çocuğun gözlerimizin içine baktığı, sesimizi dinlediği, çevresini algıladığı ve ortama alıştığı, sevimli ve hareketsiz olduğu durumdur. Aktif uyanıklık durumu, bebeğin sık sık hareket ettiği, etrafına baktığı ve sesler çıkardığı durumdur. Diğer uyanıklık durumları ağlama, uyuşukluk ve uykudur. Ağlama, ilk başlarda çocuğun tek iletişim yoludur. Yaşamın ilk haftalarında ağlama giderek artar.

2. Ay

Çocuk sevinç, ilgi ve sıkıntısını yüz ifadeleriyle göstermeye başlar. Ağızlarını, kaşlarını ve alın kaslarını farklı şekillerde hareket ettirirler. Çocuğun yüz ifadeleri o anda hissettiği duyguları yansıtır ve asla kasıtlı değildir. İlk birkaç ayda, çocuk bakım verenlerin yüzlerine büyük ilgi gösterir. Göz temasını sürdürme becerileri giderek artar. Cansız nesneler yerine yüzlere bakmak için belirgin bir tercihleri vardır. Çocuk, bakıcılarının yüz hareketlerini taklit etmeye çalışabilir veya ağzını çok geniş açabilir. Bu, çocuğun kendisi ve çevresindeki diğer insanlar arasında benzerlikler olduğunu fark ettiği anlamına gelir. Yaşları ilerledikçe taklit, yeni davranışlar öğrenmek için çok önemli bir araç haline gelir. Bizi izler ve yaptıklarımızdan bir şeyler öğrenirler. Ayrıca insanların konuşmalarına ve insanların sırayla nasıl dinleyip konuştuklarına ilgi duymaya başlarlar. Onlarla konuştuğumuzda sesler çıkarırlar ve yanıt vermemizi beklerler. Aslında, çocuk ağlıyorsa, sadece onunla konuşarak dikkatini dağıtabiliriz. Muhtemelen ilk "gerçek" gülümsemelerini o zaman yaparlar! Artık bizim gülümsememize karşılık olarak gülümserler. Bu yüz yüze iletişimin başlangıcıdır.

3. Ay

Çocuğun ağlaması artık azalmaya başlar. Gülümseme seansları giderek daha hareketli ve neşeli hale gelir. İşler duygusal olarak çok yoğunlaştığında, bakmayı bırakırlar ve birkaç dakikalığına başka tarafa bakarlar. Bu bakış kaçırmadır ve çocuğun uyarılma seviyesinin yüksek olduğunu gösterir. Mutlu ve memnun olduklarında sesler çıkarmaya başlarlar. Bizi taklit etmekten ve bizim onları taklit etmemizden hoşlanırlar.

4. Ay

Çocuk neye ihtiyacı olduğunu daha iyi ifade eder. Kucağa alınmak istediklerinde bize haber vermek için kollarını havaya kaldırırlar. Biz de onların ağlamalarının ne anlama geldiğini daha iyi anlamaya başlarız. Bu dönemde çocuk, ses tonumuz, yüz ifadelerimiz ve beden dilimiz gibi duygu gösterimlerimizi fark eder. Gördükleri duygu gösterimlerini taklit ederler. Olumsuz duygular sergilediğimizde, farklı şekillerde tepki verebilirler. Örneğin, öfke gösterirsek üzülürler; üzüntü gösterirsek uzaklara bakarlar ve daha az etkileşimde bulunurlar; korku gösterirsek korkarlar. Etraflarındaki insanlar tartışıyor veya kavga ediyorsa, çevrelerindeki sıkıntı verici duyguları almaya başlarlar.

5. Ay

Bu ay bir başka güzel dönüm noktası daha gerçekleşmeye başlar: çocuğun ilk kahkahası. Ayrıca tanımadıkları insanlara verdikleri tepkilerde de farklılık göstermeye başlarlar. Bir yabancıya tahammül edebilirler ancak o kişinin yanında sessiz davranabilirler. Tanıdıkları insanların yanında olmayı tercih ederler. Çocuk artık yüz ifadeleri yoluyla öfke ve hayal kırıklığını gösterebilir. "O anda" kızgındırlar ve bize kızgın değillerdir. Onlara istemedikleri bir yiyecek sunduğumuzda, yüzlerinde tiksinmiş bir ifadeyle başlarını çevirirler. Çocuk nasıl hissettiğini gösterdiğinde bizimle iletişim kurmuş olur. Eğer üzüntü veya hayal kırıklığını ifade ediyorlarsa, sorunu onlar için çözmemiz gerekir. Eğer onların sıkıntısına sinirleniyorsak, önce kendimizi sakinleştirmeli ve sonra onları daha etkili bir şekilde yatıştırmalıyız. Duygularına karşı duyarlı olursak, uzun vadede olumsuz duygularla daha iyi başa çıkabilecek, daha işbirlikçi davranabilecek ve zihinsel olarak daha sağlıklı olacaklardır.

6. Ay

Çocuk bizim hareketlerimizi ve duygularımızı daha belirgin bir şekilde taklit eder. Biz alkışlarsak, onlar da alkışlamaya çalışır. Biz gülümsersek, onlar da gülümser. Kaşlarımızı çattığımızda üzgün görünürler, hatta ağlamaya başlayabilirler. Bunu yaptığımızda dillerini çıkarmaktan hoşlanırlar. Adını söylediğimizde çocuk başını çevirmeye başlar. Bakışlarımızı takip etmeye ve neye baktığımıza dikkat etmeye başlarlar. Bu, çocuğun kendi dikkatini bizimkiyle koordine etme becerisi olan ortak dikkatin başlangıcıdır. İşler duygusal olarak çok yoğunlaştığında, başka tarafa bakmanın yanı sıra birçok eylemde bulunurlar. Başlarını çevirebilir, sırtlarını eğebilir, gözlerini kapatabilir, irkilebilir, başka bir şeye bakabilir, bize dönebilir, emmeye başlayabilir, esneyebilir, işaret yapabilir veya ağlamaya başlayabilirler. Bunlar çocuğun etkilendiğine dair ipuçlarıdır.

7. Ay

Bu ayda çocuk başka bir önemli duygu olan korkuyu göstermeye başlar. Bir yabancının yaklaştığını gördüklerinde veya ani, yüksek bir ses duyduklarında üzülebilirler. Biz de çocuğun korktuğunu gördüğümüzde ona karşı oldukça koruyucu olabilir ve ilgi gösterebiliriz. Dikkatimizi çekmenin iyi bir yolu ses çıkarmaktır. Ce-ee çocukla oynamak için harika bir oyun haline gelir!

8. ve 10. Aylar

Çocuk artık tüm temel duygulara karşılık gelen yüz ifadeleri gösterir: ilgi, neşe, şaşkınlık, öfke, üzüntü, iğrenme ve korku. Bu duygular teker teker yaşanabilir, ancak daha sık olarak birçok farklı kombinasyona karışırlar. Örneğin, yüksek ve ani bir ses duyduklarında, irkilerek ve korkmuş görünerek şaşkınlık ve korku gösterebilirler. Bu yaşa kadar çocuk öfke hissedebilir ancak "birine kızgın" olamaz. Dokuz ay civarında, insanların hareketlerini yorumlayabilmeye başlarlar. Diğer insanların duygularına uyum sağlamaya başlarlar. Artık onların yüzlerini okuyabilir ve nasıl hissettiklerini anlayabilirler. Diğer insanların jestlerini ve duygularını kopyalamaktan keyif almaya devam ederler. Ortak dikkatleri sürekli gelişir ve artık bir nesneyi işaret edip ona verdiğimizden emin olabilirler. Ortak dikkat, sosyal gelişim ve dil öğrenimi için çok önemlidir. Bazıları yabancılara karşı biraz daha ciddi veya daha az rahat görünebilir, diğerleri ise rahatsızlık gösterir. Yabancı kaygısı gelişir çünkü artık sadece tanıdık ve tanımadık insanlar arasındaki farkı ayırt etmekle kalmazlar, aynı zamanda bir korku duygusu da geliştirmişlerdir. Korku, bağlanma sistemlerini harekete geçirebilir ve bunu bize fiziksel olarak yakın kalmaya çalışarak gösterirler. Başkaları tarafından kolay kolay teselli edilmezler. Ne yaptıklarından emin değillerse, güvence için bize bakacaklardır.

11. ve 12. Aylar

Çocuk ilk yılının sonuna doğru daha bağımsız hale gelir. Kendilerini beslemek ve diğer şeyleri kendi başlarına yapmak isterler. 12. ayda hala duyguları tam olarak ve büyük bir yoğunlukla yaşarlar. Ancak yaşları ilerledikçe duygularını düzenlemeyi öğrenirler. Bu, duygularını daha hafif yaşamaya başlayacakları anlamına gelir. Duygularıyla yapıcı bir şekilde başa çıkmanın yollarını bulacaklardır. Örneğin, korktuklarında, küçükken olduğu gibi ağlamaz ve bunalmazlar. Bunun yerine, güvence için tanıdık bir bakıcıya yönelirler.

Son iki ay içinde bir noktada, çocuk muhtemelen ilk kelimelerini söyleyecektir. Zaman geçtikçe, ikinci ve sonraki yaşlarında sözlü iletişim kurmaya başlarlar. Bu, kelimelerle kurulan yeni bir iletişim düzeyidir. Çocuk ilk kelimesini söylediğinde, yaklaşık 15000 kelimelik bir farkındalığa sahiptir!

Ebeveyn-Çocuk İlişkilerini Anlamak

Ebeveyn ve çocuk arasındaki ilişki, çocuğun bütünsel büyüme ve gelişimini besleyen eşsiz bir bağdır. Davranışlarının, kişiliğinin, özelliklerinin ve değerlerinin temelini oluşturur. Sevgi dolu ebeveynler sevgi dolu çocuklar yaratır. Çocuklar, ebeveynleri ve diğer bakıcılarıyla güçlü, sevgi dolu ve olumlu ilişkiler kurduklarında en iyi şekilde öğrenir ve gelişirler. Ebeveynlerle kurulan olumlu ilişkiler çocukların dünyayı öğrenmelerine yardımcı olur.

Ebeveyn-çocuk ilişkisini doğru kurmanın bir formülü yoktur. Ancak çocuğumuzla ilişkimiz çoğu zaman sıcak, sevgi dolu ve duyarlı etkileşimler üzerine kuruluysa, çocuk sevildiğini ve güvende olduğunu hissedecektir. Çeşitli ebeveynlik stillerini araştırmaktan farklı ebeveynlik hilelerini denemeye kadar, mutlu ve başarılı çocuklar yetiştirdiğimizden emin olmak için her zaman yukarıda ve öteye gideriz. Ancak hangi tarzı kullanmayı seçersek seçelim, günün sonunda her ebeveynin çocuklarıyla nasıl bir ilişki kurduğuna bağlı. Ebeveyn-çocuk ilişkisi ne kadar güçlüyse, yetiştirme de o kadar iyi olur.

Ebeveynlik Rolü

Sevgi dolu ve destekleyici erken dönem ebeveyn-çocuk ilişkileri sayesinde gelecekteki sağlıklı ilişkilerin temelleri atılır. Sadece oldukları gibi değer görmek, çocuklarımızın özsaygılarının gelişmesine yardımcı olur.

Yetiştirme Rolü

Beslemek, çocuğun gıda, sağlık, barınma, giyim vb. gibi temel ihtiyaçlarının karşılanmasının yanı sıra sevgi, ilgi, anlayış, kabul, zaman ve destek vermektir.

Sözlerimiz ve eylemlerimiz aracılığıyla çocuklarımıza sevildiklerini ve kabul edildiklerini iletiriz. Ebeveynlerin çocuklarını oldukları gibi kabul etmeleri ve onlardan keyif almaları gerektiğini anlamak önemlidir. Onların olmalarını istediğimiz gibi değil, oldukları gibi olmalarına izin verin. Sağlıklı beslenme çocukların kendilerini iyi hissetmelerini, sevilebilir ve bakılmaya değer olduklarını hissetmelerini, dinlendiklerini, anlaşıldıklarını hissetmelerini ve güven duymalarını sağlar. Zor durumların üstesinden gelebileceklerini ve zorluklarla yüzleşebileceklerini hissederler çünkü onları desteklemek için yanlarındayızdır.

Aşırı bakım, aşırı koruyucu olmak ve hayatlarına çok fazla dahil olmaktır. Çocuklar bağımlı hale gelir ve başa çıkma becerilerini kaybederler. Yetersiz bakım, duygusal olarak mesafeli olmak ve hayatlarına yeterince dahil olmamaktır. Çocuklar güven sorunları ile sevilmediklerini hissederler.

Yapı Rolü

Yapılandırma, yön vermek, kurallar koymak, disiplin uygulamak, sınırlar koymak, sonuçlar oluşturmak ve bunları takip etmek, çocukları davranışlarından sorumlu tutmak ve değerleri öğretmektir.

Amaç, çocukların uygun davranışlar geliştirmelerine ve büyüme, olgunluk ve yeteneklerini artırmalarına yardımcı olmaktır. Sağlıklı yapılandırma, çocukların dürtülerini kontrol edemediklerinde kuralların uygulanacağına dair bir güven duygusu hissetmelerini sağlar. Hayal kırıklıkları ve hayal kırıklıklarıyla başa çıkmayı öğrenirler, dünyanın tamamen kendi etraflarında dönmediğini keşfederler, sorumlu davranmayı öğrenirler, hatalarından ders alırlar, karar verme deneyimi kazanırlar ve kendi kendilerine daha yeterli ve yetenekli hale gelirler.

Aşırı yapılandırma katı olmak ve sert disiplin uygulamaktır. Çocuklar pasifleşebilir ya da isyan edebilirler. Yetersiz yapılandırma, beklentilerimizi ve kurallarımızı belirsiz ve tutarsız hale getirmektir. Çocukların kafası karışır ve sorumluluk sahibi olmayı öğrenemezler.

Sağlıklı 'büyümek', her iki rolü de doğru zamanda doğru şekilde ve aralarında doğru bir denge kurarak yürütmeyi içerir.

Ebeveynlik Kalıpları

İyi ebeveynlik her ebeveynin sorumluluğu ve her çocuğun hakkıdır. Bir ebeveynin duygusal açıdan ihmalkar davranmasının, çocukluğunda iyi bir modele sahip olmamasından, aşırı çalışma veya aşırı yüklenme nedeniyle yeterli duygusal kaynağa sahip olmamasına, kederiyle mücadele etmesine veya diğer çeşitli senaryolara kadar uzanan çeşitli nedenleri vardır. Ebeveynlerimiz belirli bir kalıbı sıkı sıkıya takip edebilir veya birçok kalıbın bir karışımı olabilir ve bir zamanlar çok sağlıklı ve sevgi dolu olmaktan işlevsiz olmaya kadar değişebilir.

Otoriter Ebeveynler

Tüm otoriter ebeveynler duygusal olarak ihmalkârdır, çünkü her zaman kurallarını ve yönergelerini çocuklarını aramak, tanımak ve anlamak yerine seçerler.

- Kurallara odaklanırlar, kısıtlayıcı ve cezalandırıcıdırlar.
- Çocuklarını çok az esneklik ve yüksek taleplerle yetiştirirler.

- Çocukların kurallara uymasını isterler ancak duygularını ve ihtiyaçlarını dinlemeye meyilli değildirler.

- Kurallarından, standartlarından ve iş yapış şekillerinden herhangi bir sapmaya tahammül etmezler.

- Tereddütsüz ve sorgusuz itaat talep ederler.

Otoriter Ebeveynlerin Çocukları

- Otoriter ebeveynler tarafından yetiştirilen çocuklar ya otoriteye karşı isyan edebilir ya da tepki, utanç veya terk edilme korkusuyla aşırı itaatkar olabilirler.

Mükemmeliyetçi Ebeveynler

Mükemmeliyetçi ebeveynler çocuklarının her zaman daha iyisini yapması gerektiğine inanırlar. Çocuklarını kendilerinin bir yansıması olarak algılarlar.

- Çocuklarından çok talepkar olurlar.

- Kendileri ve aileleri hakkındaki toplumsal algılardan daha fazlasıyla motive olurlar.

- Birçok aşırı başarılı çocuk mükemmeliyetçi ebeveynlere sahiptir.

- Bu tür ebeveynler asla tatmin olmazlar, her zaman zorlarlar ve çoğu zaman potansiyellerinin ötesine geçerler.

Mükemmeliyetçi Ebeveynlerin Çocukları

- Bu çocuklar genellikle büyüdüklerinde mükemmeliyetçi olurlar.

- Kendileri için gerçekçi olmayan yüksek beklentiler belirlerler.

- Duygusal zekaları ve olgunlukları zayıftır.

- Ayrıca başarısızlıklarla başa çıkmakta zorlanırlar ve yeterince iyi olmama kaygısıyla mücadele ederler.

Sosyopat Ebeveynler

Sosyopatik ebeveynler daha yaygındır ve genellikle daha belirsiz ve daha az belirgindir. İyi işlere, mükemmel görünümlü ailelere sahip olma eğilimindedirler ve sorumluluk sahibidirler.

- Tamamen sıradan görünürler, ancak vicdan ve empatiden yoksundurlar.

- Sözlü ve fiziksel olarak istismarcı olabilirler.

- Hatalarını kabullenmekte zorluk çekerler ve bu nedenle her şeyi çocuğun üzerine atarlar.
- Çocuğu duygusal olarak manipüle eder, sözel ve duygusal olarak incitir ve hiçbir şey olmamış gibi davranır.

Sosyopat Ebeveynlerin Çocukları

- Çocuk korkmuş, endişeli ve kafası karışık olma eğilimindedir.
- Misilleme korkusuyla kendilerini korumakta ve uygun sınırlar koymakta zorluk çekerler.
- Utanç ve suçluluk duyguları taşırlar ve kendilerini endişeli, güvensiz ve korkulu hissederler.

İzin Veren Ebeveynler

İzin verici ebeveynlerin göremediği şey, çocukların kendilerini tanımlamak için bazı yapılara, bazı kurallara ve bazı sınırlara ihtiyaç duyduklarıdır.

- Çocuk yetiştirme konusunda daha pasif bir tutum sergilerler.
- "Havalı" ebeveynler olarak kabul edilirler.
- Çocukları üzerinde kural ve sınırlamalar uygulamakta zorlanırlar.

İzin Veren Ebeveynlerin Çocukları

- Çocuk, gerçek dünyanın gerekliliklerine başa çıkmak için sağlıklı başa çıkma mekanizmalarını, disiplini ve azmi öğrenemez.
- Yetişkinlikte kendileri veya başkaları için sınırlar ve limitler belirlemekte zorlanırlar.
- Yetişkin olarak kendilerini, güçlü ve zayıf yönlerini ve ne için çabalamaları gerektiğini doğru bir şekilde görmekte zorlanırlar.

Narsist Ebeveynler

Narsisistik ebeveynler dünyanın kendi etraflarında döndüğünü hissederler. Genellikle her şey çocuk yerine ebeveynin ihtiyaçlarıyla ilgilidir.

- Görkemli ve kendinden emin görünürler, ancak kolayca incinirler ve duygusal olarak zayıftırlar.
- Çocuğu kendilerinin bir uzantısı olarak görürler.
- Çocuğun gelişimi için zehirli olabilir ve kırıcı, talepkar ve memnun edilmesi zor olarak deneyimlenirler.

- Kendilerine meydan okunduğunda veya hatalı oldukları kanıtlandığında oldukça kindar olabilirler ve çocuklarını sert bir şekilde yargılayıp cezalandırabilirler.

Narsist Ebeveynlerin Çocukları

- Yetişkin olduklarında ihtiyaçlarını belirlemekte ve bunların karşılanmasını sağlamakta zorluk çekerler.
- İhtiyaçlarının karşılanmaya değer olmadığını, aşırı olduğunu veya etrafındakilerden çok talepkar olduklarını hissederler.
- Yakın ilişkilerde kendilerini huzursuz hissederler.

Devamsız Ebeveynler

Devamsız ebeveynler çocuğun hayatında yer almayan ebeveynlerdir. Bu, ölüm, hastalık, uzun çalışma saatleri, iş için sık seyahat veya boşanma gibi çeşitli nedenlerden kaynaklanabilir.

- Bekar, dul veya diğer aile üyelerine baktığı için aşırı yük altında olan ebeveynler çocuğa ulaşamaz hale gelir.
- Sınırlı mali kaynaklar, ebeveynin aşırı çalışmasına veya aylarca hatta yıllarca evden uzakta çalışmasına neden olabilir, bu durumda çocuk kendi başının çaresine bakmak zorunda kalır.
- Bu tür ebeveynler önemli birini kaybetmenin üzüntüsü içinde olabilir ve acılarından başka bir şeye odaklanamayabilirler.

Ebeveynleri Olmayan Çocuklar

- Sonunda kendi kendilerini yetiştirirler. En büyük çocuk küçük kardeşleri de büyütebilir.
- Acı veren duygularından bahsetmezler çünkü ebeveynlerinin bu durumdan daha fazla etkilenmesini istemezler.
- Aşırı sorumluluk sahibi olurlar. Çocukken, aileleriyle ilgili endişe ve kaygılarla aşırı yüklenmiş yetişkinler gibi görünürler.
- Çevrelerindeki diğer kişilere bakma konusunda çok iyidirler. Ancak öz bakım konusunda büyük zorluk yaşarlar.

Depresyondaki Ebeveynler

Depresyondaki ebeveynler, olmayan ebeveynler gibidir. Duygusal karmaşa içinde o kadar kaybolmuşlardır ki çocuklarının yanında olmazlar.

- Çocuklarına ebeveynlik yapacak ve çocuğun duygularına duyarlı olacak zihinsel durumda değiller.

Depresyondaki Ebeveynlerin Çocukları

- Çocuklar, ebeveynlerini daha kötü hissettirmemek için mükemmel davranmaları gerektiğini düşünerek büyürler.

- Kendilerinden çok fazla talepte bulunurlar ve kendi hatalarını affedemezler.

- İyi davranışları genellikle fark edilmediğinden, olumlu yollarla nasıl dikkat çekeceklerini bilmezler. Kötü davranışları dikkat çeker, olumsuz olsa bile hiç yoktan iyidir.

- Kendilerini nasıl sakinleştireceklerini asla öğrenemezler ve bunun sonucunda acı çekerler ve bağımlılık yapıcı davranışlara yönelebilirler.

Bağımlı Ebeveynler

Bağımlı ebeveynler çoğunlukla bağımlı oldukları durumda kaybolurlar - belki alkol, uyuşturucu, iş, sosyal medya, kumar ve diğerleri.

- Bağımlılıklarını tatmin ederken çocuklarını ihmal ederler.

- Çocuğun ihtiyacı olduğunda ona neredeyse hiç ilgi göstermemek.

- Dalgalı davranışları nedeniyle çocuğa dolaylı olarak kafa karıştırıcı bir mesaj gönderirler.

- Bencil ve ihmalkar olabilirler ve bu durum bir sonraki an şefkat ve sevgi ile değişebilir.

Bağımlı Ebeveynlerin Çocukları

- Çocuk kendini huzursuz ve gergin hisseder.

- Endişeli olma eğilimindedirler, değişimden ve gelecekten korkarlar, kendilerinden ve başkaları üzerindeki etkilerinden emin değildirler ve genellikle güvensizdirler.

- Kendi bağımlılıklarını geliştirme olasılıkları daha yüksektir.

Bu tür ailelerde yetişen çocuğun kendisine ve çoğu zaman kardeşlerine ebeveynlik yapmaktan başka seçeneği yoktur. Aileler zorluklar ve sınırlı kaynaklarla karşı karşıya olabilir ve çocuğa iyi bakılmayabilir. Aşırı sorumluluk sahibi olabilirler ve ne istediklerini ya da neye ihtiyaç duyduklarını anlamakta güçlük çekebilirler. Bu da onları yalnız, boş ve bağlantısız hissetme algıları ve kalıplarıyla baş başa bırakır. Kendi adlarına konuşmakta, aileyi üzmekten korktukları için zor konular hakkında konuşmakta ve genellikle kendilerine bakmakta ve hatta ihtiyaçlarının geçerli ve değerli olduğunu hissetmekte zorlanırlar.

"Bir çocuk nadiren iyi bir dinlemeye olduğu kadar iyi bir konuşmaya da ihtiyaç duyar."

"Tüm çocukluğumu daha büyük olmayı dileyerek geçirdim ve şimdi yetişkinliğimi daha genç olmayı dileyerek geçiriyorum."

"İnsanoğlu olarak hepimiz çocukluktan ergenliğe ve oradan da yetişkinliğe fiziksel olarak olgunlaşırız, ancak duygularımız gecikir."

Algılar

"Gerçek diye bir şey yoktur. Sadece algı vardır."

"Bilinen şeyler vardır, bilinmeyen şeyler vardır ve bunların arasında algı kapıları vardır."

"Algımızı değiştirdiğimizde, deneyimlerimiz de değişir."

"Beni algılayışın senin bir yansımandır."

"Önemli olan neye baktığınız değil, ne gördüğünüzdür."

Algı, bu dünyadaki her şeyin yorumlandığı ve anlaşıldığı bir süreçtir. Algımız düşüncelerimize ve inançlarımıza dayanır, bunlar da düşünme biçimimizi ve dolayısıyla hareket etme şeklimizi belirler.

Algı, bir şeyin nasıl görüldüğü, anlaşıldığı veya yorumlandığıdır. Bize sunulan tüm uyarıcıları anlamlandırmak için kullandığımız süreçler bütünüdür. Algılarımız, bu farklı duyumları nasıl yorumladığımıza dayanır. Algı sürecimiz çevremizden uyaranlar almamızla başlar ve bu uyaranları yorumlamamızla sona erer.

Kendi benliğimiz söz konusu olduğunda, iki tür algı vardır: kendimizi ve dünyamızı görme şeklimiz ve başkalarının bizi görme şekli. Üzerinde kontrol sahibi olduğumuz tek algı kendi algımızdır. Dünyamızı nasıl algıladığımız tutumumuzu etkiler, bu da neyi çektiğimizi etkiler. Eğer bolluk içinde bir dünya algılıyorsak, eylemlerimiz ve tutumumuz bolluğu çeker. Yaşamımızı ihtiyacımız olan şeylerden yoksun olarak algılarsak, istediğimiz ve ihtiyaç duyduğumuz şeyleri elde etmek yerine sahip olduklarımızı korumak konusunda daha fazla endişeleniriz. Beynimiz endişelendiğimiz şeyi otomatik olarak bir tehdit olarak algılar. Bu da algımızı ve hatta vücut kimyamızı değiştirir.

"Algınızı değiştirdiğiniz an, vücudunuzun kimyasını yeniden yazdığınız andır."

Algı ne olduğuyla ilgili değildir, neye dikkat ettiğimizle, sonra bunu nasıl yorumladığımızla ve nihayetinde buna göre nasıl hareket ettiğimizle veya nasıl tepki verdiğimizle ilgilidir.

İfadeyi tamamlayın - Hayat   .

Hayat bir meydan okuma, bir macera, bir çile, sıkıcı, korkunç, işkence, harika ya da herhangi bir şey olabilir. Bu boşluğu nasıl dolduracağımız bize bağlıdır. Asıl soru... hayat gerçekten bir meydan okuma, bir macera ya da düşündüğümüz herhangi bir şey midir? Gerçek şu ki ortada bir gerçeklik yok. Bu, hayatın bizim için ne olduğuna dair algımızla ilgilidir. Algımız bizim için bir gerçeklik haline gelir. Ve algılarımızı oluşturmaya başlarız, bu algılar bizim gerçeklik versiyonumuz haline gelir ve bu da hayatımızın hikayesi olur.

Mutlu ya da üzgün, heyecanlı ya da sıkıcı, zorlu ya da mağlup edici, bu dünyada geçirdiğimiz her anı yorumluyoruz. Ve dünyamız zihnimizin söylediği şeydir. Yani sonuçta düşüncelerimiz, inançlarımız ve davranışlarımız, yaşam algımız üzerinde en güçlü etkiye sahiptir.

Hayatımızı olmasını istediğimiz gibi algılarsak, algılarımız güçlendirici ise, tezahür ettireceğimiz şey de budur. Ama değilse, algının değişmesi gerekir. Düşüncelerimizi değiştirmeye karar verdikten sonra, bunu gerçekleştirmek için eylem adımlarını atmaya karar vermeliyiz. Bu nedenle, günümüzde kendimizi zorlu bir durumla karşı karşıya bulursak, şunu sorun – çözümleri ve başarıyı mı algılıyorum, yoksa sorunları ve başarısızlığı mı algılıyorum? Seçim her zaman bizimdir.

Algı Aşamaları

Duyum ve algıyı birbirinden ayırmak neredeyse imkansızdır çünkü bunlar tek bir sürekli sürecin parçasıdır. Algı duyusal uyarımı işler ve onu bir deneyime dönüştürür. Algı süreci bilinçsizdir ve günde yüz binlerce kez gerçekleşir. Algı beş aşamada gerçekleşir: uyarım, organizasyon, yorumlama-değerlendirme, hafıza ve hatırlama. Algıladığımız sırada beyin, bir olay oluşturmak için duyusal bilgileri aktif olarak seçer, düzenler ve bütünleştirir.

Uyarıcı Seçimi

Hayatımızın her anında sonsuz sayıda uyarana maruz kalırız. Ancak beynimiz bunların hepsine dikkat etmez. Algılamanın ilk adımı, hangi uyarana dikkat edileceğine dair bilinçli ya da bilinçsiz karar vermektir. Bir uyarana odaklanırız ve bu uyaran katıldığımız uyaran olur.

Seçilim, çevremizdeki bazı uyaranlara katılıp diğerlerine katılmadığımız ve belirli bir şekilde hareket etme güdülerimizden, teşviklerimizden, dürtülerimizden veya dürtülerimizden etkilendiğimiz süreçtir. Seçim genellikle yoğun uyaranlardan etkilenir.

Kokteyl partisi etkisi: Belirli bir uyarıcıya seçici olarak odaklandığımızda ve diğer uyarıcıları filtrelediğimizde, bir parti müdaviminin gürültülü bir odada tek bir konuşmaya odaklanabileceği veya başka bir konuşmada adının konuşulduğunu fark edebileceği gibi bir olgudur. Seçici dikkat her yaşta ortaya çıkar. Bebekler kendilerine tanıdık gelen bir sese doğru başlarını çevirmeye başlarlar. Bu, bebeklerin çevrelerindeki belirli uyarıcılara seçici olarak katıldıklarını gösterir.

Organizasyon

Algısal sürecin ikinci aşaması olan organizasyon, bilgiyi zihinsel olarak anlamlı ve sindirilebilir kalıplar halinde nasıl düzenlediğimizdir. Tanımlama ve tanıma kapasitesi normal algı için çok önemlidir. Bu kapasite olmadan insanlar duyularını etkili bir şekilde kullanamazlar. Organizasyon, nesnelerin bir birim olarak algılanmasına yardımcı olur.

Bir uyarıcıya dikkatimizi vermeyi seçtiğimizde, beynimizde bir dizi tepki ortaya çıkar. Beyin, uyarıcının algı adı verilen zihinsel bir temsilini oluşturur. Belirsiz bir uyarıcı, rastgele deneyimlenen birden fazla kavrama dönüştürülebilir. Uyaranları gruplama eğilimimiz, duyumlarımızı hızlı ve verimli bir şekilde organize etmemize yardımcı olurken, yanlış yönlendirilmiş algılara da yol açabilir.

Algısal şemalar, görünüşe, sosyal rollere, etkileşime veya diğer özelliklere dayalı olarak insanlar hakkındaki izlenimleri düzenlememize yardımcı olurken, stereotipler bilgiyi sistematik hale getirmemize yardımcı olur, böylece bilgiyi tanımlamak, hatırlamak, tahmin etmek ve tepki vermek daha kolay olur.

Yorumlama-Değerlendirme

Uyarıcı seçimi ve bilginin düzenlenmesi aşamasından sonra, bir sonraki ve hayati adım, mevcut bilgilerimizi kullanarak anlamlı bir şekilde yorumlamaktır. Bu basitçe, algılanan ve organize edilen bilgiyi alıp kategorize edilebilecek bir şeye dönüştürdüğümüz anlamına gelir. Bu sürekli olarak ve bilinçsizce gerçekleşir. Farklı uyaranları kategorilere ayırarak çevremizdeki dünyayı daha iyi anlayabilir ve tepki verebiliriz.

Bilgi kategoriler halinde düzenlendikten sonra, onlara anlam kazandırmak için hayatlarımızın üzerine yerleştiririz. Uyaranların yorumlanması özneldir, bu da bireylerin aynı uyaranlar hakkında farklı sonuçlara varabileceği anlamına gelir. Uyaranların öznel olarak yorumlanması, bireysel değerler, ihtiyaçlar, inançlar, deneyimler, beklentiler, benlik kavramı ve diğer kişisel faktörlerden etkilenir. Önceki deneyimler, bir kişinin uyarıcıları yorumlama biçiminde önemli bir rol oynar. Farklı bireyler aynı uyaranlara, bu uyaranlarla ilgili önceki deneyimlerine bağlı olarak farklı tepkiler verirler.

Bir bireyin bir uyaranla ilgili umutları ve beklentileri onun yorumlanmasını etkileyebilir.

Kendimin çekici bir insan olduğuna inanıyorsam, yabancılardan gelen bakışları (uyaran) hayranlık olarak yorumlayabilirim (yorumlama). Ancak, çekici olmadığıma inanıyorsam, aynı bakışları olumsuz yargılar olarak yorumlayabilirim.

Hafıza

Uyarım, organizasyon ve yorumlama-değerlendirme aşamalarını, hafıza olarak bilinen yorumlanmış ve değerlendirilmiş bilginin depolanması takip eder. Hafıza hem algının hem de yorumlama-değerlendirmenin depolanmasıdır. Zihnimizin %10'u bilinçli, %90'ı ise bilinçaltıdır. Bu bilinçaltı zihin, olumlu ve olumsuz tüm anıları depolayan hafıza bankasıdır.

Geri Çağırma

Belirli tetikleyiciler, bilinçaltında depolanan hafızayı bilinçli duruma geri çağırabilir. Benzer uyarıcılar ortaya çıktığında, geçmişteki benzer bir olaya dayalı olarak uyarıcı seçimi, organizasyonu ve yorumlama-değerlendirme döngüsünün tamamı gerçekleşir. Bu, önceki olayın zaten depolanmış olan hafızasına eklenir. Bu, benzer olayların hafızasını güçlendirir ve sonuçta bir örüntü haline gelir. Tetikleyiciler daha sonra önceki olayların anılarını kolayca geri çağırabilir.

Örnek Olay İncelemesi

Rahul 5 yaşında bir çocuktu. Bir gün babası, çok utangaç olduğu ve bildiği bir şiiri okuyamadığı için evdeki bazı misafirlerin önünde onu azarladı. Kendini odasına kilitledi, yemek yemedi ve ağladı. Zamanla normal hayatına geri döndü ve hatta belki de bu olayı unuttu.

Zeki bir öğrenci olarak büyümeye başladı ve öğretmeninin gözdesi oldu. Ama bir gün, sınıfta bir şeyi açıklaması istendiğinde dili tutuldu. Utanç duydu, eve döndü, kendini kilitledi ve ağladı. Bir yetişkin olarak sosyal toplantılardan ve partilerden kaçınmaya başladı. Bundan hoşlanmıyordu ve nedenini bile bilmiyordu. Sessizleşir ve kendine şöyle derdi: "Ben yeterince iyi değilim. Ben bir başarısızım. Başkalarının önünde kendimi ifade edemiyorum.

Bunu algı anlayışına dayalı olarak anlayalım.

Ne oldu - Rahul'a konukların önünde bir şiir okuması söylendi. Bu bir uyarıcıdır. Bu uyarıcı beyin tarafından organize edildi ve işlendi. Rahul şiir okuyamadı. Bu durum Rahul tarafından başkalarının önünde utanma olarak yorumlandı. Bunun nedeni doğuştan utangaç olmasının yanı sıra öfkeye karşı olan duyarlılığıydı.

Aslında olan şey, Rahul'un babasının ona okuyamadığı bir şiiri okumasını söylemesiydi.

İşlenen şey, başkalarının önünde azarlanmasıydı. Bu, Rahul'un bilinçaltında muhafaza edildi. Bir dahaki sefere, öğretmenin önünde ya da sosyal bir toplantıda benzer bir olay ya da uyaran meydana geldiğinde, bilinçaltındaki geçmiş hatırlandı ve insanların önünde utandığı ve dilinin tutulduğu şeklinde benzer bir algı oluştu.

O zaman gerçekte ne olduğu önemsiz hale gelir. Rahul'un algıladığı şey onun gerçekliği haline geldi. Ve Rahul'un bu tür bir dizi olaydan sonra algıladığı şey şuydu: - Ben yeterince iyi değilim. Ben bir başarısızım.

"Her şeyi olduğu gibi görmeyiz, kendimiz gibi görürüz."

"İnsanlar görmek istediklerini görürler ve insanların görmek istedikleri her zaman gerçek değildir."

"Gerçeklik nihayetinde seçici bir algı ve yorumlama eylemidir."

"Algılama ve yorumlamamızdaki bir değişim, eski alışkanlıklarımızı kırmamızı ve denge, şifa ve dönüşüm için yeni olasılıkları uyandırmamızı sağlar."

Yalnızlık Algısı - "Psikolojik Yalnızlık"

"İçimizde ne olduğu, başımıza ne geldiğinden daha önemlidir."

Ebeveynlerimiz büyürken ebeveyn olmak için mi eğitildiler?

Geçmişlerini ve geleceklerini, ailelerini ve toplumu, iyilerini ve kötülerini dengelemeye mi çalışıyorlardı?

Bizi kendi kopyaları mı yoksa tam tersi mi yapmaya çalışıyorlardı?

Biz onların gerçekleşmemiş hedefleri, hırsları ve arzuları için bir kanal mıydık?

Bizi bu dünyaya getirmeye karar verdiklerinde içsel olarak iyileşmişler miydi?

Biz büyüdükçe -

Ailemiz bizi sevmedi mi?

Bizimle ilgilenmediler mi?

Bizi ihmal mi ettiler?

Cevap - Hayır ya da belki Evet - bilmiyoruz, yargılayamayız, niyetlerini, eylemlerini ya da gerçeklik versiyonlarını doğrulayamayız ya da onaylayamayız.

Bizi ihmal etmiş ya da etmemiş olabilirler.

Ama biz ihmal edilmiş hissedebilirdik. Ve bu önemlidir. Her şey en çok ihtiyaç duyduğumuz anda ihmal edildiğimizi hissetmekle başlar.

Her şey büyüdüğümüz zamanki algılarımızla ilgilidir. Yalnızlık Algısı, yalnız olma hissidir, kimse beni anlayamaz, kimse acımı göremez, yapayalnızım hissidir.

Yalnızlık yalnız olmak değildir, kimsenin umurunda olmama hissidir. Değer verdiğiniz birinin bir yabancıya dönüşmesi yalnızlık hissidir.

Dağılıyorum ve kimse bilmiyor, konuşacak kimsem yok ve yalnızım.

Sadece biri için önemli olduğumu hissetmek istiyorum.

Ben buna "Psikolojik Yalnızlık Sendromu" diyorum.

Bu, iç benliğimizde var olan bir siklondur.

Dış çevrede var olan Siklon, içe doğru spiral rüzgarları olan güçlü bir düşük atmosferik basınç merkezi etrafında dönen büyük ölçekli bir hava kütlesidir.

Benzer şekilde, "Psiko-Yalnızlık" iç çevremizde, yalnızlık algımızın etrafında var olur, deneyimler toplar ve algılar yaratır, yaşamımız boyunca etrafımızda sarmal olarak döner

Kendimizi yalnız hissettiğimizde gerçekte olan şey, kendimizi terk etmiş olmamızdır. Kendi temel ihtiyaçlarımızla ilgilenmeyi bıraktık, kendimize değer vermiyoruz, kendi düşüncelerimizi dinlemiyoruz ve fiziksel, duygusal veya ruhsal benliğimizle ilgilenmiyoruz. Bu, Psikolojik Yalnızlık Sendromudur. 'Ben', 'Ben'i terk etmiştir.

Psiko-Yalnızlık hissi aslında görünmez, ince, hatırlanmayan bir çocukluk deneyimidir.

Biz büyürken ebeveynlerimizin duygusal ihtiyaçlarımıza yeterince yanıt veremediğini hissettiğimizde yaşanır. Ebeveynlerimiz muhtemelen kendi algılarına göre ellerinden gelenin en iyisini yapmaya çalışmışlardır. Mesele neyin doğru neyin yanlış olduğu, neyin iyi neyin kötü olduğu değildir. Bu bizim algımız ve beklentilerimizdir.

İhmal deneyimi istismar deneyiminden farklıdır. İstismar bir ebeveyn eylemidir; ihmal ise bir ebeveynin harekete geçmemesidir.

Muhtemelen duygularımızı fark edememiş ve uygun şekilde karşılık verememişlerdir. Bu bir ihmal eylemidir, görünür, fark edilebilir veya hatırlanabilir değildir. İhmal ön plandan ziyade arka plandadır. Sinsidir ve sessiz bir şekilde zarar verirken gözden kaçar. İronik bir şekilde, ebeveynler bile şikayet eder - Çocuklarımız için elimizden gelen her şeyi yapıyoruz, onların ihtiyaçlarını karşılıyoruz. Ama neyin yanlış gittiğini bir türlü anlayamıyoruz.

Çünkü muhtemelen onlar da büyürken aynı duyguları yaşamışlardır.

Bu durum çoğu evde, çoğu çocuğun başına her gün gelmektedir. Bu tür evlerin çoğu sevgi dolu ve her yönden şefkatlidir. Duygusal açıdan ihmalkâr ebeveynlerin çoğu genellikle kötü insanlar ya da sevgisiz ebeveynler değildir. Birçoğu gerçekten de çocuklarını iyi yetiştirmek için ellerinden geleni yapmaktadır. Ebeveynlerin tepki vermemesi çocukken başımıza gelen bir şey değildir. Bunun yerine, çocukken bizim için gerçekleşmeyen bir şeydir. Çok sonraları, büyüdükçe, bir şeylerin doğru olmadığını hissederiz ama ne olduğunu bilmeyiz. Cevaplar için çocukluğumuza bakarız ama görünmeyeni göremeyiz. Bu nedenle, kolayca bir şeylerin temelde yanlış olduğunu varsayar ve sonuca varırız - bu benim hatam, ben sadece farklıyım, yeterince iyi değilim.

Psikolojik Yalnızlık Sendromu Duyguları

• Neler yapabileceğimizi, güçlü ve zayıf yönlerimizi, nelerden hoşlandığımızı, ne istediğimizi ve bizim için neyin önemli olduğunu bilmiyoruz.

• Bir boşluk veya hissizlik hissederiz.

• Ne hissettiğimizi anlatmakta zorlanırız.

• Sorunlarımız hakkında konuşamayız.

• Kendimizi suçlamaya başlarız. Kendimizden utanırız. Öfke birikir ve her konuda kendimizi suçlu hissetmeye başlarız. Hayatımızda ne zaman olumsuz bir olay olsa doğrudan suçluluk ve utanç duygusuna atlarız.

• Hayatımızda her zaman bir şeylerin yanlış gittiğini hissederiz ama bunun ne olduğunu tam olarak belirleyemeyiz.

• Kendimizi ihmal ederiz.

• Çevremizde başkaları olsa bile kendimizi yalnız ve kimsesiz hissederiz.

• Arkadaşlarımız ve ailemizle birlikte olduğumuzda bile ait olmadığımızı hissederiz.

• İş veya özel hayatımızda potansiyelimize ulaşamayacağımızı hissederiz.

• Başkalarına bağımlı olmaktan korkarız.

• Çatışmadan kaçınırız.

Daha küçük yaşlarda, duygularımızı anlayacak kadar olgunlaşmamış ve kendimizi ifade etmek için eğitilmemiş oluruz. Dolayısıyla, farkında olmadan ve bilinçsizce duygularımızı bastırırız. Duygusal olarak ihmal edildiğini hisseden çocuklar, yetişkin olduklarında kendi duygularını anlamakta güçlük çekerler. Bu da bir boşluk bırakarak kopukluk, tatminsizlik veya boşluk hissine yol açar.

Çocukken kendimizi nasıl algıladığımız, bir yetişkin olarak kendimize nasıl davrandığımızı belirler. Çocukluğumuzda bakım verenlerimizden duygusal onay aldıysak, genellikle bunu kendi çocuklarımıza da sağlayabiliriz. Kendileri bunu yeterince almamış olanlar, ebeveyn olarak bunu sağlamakta zorlanırlar.

Bu nasıl oldu?

Kendimizi yalnız ve ihmal edilmiş hissettiğimizde, genç beynimiz duygularımızı engellemek için bir duvar inşa ederdi. Bu şekilde onları görmezden gelebilir ve bastırabilirdik. Bu şekilde öfkemiz, incinmemiz, üzüntümüz ya da ihtiyacımız ebeveynlerimizi ya da kendimizi rahatsız etmeyecekti. Şimdi bir yetişkin olarak, o duvarın diğer tarafında duygularımızla birlikte yaşıyoruz. Engellenmiş durumdalar ve bunu hissedebiliyoruz. Derinlerde bir yerde bir şeylerin doğru olmadığını hissediyoruz. Bir şeyler eksiktir. Bu bizi boş, diğer insanlardan farklı ve bir şekilde derinden kusurlu hissettirir.

Çocukken duygusal destek ve onay için ebeveynlerimize gittiğimizde, genellikle acı verici bir şekilde elimiz boş ve yalnız döneriz. Bu yüzden artık herhangi birinden bir şey istemek bizim için zor ve herhangi birinden destek ve yardım beklemekten korkuyoruz. Duygular hakkında çok az farkındalıkla büyüdüğümüz için, artık ne zaman kendimizde veya bir başkasında güçlü duygular ortaya çıksa rahatsız oluyoruz. Duygulardan, hatta olumlu duygulardan bile tamamen kaçınmak için elimizden geleni yapıyoruz.

Kendimizi kusurlu, boş, yalnız ve duygularımızla temastan yoksun hissederek hiçbir yere ait olmadığımızı düşünürüz. Ne istediğimizi, ne hissettiğimizi veya neye ihtiyaç duyduğumuzu bilmek zordur. Bunun önemli olduğuna inanmak zordur. Önemli olduğumuzu hissetmek zordur.

"Evde Tek Başına" Sendromu - Görünmez Çocuk

Bazen ebeveynler kendi mücadele ağlarıyla o kadar meşgul olurlar ki çocuğun ne hissettiğini fark edemezler. Bu, ebeveyn çocuğun duygusal ihtiyaçlarıyla ilgilenmediği durumdur. Bu, çocuğun duygularını fark etmemeyi ve onları onaylamamayı, sevgi, cesaretlendirme veya destek göstermemeyi içerir. Çocuk daha sonra duygularını, başarısızlıklarını ve başarılarını gizleyerek duruma adapte olur ve görünmez olma eğilimine girer. Bu 'Evde Tek Başına' sendromudur. Bu tür çocuklar genellikle ebeveynleriyle hem iyi hem de kötü hiçbir şey paylaşmaz, ketum ve sessiz olma eğilimindedir ve genellikle yakın arkadaşları yoktur. Görünmez çocuk, etrafı insanlarla çevrili olsa bile kendini yalnız hisseder.

Bu kişiler genellikle çocukluklarını "iyi" olarak tanımlar ve üzüntülerini, depresyonlarını, kaygılarını veya diğer şikayetlerini açıklayabilecek ciddi bir eksiklik veya travma tespit edemezler.

Çatışmadan kaçınma, görünmez kalmak için kolay bir araç haline gelir. Bu, tartışmaya ve kavga etmeye karşı bir isteksizliktir ve uzun vadede bir ilişkiye zarar verebilir. Sadece biz ve yakınlarımız sorunları onlardan kaçınarak çözememekle kalmayız; aynı zamanda çözülmemiş sorunlardan kaynaklanan öfke, hayal kırıklığı ve incinme birikir ve daha sonra büyük bir şekilde patlamak üzere şişelenir. Çatışmalardan veya tartışmalardan o kadar rahatsız oluruz ki sorunları tartışmak yerine halının altına süpürürüz.

"Başkalarının bizi dinlemesini isteriz çünkü duyulmak ve anlaşılmak isteriz.

Başkaları bizi dinlemediğinde, yalnız olduğumuzu, ilgiye layık olmadığımızı hissederiz ve bu bize acı verir.

Daha da kötüsü, araştırmalar yalnız hissetmenin acısının zorbalığa uğramaktan daha kötü olduğunu göstermiştir."

Budist ruhani lider Thich Nhat Hanh, "kalbimizin derinliklerinden duyduğumuz çığlık, içimizdeki yaralı çocuktan gelir" demiştir.

Psych-Alone: Fırtınanın 'Ben'i

"'Ben' kelimeleri çok güçlüdür.
Kim olduğumuzu evrene ilan ediyoruz."
"Ben yaşayan en bilge adamım,
Çünkü bildiğim tek bir şey var, o da hiçbir şey bilmediğim."

— Socrates

"Zamanınız sınırlı, bu yüzden başkasının hayatını yaşayarak zamanınızı boşa harcamayın.
Başkalarının düşüncelerinin sonuçlarıyla yaşamak anlamına gelen dogma tarafından tuzağa düşürülmeyin."

— Steve Jobs

"Hayat kendini bulmak değildir. Hayat kendinizi yaratmakla ilgilidir."

— George Bernard Shaw

Kendi fikirlerime sahip olmamalıydım.

Sesimi yükseltmeye veya farklı davranmaya çalıştığımda cezalandırıldım.

Sinirlilik, öfke ve endişe gibi duyguları göstermenin iyi olmadığı söylendi.

Ağlamamalıymışım çünkü sadece zayıf insanlar ağlarmış.

İtaat etmediğim için azarlandım, cezalandırıldım veya hapse atıldım.

Ailemden ve onların mutluluğundan ben sorumluyum.

Sarılıp öpüldüğüm için hiç şanslı olmadım.

Büyümek... Bir Fırtına ile

Çocuğun 'büyüme' süreci nadiren ebeveynlerin planladığı veya hayal ettiği şekilde gerçekleşir. Geçmişimizle asla barışık değiliz, yetiştirilme şeklimizden asla memnun değiliz. Bu nedenle duygu – Bir kez daha büyümek istiyorum!

Bu büyüme süreci, kendi anlayış seviyesinin ötesinde ve kontrolü dışında deneyimler yaşayan ve hisseden büyüyen çocuğun hayatında fırtınalar koparır. Kontrolcü bir yetiştirme genellikle aktif cezalar ve ödüller ("havuç ve sopa" yaklaşımı), reddetme, koşullu "sevgi", çocuklaştırma, adil olmayan standartlar ve daha fazlasını içerir.

Çocuklaştırma

Çocuklaştırılmış bir kişi, yaşı ve zihinsel kapasitesi bir çocuğunki gibi olmamasına rağmen çocuk muamelesi gören bir kişidir. Bu muameleye çocuklaştırma denir. Ebeveynler çocuklarına gerçek yaşlarından daha küçük davrandıklarında veya çocuklarının yetenekleri söz konusu olduğunda aşırı eleştirel davrandıklarında ortaya çıkar. Çocuklarına

yaşlarına uygun sorumlulukları yerine getiremeyecekmiş gibi davranırlar. Büyümekte olan çocuk kendini olduğundan daha az yetenekli, yetkin ve kendine yeterli hissetmeye başlar. Bu durum tahmin edebileceğimizden daha yaygındır. Bu, aşırı endişeli ebeveynlerde ve çocuklarına güvenmeyenlerde görülür.

Bu durum, ebeveynler bunu iyi niyetle yapmış olsalar bile, çocuğun bağımlı, pasif ve motivasyonsuz kalmasıyla sonuçlanır. "Bakılan" çocuk aslında olgunluk seviyesinin altında kalır.

Düzgün yapın. Kırabilirsin. Bunu yemelisin ve bunu yapmalısın. Bununla başa çıkamazsınız. Sizin için en iyisinin ne olduğunu biliyoruz.

Büyüyen çocuk ne yazık ki başkalarına aşırı güvenmeyi öğrenir. Büyüyüp yetişkin ilişkilerine girdiklerinde, bağımlı ve manipüle edilmeye yatkın olma eğilimindedirler.

Onaylamama

Bir ebeveynin çocuğuna bakışı ve sorduğu sorular onaylamadığını gösterebilir. Ebeveynler kendi katkıları veya onayları olmadan alınan herhangi bir kararı onaylamama eğiliminde olduklarında, çocuklarını her kararı önce ebeveynlerine danışmaları konusunda eğitmeye çalışmış olurlar. Bu da çocuğun kendi kararlarını veremeyeceği inancını yaratır ve pekiştirir.

Parazit

Bazı ebeveynler, yetişkin çocuklarının özel hayatlarına müdahale etme hakkına sahip olduklarına inanmaktadır. Bu müdahale, çocuklarının ilişkilerini sabote etmeyi veya onlara kiminle çıkmaları ve hangi kariyer seçimlerini yapmaları gerektiğini söylemeyi bile içerebilir. Bu çocuklar için, ebeveynleri arkadaşlıklarına ve romantik ilişkilerine karıştıkça, bu müdahale hayatlarının her alanında çatışma yaratır.

Aşırı Eleştiri

İncitici yorumlar, genellikle yardım etme kisvesi altında çocuğun özgüvenini zayıflatmak için kullanılır. Kıyafet seçimleri, kilo alımı, kariyer veya eş seçimi ve hayatın diğer yönleri ebeveynin eleştirel bakışına maruz kalır.

Cezalandırma

Çocuklar yaramazlık yaptıkları, itaat etmedikleri, yalan söyledikleri ve hatta ebeveynlerini rahatsız eden doğruları söyledikleri için rutin olarak cezalandırılırlar. Şaplak atmak, tokatlamak, kilitlemek, fiziksel ceza bir çocuğun davranışını düzeltmek için iyi sonuç vermez. Aynı şey bir çocuğa bağırmak veya onu utandırmak için de geçerlidir. Düzeltme ya da disiplin adına ceza vermek, çocuk yetiştirmenin en sert yoludur. Çocuk ebeveynin hoşuna gitmeyen bir şey yapabilir, bu nedenle çocuk "kötü" olduğu için cezalandırılır.

O zaman çocuğun cezalandırılmaktan başka çaresi kalmaz. Çocuk yavaş yavaş, yanlış bir şey yapmamış olsa bile kötü olması gerektiğine inanmaya başlar. Bilinçsizce ve sessizce, çocuk kendini suçlamayı içselleştirir ve öğrenir, bu da kronik suçluluk duygusuyla sonuçlanır. "Kötü" olduklarına ve ceza çekmeyi hak ettiklerine inanırlar.

Ödül

Ödüllerin heyecan verici olduğu düşünülse de, ödüller uzun vadede olumsuz yansımaları olan bir rüşvet gibi davranabilir. Ebeveyn, çocuğun yapmasını istediği şey için onu ödüllendirerek onu 'motive' ediyor gibi görünebilir. Ancak durum öyle değildir. Çocuk görevin önemini anlamayabilir ancak bir ödül karşılığında bunu yapmaya itilebilir.

Ebeveyn, çocuk tarafından yapılan rutin bir ödev için çocuğu bir kalıp çikolata ile 'ödüllendirebilir'. Çocuk hayatta ödülsüz hiçbir şeyin çaba göstermeye değmeyeceğini öğrenir. Ebeveynler, işi yaptırmak için hızlıca rüşvet vermek yerine, görevin önemini çocuğun anlayacağı bir şekilde açıklamalıdır.

'Koşullar Geçerlidir'

Bu pasif cezalandırmadır. Çocuk görmezden gelinerek cezalandırılır. Çocuk itaat ettiğinde ve ebeveynlerinin ihtiyaçlarını karşıladığında, o zaman sadece onlar sevgi ve ilgi kotalarını alırlar. Çocuğun gerçek ihtiyaçları, duyguları ve tercihleri geçersiz kılınır ve çocuk kendisi olmamayı öğrenir.

Gerçekçi olmayan beklentiler ve adil olmayan standartlar

Çocukların gerçekçi olmayan ve kapasitelerinin çok ötesinde beklentilerle karşılaşmaları çok yaygındır. Bazen çocuktan ailenin hasta bir üyesine ya da küçük bir kardeşe bakması beklenir. Burada çocuk ebeveyn haline gelir, çocukluk sevincini bile yaşamamış olan çocuk yetişkinliğin yükünü çekmek zorunda bırakılır. Bu bir rol değişimidir. Bu çocuk diğer çocuklardan daha olgun, kendi kendine yeten, çok erken büyümüş biri olarak görünür. Bu da çocuğun hayallerini ve ihtiyaçlarını feda etmesine, kendini yalnız ve aşırı sorumlu hissetmeye başlamasına neden olur.

Fırtınanın Etkileri... İçeride

- Yalnız hissetmek ve ilgilenecek kimsenin olmaması.
- Düşük öz değer ve saygı geliştirmek.
- Kaybolmuş, kafası karışmış, amaçsız, kendinden şüphe eden hissetmek.
- Gerçek hedeflerin, ilgi alanlarının, hırsların ve dürtülerin olmaması.
- Etrafta varlığımızı doğrulayacak kimse yokken boş hissetmek.
- Şiddetli benlik duygusu eksikliği.
- Zayıf öz bakım, kendine zarar verme, kendini tatmin etme, insanları memnun etme, onay arayışı.
- Çoğu şeyi ya da herhangi bir şeyi yapmak için içsel motivasyonun olmaması.
- Geçmişte incinmiş hissetmeye yol açan şeyleri yapmak için motivasyon eksikliği.
- Pasiflik ve bağımlılık.
- Motivasyon ihtiyacı.
- Duygusal ihtiyaçlarımızı görmezden gelmek.
- Yalan söylemek, sessiz kalmak, sahte gülümseme, hayal kırıklığı, öfke.
- Bağımlılıklar ve nevroz.
- Psikolojik ve/veya fiziksel hastalıklar.
- Sağlıklı ilişkiler sürdürmekte zorlanma.

- Fiziksel ihmal, yeme bozuklukları (anoreksiya, obezite), sağlıksız bir diyet sürdürme, uyku sorunları ve kabuslar.

"Ben iyiyim"

"Hayır diyemem"

"Ben yeterince iyi değilim"

"Ben hatalıyım"

"Ben bir başarısızım"

"Özür dilerim"

"Ben bir yalancıyım"

Yukarıdaki ifadelerdeki ortak nokta, hepsinin birinci şahıs olan "ben" ile ilgili olmasıdır.

Hepsi benimle, kendimle bağlantılı ve ilgilidir.

Bunlar kendi benliğimize dair oluşturduğumuz algılardır.

Her şey içimizdeki hislerle ilgilidir.

Her şey fırtınanın 'Ben'i ile ilgilidir; kendi içimizde dönüp duran ve bizi, öz benliğimizi, dünyaya, insanlara ve etrafımızdaki olaylara bakış açımızı ve bunlara verdiğimiz tepkileri tanımlayan bir fırtına.

Kendime nasıl bakıyorsam, başkalarının da benim hakkımda öyle düşündüğüne inanıyorum. Her şey gerçek sandığımız algıyla ilgili!!!

Şaşırtıcı bir şekilde, tıpkı fırtınanın gözü gibi, büyüdükçe içimizdeki fırtınanın farkında bile olmayabiliriz. Yetiştirilme tarzımızın sorunlu olduğunu çoğu zaman yetişkinlikte bile fark edemiyoruz. Dolayısıyla, fırtınanın 'ben'inin oluşumunu anlamayı imkansız buluruz!

Bir şiirden alıntı TCA Venkatesan, Ph.D.

Dışarı çıktı ve baktı,

Yüzü sakindi,

Zihni yanıyor,

İçinde bir fırtına kopuyor.

İç gözü merkezde,

Öfkeyi herkesten saklamak,

Dış gözü parlıyor,

Tekrar Büyümek İstiyorum

Şiddetli bir rüzgarla,
Her şeyi uçurmaya hazırdı.
Bir çıkışa ihtiyacı vardı,
Duygularının dökülmesine izin vermek için,
Sözlerinin doğru konuşmasına izin vermek için,
Düşünceleri akmaya başladı.
Kendini duyurmaya çalışıyor,
Sözleri sadece yoluna çıkmıştı,
Dünyanın bilmesine nasıl izin verecek?
Onları yoldan çıkarmadan.
Anlamalarını sağlamak için,
Sadece iyi niyetli olduğunu,
Eğer sözleri başka bir şeyse, anlatmayı seçtiği şey bu değildir.
Sözleri kendisine ait değil,
Kontrol altında olmayan olaylar tarafından,
Başkaları tarafından şekillendirilirler,
kimler zarar verdi.
Sadece onun derin duyguları,
Bu iç düşünceler onun,
Ama ortaya çıktıklarında,
Başka bir şeye dönüşüyorlar.
Çok şey aldı,
Ama çok fedakârlık yaptı,
Ne aldığını kim görecek,
Onun geri verdiklerini görebilecekler mi?
Onu kim anlayacak,
Kim onun yanında duracak,
Fırtınaya kim göğüs gerecek,

Kim onunla yelken açacak?
İçine kim girecek,
İçeriyi kim görecek,
Sakinliği kim görecek,
Fırtına dışarıda şiddetlendiğinde.
Yüzün sakin, aklın yanıyor,
Dışarı çıktı ve baktı,
Hâlâ arıyor,
Huzurunu paylaşmak için.

Psikolojik yalnızlık: Ben İyiyim

"En güzel gülümseme en derin sırları gizler. En güzel gözler en çok gözyaşı dökmüştür. Ve en nazik kalpler en çok acıyı hissetmiştir."

"Bir gülümseme binlerce kelime ifade edebilir, ama aynı zamanda binlerce gözyaşı da gizleyebilir."

"Gülümsemenin sahtesini yapabilirsin, ama duygularının sahtesini yapamazsın."

"Bir gün, birinin sahte gülümsememin arkasından bakmasını, beni kendine çekmesini ve - Hayır, iyi değilsin demesini istiyorum."

"Ben iyiyim" demek ve gülümsemek, Psikolojik Yalnızlık Sendromu olan biri için mükemmel bir kılıf sağlar.

Sen nasılsın?

Aklımdan bazı düşünceler geçiyor. Bana bunu soran kişi nasıl olduğumu bilmekle gerçekten ilgileniyor mu? Nasıl olduğumu bilmek onun için bir fark yaratır mı? Dolayısıyla, ruh halimi ve duygularımı göstermenin bir anlamı yok. Bu yüzden sadece gülümsüyorum. Sıkıntılarımla onun ruh halini bozmak istemiyorum. O yüzden sadece iyiyim diyeceğim. Aslında bu üç kelimenin ötesinde kelime bulamıyorum.

Umarım insanlar iyiyim dediğimde ne demek istediğimi anlarlar.

İyiyim demek, nasıl hissettiğimi söyleyecek cesaretim yok demektir.

Yargılanmaktan korkuyorum. Zayıf olduğumu düşünebilirsiniz. Gerçekten umursadığınızdan emin değilim.

Evet, beni motive etmeye çalışacak ve hepimizin böyle hissettiği yorumunu yapacaksınız.

Ama bu bana her zaman oluyor. Beni anlamak için zamanınız olacak mı... tamamen? Olumsuz düşünce ve duygularla doluyum. Peki, gerçekten bilmek ister misiniz - Ben nasılım?

"Ben iyiyim" demek aslında "Ben gerçekten iyi değilim" demektir.

Bu, içinde bulunduğumuz ruh halinden çıkmamıza yardımcı olacak birine ihtiyacımız olduğu anlamına gelir. Yardıma ihtiyacımız olduğu anlamına gelebilir. Bir yanımız iyi olduğumuzu söylerken bir yanımız da yardım için haykırıyor. Bunlar basitçe kelimelere dökemeyeceğimiz duygulardır. Sadece bu duygularla özdeşleşenler "Ben iyiyim "in ardındaki acıyı gerçekten anlayabilir. İçgüdülerimiz kendimizi reddedilmekten korumamızı sağlıyor ya da sadece korkuyoruz.

Bir gülümseme ve gülümseyen bir surat duygularımızı herkesten gizler. Gülümseme sadece gerçek duygularımızı başkalarından kamufle etmekle kalmaz; duygularımızı kendimizden de saklamamızı sağlar.

Gerçek gülümsemeden sahte gülümsemeye

Yeni doğanlar kendilerini ifade eder ve duygularını bastırmazlar. Ne hissettiklerini anlatmak için gülümser, ağlar, kıkırdar ve ağlarlar. Mutluysalar gülümser, kıkırdar, saf sevinçle haykırır ve heyecanlı, motive, meraklı ve yaratıcı hissederler. İncinmişlerse ağlarlar, uzaklaşırlar, öfkelenirler, yardım ve koruma ararlar ve ihanete uğramış, üzgün, korkmuş, yalnız ve çaresiz hissederler. Bir maskenin arkasına saklanmazlar. Biraz daha büyüdüklerinde kendilerini kelimelerle ifade etmeye başlarlar. Çocuklar filtresiz konuşurlar. İçlerinde ne varsa dışa vururlar. Ancak, dışa vurulan şey fark edilmez, kabul edilmez ve anlaşılmazsa. Yardım için ebeveynlerimize gittiğimizi, ancak her ne sebeple olursa olsun onların yanımızda olmadığını düşünün.

Sana ne oldu?

Bugün okulda ne oldu?

Ne istiyorsun?

Bu şefkatli sorularla karşılaşmadığında, çocuk kişisel duygularının, isteklerinin ve ihtiyaçlarının önemli olmadığını varsaymaya başlar. Bir süre sonra çocuk beklemeyi ve ifade etmeyi bırakır. Zaten kimse gerçekten umursamıyor! Her şeyi yoluna koyacak gibi görünen tek ifade, 'tatlı' bir gülümsemeyle "Ben iyiyim" ifadesidir. Çocuklar büyüdükçe, yalanın, sahtekârlığın, samimiyetsizliğin, gerçek dışılığın normal olduğunu varsayılan olarak ve deneyimleyerek anlarlar.

'Ben iyiyim', genellikle başka sorulara veya yorumlara yol açmayan en güvenli cevaptır. Çoğumuz her gün etrafta "iyiyim" diyerek dolaşırız.

Sadece kibarlık yapıyorum

'Nasılsın' sorusu iki kişi karşılaştığında sorulan varsayılan sorudur ve 'iyiyim' cevabı da verilen varsayılan cevaptır. Bu bir nezaket alışverişidir.

Her ikisi de söylediklerini kastetmez veya bunlara herhangi bir ağırlık atfetmez.

Gerçekten nasıl hissettiğimden emin değilim

Çoğu zaman duygularımızı anlamakta ve tarif etmekte zorlanırız. Bu nedenle, daha fazla sorudan kaçınmak veya soran kişiyi rahatsız hissettirmemek için "iyi" deriz.

Kimse gerçekten nasıl hissettiğimi anlayamaz

Çoğumuz acılarımızı başkalarına yansıtmak istemeyiz. Depresyon ve acı genellikle utançla birlikte gelir. Bu konuda konuşmak kırılganlığımızı gösterir ki bu da rahatsız edici ve tehdit edici olabilir.

Bu konuda konuşmak istemiyorum

Duygular hakkında konuşmak yaraların açılması gibi gelebilir. Empati veya anlayıştan yoksun biriyle paylaşmak cesaret kırıcıdır ve utanç duygusunu daha da besler.

Çok hızlı büyüyor

"Çok hızlı büyümek" ya da "Yaşına göre olgun olmak" aslında büyümek değildir. Ve kesinlikle büyümenin doğru yolu da değildir.

Kendimizi yalnız hissettiğimizde, duygusal olarak ihmal edildiğimizi düşündüğümüzde, bize büyümemiz ve sahiplenmemiz söylendiğinde, çok az rehberlik veya destekle ya da rol değişimine girdiğimizde, sadece kendimize değil, aynı zamanda ebeveynlerimize, kardeşlerimize, arkadaşlarımıza veya diğer aile üyelerimize de bakabilen "küçük yetişkinlere" dönüşürüz.

Büyüyen çocuk gülümser. Ve ebeveynler çocuklarının hayattaki daha zor şeylerin üstesinden gelebilecek kadar olgun olduğunu hissederler. Çocuğa haksız sorumluluk ve gerçekçi olmayan standartlar yüklerler. Çocuktan, kimse ona nasıl yapılacağını öğretmeden bir görevi yerine getirmesi beklenir ya da mükemmel olması beklenir ve doğal olarak kusurlu olursa, bunun için sert olumsuz sonuçlar alır.

Güçlü olmak zorundayım. Güçlü olma kisvesi altında, gerçek zayıflık içimizde gizlidir. Bu bizi gerçek durumumuzdan koparır. Duygusal olarak güçlü ve "güvenilebilecek" biri gibi görünmeye çalışırız. Yaslanacak bir omuza ihtiyacımız olduğunu fark etmeyiz.

Her şeyi kendim yapmak zorundayım. Başkalarına bakmanın bizim sorumluluğumuz olduğunu ve kimsenin bize yardım etmeyeceğini varsayıyoruz. Yardım istemek istemeyiz ve kapasitemizin çok ötesinde işler yapmaya çalışırız. İşkolik oluruz ve kendimizi yalnız, yalıtılmış, gereksiz yere güvensiz ve "dünyaya karşı yalnız" hissederiz.

Gülümsemenin ardına sakladıklarımız

- Zayıf öz bakım ve hatta kendine zarar verme.
- İşkoliklik.
- Herkesle ilgilenmeye çalışmak.
- İnsanları memnun etme.
- Öz saygı sorunları.
- Sürekli olarak fiziksel olarak yapabileceğimizden daha fazlasını yapmaya çalışmak.
- Kendimiz için yüksek ve gerçekçi olmayan standartlara sahip olmak.
- Sahte sorumluluk.
- Kronik stres ve kaygı.
- İlişkilerde yakınlık eksikliği.

Ben iyiyim.

Ve bana nasıl olduğumu soruyorsun.

Ve duymak istiyorsun

her şeyin yolunda olduğunu.

Ve ne kadar isterdim.

Keşke öyle olmadığımı söyleyebilseydim. Ama eski söze sadık kalıyorum.

"Ben iyiyim".

Bir arkadaşım benden

ruh halimi bir renk yardımıyla tarif etmek.

Keşke kolay olsaydı.

Ona renklerin nasıl

solup gitmişti ve

hepsinin nasıl da aynı göründüğünü.

Simsiyahtan

Parlak kırmızı,
hepsi aynıydı.
Keşke seninle konuşabilseydim.
Uzun uzun.
Ama sonra, bir şekilde hissediyorum
Yapmamalıyım.
Sonuçta, hepimizin bir
hayatıma devam etmek için.
Kendimden geçmek için şarkılar dinliyorum.
Konuşuyorum. Ve fark ediyorum ki.
Rol yapma konusunda ne kadar kötü olduğumu.
Deniyorsun.
Beni bir şeylerden vazgeçirmeye çalışıyorsun,
Bana düşünmeyi bırakmamı söyle,
merak falan.
Ama ne var biliyor musun?
Her seferinde bunu kelimelere dökmek kolay değil.
Metaforlar oluşturmak kolay değil
ölmekte olan hikayelerden.
Bu kolay değil
Bu zihnin düşündüğü her şey.
Ve bazen,
bunun farkındasınız.
Ama yine de soruyorsun.
"İyi misin?"
Ve ben yine de "iyiyim" diyeceğim.

Psikolojik yalnızlık: Hayır Diyemiyorum

"En eski, en kısa kelimeler - 'evet' ve 'hayır' - en çok düşünülmesi gerekenlerdir."
"HAYIR tam bir cümledir. Devamında bir açıklama gerektirmez.
Birinin isteğine basit bir Hayır ile gerçekten cevap verebilirsiniz."
"Gerçek özgürlük, sebep göstermeden 'hayır' diyebilmektir."
"Ton, hayır demenin en zor kısmıdır."
"Bu hayattaki sıkıntıların yarısı çok çabuk evet demekten ve yeterince çabuk hayır dememekten kaynaklanır."

"NO-O-PHOBIA"

Hayır - İki küçük harf.

Çoğu zaman "hayır" diye düşünürüz, ama şaşırtıcı bir şekilde ağzımızdan "evet" çıkar. En son ne zaman birine "hayır" dedik?

Ben hatırlamıyorum!

Evet, evet dediğimi hatırlıyorum - işte, evde, arkadaşlarıma, komşuma, sosyal davetlere!

Bazılarımız için 'evet' demek bir alışkanlık, otomatik bir tepkidir. Diğerleri içinse 'evet' demek bir zorunluluk haline gelir.

Kendimizden nefret edecek ve kendimizi 'korkak' hissedecek kadar herkesi memnun etmek bizim için neden bu kadar önemli?

Hayır demek kötü bir insan olduğunuz anlamına gelmez.

Hayır demek kaba, bencil ya da nezaketsiz olduğumuz anlamına gelmez. Hayır - Güçlü bir sözcük.

Hayır, o oyuncağı istiyorum.

Hayır, o sebzeleri yemek istemiyorum.

Çocukken HAYIR demek çok kolaydır. Sonra, büyüdükçe, bir şekilde hayır deme gücümüzü kaybederiz. Yapmak istemediğimiz şeylere evet deriz, enerjimizi tüketen insanlarla vakit geçiririz, yapmak istemediğimiz iyilikleri yaparız ve bu böyle devam eder.

Çocukken filtrelenmemiştik. İçimizdekileri sözel olarak ifade ederdik. Ancak büyüdükçe, hayır demenin kaba veya uygunsuz bir davranış olduğunu öğrenmeye başladık. Eğer annemize, babamıza ya da öğretmenimize hayır dersek, bu onların egosunu inciteceği için kaba bir davranış olarak kabul edilirdi.

'Evet' demek kibarca söylenecek şeydi.

Yetişkinler olarak, çocukluğumuzda aldığımız terbiyeye tutunur ve hayır demeyi sevimsiz, kötü huylu ya da bencil olmakla ilişkilendirmeye devam ederiz. Hayır demek kendimizi suçlu hissetmemize ya da utanmamıza neden olur ve sonunda kendimizi reddedilmiş ve yalnız hissederiz.

"Onların benim hakkımdaki düşünceleri benim kendim hakkındaki düşüncelerimden daha önemlidir."

Hayatımızı başkalarının onayına bağlı olarak yaşarsak, asla özgür ve mutlu hissetmeyiz.

Neden Hayır Diyemiyoruz

En büyük korkumuz reddedilmektir. Hayır dersek birini hayal kırıklığına uğratmış, kızdırmış, duygularını incitmiş ya da kaba ve nezaketsiz görünmüş oluruz. İnsanların hakkımızda olumsuz düşünmesi en büyük reddedilmedir. Başkalarının ne dediği, hakkımızda ne düşündüğü bizim için çok önemlidir. Hayır diyememek, başkalarından onay alma ihtiyacıyla doğrudan bağlantılıdır. Bu yüzden de hayır demekte zorlanırız.

Hayır diyemememizin bir diğer önemli nedeni de hayattan ne istediğimize dair hiçbir fikrimizin olmamasıdır. Aradığımız şeyin ne olduğu hakkında hiçbir fikrimiz yok. Bizi gerçekten 'mutlu' eden şey. Bize derin bir tatmin duygusu veren şey. Ruhumuzu besleyen şey. Bu yüzden her şeye evet diyoruz.

- Çatışmadan kaçınmak isteriz.
- Kaba görünmek istemeyiz.
- Bu özel fırsat bize verildiği için gurur duyarız.
- "Hayır dersem kim yapacak?
- 'Kimse benim kadar mükemmel yapamaz, bu yüzden ben yapmalıyım.
- Takdir edilmek isteriz.

Bunun kökleri, sadece kendimiz olarak sevgiyi elde edebileceğimizi hissetmediğimiz çocukluk dönemine dayanır. Sevgiyi başkalarını memnun ederek kazanmak zorundaydık.

• Ebeveynimizin beklentilerini karşıladığımız için ödüllendirildiğimiz ve reddettiğimiz için cezalandırıldığımız katı ebeveynlik.

• Belirsiz ebeveynlik, bir an 'havalı', bir sonraki an 'kaba', evet demenin en iyisi olduğuna karar verdiğimiz ebeveynlik.

• Ebeveynlerin zor bir ilişkiye sahip olduğu veya stresli olduğu, kabul etmenin yüklerini azaltmanın en iyi yolu olduğu rahatsız ebeveynlik.

• Güvensiz ebeveynlik, ebeveynin kendi öz saygısını yükseltmek için çocuğu kullandığı, çocuğun ebeveyne kendini iyi hissettirmesi için baskı gördüğü durumlardır.

Çoğu çocuk ebeveynlerinin sevgi ve ilgisini arar ve bir ebeveynin istediğini reddetmek bunu elde etmenin yolu değildir. Ebeveynlerin isteklerini yerine getirmemek, ayrıcalıkların ellerinden alınmasına yol açar ve bu durum gençlik yıllarında da devam eder.

Yetişkinliğe ulaştığımızda, çoğumuz sadece "hayır" deme düşüncesinden bile endişe duyarız. Ofiste bir terfiyi kaybedecek miyiz? Havalı sosyal grubun dışında mı kalacağız? Cevap kesinlikle "hayır "dır.

Hayır Diyemiyorum... Ne pahasına olursa olsun

Asla hayır dememenin bedeli çok ağırdır.

• Evet demek, bizi istek ve ihtiyaçlarımızın ne olduğunu bilmekten uzaklaştıran bir fedakârlık biçimi olabilir.

• Her zaman evet demek ilişkileri güçlendiriyor gibi görünebilir. Ancak uzun vadede kendimizi manipüle edilmiş hissetmeye başlarız, bu da saygı kaybına ve bağın zayıflamasına neden olur.

• Başkalarına kendimizden daha fazla zaman ve enerji ayırmaya başladığımızda, daha çabuk tükeniriz.

• Hedeflerimize ulaşmaktan ve hayal ettiğimiz hayatı yaratmaktan uzaklaştıkça hayal kırıklığı ortaya çıkar.

• Başkaları için bir şeyler yapmaya ne kadar çok zaman harcarsak, kendimize o kadar az zaman ayırırız ve yapmak istediklerimizi yapmak için daha az zamanımız olur. Bu da öncelik belirlemede dengesizliğe yol açar.

- İddialı iletişim eksikliği kendimiz hakkında kötü hissetmemize ve düşük öz saygıya yol açar.

- Nihayetinde ne istediğimizi bile bilemez hale gelmemiz mümkündür. Başkalarının istediklerini yapmaktan uyuşmuş hale geliriz. Hatta neyi sevip neyden nefret ettiğimizi ve gerçekte kim olduğumuzu unuturuz.

İddialı Olmak

Çok pasif olduğumuzda ne olur?

- İstemediğimiz halde 'evet' diyoruz.
- Başkalarıyla ilgilenmekle çok meşgul olduğumuz için kendimizle ilgilenmiyoruz.
- Verirken ve almazken duygusal olarak tükeniyoruz.
- Takdir edilmiyoruz.
- İnsanlar nezaketimizden faydalanır.
- Sebep olmadığımız şeyler için özür dileriz.
- Kendimizi suçlu hissederiz.
- Sevmediğimiz insanlarla vakit geçiririz.
- Çatışmadan kaçınırız.
- Değerlerimizden ödün veririz.

Başkalarına yardım etmek iyi bir şeydir. Ancak bazılarımız sırf iddialı olmadığımız için bunu kendimize zarar verecek kadar ileri götürüyoruz. Duygusal ve ruhsal yakıt ikmaline ihtiyacımız var. Depomuzu öz bakım ve tatmin edici ilişkiler yoluyla doldurmadan başkalarına bir şeyler verdiğimizde ya da başkalarının bizden bir şeyler almasına izin verdiğimizde, sonunda tükenmiş ve kırgın oluruz.

İddialı olmanın önüne ne geçiyor?

Hangi korkularımız daha iddialı olmamızı engelliyor? Daha iddialı olursak ne gibi hoş olmayan sonuçlar ortaya çıkabilir?

İnsanların duygularını incitmekten korkuyoruz, reddedilmekten veya insanların hayatımızdan çıkıp gitmesinden korkuyoruz, çatışmadan korkuyoruz, zor biri olarak görülmekten korkuyoruz, istesek bile ihtiyaçlarımızın karşılanmayacağından korkuyoruz.

Girişken iletişimin önündeki engel, girişkenlik ile saldırganlık arasındaki karışıklıktır. Girişkenlik bağırmak ya da tartışmak değildir. Girişken iletişimin temelinde saygılı iletişim vardır. Düşüncelerimizi, duygularımızı ve ihtiyaçlarımızı kaba olmadan, açıkça, doğrudan ve saygılı bir şekilde iletmektir.

İnsanların ne istediğimizi ve ne istemediğimizi bilmelerini beklemek gibi bir hata yaparız. Onların bunu bilmesini beklemek adil değildir. Söylemek zorundayız. Girişkenlik bir beceridir. Ne kadar çok pratik yaparsak o kadar kolaylaşır.

İddialı iletişim saygıyı teşvik eder. Kendilerini savunan ve istediklerini ya da ihtiyaç duyduklarını talep edenlere saygı duyarken başkalarına da saygı duyarlar. Girişkenlik aynı zamanda öz saygıyı da artırır. Duygularımızı ve ihtiyaçlarımızı görmezden gelmek yerine onlara değer vermeye başlarız. İhtiyaçlarımızın karşılanma şansını artırır. İlişkideki sıcaklığı artırır.

Nasıl Hayır Denir

Diğer insanlara ve onların sorunlarına takıntı derecesinde odaklanma eğilimindeyiz. Kontrol edemediğimiz şeylere odaklanmak yerine, kontrol edebildiklerimize odaklanmalı ve kontrol edemediklerimizi kabullenmeyi öğrenmeliyiz.

Hakkında bir şeyler yapabileceğimiz şeylere odaklanarak daha etkili olabilir, daha fazla iş yapabilir, işimizde ve özel hayatımızda daha tatmin olmuş hissedebiliriz.

- İddialı, doğrudan ve net olun. "Hayır, yapamam, yapmak istemiyorum" deyin.

- Kibar olun - "Takdir ettim, sorduğunuz için teşekkürler."

- Yapmak istemiyorsanız "Bunu düşüneceğim" demekten kaçının. Bu sadece durumu uzatır ve daha fazla strese yol açar.

- Kesinlikle yalan söylemeyin. Yalan söylemek suçluluk duygusuna ve ilişkilerin bozulmasına neden olur.

- Özür dilemeyin, bahaneler ve nedenler sunmayın.

- Hayır deme pratiği yapın.

- Daha sonra kırgın olmaktansa şimdi hayır demek daha iyidir.

Özdeğerimiz diğer insanlar için ne kadar çok şey yaptığımıza bağlı değildir.

"Neyi kabul edip etmeyeceğinize karar vererek insanlara size nasıl davranacaklarını öğretirsiniz."

"Bazen "hayır" birine söyleyebileceğiniz en onurlu ve saygılı şeydir."

"HAYIR demeyi öğrendim. Artık kendimi kapana kısılmış, kızgın ya da suçlu hissetmiyorum. Bunun yerine, kendimi güçlü ve özgür hissediyorum."

"Unutmayın, başkalarına ve istemediğiniz şeylere hayır dediğinizde, daha iyi bir şeye evet demiş olursunuz - kendinize."

Psikolojik Yalnızlık: Yeterince İyi Değilim

"Yıllardır kendini eleştiriyorsun ve bu işe yaramadı.
Kendini onaylamayı dene ve ne olacağını gör."

– Louise Hay

"Hiç kimse sizin rızanız olmadan size kendinizi aşağılık hissettiremez."

– Eleanor Roosevelt

"Neden yeterince iyi değilim?" diye ağlarız kendimize, kayıp dediğimiz şeylerden sonra - kırık bir kalp, başarısız bir sınav, istediğimiz ya da hak ettiğimiz bir şeyin reddedilmesi. Hiçbir insan bir başkası için asla 'fazla iyi' değildir. Günlük yaşamda elimizden gelenin en iyisini yaptığımızı, çok çalıştığımızı, çok çabaladığımızı ama yine de yeterince iyi olmadığımızı hissettiğimiz deneyimler yaşarız. Hala daha fazla olmamız, daha fazlasını yapmamız, daha iyi olmamız, daha iyisini yapmamız gerektiğini düşünerek kendimizi sürekli hırpalarız. Olumsuz bir düşünceyi alıp gerçekçi bir şekilde anlamıyor ve onu güçlendirici bir düşünceye dönüştürmüyoruz. Olumsuz düşünceyi alır, büyütür ve en kötü senaryoya bakarız. Öyle bir noktaya getiririz ki, sanki hayat parçalanıyormuş gibi hissederiz.

Kendi düşüncelerimiz tarafından aşağı çekilmek çok kolaydır. Ebeveynlerimiz için bir çocuk olarak yeterince iyi değiliz. Bir ebeveyn olarak çocuklarımıza karşı yeterince iyi değiliz. İlişkilerimizde yeterince iyi değiliz. Yaptığımız işte yeterince iyi değiliz. İşimiz için yeterince iyi değiliz. Hiçbir şeyde yeterince iyi değiliz.

Değerli olmak için dünyanın en çekici, en zeki, en fit ya da en yaratıcı insanı olmamız gerekmiyor. Bu duyguları hisseden tek kişi biz değiliz. Hepimiz kendi öz değerimizden tekrar tekrar şüphe ederiz. Bu tür düşünceler günümüz dünyasının baskıları ve stresiyle birleştiğinde özgüvenimizi ve özsaygımızı paramparça edebilir.

Yeterince iyi olmadığımı hissediyorum ...

Ben standartlara uygun değilim...

Başkalarının benden çok daha iyi olduğunu hissediyorum ...

"Yeterince iyi değilim "in doğuşu

İçimizde o kadar derinlere kök salmıştır ki bu duygudan bir türlü kurtulamayız. Diğer kendini sınırlayan inanç sistemlerinde olduğu gibi, bu da büyüme yıllarımıza dayanır.

Bebekler çok kolay etkilenebilir ve çevrelerindeki ortamı kolayca özümserler. Önemli olan tek duygu, çevrelerindeki insanlardan sevgi ve şefkat görmektir. Başka herhangi bir duygu onlara hala yabancıdır. Sadece sevilmek, önemsenmek ve okşanmak isterler. Ebeveynler arasında yaşanan tartışmalar ve çocuğu çevreleyen ortam hakkında hiçbir anlayışa, olgunluğa ve bilişsel farkındalığa sahip değildirler. İşlevsiz ailelerde çocuk, yetişkinlerin neden böyle davrandıklarını anlamaz.

Büyümekte olan çocuk bilinçaltında şu düşünceleri içselleştirir: 'Ailem beni sevmiyor, çünkü yeterince iyi değilim. Keşke daha iyi olsaydım, bunlar olmazdı. 'Notlarım daha iyi olsaydı, annemle babam gurur duyardı ve kavga etmezlerdi. 'Eğer onlara itaat etseydim, daha az stresli olurlardı. "Anneme yardım etseydim, çok mutlu olurdu.

Çocuklar farkında olmadan çevrelerindeki sorunları rasyonelleştirir ve kendi benliklerinde merkezileştirirler. "Eğer yeterince iyi olsaydım, dünyam çok daha iyi olurdu. Ne yaparlarsa yapsınlar ebeveynlerinin sorunlarını düzeltemeyeceklerini içselleştirirler. Onlar çocuktur ve bu onların düzeltmesi gereken bir sorun değildir, ancak bunu henüz bilmemektedirler. Bu yüzden denemeye devam ederler. Ne yazık ki, işlevsiz ailelerdeki ebeveynler çocuklarını suçlar veya ebeveynin o anda hissettiği kötü duyguları çocuklarına yansıtır. Hatta talihsizliklerinin kaynağı olarak çocuklarının varlığını lanetlerler. Çocuk ailenin duygusal yükünü taşımaya başlar.

Biz nasıl ebeveynlik yaptıysak çocuklarımıza da aynı şekilde ebeveynlik yapıyoruz. İçselleştirilmiş 'yeterince iyi değilim' duygusu güçlenir. Büyüyüp ebeveyn olan çocuk artık 'Ben yeterince iyi bir ebeveyn değilim' demektedir. Olumsuz mesajlar basit olumlamalarla ya da kendimizi iyi olduğumuza ikna ederek 'geri alınamaz'. Artık bir yetişkin olan çocuğun içinde gömülü olan daha derin travmayı ortaya çıkarmamız ve onu serbest bırakmamız gerekir.

Atelofobi

Atelofobi, bir şeyi doğru yapamama ya da yeterince iyi olamama korkusudur.

Basit bir ifadeyle, kusurluluk korkusudur. Atelofobi kelimesi iki Yunanca kelimeden oluşmaktadır: Atelo kusurlu, fobi ise korku anlamına gelir.

Atelofobisi olan kişiler, beklentileri gerçekle uyuşmadığında genellikle depresyon veya anksiyete geliştirirler.

• Bir atelopfobik, yaptığı her şeyin uygun olmadığı, kabul edilemez veya tamamen yanlış olduğu konusunda endişelenir. Rutin işleri, çalışmaları, bir telefon görüşmesi yapmak, bir e-posta oluşturmak, başkalarının önünde konuşmak gibi günlük görevler bir çile olabilir. Bir tür hata yaptıklarından ve görevlerinde yetersiz kaldıklarından korkarlar. Bu, aşırı öz-bilinç ve sürekli yargılanma ve değerlendirilme duyguları için bir zemin hazırlar.

• Atelofobikler bilinçaltında mükemmelliği hedef haline getirir. Bu hedef çoğunlukla ulaşılması zor bir hedeftir ve nadiren ulaşılır. Bu da kişiyi hayatta mutsuz, işe yaramaz ve etkisiz bırakır. Giderek daha fazla özgüven ve özsaygı kaybeder ve hiçbir şeyi asla doğru yapamayacağı inancını pekiştirir.

• Bu tür duygulara sahip kişiler diğerleri kadar zeki ve yetenekli olabilirler, ancak potansiyelleri yeterince iyi olmadıkları duygusuyla maskelenir. Kimseyle rekabet etmemeyi seçerler ya da meydan okumaları kabul etmezler.

• Öğrenciler, sınavlar için çalışmalarını tamamlamış olsalar bile, tekrar ve tekrar yapmaya devam ederler ve hüsrana uğrarlar. 'Mükemmel' olmadıklarına inanırlar ve asla tatmin olmazlar. Bu kusurluluk korkusu insanları üretken bir şey yapmaktan alıkoyabilir çünkü doğru yapamamaktan ve hem kendilerini hem de çevrelerindekileri hayal kırıklığına uğratmaktan korkarlar.

• Bazı atelopfobikler kusurluluktan o kadar korkarlar ki, yaptıkları her işin kendi algıladıkları mükemmellik derecesinde yapıldığından emin olmaları gerektiğini hissederler. Bu kendini şu şekilde gösterir mükemmeliyetçilik ve OKB eğilimleri. Bu kişiler endişe, korku ve kaygı ile doludur.

Nedenler ve Modeller

Doğamız gereği irrasyoneliz ve bizi şekillendiren tüm deneyimlerin sonucuyuz. Üzerinde çalışabilmek için bu mantıksız davranışların ve düşüncelerin temel nedenlerini göz önünde bulundurmak önemlidir.

• **Çocukluk deneyimleri**

Çocuklukta yaşadığımız deneyimler, kendimiz ve etrafımızdaki dünya hakkındaki düşüncelerimizi şekillendirir. Belki de bize yeterince iyi olmadığımız söylenmiş ya da fark ettirilmiştir. Bir çocuğun ihtiyaç duyduğu ve beklediği ilgi, sevgi ve onay bazen eksiktir. Her zaman ebeveynler vermediği için değil, çoğunlukla aynı şeyin farklı bir tanımına sahip oldukları için. Ebeveynlerimiz kendi çözülmemiş sorunları nedeniyle sevme konusunda iyi olmayabilirler. Bir kardeşin varlığı ve bölünmüş sevgi bu duyguyu daha da kötüleştirebilir. Yaşamın ilk yedi yılında bir çocuğun kesinlikle koşulsuz sevgiye ve birincil bakıcıya güvenebilmeye ihtiyacı vardır. Bu gerçekleşmezse, kendimize veya başkalarına asla güvenmemeyi ve güven eksikliğini içeren 'kaygılı bağlanma' ile sonuçlanırız.

- **Reddedilme korkusu**

Etrafımıza duvarlar öreriz çünkü reddedileceğimizden ve olduğumuz gibi takdir edilmeyeceğimizden korkarız. Dolayısıyla, birileri için yeterince iyi olmamak bir bahane haline gelir. İnsanların iç dünyamıza girmesine izin vermekten korkarız.

- **Önceki tatsız deneyimler**

Yeterince iyi olmadığımız duygusu, özellikle önceki ilişkilerimizde yaşadığımız bir deneyimin sonucu olabilir. Çoğu zaman ilgimiz, sevgimiz ve şefkatimiz karşılık bulmaz, muhtemelen bu tek taraflı bir beklentidir. Bunun nedeni özgüven ve güven eksikliği olabileceği gibi, partnerimizin bizi güvende hissettirmek için üzerine düşeni yapmaması da olabilir. Bazen partnerimiz bir ilişkide ihtiyaç duyduğumuz duygusal desteği ve güvenceyi bize vermeyebilir. Onlardan daha fazlasını beklemek yerine, sorunların nedeninin kendi içimizde yattığı sonucuna varırız. Bu durum şimdiki ve gelecekteki diğer ilişkilerimize de genellenir. Çünkü ben yeterince iyi değilim.

- **Duygularımızın genelleştirilmesi**

Hayatımızın bir alanındaki incinme veya yetersizlik duyguları diğer alanlara ve ilişkilere de yayılır. Maddi kayıplar yaşayabiliriz ve iş için yeterince iyi olmadığımızı düşünmeye başlarız. Yavaş yavaş bu durum, giriştiğimiz herhangi bir girişimde yeterince iyi olamamak şeklinde genelleşir. Finans alanındaki depresyon bizi duygusal olarak etkiler ve rahatsız edici duygularımız ilişkilerimizi bozar. Sadece bir kötü deneyim yüzünden.

- **Temel inanç sistemi**

Düşük öz-değer, derin bilinçaltı çekirdek inançlarımızla, iç ve dış dünyamızla ilgili gerçek zannettiğimiz algılarımızla bağlantılıdır. Bu temel inançlar biz küçükken ve büyürken, küçük yaşımızda çok az farkındalık ve perspektifle oluşturulmuştur. Şaşırtıcı bir şekilde, hayatımızla ilgili kararlarımızı bunlara dayandırırız.

- **Olumsuz çevre**

Bazen yeterince iyi hissetmemek, bizi sürekli aşağı çeken ve hatırlatan arkadaşlarımız tarafından tetiklenebilir ve güçlendirilebilir. Toksik arkadaşlıklarımız ve ilişkilerimiz yeterince iyi olmama hissini pekiştirir.

Ne Yapılabilir

Karşılaştırmayı bırakın

Kendi içimizde yaşadıklarımızı başkalarının dışında gördüklerimizle karşılaştırırız. Başkalarının iyiliğine kıyasla bizim kötülüğümüz her zaman kendimizi yeterince iyi hissetmememize neden olacaktır. Bu yüzden başkalarının yaptıklarını ve başardıklarını görmezden gelin. Hayatımız kendi sınırlarımızı aşmak ve en iyi hayatımızı yaşamakla ilgilidir. İtaatkâr olmadan nazik olun. Sadece çatışmadan kaçınmak ve ilişkide kabul görmek için bir şeyleri kabul etmeyin.

Başarısızlıklar yaşam için gereklidir

Başarısızlık hayatın önemli bir parçasıdır. Dengeyi beraberinde getirir. Hayatın bize öğretebileceği en büyük dersleri başarısızlık yoluyla öğreniriz. Başarısızlık büyüklüğü şekillendirir. Yaşadığımız başarısızlıklar başarılarımızı takdir etmemizi sağlar.

Ben ve ben

Her zaman "neden yeterince iyi değilim?" diye merak ediyorsak, buna karar verenin biz olduğumuzu unutmayın. Ne kadar iyi olduğumuza, nelerde iyi olduğumuza, ne kadar iyi olmak istediğimize karar vermek bize bağlıdır. Birisi bizim sevdiğimiz bir özelliğimizi beğenmiyorsa, değişmemize gerek yoktur. Hayatımızın uzaktan kumandasını başkalarına vermemize gerek yoktur. Başkalarından kim olduğumuza dair bir sertifika almaya ihtiyacımız yok. Kimse beni benden daha iyi anlayamaz. Ben bana en yakın olanım. Öyleyse neden değerimizi içimizdekileri kutlamak yerine etrafımızda gördüklerimizle ölçüyoruz? Kim olduğumuzu daha çok dinlemeye başlayın ve dünyanın ne olmamız, ne istememiz ya da ne yapmamız gerektiğini söylediğine daha az kulak verin. Ben neysem oyum ve evrenimin merkezi benim. Yaptıklarımız için sevilmeyiz. Biz kim olduğumuz için seviliriz. Başkalarının onayını ve onaylamasını aramaktan vazgeçin.

Kendini sev

"Senden sevdiğin her şeyi saymanı istesem, kendini sayman ne kadar sürer?"

"Kendimi sevemez ve takdir edemezsem, başkalarının beni sevmesini ve takdir etmesini nasıl bekleyebilirim."

Eksikliklere odaklanmayı bırakın ve olumluluklara odaklanmaya başlayın. Bugün gezegende bizim bireysel olarak sahip olduğumuz eşsizliğe sahip hiç kimse yoktur. Ve asla da olmayacak. Dolayısıyla, kendimizi olduğumuz gibi sevmeliyiz ve bu da kabul ve onay ile başlar.

"Elinden gelenin en iyisini yapsan bile, yanlış kişi için yeterince iyi olamazsın."

"Kendinizi sevmek için nefret edemezsiniz."

"Kendinize değersiz ve sevilmez olduğunuzu söylemek sizi daha değerli ya da sevilebilir hissettirmez."

Bu, içinde yalnız yürüdüğüm bir hayat,

Parçalanmış ve kırılmış umutlarla dolu,

Sebepsiz yere hep kızgınsın,

Sürekli bu kavgayı bitirmek istiyorum. Kendimle tekrar tekrar savaşıyorum,

Bazen bu hayatın bitmesini istiyorum.

Annem depresyonda ama saklanmayı seçiyor,

Öfkesini yanındakilerden çıkarıyor,

Yardım etmeye çalıştığımı anlamıyor.

Beni dışlıyor ve nefret ediyor.

Büyükannem durdurulamaz bir kadere katlanıyor.

Hastalık onu tabağa aldı.

Bu kadar masum bir insanın

Başka bir kanser kurbanı ol.

Çok fazla arkadaş da zarar gördü

Hayatlarının cehennem olduğunu düşünmek.

Bırakmak isteyen çok fazla arkadaş,

İntiharın tek seçenek olduğunu düşünüyorum.

Ama içimde en kötüsü var.
Daha ne kadar dayanabilirim bilmiyorum.
Mutluluğa dair anılar kovuluyor,
Ama kalmak için korkunç sapkın düşünceler.
Yaptığım hiçbir şey onu gururlandıramaz. Onun bulutlarında gümüş astar yok.
Ben koyu siyah gökyüzüyle dolu bir yağmur fırtınasıyım.
Ve yalanlarla dolu unutulmaz bir yağmur.
Keşke görmesini sağlayabilseydim
Olabilmek için çok çalışıyorum.
Güvenebileceği ve sevebileceği biri. Onun yerine, bana yeterince iyi olmadığımı söylüyor.
Yaptığım her şeyin yanlış bir karar olduğunu.
Bana sürekli yaşamadığımı söylüyor.
Gerçekten gitmemi istediği yol,
Ama ben sadece büyük bir hatayım.
Eğer yapabilseydim kendimi buradan silerdim,
Bu korkuyu yaşamak zorunda kalmazdım.
Keşke ben de sıska olabilsem
Ve her zaman mutlu, eğlenceli ve güzel. Bunun yerine, aynada kendime bakıyorum,
Görünen yansımada hayal kırıklığına uğradım.
Olduğunuz kişiyi sevmediğinizde yaşamak zordur,
Her şeyi değiştirebilmeyi diliyorsun.
Her gün zihnime not ediyorum.
Gitmeye karar verirsem ne kadar şey kaçırırım?
Ve ne kadar acı beni kenara doğru eğiyor
Yavaşça çitlere tırmanıyor.
Daha ne kadar dayanabilirim
Hayatım geçmişte kalmadan önce?
Kaynak: www.familyfriendpoems.com

Psikolojik yalnızlık: Ben Hatalıyım

"Ben yaptığım her hatayım. Ben incittiğim her insanım. Söylediğim her kelimeyim. Ben kusurlardan oluşuyorum."

"Hata bulmak kolaydır; daha iyisini yapmak zor olabilir."

"Gitmesine izin vermelisin. Nefrete, sevgiye ve hatta acıya tutunabilirsiniz ama suçlamayı bırakmalısınız. Sizi yıkan şey suçlamadır."

"Sorumluluk almak, kendinizi suçlamamak anlamına gelir. Gücünüzü ya da zevkinizi elinizden alan her şey sizi kurban yapar. Kendinizi kendinizin kurbanı yapmayın!"

"Kendinizi sürekli suçlayamazsınız. Kendinizi bir kez suçlayın ve yolunuza devam edin."

Sorumluluk, suçluluk veya utanç hissetmek bizi başkalarını incitmekten alıkoyar ve hatalarımızdan ders çıkarmamızı sağlar. Birbirimize karşı daha empatik olmamıza yardımcı olur. Bizi insan olarak tutar.

Kurban zihniyetinde olmanın en yaygın özelliklerinden biri kendimizi suçlamaktır. Yapmadığımız ya da sorumlu hissetmememiz veya utanmamamız gereken şeyler için kendimizi suçladığımızda bu bir sorun haline gelir. Kendini suçlamak, hissettiğimiz çaresizlik ve güçsüzlüğe karşı bir savunma haline gelir.

"Ben Hatalıyım" – Utanç, yanlış bir şey yaptığımızı hissettiğimizde hissettiğimiz suçluluk, pişmanlık veya üzüntü duygusudur. Suçluluk, pişmanlık, utanç veya rezillik duygusudur. Kötü ve değersiz olduğumuz hissidir. Suçluluk duygusu içimizde o kadar derinlere iner ki kendimiz hakkındaki düşüncelerimizi belirler ve kötü olduğumuzu hissederiz. Kendimizi kötü, değersiz, aşağı ve temelde kusurlu hissettiğimiz duygusal bir durumdur.

Bakım verenlerimiz bizi rutin olarak utandırdığı veya pasif ya da aktif olarak cezalandırdığı için gelişir. Travma çocukluk ve ergenlik dönemimizde yaşanmıştır. Bu travma tekrar tekrar yaşanmış ve asla iyileşmemiştir. Ortada utanılacak hiçbir şey yokken ya da çok az şey varken rutin olarak utanç duymaya şartlandırıldık. Böylece, bu incitici ve doğru olmayan sözleri ve davranışları içselleştirdik ve bu bizim bir kişi olarak kim olduğumuza dair anlayışımız haline geldi.

'Ben Hatalıyım'ın Doğuşu

İşlevsiz ailelerde, çocuklar bir tür travma yaşadıklarında - duygusal, ihmal, fiziksel veya cinsel istismar - duyguları bastırılma eğilimindedir. Nasıl hissettiklerini, incinmişliklerini, üzüntülerini, öfkelerini, reddedilmişliklerini vb. ifade etmelerine izin verilmez. Dahası, bu duygular asla anlaşılmaz ve çözülmez.

Bize öfke göstermenin yanlış olduğu ve bizi inciten insanlara - aile üyelerimize - öfke duymanın günah olduğu öğretilir. Çocuk, travmaya neden olan aynı kişilere bağımlı olmak zorundadır. Çocuk tüm bunların neden olduğunu bilmez. Küçük bir çocuk için dünya, büyümekte olduğu evidir ve önemli olan tek insanlar etrafındakilerdir. Bir çocuğun ruhu hala gelişmekte olduğundan, onlar için dünyalarının merkezi kendileridir. Dolayısıyla, eğer yanlış giden bir şey varsa, hassas zihinleri bunun kendileriyle ilgili olduğunu, hepsinin kendi hataları olduğunu düşünme eğilimindedir.

Bu 'ben hatalıyım' hissi çocuk için doğrulanır, çünkü bunu ebeveynlerinden duyarlar - çocuk genellikle suçlanır. Bu bastırılmış, çözülmemiş ve tanımlanmamış sorunlar daha sonra yetişkin hayatına taşınır.

Özeleştiri

Aşırı eleştirildiğimizde, haksız yere suçlandığımızda ve gerçekçi olmayan standartlara tabi tutulduğumuzda, bu yargıları içselleştirir ve bir noktada kendimizi suçlar ve eleştiririz - 'Ben kötüyüm. "Ben değersizim. "Yeterince iyi değilim. Bunlar genellikle gerçekçi olmayan, ulaşılamaz standartlara sahip olmak gibi çeşitli mükemmeliyetçilik biçimlerinde ortaya çıkar.

Siyah-beyaz düşünme

Siyah-beyaz düşünme, güçlü uçlarda düşündüğümüz zamandır - ya o ya bu. Yanal düşünme söz konusu olamaz. Kendisiyle ilgili olarak, kronik olarak kendini suçlayan bir kişi şöyle düşünebilir: 'Her zaman başarısız oluyorum. "Hiçbir şeyi doğru yapamıyorum. "Ben her zaman hatalıyım. 'Başkaları her zaman daha iyisini bilir. Eğer bir şey mükemmel değilse, her şey kötü olarak algılanır.

Kronik kendinden şüphe duyma

'Doğru yapıyor muyum? Yeterince yapıyor muyum? Bunu başarabilecek miyim? Birçok kez başarısız oldum. Gerçekten başarabilir miyim?'

Kötü öz bakım ve kendine zarar verme

Kendilerini suçlayan kişilerin, bazen kendilerine zarar verme derecesine varacak kadar kendilerine kötü baktıkları görülmüştür. Bu tür insanlar kendilerine bakmaları için hiç eğitilmemişlerdir - büyürken bakım, sevgi ve korumadan yoksun kalmışlardır. Böyle bir kişi kendini suçlama eğiliminde olduğundan, bilinçaltında kendine zarar vermek, tıpkı çocukken cezalandırıldıkları gibi, 'kötü oldukları' için uygun bir ceza gibi görünür.

Tatmin edici olmayan ilişkiler

Kendini suçlama ilişkilerde büyük bir rol oynayabilir. İş yerinde çok fazla sorumluluk üstlenebilir ve sömürülmeye yatkın olabiliriz. Romantik veya kişisel ilişkilerde, istismarı normal bir davranış olarak kabul edebilir, çatışmaları yapıcı bir şekilde çözemeyebilir veya sağlıklı ilişkilerin nasıl göründüğüne dair gerçekçi olmayan bir anlayışa sahip olabiliriz.

Kronik utanç, suçluluk ve kaygı

En yaygın duygular ve zihinsel durumlar utanç, suçluluk ve kaygıdır, ancak yalnızlık, kafa karışıklığı, motivasyon eksikliği, amaçsızlık, felç, bunalma veya sürekli tetikte olma da olabilir. Bu duygu ve ruh halleri, dış gerçeklikte bilinçli olarak var olmaktan ziyade kafamızın içinde yaşadığımız aşırı düşünme veya felaketleştirme gibi olgularla da yakından ilişkilidir.

Ele alınmamış ve çözümlenmemiş kendini suçlama düşünceleri sonraki yaşamımızda da devam eder ve çok çeşitli duygusal, davranışsal, kişisel ve sosyal sorunlarla kendini gösterir. Bunlar arasında düşük öz saygı, kronik özeleştiri, mantıksız düşünme, kronik kendinden şüphe duyma, öz sevgi ve öz bakım eksikliği, sağlıksız ilişkiler ve toksik utanç, suçluluk ve endişe gibi duygular yer alır.

Bu sorunları ve kökenlerini doğru bir şekilde tespit ettiğimizde, bunların üstesinden gelmek için çalışmaya başlayabiliriz; bu da daha fazla iç huzur ve yaşamdan genel memnuniyet getirir.

Utanç ve Suçluluk

Utanç duygusuna genellikle suçluluk duygusu eşlik eder. Sadece utanmakla kalmayız, aynı zamanda sorumlu olmadığımız şeyler için de suçlu hissederiz. Diğer insanlar mutsuz olduğunda utanç ve suçluluk hissederiz.

Hatalı davranışlar

Bu duygular, dışa vurma, başkalarını incitme, başkalarından sorumlu hissetme, kendini sabote etme, zehirli ilişkiler kurma, öz bakımın zayıf olması, diğer insanların algılarına aşırı duyarlı olma, manipülasyon ve sömürüye açık olma ve diğerleri gibi sağlıksız davranışlara dönüşür.

- O zaman, düşük öz saygı ve kendinden nefret etmekten muzdarip oluruz, bu da zayıf öz bakım, kendine zarar verme, empati eksikliği, yetersiz sosyal beceriler ve daha fazlasıyla kendini gösterir.
- Kronik bir boşluk ve yalnızlık hissi vardır.
- Kendini suçlama mükemmeliyetçiliğe yönelebilir.
- Kendini suçlama sağlıksız ilişkilere yol açar, çünkü ilişki kurma ve sürdürme konusunda yetersiziz dir.
- Kolayca istismar edilebilir ve duygusal olarak manipüle edilmeye yatkın olabiliriz.

Kendini suçlama alışkanlığı, utanç ve suçluluk duygusu genellikle çocukluk deneyimlerinin içselleştirilmesidir. Bu, çocuğun evdeki sorunlar için günah keçisi haline getirildiği ailelerde birçok kez yaşanır. Ebeveyn, ailenin normalde iyi ve sağlıklı olduğuna, suçlanması gerekenin sadece işleri karıştıran ve hayatı zorlaştıran o sorunlu çocuk olduğuna inanır. Çocuğa her şeyin her zaman senin hatan olduğu tekrar tekrar söylenirse, çocuk aslında her durumda bunun doğru olduğuna inanır. Bu, sürekli eleştiriye maruz kalmanın içselleştirilmesidir.

Kendimizi suçladığımızda, gerçeklikten kopar ve kendi zihinsel olarak kurguladığımız hikayelere hapsoluruz. İşler planlandığı gibi gitmediğinde bir şeylerin yanlış ya da eksik olduğuna inanmaya başlarız. 'Yeterince zeki değilim, değerli değilim ve sevilebilir değilim' gibi inançlar ruhumuzun derinliklerine yerleşir.

Hayatımız, kendimize kim olduğumuzu tekrar tekrar söylediğimiz için olduğu gibidir. Neden içimizdeki fırtınalara ve hatalı olma duygumuza tutunuyoruz? İyileşme için kendimizi suçlayamayacağımızı anlamalıyız. Kendini suçlama, duygusal istismarın en zehirli biçimlerinden biridir. Algılanan yetersizliklerimizi büyütür, çoğaltır ve daha ilerlemeye başlamadan bizi aciz bırakır. Bizi görev almaktan alıkoyabilir, rutin olarak yaptığımız şeylere takılıp kalmamıza neden olabilir ve en önemlisi de daha iyi varlıklara dönüşmemizi engeller.

Siz, kendiniz, tüm evrendeki herkes kadar sevginizi ve şefkatinizi hak ediyorsunuz.

— Buddha

Hatalı olduğumu biliyorum.

Aşırıya kaçtığımı biliyorum.

Sana güvenmemem benim hatamdı.

Bu yüzden yaptığım her şey için özür dilerim.

Sana söyleyebileceğim tek şey üzgün olduğum.

Keşke bana bakıp görsen,

Keşke anlayabilsen.

Hepsi benim hatammış gibi hissediyorum...

Keşke elimi tutan sen olsaydın.

Kendimi kaybolmuş ve utanmış hissettiğim zamanlar oluyor.

Bu duygular benim suçum, sadece ben suçlanmalıyım.

Duygularımın içinde sıkışıp kaldım.

Kalbim atmayı bıraktı, hayatımda hareket yok.

Artık yemek yemiyorum; geceleri uyuyamıyorum.

Zihnim o kadar boş ki, sadece hatalarım görünüyor.

Bu dünyada kim beni ister ki?

Yeterince iyi değilim ve olabildiğince aptalım.

Tek yapabildiğim ağlayarak uyumak.

Çok kırıldım, duygularım zayıf.

Kendime bir hayalet gibi davranıyorum, ölü bir yansıma gibi,

Ağlıyorum çünkü hiçbir korumam yok.

Geri dönmekten korkuyorum - eski günlerime dönmekten,

Tüm garip davranışlarımın suçlusu benim.

Psikolojik Yalnızlık: Ben Bir Başarısızım

"Başarı nihai değildir; başarısızlık ölümcül değildir. Önemli olan devam etme cesaretidir."

— Winston Churchill

Başarısızlık duyguları, gerçekte başımıza gelenlerden ziyade içimizde olup bitenlere bağlıdır.

Bazılarımız arada bir kendini başarısız hisseder. Diğerleri ise hayatlarının her gününde başarısızlık hissederler.

Ben tam bir başarısızım.

Hiçbir şeyi doğru yapamıyorum.

Arkadaşım yok. İşim yok. Becerim yok. Hayatta başarısızım.

Kimse beni sevmiyor. Ben bir başarısızım.

Başarısızlık hissi her zaman önemli bir yaşam olayı tarafından tetiklenmeyebilir. Bazen küçük bir sorun yüzünden azarlanmak, faturayı zamanında ödemeyi unutmak ya da bir randevuya geç kalmak kadar basit bir tetikleyici olabilir. Ancak, başarısızlık nedeniyle yaşamamıza izin verdiğimiz acı miktarı, başarısız olayın kendisinden çok daha fazladır. Başkaları bizde potansiyel görse bile kendimizi başarısız hissederiz.

Herkes hayatının bir aşamasında başarısız olur - ilişkilerde, kariyerde, kişisel yaşamımızda, beklentileri karşılamada. Bir noktadan sonra bu kronik bir başarısızlık hissine dönüşür. Bu duygu o kadar büyük bir hal alır ki olumlu olan her şeye karşı körleşiriz. Başarısızlık kimliğimizle eş anlamlı hale gelir. Dün ve bugün başarısız olduğumuzu hissetmek, gelecekte de başarısız olacağımızı öngörmemize yol açar.

Ne anlamı var ki? Her şeyi berbat ediyorum.

Neden işe başvuruyorsun? Kesinlikle seçilmeyeceğim.

Hoşlandığım kıza evlenme teklif edemeyeceğim. Reddedileceğim.

Ben bir başarısızım ve hep öyle kalacağım. Neden bir şeyde başarılı olmaya çalışayım ki?

Olmak ve Yapmak

Başarısızlık hissiyle birlikte gelen ağırlık, başarısızlığın gerçekliğinden değil, bu başarısızlığın kişisel algısından ve bunun bizim için ne anlama geldiğinden kaynaklanır.

Başarısız gibi hissetmekle bir konuda gerçekten başarısız olmak arasında fark vardır.

Şunu anlayalım -

İşimi tamamlayamadığım için kendimi başarısız hissediyorum. İşimi tamamlayamadım.

Kendimizi başarısız hissetmemiz, kim olduğumuza dair yorumumuzdan kaynaklanır. Aslında başarısızlık sadece başarısızlıktır. Gerçek şu ki, işimi tamamlayamadım - başka bir anlam yüklemedim. İşimi tamamlayamamamın kişiliğim veya kimliğimle hiçbir bağlantısı yoktur. Kendini başarısız hissetmek algıyla ilgilidir. 'Yapmaya karşı olmak' ile ilgilidir.

Günlük rutin yaşamda - programlara ve son teslim tarihlerine sadık kalamayız, cep telefonumuzu nereye koyduğumuzu hatırlayamayız, bir yemeği bozarız vb. Bu kaçınılmazdır ve kesinlikle sorun değildir. Ancak genelleme yapıp kendimizi başarısız hissetmeye başladığımız an, işte o zaman gerçekten başarısız oluruz. İşte o zaman kendimiz hakkında olumsuz düşünmeye başlarız. Yavaş yavaş, başarısızlık hissi bilinçaltımıza yerleşir ve inanç sistemimizin bir parçası haline gelir. Başarısızlık duygusu hayal kırıklığına yol açar, bu da sonunda daha fazla başarısızlık duygusuna yol açar. Bu da umutsuzluk, değersizlik ve işe yaramazlık duygularına yol açar. Kendimizi utanmış ve kötü hissederiz. Varoluş amacımızı sorgulamaya başlarız.

Başarısızlık Duygusunun Oluşumu

Deneyin, deneyin, başarana kadar deneyin.

Hepimiz bu atasözüyle büyüdük. Bir yandan bizi pes etmememiz için motive eder. Ama diğer yandan da başarının mutlaka elde edilmesi gerektiğine inanmamızı sağlar. Dolayısıyla, başarılı olmak çocukluktan itibaren içselleştirilmiştir. Ancak art arda gelen başarısızlıkların olumlu olduğuna ve inovasyonu ileriye taşıdığına dair bilimsel bir kanıt var mı?

Çocukluk kökleri

Kendimizi başarısız hissetmemizin kökleri çocukluğumuza dayanır. Görülmek, değerli olmak ve sevilmek için belirli yüksekliklere ulaşmamız gerektiği öğretilir. Ebeveynler çocuklarını koşulsuz sevseler de, pratikte durum böyle değildir. Birçok ebeveyn, çocukları hata yaptığında ilgi ve şefkatlerini geri çeker, başarısızlık azarlama ve öfke ile karşılanır, bu algılanan hatalar küçük olsa bile.

Çocukluğumuzun ilk günlerinden itibaren, bazı şeyler sistematik olarak ve çoğu zaman farkında olmadan ebeveynlerimiz ve genel olarak toplum tarafından beslenmiştir - Başarı ve Başarısızlık. Dışarıdaki dünya çok şiddetli bir rekabetle dolu, başarılı olmanız gerekiyor. Aslında başarılı olamamak başarısız olmak demek değildir. Ancak bizler bu mantıksız yaşam felsefesiyle yetiştirildik - başarırsan hayatta kalırsın; başaramazsan başarısız olursun. Bu tür kendini sınırlayan inançlar, kronik olarak başarısızlık hissetmenin birincil nedenidir.

Ayrıca, öğretmenlerimiz veya akranlarımız bize başarısız olduğumuzu düşündürecek şekilde davrandıysa, çocukluğumuzdan gelen başarısızlık duygularını da taşırız. Mücadele eden çocuklara karşı cezalandırıcı olan öğretmenler, akranlarının yargılaması ve zorbalığı gibi, bir çocuğun beyninin ve duygusal durumunun oluşumu üzerinde güçlü, acı verici ve travmatik bir etkiye sahip olabilir. Çocukken alay edildiysek, kötü muamele gördüysek, diğer öğrencilerle kıyaslandıysak veya sınıfın ortasında aşağılandıysak, başarısızlık hissini yetişkinliğe taşırız. Nasıl göründüğümüzle, moda anlayışımızla ya da savunduğumuz görüşlerle alay edildiyse, notlarımızla kıyaslandıysa ve küfür edildiyse, konuşma şeklimizle alay edildiyse, tereddüt ettiysek ya da kekelediysek, bu tür deneyimler içselleştirilir. Kendimiz ve durumumuzla ilgili olumsuz tanımlamalar, yetişkin hayatına girdiğimizde daha da güçlenir.

Çocukların hata yapmasına izin verilmelidir. "Aşırı ebeveynliğin" zararlı etkileri vardır. "Aşırı ebeveynlik", bir ebeveynin çocuğunun mevcut ve gelecekteki kişisel ve akademik başarısını iyileştirmeye yönelik yanlış yönlendirilmiş girişimidir. Çocuğun kendine güvenini zedeleyebilir. Öğrencilerin sorumluluk, organizasyon, görgü kuralları, itidal ve öngörü gibi önemli yaşam becerilerini öğrenmeleri için aksiliklere maruz kalmaları gerekir. Çocukların mücadele etmesine izin vermek zor bir hediyedir - ancak hayati bir hediyedir.

"Bizim işimiz çocuklarımızı yola hazırlamaktır, çocuklarımız için yolu hazırlamak değil."

Öz Algılar

Kendi kendimizle yaptığımız konuşmalar kendimizi başarısız hissetmemize neden olabilir. Kendimizle konuşma şeklimiz ve hayatımızı çerçeveleme biçimimiz, aksiliklerle nasıl başa çıkacağımızı, hayal kırıklığı ve acıyla nasıl mücadele edeceğimizi ve ilerleme ve daha iyi seçimler yapma konusunda ne kadar başarılı olacağımızı belirlemede son derece önemlidir. Kendimizle konuşma şeklimiz kimliğimizi yaratma şeklimizdir. Dolayısıyla, kendimizi başarısız hissederiz, çünkü kendimizi başarısız olarak düşünürüz.

Karşılaştırma ve Rekabet

Kendinizi her zaman diğer insanlarla kıyaslarsanız, ya kıskançlıktan ya da egodan muzdarip olursunuz.

Etrafımıza baktığımızda, yığınla parası, yığınla övgüsü ve sayısız hayranı olan başarılı bir film yıldızı ya da spor yıldızı gördüğümüzde ya da çevremizdeki veya sosyal medyadaki insanlara baktığımızda kendimizi yetersiz, değersiz ve başarısız hissederiz. Çevremizdeki insanların ilişkilerinde nasıl başarılı olduklarını, evlendiklerini, çocuk sahibi olduklarını, mutlu bir aileye sahip olduklarını, bizim ise ilişkilerimizde sorunlar yaşadığımızı görürüz. Dikkatimizi eksikliklerimiz üzerinde yoğunlaştırırsak kendimizi her zaman başarısız hissederiz. İlişkileri sürdürmek kolay değildir ve her ailede kavgalar olur. Karşılaştırma hiçbir zaman özdeğeri ölçmenin etkili bir yolu değildir. Yaşayan ve yaşamış olan her bir insan eşsizdir. Çimlerin her zaman diğer tarafta daha yeşil olduğunu hissederiz.

Sanal başarılar

Hepimiz kendimiz için bir şeyler isteriz. Bazılarımız bir aile kurmak ya da kendi işini kurmak isteyebilir; diğerlerimiz yüksek öğrenim görmek ya da kilo vermek isteyebilir. Hayallerimiz ve hedeflerimiz günlük sebat ve onlar için çabalamak için içsel arzu gerektirir. İstediğimiz şeyi her başardığımızda beynimiz dopamin salgılar. Bir şey yapmanın bu kadar iyi hissettirmesinin nedeni budur. Beynimizi "sanal başarılarla" - mobil oyun zaferleri, sosyal medya beğenileri vb. iyi hissettiren dopamin hormonu salgılaması için kandırıyoruz. Gerçekte yaşamadan ödüllendirici bir hayat yaşadığımıza inanmak için beynimizi kandırıyoruz. Ama bir şey bize şunu söylüyor: içimden dilediğim bu değildi, hayal ettiğim başarı bu değildi.

Başarısızlık Ne Yapar ...

• Başarısızlık, aynı hedefin daha az ulaşılabilir görünmesine neden olur. Hedeflerimize ilişkin algılarımızı bozar. Gerçekte, hedeflerimiz başarısız olduğumuzu düşünmeden önceki kadar ulaşılabilirdir; değişen sadece algılarımızdır.

• Başarısızlık, yeteneklerimize ilişkin algılarımızı bozar. Kendimizi göreve daha az hazır hissetmemize neden olur. Kendimizi başarısız hissettiğimizde, becerilerimizi, zekamızı ve yeteneklerimizi yanlış değerlendirir ve onları gerçekte olduklarından çok daha zayıf görürüz.

• Başarısızlık bizi çaresiz hissettirir. Duygusal bir yaraya neden olur. Tekrar yaralanmak istemediğimiz için pes ederiz. Vazgeçmenin en iyi yolu çaresiz hissetmektir. Başarılı olmak için yapılabilecek hiçbir şey olmadığını hissederiz, bu yüzden de denemeyiz. Bu şekilde gelecekteki başarısızlıklardan kaçınabiliriz ama başarılardan da mahrum kalırız.

• Tek bir başarısızlık deneyimi bilinçaltında bir "başarısızlık korkusu" yaratabilir. Başarı olasılığımızı nasıl artıracağımızı ele almayız; sadece başarısız olursak kendimizi kötü hissetmekten kaçınmaya çalışırız.

• Başarısızlık korkusu bilinçsizce kendi kendini sabote etmeye yol açar. Başarısızlıktan kaçınmak ve gelecekteki başarısızlığın acısına karşı kendimizi korumak için kendimizi "engelleriz". Neden başarısız olduğumuzu haklı çıkaracak bahaneler, nedenler ve durumlar yaratırız. Bu tür davranışlar genellikle kendi kendini gerçekleştiren kehanetlere dönüşür çünkü çabalarımızı sabote eder ve başarısızlık olasılığımızı artırır.

• Başarısızlık korkusu ebeveynlerden çocuklara aktarılabilir. Başarısızlık korkusu olan ebeveynler, çocukları başarısız olduğunda sert tepki vererek veya duygusal olarak geri çekilerek farkında olmadan bunu çocuklarına da bulaştırırlar. Bu da çocukların kendi başarısızlık korkularını geliştirme ihtimalini artırır.

• Başarılı olma baskısı performans kaygısını artırır. Kaygı da çabamızı azaltır ve bu da yine başarısızlık hissine yol açar.

• Başarısızlık, yaptığımız her işte kendimizi düşük hissetmemize neden olur. Yeterince iyi olmadığımıza inanır ve aşağılık kompleksi geliştiririz. Hayata o kadar eleştirel yaklaşırız ki, başarısızlığın üstesinden nasıl geleceğimizi düşünmek yerine, bizi yıkan koşullar üzerinde durmaya devam ederiz.

Bazı faktörler bizi başarısızlık hissine yatkın hale getirir

- Çocukluktan gelen kalıplar.
- Erteleme.
- Düşük öz saygı veya özgüven.
- Karşılaştırma.
- Mükemmeliyetçilik.
- Disiplinsizlik.
- Kendini suçlama.
- Başkalarının ne düşündüğünü çok fazla önemsemek.

Beklentilerimize ulaşmak için ideal koşullara odaklanmaya çalışırız, ancak başarısızlıkları kabullenmemizi zorlaştıran kaçınılmaz başarısızlıklara hazırlanmayı unuturuz. Bu hayatta kendimiz için en iyisini istediğimiz doğrudur ancak madalyonun her iki yüzünü de görmeliyiz.

Sonunda, ilişki sorunları, kaygı sorunları, fobiler, düşük tolerans düzeyi, suçluluk, utanç, takıntılar ve kompulsiyonlar gibi psiko-sosyal işlev bozukluklarına karşı savunmasız hale geliriz ve bu da yetersizlik hissine yol açar. Sürekli eleştiri ve onaylanmama intihar eğilimlerini bile beraberinde getirebilir.

Ne Yapmalı

Hiçbir mantra, guru, vaaz ya da kişisel gelişim kitabı, algılarımızı ve kalıplarımızı tespit edip anlamadığımız sürece kendimizi başarısız hissetmemizi engelleyemez.

İç benliğimiz üzerinde çalışmak dönüşüme yol açar. Öz farkındalığın artmasıyla başlar - sınırlayıcı inançlarımızın kimliğimizden ayrı olduğunu kabul etmekle. Geçmişin olumsuzluklarından bunalmış olsak bile, sınırlayıcı inançları şu anda kendimizinmiş gibi kabul edene kadar süreç başarılı bir şekilde devam edemez. Sınırlayıcı zihniyetler, onları reddetme yetisine sahip olmadığımız zamanlarda bize teslim edilmişti, ancak şimdi onları reddetmeyi seçebiliriz. Başarısızlık, içinden çıkılması imkansız bir çukur gibi hissettirse de, kendimizi görme ve hissetme şeklimizi geliştirebilir ve bu başarısızlık duygularını hafifletmek için çalışabiliriz.

İfadeyi çevirin

Bir dahaki sefere "Ben başarısızım" diye düşündüğümüzde ya da söylediğimizde... durun... bu ifadeyi "Bir hata yaptım" ya da "Bu sefer başarısız oldum" ile değiştirin. Bu bize bir hatayı içselleştirmeden ve kişiliğimizin bir parçası haline getirmeden üzgün ya da sinirli hissetmek için alan sağlar.

O zaman -

- Duygularınıza karşı dürüst olun.

- Kaymaya neyin sebep olduğuna bakın ve kendinizi iyileştirmenin yollarını arayın.

- Hayatta hayal kırıklığına uğrayacağımız dönemler olacağı gerçeğini, bunun hayatın bir parçası olduğunu, insan olmanın bir parçası olduğunu kabul edin.

- Duruma "dışarıdan" bir bakış açısıyla bakın. Kabullenme pratiği yapmayı öğrenin.

- Hayat devam eden bir çalışmadır - Bağışlayıcı ve zarif olun.

- Esnek olun.

- Küçük hedefler belirleyin ve bunlara ulaşmayı kutlayın.

- İyileşmek ve yeniden başlamak için gerekli zamanı ayırın. Bu dünyanın sonu değil; olsa olsa üstesinden geleceğimiz küçük bir aksilik.

Başarısızlığa neyin sebep olduğunu belirlemeye çalışın - kişisel miydi? Durumsal mıydı? Beceriyle mi ilgiliydi? Zamanla mı ilgiliydi? Bunu yaparak başarısızlığı daha az kişisel hissettirir ve onu bir sorun çözme fırsatına dönüştürürüz. Durumu düzeltmek için hiçbir şey yapamasak bile, bu deneyimi yaşamış oluruz. Bir dahaki sefere başarısızlık yaşadığımızda, bununla mantıklı ve zihinsel olarak nasıl başa çıkacağımızı bildiğimiz için kendimizi daha kontrollü hissedeceğiz.

Lao Tzu'nun kadim sözünü hatırlayın: "Düşüncelerinize dikkat edin, sözleriniz olurlar; sözlerinize dikkat edin, eylemleriniz olurlar; eylemlerinize dikkat edin, alışkanlıklarınız olurlar; alışkanlıklarınıza dikkat edin, karakteriniz olurlar; karakterinize dikkat edin, kaderiniz olurlar."

Düşündüğümüz düşüncelere ve söylediğimiz sözlere dikkat edin. Kendimize ağzımızdan çıkanları korumaya başlamayı öğrettiğimizde, eylemlerimizin, alışkanlıklarımızın ve tüm karakterimizin yavaş yavaş daha iyiye doğru değiştiğini göreceğiz. Yerde kalmadan düşme, geri sıçrayarak düşme sanatında ustalaştığımızda, düşmekten korkmayacak, kaçınmayacak ya da kendimizi suçlamayacağız.

Ne yaptığımıza değil, kim olduğumuza değer vermeye odaklanmamız gerekir. Değerli olduğumuzu doğrulamak için başarılarımıza baktığımızda, kendimiz hakkında iyi hissetme duygumuz bu başarılara dayanır. Dolayısıyla, iyi performans gösterirsek kendimiz hakkında iyi hissederiz. Kötü performans gösterirsek, kendimizi daha az değerli hissederiz.

Başarısızlık bir barikattan ziyade bir engel olarak görülmelidir. Başarısızlık üstesinden gelinmesi gereken bir zorluk, irademize meydan okuyan bir sınav ve bir öğrenme fırsatıdır. Diğerleri için başarısızlık, üzülmek ve şikayet etmek için bir fırsat, kendini küçümsemek için bir neden ve çok çabuk pes etmek için bir bahane olarak olumsuz bir şekilde görülür. Gerçek şu ki, bir basamak taşı ile bir tökezleme bloğu arasındaki fark, ona nasıl yaklaştığımızdır. Başarısızlık bir lütuf ya da lanet olabilir. Harika bir öğretmen olabilir, bizi daha güçlü kılabilir ve ayaklarımızı yere basmamızı sağlayabilir ya da ölümümüze neden olabilir. Bu bizim seçimimizdir. Başarısızlığa bakış açımız gerçekliğimizi belirler.

"Yaş bedeni kırıştırır. Bırakmak ise ruhu kırıştırır."

"Başarısızlığın bir olay olduğunu unutmayın, bir kişi değil."

"Başarısızlık ancak bir daha denemezsek kalıcı olur."

"Ben başarısız değilim, sadece zamana ihtiyacım var."

İşe yaramaz hale geldim, sadece havada uçuşan parçacıklar.

Kendimi başarı için hazırladım... ama asla... asla başarısızlık için değil.

Kimse bana başarısızlık duygusunu anlatmadı;

Sanırım bunu kendi başınıza öğrenmeniz gerekiyor.

Bu şekilde olduğumu bilmiyorum, bildiğim tek şey yalnız olduğum.

Eğer başarılı olmak istiyorsanız, başarısızlıkla karşılaşma ihtimaliniz var.

Ben bir Başarısızdım ve şimdi kendi kendimin motivatörüyüm!

Psikopat Yalnız: Üzgünüm

Mükemmel olmadığım için özür dilerim.
Ve korkularını kıramadığım için.
Her şeyi berbat ettiğim için özür dilerim.
Ve tüm gözyaşlarının sebebi.
Üzgünüm, düzeltemiyorum.
Ve kalmak istemeni sağlar.
Yeterince iyi olmadığım için üzgünüm.
Ve şimdi ödemek zorundayım.

Küçük yaşlardan itibaren, hata yaptığımızda özür dilememiz gerektiği öğretilir.

Bir hata yaptığımızda içtenlikle özür dilemek iyidir.

Ancak özür dilemek her zaman faydalı olmayabilir ve bazen aşırıya kaçabilir.

Aşırı özür dilemek, ihtiyacımız olmadığı halde 'özür dilerim' demek anlamına gelir. Bu, yanlış bir şey yapmadığımızda veya bir başkasının hatası ya da neden olmadığımız veya kontrol edemediğimiz bir sorun için sorumluluk aldığımızda ortaya çıkar. Kökleri düşük öz saygı, mükemmeliyetçilik ve kopukluk korkusuna dayanan kişilerarası bir alışkanlık kalıbıdır.

Bize yanlış ürün teslim edildiğinde "Özür dilerim ama sipariş ettiğim bu değildi" deriz.

Bir toplantıda, "Sizi rahatsız ettiğim için özür dilerim. Bir sorum var." deriz.

Bir konuşmada, "Özür dilerim. Sizi duyamadım. Az önce söylediklerinizi tekrar edebilir misiniz?"

Bu durumlarda yanlış bir şey yapmamışızdır ve bu nedenle aslında özür dilemeye gerek yoktur. Ancak, çoğumuzun özür dileme alışkanlığı vardır. Neden böyle?

Özdeğer

Birçoğumuz layık olmadığımızı ya da yeterince iyi olmadığımızı düşünürüz. Kendimiz hakkında kötü düşünürüz. Aslında yanlış bir şey yaptığımıza veya bir soruna neden olduğumuza, mantıksız davrandığımıza, çok fazla şey istediğimize inanırız ve bu nedenle özür dileme ihtiyacı hissederiz.

Yüksek standartların katılığı

Bazılarımız titizdir ve kendimiz için yüksek hedefler, değerler ve standartlar belirleriz. Çoğu zaman kendi standartlarımıza uygun yaşayamayız. İçimizde bir eksiklik olduğunu hisseder, kendimizi yetersiz hisseder ve bu nedenle her şeyin eksik yapıldığı için özür dileme ihtiyacı duyarız.

Nezaketen

Bazılarımız kendimizi iyi ve kibar olarak yansıtmak isteriz. Çevremizdeki herkesi memnun etme eğilimindeyizdir. İnsanların hakkımızda ne düşündüğü bizi rahatsız eder. Özür dileriz çünkü başkalarını üzmek veya hayal kırıklığına uğratmak istemeyiz.

Güvensizlik

Bazen kendimizi rahatsız veya güvensiz hissettiğimiz ve ne yapacağımızı veya ne söyleyeceğimizi bilemediğimiz için özür dileriz. Bu yüzden, kendimizi veya başkalarını daha iyi hissettirmek için özür dileriz.

Kendini suçlama

Birçoğumuz diğer insanların hatalarından veya davranışlarından kendimizi sorumlu hissederiz. Başkalarının duygu patlamalarından sorumlu olduğumuzu hisseder ve bunun için üzülürüz. Bir anne çocuğunu azarlayabilir ve çocuk ağlamaya başlayabilir. Anne bunun için kendini suçlar ve özür diler. Bir baba suçu üstlenebilir ve çocuğun yaptığı yaramazlık için komşulardan özür dileyebilir. Suçu üstlenmek, sahiplenmek ve başkaları adına özür dilemek aslında sorunu düzeltmez.

Başkasının eylemleri için özür dileriz

Bu, başkalarının sorumluluklarını kendimize yansıttığımızda, sanki özür dilememiz gerekiyormuş gibi hissettiğimizde olur. Özür dileme alışkanlıklarını çocuklukta öğreniriz. Birçok toplumda kadınlar başkalarına karşı sorumlu ve düşünceli, bazen de özür dileme konusunda aşırı sorumlu olacak şekilde yetiştirilir. Bu da bazı insanların başkalarının eylemleri için özür dileme eğiliminde olmasına yol açmaktadır.

Günlük durumlar için özür dileriz

Hayatın bazı bölümleri normaldir, her gün yaşadığımız normal şeylerdir. Bir grup içinde hapşırdığımız için özür dilememiz gerekmez, ancak yine de birçok insan bunu yapar.

Cansız nesnelerden özür dileriz

Bazılarımız yanlışlıkla bir sandalyeye çarptıktan veya bir kitabın üzerine bastıktan sonra 'özür dilerim' deme alışkanlığına sahibiz. Bu refleks eylem alışkanlığı da çocukluğumuzdan itibaren içimize işlemiştir.

Özür dilerken kendimizi gergin hissederiz

Özür dilerken kaygı hissediliyorsa, başa çıkmanın bir yolu olarak aşırı özür dileme alışkanlığı geliştirmişiz demektir. Çok fazla özür dilemek kaygı belirtisi olabilir. Korku, gerginlik ve endişeyi yönetme yolumuz haline gelir. Özür dileyerek bu duyguları kontrol altına alma eğilimindeyiz.

İddialı olmaya çalışırken özür dileriz

Bazılarımız iddialı davranırken agresif olarak algılanmaktan korkarız - bu yüzden bunun yerine sadece özür dilemeye başvururuz. Sürekli özür dilediğimizde, sürekli yalan söylüyormuşuz gibi görünürüz ve karşımızdaki kişi söylediklerimize inanmayı bırakır. Yersiz özürler mesajın netliğini azaltır.

Yavaş yavaş bu bir alışkanlık haline gelir ve bilinçsizce yapılır. Davranış biçimimizi düşünmeyiz ya da analiz etmeyiz ve bu otomatik bir tepki haline gelir.

Bir hata yaparız. Bunun farkına varırız. Anlar ve kabul ederiz. Cesaretimizi ve alçakgönüllülüğümüzü toplar ve bunun için özür dileriz. Gerçek bir af dilemek bir güçtür.

Aşırı özür dilediğimizde, eylemin ciddiyeti kaybolur. Özür dileme eylemi diğer kişi tarafından hissedilmez. Amaç kaybolur. Bu bir zayıflık işaretidir. Bizim hatamız olmayan bir şey için tekrar tekrar özür dilediğimizde, aslında hatalı olduğumuz izlenimini veririz.

Özür dilerim... tekrar ve tekrar - düşük özgüven ve yüzleşme, çatışma ve tartışma korkusunu yansıtır. Diğer insanların sorunlarını düzeltmeye veya çözmeye çalışmak için sorumluluk alırız. Onların davranışlarını sanki kendi davranışlarımızmış gibi mazur görürüz. Her şeyin bizim hatamız olduğunu düşünüyoruz - bu inanç çocuklukta başladı - bize defalarca yük veya sorun olduğumuz söylendiğinde. Reddedilmekten ve eleştirilmekten korkuyoruz ve bu yüzden özür diliyoruz.

Aşırı özür dilemenin olumsuz yansımaları olabilir

• İnsanlar bize olan saygısını yitiriyor. Aslında kendimize güvenmediğimiz ve etkisiz olduğumuz mesajını vermiş oluruz. Hatta başkalarının bize kötü davranmasına bile izin verebilir.

• Gelecekte dileyeceğimiz özürlerin etkisini azaltır. Şimdi her küçük şey için 'özür dilerim' dersek, daha sonra gerçekten samimi bir özrü gerektiren durumlar olduğunda özürlerimizin ağırlığı azalacaktır.

• Bir süre sonra can sıkıcı hale gelebilir. Bazen planları iptal ederken, birinden ayrılırken özür dilemek diğer kişinin daha kötü hissetmesine neden olabilir.

• **Özsaygımızı düşürebilir.**

Geçerli nedenlerden dolayı özür dilemek - duyguları incitmek, yanlış bir şey yapmak, uygunsuz bir dil kullanmak, saygısızlık etmek veya sınırları ihlal etmek - takdir edilir ve sağlıklıdır; saygınlığımızı ve saygımızı korur ve başkalarıyla aramızdaki bağı sürdürür. Ancak aşağıdakiler için kesinlikle üzülmemeliyiz -

• Duygularımız.

• Görünüşümüz.

• Yapmadıklarımız.

• Kontrol edemediklerimiz.

• Başkalarının yaptığı şeyler.

• Bir soru sormak veya bir şeye ihtiyaç duymak.

• Tüm cevaplara sahip olmamak.

Kendini yansıtma

Farkındalık - Düşüncelerimiz, duygularımız ve konuşmalarımız üzerinde düşünmemiz gerekir. Bilinçaltımızda ne yaptığımızı bilinçli olarak not edin. Ne zaman, neden ve kimden aşırı özür dilediğimize dikkat edin. Bir günde kaç kez ve hangi nedenlerle özür dilediğimizin çetelesini tutmak da yardımcı olabilir.

Kendimize sormak - Özür dilemek gerçekten gerekli mi? Yanlış bir şey mi yaptık? Başkasının hatası için sorumluluk mu alıyoruz? Yanlış bir şey yapmadığımız halde kendimizi kötü mü hissediyor veya utanıyor muyuz? Ne için özür dilememiz ve dilemememiz gerektiğini bilmek bir sonraki önemli adımdır.

İfadeyi tersine çevirin - Çözüm, aynı iletişimde kendimizi nasıl ifade ettiğimizde yatar. Kelime seçimini değiştirmek, kendimize ilişkin tüm algıyı ve başkalarının bizim hakkımızda ne hissettiğini değiştirebilir. Bir arkadaşımız hatamızı düzeltirse - özür dilemek yerine teşekkür edin. 'Özür dilerim' olabilir -

Sabrınız için teşekkürler. Ne yazık ki kastettiğim bu değildi.

Affedersiniz, bir sorum var.

"Tek doğru eylemler, açıklama ve özür gerektirmeyen eylemlerdir."

"Eğer bir özrün ardından bir mazeret ya da sebep geliyorsa, özür diledikleri aynı hatayı tekrar yapacakları anlamına gelir."

Psikolojik Yalnız: Ben Bir Yalancıyım

"Eğer doğruyu söylersen, hiçbir şeyi hatırlamak zorunda kalmazsın." Mark Twain
"Gerçeğin yerini sessizlik aldığında, sessizlik bir yalandır."
"İnsan olduğunu sandığı şey değil, sakladığı şeydir."
"Bir adam dürüstlüğünden dolayı cezalandırıldığında yalan söylemeyi öğrenir."
"Her şeyden önce, kendine yalan söyleme. Kendine yalan söyleyen ve kendi yalanını dinleyen insan öyle bir noktaya gelir ki, içindeki ya da çevresindeki gerçeği ayırt edemez ve böylece kendine ve başkalarına olan tüm saygısını kaybeder. Ve saygı duymadığı için de sevmeyi bırakır."

Yalan söylüyorum.

Yalan söylediğimi biliyorum.

Çoğu zaman kendime yalan söylüyorum.

Ama başkalarının yalan söylediğimi bilmesine izin vermiyorum.

Yalana başvurmak benim için rutin hale geldi. İçten içe yalan söylemek istemiyorum. Yalan söylemekten hoşlanmıyorum. Yalana başvurarak, bir cephe yarattım.

Artık ikili bir yaşam sürüyor gibiyim.

Kim olduğuma dair bir hayat. Başkalarının beni nasıl görmesini istiyorsam öyle bir hayat.

Kim olduğumuza inandığımız ile nasıl davrandığımız arasında rahatsız edici bir gerilim hissetme eğilimindeyiz.

Neden yalan söylüyoruz?

Acıdan kaçınmak için mi? Zevk almak için mi?

Yanlışları örtbas etmek için mi? Utançtan kaçınmak için mi? Kişisel avantaj elde etmek için mi? Popülerlik kazanmak ve sosyal ilerleme sağlamak için mi? İlişkileri sürdürmek ve uyumu teşvik etmek için mi?

Hepimizin yalan söylerken yakalandığımız çocukluk anıları ve "Yalancı!" alayına karşılık yaşadığımız sıcak utanç duygusu vardır. Bunu belli ki utanç, öfke, suçluluk ya da haklılık tepkisi ve en önemlisi de kendimize ve yakınlarımıza yabancılaşma izlemiştir. Bir yalnızlık hissi. Psikolojik bir yalnızlık hissi.

Büyüdükçe, yalan söylemenin bir günah olduğu vicdanımıza kazındı. Yalan söylemenin utanç verici ve korkakça bir davranış olduğuna inandık. Yalan söylemek, çoğumuz için, içimizde suçluluk duygusu yaratmıştır.

Gerçek şu ki, çoğu zaman kendimize yalan söylüyoruz!

İlginçtir ki, başlangıçta bunun farkına varmayız, çünkü çoğu zaman bunun farkına bile varmayız! Birinin bize yalan söyleyip söylemediğini anlamak, kendimize yalan söyleyip söylemediğimizi anlamaktan çok daha kolaydır. Neden böyle?

Kendimize ne kadar sık yalan söylediğimizi fark etmek, benlik algımızı paramparça etme potansiyeli taşır. Kimlik revizyonumuzu yapmak çok zor ve acı vericidir. Kendimize yalan söylemek hayatla başa çıkmak için son derece anlaşılabilir bir strateji olabilir ve kendimizi umutsuzca ahlaksız olarak görmemeliyiz.

Güdülerimiz konusunda dürüst olmadığımızda kendimize yalan söyleriz.

Kendimize bir şeyi bencil olmayan nedenlerle yaptığımızı söyleriz, oysa bunlar gerçekte bencil nedenlerdir.

Gerçek arzularımız konusunda dürüst olmadığımızda kendimize yalan söyleriz.

Konfor alanımızda kalmaya devam ederiz ama gerçekte istediğimiz bu değildir.

Davranışlarımızı yanlış bir şekilde gerekçelendirdiğimizde kendimize yalan söyleriz.

Kendimize "Sorun değil, üzgün değilim" dediğimizde yalan söylemiş oluruz. Zaten önemli değil. İsmin, şöhretin ya da başarının arkasında değilim.

İdealizmimizin ötesini görmeyi reddettiğimizde ya da başka bir kişinin söylediklerini duymayı reddedip bunun yerine sabit algılarımıza inatla bağlı kaldığımızda yalan söyleriz.

Kendimize yalan söylememizin temel nedeni kendimizi korumaktır.

Sahte bir dengeyi korumak adına acı verici gerçekliğimizden kaçınmak isteriz.

Kendimize 'gerçek olmayanları' söylemeye alışmışızdır çünkü bu daha kolaydır.

Kendimize yalan söylediğimizde ne olur?

Kendimizi kopuk, sinirli hissederiz ve nedenini anlayamayız. Kendimize söylediklerimiz, sarsamadığımız içsel gerçeklikle çelişir.

Ani duygu patlamaları mantıksız benliğimizden kaynaklanır ve gerçek ile yalanlar arasında içsel bir çekişmeye işaret eder.

Ya da yorgunluk ve uykusuzluktan muzdarip olabiliriz.

Kendimize rutin olarak yalan söylediğimizde, kendimizi gerçek dışı hissederiz. Gerçekten ne istediğimizi ne istemediğimizden ayırt etmekte zorlanırız.

Kendimize yalan söylemek öz saygımızı temelden sabote eder.

Bir yalana yakalanmak çoğu zaman ilişkileri yok eder. Yalan söylemenin sonuçları vardır. Birisi yalan söylediğimizi öğrendiğinde, bu o kişinin bizimle olan ilişkisini sonsuza dek etkiler.

Kendimizden nefret etmeye başlarız. Acı çekeriz.

Çoğumuz karmaşık bir yalan ağı kurmuşuzdur ve bu ağı çözmek, parçalarına ayırmak için büyük çaba sarf etmemiz gerekir. İçsel anlatılarımızı değiştirmeli, içgüdüsel rasyonelleştirmelerimizi sorgulamalı ve kendimizi incelemeye tabi tutmalıyız. Bu zorlu bir görevdir.

İnkâr, sahte bir güvenlik duygusu yaratmak için dış gerçeklere karşı kullandığımız psikolojik bir savunmadır. İnkâr, dayanılmaz haberler karşısında koruyucu bir savunma olabilir. İnkârda insanlar kendi kendilerine "Böyle bir şey olmayacak" derler. İnançlarımızı destekleyen bilgileri benimseme ve onlarla çelişen bilgileri reddetme eğilimindeyiz. Başarımızı karakter özelliklerimize, başarısızlıklarımızı ise talihsiz koşullara bağlama eğilimindeyizdir.

Hakikat yolunu seçtiğimizde, kendimize saygı duymayı ve özgünlüğümüzün huzurunu deneyimleriz. Yalanlar bizim aktif olarak yaratmamız gereken şeylerdir. Gerçek zaten vardır.

Ne Zaman Yalan Söylemeye Başladık?

Bizler yalancı olarak doğmadık. Varsayılan ayarlarımız saflık ve dürüstlüktü. Tanıdığımız tek insanlar olan ebeveynlerimiz tarafından kuşatılmıştık. Hayatımızdaki birincil rol modelleri olarak ebeveynler dürüstlüğün sergilenmesinde hayati bir rol oynadılar. Ayrıca doğruyu söyleme konusunda köklü bir bağlılık aşılama konusunda da en büyük etkiye sahiptiler. Peki, büyümeye başladığımızda nasıl yalan söylemeye başladık? İlk yıllarımızda yalan söylemenin oluşumunu anlayalım.

Küçük Çocuklar ve Okul Öncesi Çocuklar

Konuşmayı ve iletişim kurmayı yeni öğrendikleri için, küçük çocuklar gerçeğin nerede başlayıp nerede bittiği konusunda net bir fikre sahip değildir. Gerçek, hayal, hüsnükuruntu, fanteziler ve korkular arasında ayrım yapamazlar. Ve yalan söyledikleri için cezalandırılmak için çok küçüktürler.

Sözel becerileri arttıkça bariz yalanlar söylemeye başlarlar ve "Çikolatayı yedin mi?" gibi basit sorular sorulduğunda "Evet" veya "Hayır" yanıtını verirler. Yüz ifadelerini ve ses tonlarını söyledikleriyle eşleştirerek yalan söyleme konusunda daha iyi hale gelebilirler.

Okullu Çocuklar

Çocuklar nelerden kurtulabileceklerini görmek için daha fazla yalan söylemeye başlarlar, özellikle de okulla ilgili yalanlar - dersler, ödevler, öğretmenler ve arkadaşlar. Yeterince olgunlaşmamışlardır ve yalanları gizleme konusunda daha iyi hale gelseler bile yalanları sürdürmek hala zor olabilir. Bu yaştaki düzenlemeler ve sorumluluklar genellikle onlar için çok fazladır. Çoğu yalanı tespit etmek nispeten kolaydır. Yedi ya da sekiz yaşına kadar çocuklar genellikle gerçek ile hayal arasında bulanık bir çizgi görür ve hüsnükuruntuların gerçekten işe yaradığını düşünürler. Süper kahramanlara ve onların yeteneklerine inanırlar.

Küçükler

Bu yaştaki çoğu 'yetişkin' çalışkan, güvenilir ve vicdanlı bir kimlik oluşturma yolundadır. Ancak aynı zamanda yalanları sürdürme konusunda daha akıllı ve eylemlerinin yansımalarına karşı daha duyarlı hale gelirler ve yalan söyledikten sonra güçlü suçluluk duyguları yaşayabilirler. Yaşları ilerledikçe yakalanmadan daha başarılı bir şekilde yalan söyleyebilirler. Yalanlar da daha karmaşık hale gelir, çünkü çocuklar daha fazla kelimeye sahiptir ve diğer insanların nasıl düşündüğünü daha iyi anlarlar. Ergenlik çağına geldiklerinde düzenli olarak yalan söylerler.

Neden Yalan Söyleriz?

Yakınlarımızla sağlıklı bir ilişkimiz olduğunda, konuşurken ve bilgi verirken kendimizi rahat hissettiğimizde, doğruyu söyleme olasılığımız daha yüksektir. Yine de, çocuk ya da yetişkin, hepimiz pek çok nedenden dolayı yalan söyleriz.

- Bir hatayı örtbas etmek ve başımızın belaya girmesini önlemek için yalan söyleriz.

- Bazen kötü veya utanç verici bir şey olduğunda ve bunu saklamak istediğimizde veya kendimizi daha iyi hissetmemizi sağlayacak bir hikaye yaratmak için yalan söyleriz.

- Stresli olduğumuzda, çatışmadan kaçınmaya çalıştığımızda veya dikkat çekmek istediğimizde yalan söyleyebiliriz.

- Mahremiyetimizi korumak için yalan söyleyebiliriz.

- Genellikle yalan söylemenin bir meydan okuma eylemi olduğunu düşünürüz. Öyle olması şart değildir. Dürtüsel olabilir. Bunun farkında bile olmayabiliriz. Bu, kendimizi kontrol etmekte, düşüncelerimizi düzenlemekte veya sonuçları düşünmekte zorlandığımızda olur.

- Bazılarımız birinin duygularını incitmekten kaçınmak için yalan söyleriz - buna genellikle 'beyaz yalan' denir.

- Dikkatleri üzerimizden çekmek için başkalarına kendimiz hakkında yalan söyleyebiliriz. "Bir sorunla görünmek istemiyoruz. Ya da sorunlarımızı en aza indirmek isteyebiliriz.

Çocukluk Yalanları

- Çocuklar 'hikayeler' anlatmak için hayal güçlerini kullanırlar. Çocukların harika hayal güçleri vardır ve bazen fantezilerini gerçekmiş gibi sunarlar. Bir fanteziyi anlattıklarında, "Bu gerçekten olmuş bir şey mi, yoksa olmasını istediğin bir şey mi?" diye sorun. Bu, gerçek hayat ile hayal ürünü bir hikaye arasındaki ayrımı öğrenmelerine yardımcı olur. Bir çocuğun hayal gücünü asla engellemeyin. Hala harika hikayeler anlatabileceklerini anlamalarına yardımcı olun.

- Çocuklar olumsuz sonuçlardan kaçınmak isterler. Azarlanmaktan korkarlar. Çocuklar başlarının belaya gireceğinden korktuklarında otomatik olarak yalana başvururlar. Dürüst olmaları, azarlanmadan gerçeği itiraf etmeleri için onlara biraz zaman ve fırsat verilmelidir.

- Yalana, aşırı disiplinli yetiştirilen çocuklar tarafından başvurulur. Sert disiplin aslında çocukları iyi birer yalancıya dönüştürür. Tepkilerimizden korkarlarsa, yalan söyleme olasılıkları daha yüksek olacaktır.

- 'Başkalarının önünde iyi görünmek istediklerinde', bu düşük özsaygının bir işareti olabilir. Özgüven eksikliği olan çocuklar, özsaygılarını şişirmek ve başkalarının gözünde iyi görünmek için kendilerini daha etkileyici, özel veya yetenekli göstermek amacıyla büyük yalanlar söyleyebilirler. Çocuklar da yetişkinler gibi başkalarını etkileme ihtiyacı hissederler. Gerçeği abartmak genellikle güvensizlikleri maskelemek için kullanılır. Akranlarına uyum sağlama çabasıyla, hikayeleriyle etkilemeye çalışırlar. Kendileri hakkında yalan söylemeden başkalarıyla nasıl bağlantı kurmaları gerektiği konusunda hassas bir şekilde ele alınmaları gerekir.

- Çocuklar karışık mesajlar alır. Ebeveynler kendi çıkarları için yalan söylediklerinde ve yalan söyledikleri için çocuğu azarladıklarında, çocuğun da onların izinden gitmesine zemin hazırlamış olurlar.

Çocukluk Yalanlarıyla Başa Çıkmak
"Bir dikişte dokuz kurtarır."

Çocukluktaki masum yalanlar, büyüdükçe kendini aldatan yalanlara ve bir maskeye dönüşür. Tekrar tekrar yapılan her şey alışkanlık haline gelir. Bu nedenle, bu kalıpları daha erken anlamalı ve çocuklarda doğru şekilde ele almalıyız.

- Sonucu değil, çabayı övün. Bu şekilde bilinçaltına başarıdan ziyade sıkı çalışmanın değerini aşılamış oluruz.

- Çocuklar bizi yansıtır. İyi rol modeller olmalıyız. Biz yalan söylersek onlar da söyler. Eğer hile yaparsak, onlar da yapar. Zor olsa bile doğruyu söylersek onlar da söyler.

- Bizim ve dünyanın yalanlara nasıl tepki verdiği, çocukların dürüstlüğü nasıl öğreneceklerini gösterir. Dürüstlük ve ne anlama geldiği hakkında konuşarak zaman geçirin.

- Fantezi ve gerçeklik arasında ayrım yapın. Bu, fanteziyi küçümsemek anlamına gelmez. Çocukların fantezi ile gerçeği ayırt etmeye başlamalarına yardımcı olun. Neyin gerçek olduğu, neyin gerçek olmadığı ve aradaki farkın nasıl anlaşılacağı hakkında konuşun.

- Yanlış bir şey yaptığını kabul ettiği için çocuğu övün. Çocuğu çatışma olmadan bir yalanı kabul etmeye teşvik etmek için bir şaka kullanın.

- Durum ciddi olmadıkça ve daha fazla dikkat gerektirmedikçe çocukla yüzleşmekten veya gerçeği araştırmaktan kaçının. Nedenini öğrenin. Çocuğun bunu neden yaptığını anlamadan yalan söylediği için cezalandırmak yanlıştır.

- Yalanları açıklayın. Yalan söylemenin uygun olabileceği zamanlar hakkında konuşun. Eğer onların önünde yalan söylüyorsak, yalanı ele alın ve gerekçesini açıklayın. Çocuklarla yalan söylemek ve doğruyu söylemek hakkında konuşmalar yapın. Bu tür konuşmaları iyi özümserler.

- Çocuğun yalan söyleme ihtiyacı hissettiği durumlardan kaçınmasına yardımcı olun.

- Ciddi konularda, doğruyu söyledikleri takdirde güvende olacakları konusunda onlara güvence verin. İşleri daha iyi hale getirmek için her şeyin yapılacağını bilmelerini sağlayın. Çocuk kasıtlı bir yalan söylediğinde, ilk adım yalan söylemenin iyi olmadığını bilmesini sağlamaktır. Çocuğun nedenini de bilmesi gerekir.

- Onlara 'yalancı' demeyin. Bu daha da fazla 'meydan okuyan' yalana yol açabilir.

- - Yalan söylememelerini kolaylaştırın. Eğer çocuk ilgi çekmek için yalan söylüyorsa, ona ilgi göstermenin ve özgüvenini artırmanın daha olumlu yollarını benimseyin.

- Çocuklar ve gençler sonuçların tartışılabilir olduğunu düşünmemelidir.

- Konuştuğumuzda, yalan hakkında asla tartışmayın. Sadece ne gördüğümüzü ve neyin açık olduğunu belirtin. Yalanın nedenini bilmiyor olabiliriz, ancak eninde sonunda çocuk bize bunu açıklayabilir. Sadece görülen davranışları belirtin. Ne olduğunu anlatmaları için kapıyı açık bırakın.

- Çok basit tutun ve çocuğunuzun söyleyeceklerini dinleyin, ancak kararlı olun. Çocuk için çok odaklı ve basit tutun. Davranışa konsantre olun. Sonra da yalan söyleme ihtiyacı hissetmesine neden olan şeyin ne olduğunu duymak istediğinizi söyleyin. Doğrudan ve spesifik olun. Çocuğa uzun süre nutuk çekmeyin. Kendilerini kaybederler. Bunu pek çok kez duymuşlardır. Dinlemeyi bırakırlar ve hiçbir şey değişmez.

- Yalan için bir bahane aramadığımızı, daha ziyade çocuğun çözmek için yalana başvurduğu sorunu tespit etmeye çalıştığımızı anlayın.

- Başlangıçta bu konuda bizimle konuşmaya hazır olmayabilirler. Çocuğun sorununun ne olduğunu duymaya açık olun. Açılmaları için güvenli bir ortam yaratın. Eğer çocuk hazır değilse, zorlamayın. Sadece dinlemeye istekli olduğumuzu tekrarlayın. Sabırlı olun.

Çocuğu köşeye sıkıştırmayın. Onları köşeye sıkıştırmak yalan söylemelerine neden olacaktır.

Çocuğu yalancı olarak etiketlemeyin. Yarattığı yara, yalanlarıyla başa çıkmaktan daha büyüktür.

Beden dili, yalan söylediğimizde

1. Baş pozisyonunu hızlıca değiştirme
2. Solunum düzenindeki değişiklikler
3. Çok hareketsiz durmak veya çok kıpır kıpır olmak
4. Ayakların karıştırılması
5. Ağza dokunun veya ağzı kapatın
6. Kelimelerin veya cümlelerin tekrarı
7. Çok fazla bilgi vermek
8. Konuşmanın zorlaşması
9. Çok fazla göz kırpmadan bakmak
10. Doğrudan bakışlardan kaçınmak

Beyaz yalanlar

'Beyaz yalan', genellikle başka bir kişinin duygularını korumak için iyi niyetle söylenen zararsız bir yalandır. Zararsız olmalarına rağmen, beyaz yalanlar çok sık kullanılmamalıdır. Bir noktada, çoğu insan başkalarının duygularını incitmemek için gerçeği nasıl eğip bükeceğini öğrenir. Tamamen dürüst olmak yerine, hoşumuza gidip gitmediğine bakmaksızın başkalarının sosyal medya paylaşımlarını 'Beğeniriz'. Yalan söylemenin haklı bir nedeni varmış gibi görünebilir. Bizim için elinden geleni yapan birinin duygularını incitmek istemeyiz. Ancak yine de gerçeği çarpıtmış oluruz. Yalan söylediğimizde niyetimiz asla ebeveynlerimizi incitmek değildi. Yalan söyledik çünkü içimizde daha derinlerde başka bir şeyler oluyordu.

Yalan söylemek, bir sorunu çözmek için seçtiğimiz olgunlaşmamış ve etkisiz bir yoldur. Altta yatan bir sorunu çözmek yerine, bu konuda yalan söyleriz. Yalan, sonuçlarla yüzleşmek yerine onlardan kaçınmak için kullanılır. Yalan söylemek hatalı bir sorun çözme becerisi olarak kullanılır. Farkında olmamız, kabullenme pratiği yapmamız ve sorunlarımız üzerinde daha yapıcı yollarla hareket etmemiz gerekir. Bu bazen yalanı doğrudan ele almak anlamına gelirken, bazen de yalanın gerekli görünmesine neden olan alta yatan davranışı ele almak anlamına gelir.

Yalan söyleriz çünkü sorunlarımızla veya çatışmalarımızla başa çıkmanın başka bir yolu olmadığını hissederiz. Bazen bir sorunu çözmenin tek yolu budur. Kendimize yalan söylemek. Ya da başkalarına. Bu hatalı bir hayatta kalma stratejisidir.

Ahlaksız olduğumuz, ihanete uğradığımız ya da saygısızlığa uğradığımız konusunda yalan söylediğimizde ve azarlandığımızda, kendimizi kapatırız. Ve sonra sadece yalan söylemenin yüküyle değil, aynı zamanda bununla bağlantılı öfke, hayal kırıklığı veya suçluluk duygularıyla ve başkalarından gördüğümüz davranışlarla da başa çıkmak zorunda kaldık. Yalanla ilgili öfkemiz, hayal kırıklığımız ve suçluluk duygumuz alışkanlıklarımızı ve davranışlarımızı değiştirmemize yardımcı olmayacaktır.

Yalan söylemek kesinlikle ahlaki bir mesele değildir; bu bir sorun çözme meselesidir. Yalan söylemek bir beceri eksikliği ve sonuçlardan kaçınma sorunudur. Ahlaksız olduğumuz için değil, kendimizi nasıl idare edeceğimizi bilemediğimiz için yalan söylüyoruz.

"Kendini kandırmak, bizi acı gerçeklerden uzaklaştıran bir uyuşturucu gibi olabilir."

"Gerçek kısa bir süre için acı verebilir ama yalan sonsuza dek acıtır."

"Çıplak gerçek her zaman en iyi giydirilmiş yalandan daha iyidir."

"Gerçekle başa çıkabilirim. Beni öldüren yalanlardır."

"İnsanın kendine karşı dürüst olması ne kadar da zordur. Diğer insanlara karşı dürüst olmak çok daha kolaydır."

"Tüm aldatma biçimleri arasında kendini kandırmak en ölümcül olanıdır ve tüm aldatılanlar arasında kendini kandıranların sahtekarlığı fark etme olasılığı en düşük olanıdır."

Zihnim bir yalan evi gibi

Oraya asla yalnız gitmemeye çalışıyorum.

Yıllar boyunca düşündüm ki

Sonunda büyümüştüm.
'Gerçek' fısıltıları algımı işgal etti
Meğer kendi kendimi kandırıyormuşum.
Bu yanılsama içinde devam etmeyi arzuladım
Ama sonuçta bu manevi bir kirlilikti.
Yaptığım şeyi nasıl onarabilirim?
Yalnızlığım başladı,
Dışarıdaki ve içerideki fırtınayla yüzleşmek
Asla acı vermek istemedim.
Eğer geri sarabilseydim ve yeniden başlayabilseydim
Sahte olmayan bir hayat sürmek istiyorum. Dürüst ve gerçek bir hayat sürmek
Bir kez daha büyümek istiyorum!

Bölüm 2: Kalıplar

Kalıplar

"Sadece kalıplar vardır, kalıpların üstünde kalıplar, diğer kalıpları etkileyen kalıplar. Desenler desenler tarafından gizlenir. Desen içinde desen."

"İnsan zihni inanılmaz bir kalıp oluşturma makinesidir. İnsan beyni inanılmaz bir kalıp eşleştirme makinesidir."

"Kaos dediğimiz şey sadece fark etmediğimiz örüntülerdir. Rastgele dediğimiz şey deşifre edemediğimiz kalıplardır."

"Algıladığımız kalıplar

İnanmak istediğimiz hikayelerle. Yanlış düşünceler hayatımızı ona göre şekillendirir, çünkü düşüncelerimizi yaşarız."

Hepimiz anne karnına düştüğümüz andan itibaren çevremizden etkilenmişizdir - beslenme, deneyimler, stresler, komplikasyonlar. Doğmadan önce bile her şey nasıl hissettiğimizde rol oynar. Daha sonra gerçek doğum deneyimi, erken dönem bebek bakımımız ve annemizin 'duygusal erişilebilirliği' bu ilk etkilerin etkisini güçlendirir ya da yatıştırır. Büyümeye başladıkça bakıcılarımızdan, geniş ailelerimizden, arkadaşlarımızdan, okul öncesi ve ilk okul yıllarımızdan ve genel olarak toplumdan etkilenmeye başlarız.

Bu deneyimleri anlamayabilir, rasyonalize edemeyebilir, ifade edemeyebilir, hatırlayamayabilir veya çözemeyebiliriz, ancak hepsi bilinçaltımızda ve bedenlerimizde depolanmış, derin dondurulmuş ve kaydedilmiştir.

Deneyimler depolanır. Deneyimler tekrar eder. Deneyimler farklı ya da benzer olabilir. Deneyimler çoğalabilir ya da azalabilir. Ve biz büyüdükçe, bunlara bir anlam veremeyiz. Ama deneyimleriz, iyi hissederiz ya da kötü hissederiz. Bu deneyimler kaosunda, kalıplar vardır.

Örnek Olay İncelemesi

Bir önceki bölümde tartışıldığı gibi aynı duruma bakalım.

Rahul 5 yaşında bir çocuktu. Bir gün babası, çok utangaç olduğu ve bildiği bir şiiri okuyamadığı için evdeki bazı misafirlerin önünde onu azarladı. Kendini odasına kilitledi, yemek yemedi ve ağladı. Zamanla normal hayatına geri döndü ve hatta belki de bu olayı unuttu.

Zeki bir öğrenci olarak büyümeye başladı ve öğretmeninin gözdesi oldu. Ama bir gün, sınıfta bir şeyi açıklaması istendiğinde dili tutuldu. Utanç duydu, eve döndü, kendini kilitledi ve ağladı. Bir yetişkin olarak sosyal toplantılardan ve partilerden kaçınmaya başladı. Bundan hoşlanmıyordu ve nedenini bile bilmiyordu. Sessizleşir ve kendine şöyle derdi: "Ben yeterince iyi değilim. Ben bir başarısızım. Başkalarının önünde kendimi ifade edemiyorum.

Burada gördüğümüz şey alışılagelmiş bir işleyiş ya da davranış biçimidir. Ortaya çıkan, tekrar eden, geri dönen ve her yeni olayla birlikte büyüyen kalıplar olduğunu görüyoruz.

Etkinlik → Etkinlik algısı → Etkinliğe yönelik tepkiler

Benzer etkinlik → Etkinlik algısı → Etkinliğe yönelik tepkiler

Benzer bir başka etkinlik → Algının öngörülebilirliği ☐ Otomatik reaksiyon

Tetikleyicinin Tanımlanması → Bireyin Eğilimini Anlamak

Deneyim Oluşturma → Deneyimin Tekrarı

Sinir Yolunun Gelişimi → Yapışkanlığın Gelişimi

Kalıplarımızı tanımlayan şey budur.

P	Predictability	her zaman beklenen şekilde davranma veya meydana gelme gerçeği
A	Automatic	kendiliğinden veya bilinçsizce yapılır
T	Triggered	olumsuz olarak algılanan bir uyarıcıya yanıt olarak ortaya çıkan
T	Tendency	belirli bir düşünce veya eylem türüne yatkınlık

E	Experience	kişisel olarak karşılaşılan, geçirilen veya yaşanan bir şey
R	Repetition	yenilenen veya tekrar tekrar yinelenen
N	Neural Pathway	alışkanlıklarımıza bağlı olarak beyinde oluşturulan nöronal bağlantılar
S	Stickiness	yapışmaya neden olarak veya neden olmuş gibi bağlamak

Kalıpları Anlamak

Beyin hücrelerimiz birbirleriyle nöronal ateşleme adı verilen bir süreç aracılığıyla iletişim kurar. Beyin hücreleri sık sık iletişim kurduğunda, aralarındaki bağlantı güçlenir ve "beyindeki aynı sinir yolunu defalarca kat eden mesajlar daha hızlı ve daha hızlı iletilmeye başlar." Yeterince tekrarlandığında, bu davranışlar otomatik hale gelir. Okumak, araba kullanmak ve bisiklete binmek, sinirsel yollar oluştuğu için otomatik olarak yaptığımız davranışlara örnektir. Bu yollar, yeni davranış yeni normal olana kadar tekrarlandıkça güçlenir.

Yeni aktivitelere katıldıkça, beynimizi yeni sinir yolları oluşturması için eğitiriz. Yeni bir davranışı beynin mümkün olduğunca çok bölgesine bağlamak yeni sinir yolları geliştirmeye yardımcı olur. Beş duyumuzun tümünden yararlanarak, sinirsel yolların oluşmasına yardımcı olan yapışkanlık yaratabiliriz. Yeni deneyimleri çeken ve koruyan şey bu yapışkanlıktır. Belirli bir şekilde davranmaya başlamak için sadece bir tetikleyiciye ihtiyacımız vardır. Bu deneyimler eğilimlerimizi şekillendirir - belirli bir şekilde algılama-tepki verme eğilimi. Bu eğilimleri anlamak, davranışları tahmin etmemize yardımcı olur.

Olaylar, kelimeler, görüntüler, duygular vb. ile ilgili tüm anılarımız, beynimizde birbirleriyle bağlantıları güçlendirilmiş belirli nöron ağlarının belirli faaliyetlerine karşılık gelir. Beynimiz bir şekilde olumsuza doğru kablolanmıştır. Örneğin, gün içinde on deneyimimiz varsa, beş nötr günlük deneyim, dört olumlu deneyim ve bir olumsuz deneyim, o gece yatmadan önce muhtemelen bu tek olumsuz deneyimi düşüneceğiz.

Bir an için mükemmel bir hafızayla hayatın nasıl olacağını hayal edin. Beş duyumuz tarafından algılanan her şeyin her ayrıntısını hatırlayabilseydik, günün ilk saati zihinsel olarak çok fazla bilgiyle dolup taşardı. Bu yüzden beyin tüm bu verileri kısa süreli hafızaya veya uzun süreli hafızaya ayırır ya da atar.

- Kısa süreli bellek, o anda ihtiyacımız olan bilgiyi tutmamızı ve daha sonra ondan kurtulmamızı sağlar. Küçük bilgi parçalarını geçici olarak depolamak ve daha sonra atmak için kullanırız.

- Uzun süreli bellek iç dondurucumuz gibidir. Bilgileri yıllarca, hatta bir ömür boyu tutabilir.

Kalıplar kısa süreli anıları uzun süreli anılara bağlar. Uzun süreli hafızanın geri çağrılması, beynin oluşturduğu sinir yollarının yeniden ziyaret edilmesini gerektirir. Geri çağırma tetikleyiciler tarafından hızlandırılır. Kalıpları tanımak, neyin geleceğini tahmin etmemizi ve beklememizi sağlar.

Biliyor muydunuz?

- Bir çalışma, yeni bir davranışın otomatik hale gelmesinin ortalama olarak iki aydan fazla sürdüğünü göstermiştir - tam olarak 66 gün. Ancak bu süre davranışa, kişiye ve koşullara bağlı olarak değişir.

- Bir beceride ustalaşmak ve ilgili nöral yolu geliştirmek için 10000 tekrar gerektiği tahmin edilmektedir.

- Bir araştırma çalışmasında, insanların yeni bir alışkanlık oluşturması 18 gün ile 254 gün arasında bir zaman almıştır.

"Bir kalıbı asla anlamla karıştırmamak gerekir."

"Başarılı insanlar başarılı kalıpları takip eder."

"Kalıplar kırıldığında, yeni dünyalar ortaya çıkar."

İçsel Çocuk Kalıpları

"İçinizdeki çocuğu biliyor muydunuz?
Herkesin içinde mi yaşıyor?
Ve o yetişkin Ben
Onun çağrısını dinler.
İnsanlar beni anlamadığında
Çünkü ben farklıyım.
Ve ben ağlarken çocuk kaybolmuş gibi hissediyor.
Bazen onu fark ediyorum,
Hayatın dramı
Tutuyor ve ağlıyorum.
Bazen onu fark ediyorum
Kendi öz yargılarım
Çılgınca koşar ve ben ağlarım.
Onun varlığını hissediyorum,
İşler korkutucu olduğunda,
Ve ben ağladıkça korkuya kapılıyorum."

'İçimizdeki Çocuk' Nedir?

Cambridge Sözlüğü'ne göre, İçinizdeki çocuk, kişiliğinizin hala çocuk gibi tepki veren ve hisseden kısmıdır.

Peki, nedir bu içimizdeki çocuk?

Yetişkin bir insan olduğunuz halde içinizde nasıl bir çocuk olabilir?

Bu büyümediğiniz anlamına mı gelir?

İçinizdeki çocuk gerçek mi yoksa sadece psikolojik bir kavram ya da teori mi?

Kavram ... Felsefe

Bir çocuğun yaşam alanında bir olayın meydana gelmesi - örneğin, Reddedilme; Hakaret; İstismar; İhmal vb.

→ Bir olayın çocuğun doğuştan gelen özüne ve duyarlılığına dayalı olarak algılanması

→ Çocuk durumu idare edemiyor veya uygun şekilde tepki veremiyor

→ Duygusal olarak etkilenmiş ve yaralanmış çocuk

→ Çocuğun duygusal durumu - içinde zaman içinde donmuş - 'İç Çocuk'

→ Şimdiki zamandaki yetişkin benzer bir dizi olayla karşı karşıyadır - Reddedilme; Hakaret; İstismar; İhmal

→ 'Donmuş iç çocuk' bellek durumunun tetikleyicisi

→ Yetişkin otomatik olarak tepki verir, böylece hayat şu anda olduğu gibi değil, geçmişte olduğu gibi deneyimlenir

→ Dolayısıyla yetişkin, donmuş iç-çocuğun geçmişte yaptığı gibi algılayacak ve aynı şekilde tepki verecektir

Duygusal olarak etkilenmiş bir çocuk için hayatta kalma stratejisi ☐ Kaosla başa çıkmaya çalışır ☐ Başa çıkan yetişkin için semptom yapısının çekirdeği. Bu, zamanın belirli bir noktasında sıkışıp kalmış yaralı bir iç çocuktur.

Her zaman durumların içinde ve bir parçasıyız ve sayısız uyarana maruz kalıyoruz. Doğuştan gelen öz yapımıza dayanarak, belirli uyaranlara seçici olarak katılır, bunları bir kalıpta birleştirir ve durumu kavramsallaştırırız. Farklı kişiler aynı durumu farklı şekillerde kavramsallaştırabilir. Genellikle, belirli bir kişi benzer türdeki olaylara verdiği tepkilerde tutarlı olma eğilimindedir. Nispeten istikrarlı bilişsel kalıplar, belirli bir dizi duruma ilişkin yorumların düzenliliğinin temelini oluşturur. Bir durumu ya da olayı algılar ve sözel ya da resimsel içeriğe sahip bilişler haline getiririz.

Geçmişte donup kalmamızın nedeni, Stephen Wolinsky'nin deyimiyle "askıya alınmış animasyon durumlarını" veya transları yeniden yaratmaya devam etmemizdir. Bu askıya alınmış durumlar bizi çocukluk deneyimlerimizin incinme ve acılarından koruyor gibi görünmektedir.

Bizi donduran bu çocukluk deneyimleri, daha sonraki yetişkinlik aşamalarında bile onlara makul bir şekilde yanıt verme yeteneğimizi de sınırlar. Yetişkin, benzer bir deneyim yaşadığında, donmuş içsel çocuğunun verdiği tepkiyi verecektir. Amaç, kendi çocukluk duygularımızı, ihtiyaçlarımızı ve isteklerimizi reddetme yöntemlerimizi bilinçli bir şekilde değiştirerek şimdiki anı yaşamaktır.

Mevcut yetişkin durumu, donmuş durumları ilk olarak çocuklukta yaratan durumdur. Kendi donmuş yaşamımızın gerçek kaynağının kendimiz olduğunu anlamamız gerekir.

İç çocuk, içimizdeki çocuğun deneyimlere bakış açısı ve dış dünyayı yorumlama biçimi olarak işlev gören, zaman içinde donmuş bir konumdur. Gerçekte, içimizde her biri farklı bir algıya, farklı bir farkındalığa, farklı bir dünya görüşüne vs. sahip birden fazla donmuş iç çocuğumuz olabilir.

İç çocuk kavramı yeni değildir.

1. Roberto Assagioli'nin psikosentezi - alt kişiliklerden bahsetmiştir.

2. Fritz Perls'in Gestalt Terapisi - farklı parçaların birbiriyle diyalog kurması deneyimi.

3. Eric Berne - Transaksiyonel Analiz - içsel çocuk, içsel yetişkin ve içsel ebeveyn.

4. Dr. Albert Ellis'in bilişsel terapisi - Şemalar. Gerçeklik nedir?

Hatırlanması gereken nokta - benim gerçekliğim benim bakış açımdır. Bu iç gerçeklik gözlemci tarafından yaratılır.

Bu gözlemci kimdir - Biz.

Olayı/travmayı yaşarız - böylece travmanın gözlemcisi oluruz.

Daha sonra bunun bir resmini çekeriz, onu tutarız, onunla birleşiriz, uykuya dalarız ve sonra bu döngü tekrar tekrar devam eder.

Biz, gözlemci, dış olayı yaratmayız.

Biz, gözlemci, dış olaya verilen yanıtı yaratırız.

Biz, gözlemci, onu hafızamızda birleştirdik.

Dolayısıyla, hafızanın 'bırakılabilmesi' için uyandırılmamız gerekir.

Döngüyü tekrar tekrar oynatarak eski duyguların ve deneyimlerin tekrar tekrar hissedilmesine ve yaşanmasına neden oluruz. Öncelikle içimizdeki çocuğun ne yaptığını tespit etmeliyiz ki biz, yani gözlemci uyanabilelim ve bu eski kalıplarla özdeşleşmeyi bırakabilelim.

Algılanan her travmayla birlikte, gözlemci olarak biz, algılanan kaosu yönetmek için bir kalıp ve bir kimlik yaratırız. Algılanan diyorum, çünkü diğer birey beni gerçekten incitmemiş olabilir. Ancak ben incinme, öfke ya da başka bir duygu algılayabilirim. Bu algılanan travmadır.

Dolayısıyla, yetişkin 'biz'in içinde, her birinin bir kalıbı, bir anısı ve bir tepkisi olan çok sayıda iç çocuk olabilir. Yetişkin 'biz'in içinde meydana gelen pek çok iç tartışmamız var. Bunlar, her biri bir kimliğe, her biri travma ve hafızaya, her biri bir kalıba sahip olan yaralı içsel çocuklardır. Bu nedenle, herhangi bir iyileşmede, içsel çocuk bulunup "etiketlendiğinde" sorunların tümüyle çözümü gerçekleşmez. Önceden var olan başka bir donmuş iç çocuk baskın hale gelir ve yetişkin bizleri başka bir sorun durumuna sürükler.

İç çocuğun gözlemcisini/yaratıcısını uyandırmak, iç çocuğun kalıplarını sona erdirmektir. Başka bir deyişle, gözlemciyi uyandırmak kalıbı kırar.

Hayatın erken dönemlerinde... zamanın bir noktasında

1. Çocuk bir öznedir; ebeveynler, öğretmenler, dış dünya - Etkileyiciler.

2. Etkileyenler "Başaramayacaksın", "Beni memnun et, ben de seni memnun edeyim" veya "Dediğimi yap, sana sevgi ve onay vereyim; yapma, yapmayayım" gibi önerilerde bulunurlar.

3. Çocuk (özne) etkileyicilerin yaptığı telkinlere inanır.

4. Çocuk daha sonra bu önerileri içselleştirir ve yetişkin bir birey olarak bunları önermeye devam eder.

5. Geçmişin içsel çocuğu şimdiki zaman yetişkinini problem durumlarına etkiler.

6. Yıllar geçtikçe, bir öğretmen ya da başka bir otorite figürü benzer bir telkinden bahseder ve kişi çocukken yaşadığı aynı "korku" kalıbına ve tepkisine tetiklenir. Zaman geçtikçe. Çocuk olgunlaşır, ilişkiye girer ve evlenir. Daha sonra eş, eşin içindeki çocuğu bir öfke kalıbına veya reddedilme korkusu kalıbına sokarak etkileyen kişi haline gelebilir.

Amaç, kalıbın ardındaki sizi uyandırmaktır.

1. Baskıcı bir ebeveynin çocuğu, duygusal acıdan kaçınmak için durumdan kopacaktır. Bu kalıp işe yararsa, çocuk bu kalıbı "varsayılan moda" geçirir. Kendini okulda, işte ve nihayetinde ilişkilerinde bağlantıyı keserken ve hayal kurarken bulur.

2.   Ailesinde alkolizm geçmişi olan bir çocuk amnezi sergileyebilir, acıdan kaçınmak için geçmişi unutabilir. Hayatın ilerleyen dönemlerinde amnezi veya unutkanlık iş, okul veya ilişkilerde bir sorun haline gelebilir.

3.   Acı verici travmadan kurtulmak için hissizleşen bir çocuk istismarı mağduru, daha sonraki yaşamında cinsel deneyimler sırasında hisleri hissetmekte zorluk yaşayabilir. Kadınlar orgazm olamayabilir. Erkekler erken boşalma veya iktidarsızlıktan muzdarip olabilir.

Çocuğun yarattığı bu tepki kalıpları aslında acı verici durumlarla başa çıkmak için telafi edici bir mekanizmadır. Sorun, bu kalıplar kontrolden çıktığında ve birey kendini 'varsayılan olarak' tepki verirken bulduğunda ortaya çıkar. Dolayısıyla, yetişkin biz, varsayılan olarak, şimdiki durumda öyle olmak istemese de aynı kopukluk, hafıza kaybı veya hissizlik durumunu yaratacaktır.

Böylece, kendi içimizdeki çocuk artık yetişkin bizi etkilemeye başlar - istenmeyen davranışlara ve deneyimlere.

Amaç, artık şimdiki zaman ilişkilerine uymayan çocukluktaki hayatta kalma mekanizmalarından kendimizi kurtarmaktır.

Bunun beş bölümü vardır -

1.   Kalıpların farkındalığı.

2.   Kalıpları kabul edin.

3.   Kalıplardan bağlantıyı kesmek.

4.   Yetişkin bizi uyandırın.

5.   Daha güçlendirici bir varsayılan kalıp oluşturun.

Bu da zamanın donduğu geçmişimizden çıkıp şimdiki zamanda var olmamızı sağlar.

İçinizdeki çocuk nereden geldi?

Bir çocuk belirli bir davranışı nedeniyle ebeveyni veya öğretmeni tarafından azarlanır.

Buradaki durum bir azarlamadır. Azarlama çocuğun kontrolünde değildir. Ancak çocuk 'azarlanmayı' deneyimler. Çocuk alıcıdır. Çocuk bunu gözlemler ve şu şekilde yorumlar: Ben yeterince iyi değilim. Ve bunu bu şekilde yorumlayarak, çocuk aslında azarlamanın bir parçası ve katılımcısı olur. Bu daha sonra çocuğun hafızasına kazınır.

Heisenberg'in "Belirsizlik İlkesi "ne göre, durumun gözlemcisi ve durum birbirinden ayrı değildir. Gözlemci, gözlemleyerek ve yorumlayarak duruma katılmış ve durumun sonucunu etkilemiştir.

Hayatı gözlemleriz, içsel öznel dünyamızı nasıl inşa ettiğimize, yorumladığımıza ve deneyimlediğimize katılırız. Biz, gözlemci, gözlem eylemi aracılığıyla sonuçların yaratılmasına katılırız.

Gözlemci bir travmadan önce de vardı, aynı gözlemci oradaydı travma sırasında ve aynı gözlemci travma sona erdikten sonra da oradadır.

İçsel öznel deneyimimizi biz yaratırız. Çevreye, yani ebeveynlere, öğretmenlere, eşlere vb. bir tepki yaratırız ve içsel, öznel deneyimlerimizden biz sorumluyuz.

Örnek Olay İncelemesi

John, küçük yaşta anne ve babası tarafından sevilmenin tek yolunun onlara itaat etmek, onları memnun etmek ve kendi ihtiyaçlarından vazgeçmek olduğunu gözlemlemiş ve fark etmiştir.

Bu, sevgi ve onay kazanmak için kendi ihtiyaçlarından vazgeçen bir "hoşnut çocuk" kimliği yaratır. John'un içindeki gözlemci bunun işe yaradığını görürse, bu gözlemci bunu yaratmaya ve tekrar tekrar tekrarlamaya devam eder. Bu bir kalıp ve kimlik yaratır ve bu yaralı hoşnut çocuk kimliğini varsayılan moda yerleştirir. Bir süre sonra bu kimlik, bu varsayılan davranış, bu kalıp kişilikle birleşir. Daha sonra, yetişkin yaşamında John, bir ilişkide veya durumda kendi ihtiyaçlarını dile getirmeyi unutan Hoşnut İnsan haline gelir. Yetişkin John artık hoşnut edici iç-çocuk kimliğinin etkisi altındadır.

Yetişkin John'un iyileşmesi için, John'un öncelikle hoşnut edici iç çocuk kimliğinin kaynağının farkında olması gerekir. John inkar etmediğinde ve bu kalıbın varlığını kabul ettiğinde, onu yaratmanın sorumluluğunu alabilir ve onu yaratmayı bırakabilir.

Bir şeyden vazgeçmek için öncelikle elimizde tuttuğumuz şeyin ne olduğunu bilmemiz gerekir.

Örnek Olay İncelemesi

Çocuk Jane, 'kendisini anlamadığı' için babasına her zaman kızgındır. Artık evli olan yetişkin Jane, kendisini anlamadığı için kocasına öfke nöbeti geçirir. Jane kocasını sevmesine rağmen, neden öfkesini kontrol edemediğini anlamaz. Jane'in içindeki öfkeli çocuk, sanki geçmişte babasıyla birlikteymiş gibi davranmasına neden olur. İçindeki öfkeli çocuk sürücü koltuğuna oturur.

Bir çocuk ailesini ve dış dünyayı belirli bir şekilde algılar. Çocuk daha sonra bu örüntüyü aile düzeni içinde tekrar tekrar ve düzenli olarak yinelemeye alışır. Çocuk büyüdükçe, bu kalıp

1. Benzer durumlardaki tüm insanlara genellenir.
2. Çocuk için işe yaradığı için, yıllar sonra, iç çocuk kimliği bu kalıbı tekrarlar, böylece artık varsayılan algı-tepki modu haline gelir. Yetişkin artık nasıl tepki vereceğini düşünmez. Biz nedenini anlamadan öylece oluverir.

Basitçe söylemek gerekirse, bir durum olduğu gibi deneyimlenmez. Daha ziyade yetişkin, kendi içsel çocuk kimliğinden etkilenerek, bir çocuk gibi davranarak, aileyi kendisiyle birlikte, içeriye, şimdiki zamana götürür ve bunu dışarıya, başkalarına yansıtır.

İç çocuk bir kez dondurulduğunda, kaçınılmaz duygular, düşünceler, hisler ve çoğunlukla rahatsızlık üretmek için yetişkinin dikkat odağını daraltma eğilimindedir.

İç çocuk, yetişkinin geçmiş durumları şimdiki durumlar olarak deneyimlemesiyle varsayılan olarak çalışır.

"İçinizdeki çocukla ilgilenmenin güçlü ve şaşırtıcı derecede hızlı bir sonucu vardır: Bunu yapın ve çocuk iyileşsin."

"Eğer büyümekten kastınız içimdeki yetişkinin içimdeki çocuğu terk etmesine izin vermekse, böyle korkunç bir teklifle ilgilenmiyorum. Bunun yerine, her ikisinin de diğerini dışlayarak geliştirmesine izin vermeyi kastediyorsanız, her türlü ilgim var."

"Geçmişin bu ihmal edilmiş, yaralı, içsel çocuğunun insan sefaletinin ana kaynağı olduğuna inanıyorum."

İçsel Çocuk Kalıpları

İçimdeki Çocuk
– Kathleen Algoe

Bugün içimdeki çocuğu buldum,
Uzun yıllar boyunca kilitli kaldı,
Sevmek, kucaklamak, çok şeye ihtiyaç duymak,
Keşke uzanıp dokunabilseydim.
Bu çocuğumu tanımıyordum,
Üç ya da dokuz yaşındayken hiç tanışmamıştık,
Ama bugün içimden ağladığımı hissettim,
Buradayım, gel diye bağırdım.
Birbirimize sımsıkı sarıldık,
Acı ve korku duyguları ortaya çıktıkça.
Sorun yok, diye hıçkırdım, seni çok seviyorum!
Benim için çok değerlisin, bilmeni istiyorum.
Çocuğum, çocuğum, bugün güvendesin,
Terk edilmeyeceksin, kalmak için buradayım.
Güldük, ağladık, bu bir keşifti,

Bu sıcak, sevgi dolu çocuk benim iyileşme sürecim.

'Düşünce' bir şeyi düşünmek için zihnimizi kullanma sürecidir. Aynı zamanda bu sürecin ürünü de olabilir. Her şey her zaman bir düşünceyle başlar. Nasıl düşündüğümüz ve etrafımızdaki dünyayı nasıl yorumladığımız nasıl hissettiğimizi etkiler. Ve nasıl hissettiğimiz duygularımızı harekete geçirir. Daha sonra bu duyguları yaşam deneyimlerimizi yorumlamamıza yardımcı olan bir filtre olarak kullanırız. Bu yorumlar elbette çeşitlidir ve çoğu zaman çok doğru değildir.

Aslında, dünyayı "olduğu gibi" görmemizi engelleyebilir ve bunun yerine bizi dünyayı "nasıl olduğumuza" dayalı olarak algılamaya zorlayabilirler. Ve elbette nasıl olduğumuz, tamamen dünyayı nasıl işlediğimize bağlıdır ve bu da elbette üzerinde durmamıza izin verdiğimiz düşüncelerle başlar.

Amerikalı bir psikiyatrist olan Aaron Temkin Beck, bilişsel terapi ve bilişsel davranışçı terapinin babası olarak kabul edilir. Beck, bir kişi düşüncelerinin olumsuz olmasına izin verdiğinde bunun depresyona yol açtığına inanıyordu. Düşüncelerin, duyguların ve davranışların birbiriyle bağlantılı olduğuna inanıyordu. Birisi olumsuz düşündüğünde, kendini kötü hissediyor ve bu da kötü davranmasına neden oluyordu. Bu da bir döngü haline gelir. Bilişsel çarpıtmalar, bireylerin gerçekliği yanlış algılamasına neden olan düşüncelerdir. Beck'in bilişsel modeline göre, bazen olumsuz şemalar (veya şemalar) olarak adlandırılan gerçekliğe olumsuz bir bakış açısı, duygusal işlev bozukluğu semptomlarında ve daha zayıf öznel refahta bir faktördür.

İç-çocuğun mevcut yetişkini etkileme durumunda olup olmadığını gözlemlemek için iyi bir işaret donukluktur. Bazen bu gerginlik, sertlik veya donukluk vücudun farklı bölgelerinde - çene, göğüs, mide ve leğen kemiği ve aşırı durumlarda felç hissi - yaşanır. Donukluğun ilk fiziksel belirtileri kasların gerilmesi ve nefesin tutulmasıdır.

İçinizdeki çocuğu anlayın ve yetişkini şimdi olduğu gibi anlayın. Farkındalık katan, içsel çocuğun işleyişini kendi kendine gözlemlemektir. Bir şeyden vazgeçmek için önce onun ne olduğunu bilmeniz gerekir.

Hiç düşüncelerimiz hakkında düşündük mü? Yani, kafamızın içindeki düşüncelere gerçekten hiç dikkat ettik mi? Eğer ettiysek, o zaman bir şeyler hakkında nasıl düşündüğümüzü ve bu düşüncelerin bize gerçekten yardımcı mı yoksa engel mi olduğunu hiç sorguladık mı? Muhtemelen dünyamızı görme ve yorumlama şeklimiz hiç de doğru değildir.

Belki de dünyaya bakış açımız bir şekilde kusurludur ve bu bizim en iyi şekilde ilerlememizi engelliyordur.

Çözümün ilk adımı, bu donmuş askıya alınmış durum kalıplarının farkındalığı ve bilgisidir. Donmuş içsel çocuk durumlarımızı düzeltmeyi bilinçli olarak seçmemiz gerekir. "Mevcut durumlarımızı" oluşturan duygulara ve kalıplara erişmemiz ve bunları tam olarak deneyimlememiz gerekir. Gerçekliği modası geçmiş, sınırlı ve çarpıtılmış merceklerle filtreleyerek sorun yaratmaya devam eden o donmuş, içsel çocuk hafızasının farkında olmak önemlidir.

Farkındalık, bir şeyin bilincinde olma durumudur. Daha spesifik olarak, olayları doğrudan bilme ve algılama, hissetme veya farkında olma yeteneğidir. Bu kavram genellikle bilinç ile eş anlamlıdır ve bilincin kendisi olarak da anlaşılır. İçsel algı ve tepki kalıplarımızın farkındalığı dönüşüm, evrim ve Mokşa'ya doğru atılan ilk bilinçli adımdır.

Bu bölüm 'içsel çocuk kalıpları' dünyasına girmektedir.

- İçsel Diyalog - Olması Gerekenler ve Yapılması Gerekenler.

- Yaş Gerilemesi.

- Gelecekleştirme - Aşırı Planlama - Erteleme - Hayal Kurma - Felaketleştirme.

- Kafa Karışıklığı - Kararsızlık - Aşırı Genelleme - Cephe - Sonuçlara Atlama - Siyah-Beyaz Düşünme - Büyütme ve Küçültme - Etiketleme - Duygusal Muhakeme.

- Adalet Yanılgısı - Suçlama - Kişiselleştirme.

- Bağlantısızlık - Duygusuzluk - Kaçma - Kopma - Kimlik Füzyonu.

- Çarpıtmalar - Yanılsama - Muhteşemleştirme veya Korkutma - Duyusal çarpıtmalar - Amnezi.

- Özel olma - Büyülü düşünme - İdealleştirme - Süper-idealleştirme.

İç Diyalog ve Zaman Sıçraması

'İç Diyalog - Kafamızdaki Sesler'
'Merhaba! Kendi kendime mi konuşuyorum?'
'Yapmalıyım ve yapmalıyım'
"İçimizde bir ses var
Gün boyu fısıldayan,
'Bunun benim için doğru olduğunu hissediyorum,
Bunun yanlış olduğunu biliyorum.
Hiçbir öğretmen, vaiz, ebeveyn, arkadaş
Ya da bilge adam karar verebilir
Bizim için doğru olan - sadece dinleyin

İçinde konuşan ses."

'İç diyaloğumuz' basitçe düşüncelerimizdir. Kafamızın içinde hayatımız hakkında yorum yapan küçük sestir - etrafımızda olup bitenler veya bilinçli ya da bilinçsiz olarak ne düşündüğümüz. Hepimizin bir iç diyaloğu vardır ve her zaman çalışır. Genellikle kişinin benlik duygusuyla bağlantılıdır.

Eylemlerimizi gözlemleyen ve eleştiren bir yorumcu gibidir - kafamızın içinde bir sürü "düşünce-sohbet". Bu "düşünce gevezeliği" zihnimizden akıp giden zihinsel çağrışımlar akışı gibidir. Düşünmek, üzerinde bilinçli kontrole sahip olduğumuz aktif bir şeyi akla getirir, ancak neredeyse tüm düşüncelerimiz böyle değildir. Neredeyse her zaman rastgele ve istemsizdir. Hoşumuza gitse de gitmese de kafamızdan geçer.

Gerçek düşünme, farklı seçenekleri değerlendirmek, sorunlar, kararlar ve planlar üzerinde düşünmek için bilinçli olarak akıl ve mantık güçlerini kullandığımız zamandır. Genellikle kendimizi akılcı yaratıklar olarak düşünmeyi severiz, mantık yürütebildiğimiz için hayvanlardan daha üstün olduğumuzu düşünürüz, ancak bu tür akılcı düşünme aslında oldukça nadirdir. Ve aslında, düşünce gevezeliği rasyonel güçlerimizi kullanmamızı zorlaştırır, çünkü üzerinde düşünmemiz gereken konular olduğunda, zihnimizden akar ve dikkatimizi başka yöne çeker. Sürekli olarak deneyimlerimizi hatırlatır, özümsediğimiz bilgi parçalarını tekrarlar ve senaryoları henüz gerçekleşmeden hayal eder.

Kendi kendine konuşma her zaman sözlü olmayabilir; sözsüz veya hatta sessiz olabilir. Ayrıca, doğrudan veya çıkarımsal da olabilir. Bir baba sessiz olabilir, çocuğuna hiç sormayabilir - nasılsın, okulda günün nasıl geçti, sağlığın şimdi nasıl. Ancak içsel diyalog şöyledir: "Kimse benimle ilgilenmiyor".

Yetişkin ABD'nin içindeki iç çocuk kalıpları, yetişkin ABD ile içimizdeki iç çocuk arasındaki sürekli diyalogla bizi sınırlar.

İçimizdeki çocuk - İçsel Diyalog - Mevcut durumdaki Yetişkin ABD

Böylece içimizdeki çocuk, yetişkin bize - yeterince iyi olmadığımı; asla takdir edilmeyeceğimi; asla işe yaramayacağını hatırlatarak ve bize neyin yapılması ya da yapılmaması gerektiğini önererek bizi etkilemeye başlar.

"Olması Gerekenler ve Yapılması Gerekenler"

• "Should" - zorunluluk, görev veya doğruluk anlamına gelir, tipik olarak eylemleri eleştirirken kullanılır. "Should" tavsiyeleri, öğütleri belirtmek veya genel olarak neyin doğru ya da yanlış olduğu hakkında konuşmak için kullanılır.

• "Must" zorunluluğu ifade etmek, emir vermek ve vurgulu bir şekilde tavsiye vermek için kullanılır. Yalnızca şimdiki ve gelecekteki referanslar için kullanılabilir. Geçmiş söz konusu olduğunda "have to" kullanılır. Must, bir şeyin gerçekleşmesinin çok önemli veya gerekli olduğunu belirtir.

Hem "should" hem de "must" anlam olarak benzerdir ancak "must", "should "a kıyasla çok daha güçlü bir kelimedir.

"Yapmalıyım" kendimizle en sık yaptığımız içsel diyalogdur.

Bunu yapmamalıydılar.

Bir dahaki sefere bu şekilde tepki vermemeliydim.

Ödüllendirilmeliydim, daha iyisini hak ediyordum.

İç çocuk kalıpları bağlamında, kendimize "yapmalıyım/zorundayım" dediğimizde, bu bizim ve başkalarının nasıl davranması gerektiğine dair bir dizi esnek olmayan kural haline gelir. Kurallar doğru, sabit, katı ve tartışılmazdır. Bu olması gerekenlerden herhangi bir sapma kötüdür/yanlıştır. Sonuç olarak, genellikle yargılayan ve hata bulan bir konumda oluruz. "Olmalı" ifadeleri, ulaşılamaz standartları vurgulayan, kendi kendimizle konuşma biçimimizdir. Fikirlerimizin gerisinde kaldığımızda da kendi gözümüzde başarısız oluruz.

"Bunu yapmalıyım" veya "Bunu yapmalıyım" gibi şeyler söyleyerek kendimizi motive etmeye çalışırız... Ancak bu tür ifadeler kendimizi baskı altında hissetmemize ve kızgınlık duymamıza neden olabilir. Paradoksal olarak, kendimizi kayıtsız ve motivasyonsuz hissederiz. Albert Ellis buna "musturbation" adını vermiştir.

Başkalarına "yapmalıyım" ifadeleri yönelttiğimizde, sonunda hüsrana uğrarız. "Meli" ifadeleri günlük hayatta pek çok gereksiz kargaşaya yol açar.

Bu durumun evrimi

1. Yeni doğmuş bir çocuk beyaz bir tahta gibidir. Geçmişi, iyi ya da kötü anıları, hayata dair yargıları yoktur.

2. Ebeveynler, muhtemelen iyi niyetle, beyaz tahtayı bir sürü "yapılmalı" ile doldurmaya başlar.

3. Doğrudan ya da dolaylı olarak, ebeveynler ödüllendirmeye ve cezalandırmaya başlar, çocuğa hayatın ne olduğu, ne olması gerektiği, ne olabileceği ya da nelerin ne anlama geldiğine dair yargılarını, değerlendirmelerini ve anlamlarını verirler.

4. Çocuk beyaz tahtadaki okumalar haline gelir. Dolayısıyla, gözlemci [çocuk], kendi hayatının kalıplarının üreticisi haline gelir.

5. Bu kalıplar tekrar tekrar tekrarlanır ve öyle bir noktaya gelir ki çocuk bu kalıplara dönüşür.

'Yaş Gerilemesi'

'Bir varmış bir yokmuş!'

'Geçmiş Kusurlu'

"Hayat sadece geriye doğru anlaşılabilir, ama ileriye doğru yaşanmalıdır."

"Geçmişi kontrol eden geleceği kontrol eder. Bugünü kontrol eden geçmişi kontrol eder."

Yaş gerilemesi, zihinsel olarak daha erken bir yaşa geri çekildiğimizde ortaya çıkar. Hayatımızın belli bir noktasına geri dönmüş gibi oluruz ve çocuksu davranışlar da sergileyebiliriz. Bazıları için rahatlamalarına ve stresi ortadan kaldırmalarına yardımcı olan bir başa çıkma mekanizması olabilir. Regresyona stres, hayal kırıklığı veya travmatik bir olay neden olabilir. Yetişkinlerde gerileme her yaşta ortaya çıkabilir; duygusal, sosyal veya davranışsal olarak daha önceki bir gelişim aşamasına geri çekilmeyi gerektirir. Güvensizlik, korku ve öfke yetişkinlerin gerilemesine neden olabilir.

Yaş gerilemesi en yaygın olarak görülen modeldir. Çocuğun rahatsız olduğu ve bununla nasıl başa çıkacağını bilemediği, zaman içinde donmuş bir deneyimle ilgilidir. Bu yüzden çocuk bu deneyime direnmiştir □ deneyimi hatırladı □ deneyimi bütünleştirmiş, böylece yaşa göre gerilemiş bir iç çocuk örüntüsü yaratmıştır.

Kişinin kişisel tarihindeki geçmiş bir noktada "sıkışmış" olma deneyimi, şimdiki zaman yetişkininin değil, içsel çocuğun sıkışmışlığıdır. Bir yetişkin olarak, o yaşta sıkışıp kalmış içsel çocuğun hissedeceği, konuşacağı veya tepki vereceği şekilde hisseder, konuşur veya tepki veririz. Ve "yetişkin biz" bunu anlamayacaktır bile. Şimdiki zaman ilişkimizi içimizdeki çocuğun merceğinden görmek görüşümüzü, duygularımızı ve kararlarımızı sınırlar.

İç çocuk olayın, kötü deneyimin, travmanın anısını depolar. Bu hafıza aynı zamanda acıyı ve duyguları da depolar. Bu kalıba benzeyen herhangi bir şey olduğunda, yaş gerileme kalıbı devreye girer, iç çocuk devralır ve şimdiki zaman gerçekliğiyle çok az ilgisi olan anıları ve duyguları yeniden üretir.

Basitçe ifade etmek gerekirse, regresyon, yetişkinin zihinsel olarak mevcut biyolojik yaşından daha genç bir yaşa geri döndüğü veya geri sardığı bir modeldir. Çoğunlukla travma yaşamış kişiler için bir başa çıkma mekanizması olarak istemsizce kullanılır ve kasıtlı olarak tetiklenebilir ya da tetiklenmeyebilir. Mevcut durumda, her zaman "geçmişte sıkışıp kalmışlardır".

Çoğumuz gerilemiş çocukluk benliğimizi "küçük ben", normal benliğimizi ise "büyük ben" olarak adlandırırız. Regresyon sırasında rol yapmak ya da taklit etmek söz konusu değildir. Herkes geriler. Bu sadece regresyonun yoğunluğuna bağlıdır. İçimizdeki çocuk kendini güvende ve mutlu hissetmek için güvenli alanlar arar. "Küçük alanlar" yaş gerileyenler için güvenli alanlardır ve genellikle gerileme sırasında korunmaya ihtiyaç duyduklarında küçük benliklerinin gideceği noktadır. Küçük alanlar bireylere göre değişir. Birçoğu bebek oyuncakları, bebek karyolası, gece ışıkları ve en üst düzeyde konfor için yumuşak battaniyelerle sevgiyle dekore edilmiştir.

Stresle başa çıkmak için kalemini emmeye ve çiğnemeye (bebek benzeri davranış) yönelen stresli bir profesörde veya üzgün olduğunda sevimli bir ayıya yönelen üniversiteli bir gençte bir tür gerileme görülebilir.

Yaş gerilemesi, bir yetişkinin içindeki çocuğa dönüşürken geçirdiği süreci tanımlar. Yetişkin şimdiki zamanda değilse bir ilişki yürüyemez. Davranışlar sanki şimdiki zamandaymış gibi görünürken, aslında kişi ailesinde bir çocuk ya da ergenmiş gibi davranmaktadır.

Yaş gerilemesi, yetişkinin şimdiki zamandan geçmiş zamanda bir yetişkinle etkileşime giren donmuş iç çocuğa geçtiği bir modeldir.

Örnek Olay İncelemesi

Nita güzel bir genç kızdı. Öğretmeni tarafından cinsel istismara uğrar. Bu olay 1990'larda gerçekleşir. Bu olay Nita için çok travmatikti. Kendisine neler olduğunu anlayamıyordu. Duygusal travma anında Nita donup kaldı. Acı verici hatıra yerleşik hale geldi. Nita'nın bir parçası bilinçaltında şu kararı verdi: "Erkeklere asla güvenilmez, yoksa bu tekrar yaşanır."

Nita artık büyüdü. Kırklı yaşlarının başındadır.

Nita'nın erkeklere güvenmeyen, derinden yaralanmış bir iç çocuğu var. Otorite sahibi erkekler olarak da bilinen mevki sahibi erkeklerle karşılaştığında, içindeki çocuk yüzeye çıkar.

Nita şimdi geçmiş deneyimlerini erkek patronuyla olan yeni ilişkisine aktarmıştır. Nita zeki, iş odaklı ve çalışkandır. Ancak içsel çocuk örüntüsü işine uyum sağlamasını zorlaştırır.

Nedenini bilmeden bu tür algı-davranış kalıplarına gireriz. Bu, yaş gerilemesi modelidir.

Örnek Olay İncelemesi

Alisha babasının kucağına oturmaya, babasına "şirin görünmeye" bayılırdı, böylece babasına en sevdiği bebeği alabilecekti. Şimdi genç bir yetişkin olan Alisha, benzer iyilikleri elde etmek için erkek arkadaşına da aynı şekilde davranıyor. Bu, isteklerinin yerine getirilmesi için olgun Alisha'yı daha genç yaşta gerilemiş sevimli Alisha'ya dönüştüren aynı iç-çocuk örüntüsüdür.

"Sevimli olmak" Alisha için bir kalıp haline gelmişti. İşine yarıyordu. Yani, onun bir parçası haline gelmişti. Bir hayatta kalma mekanizması olarak işledi. Çocukluk ortamında hayatta kalabilmek için "sevimli olmak" adında bir deneyim geliştirmişti. Bu durumda işe yaradı ve şimdiki zaman yetişkin ortamındaki belirli olaylar, şimdiki zamanda yetişkinleri hipnotize etmek için içindeki çocuğu tetikledi.

Sigmund Freud'a göre regresyon, egonun (kabul edilemez dürtüleri daha yetişkin bir şekilde ele almak yerine) gelişimin daha önceki bir aşamasına geçici veya uzun vadeli olarak geri dönmesine neden olan bilinçdışı bir savunma mekanizmasıdır. Regresyon normal bir çocukluk döneminde tipiktir ve stres, hayal kırıklığı veya travmatik bir olaydan kaynaklanabilir. Yetişkinlerde gerileme herhangi bir yaşta ortaya çıkabilir; daha önceki bir gelişim aşamasına (duygusal, sosyal veya davranışsal olarak) geri çekilmeyi gerektirir. Özünde, bireyler gelişimlerinde kendilerini daha güvende hissettikleri ve stresin olmadığı ya da her şeye gücü yeten bir ebeveynin veya başka bir yetişkinin onları kurtaracağı bir noktaya geri dönerler.

Yaygın Regresif Davranışlar

Ağlama/İnleme Dilsiz olmak

Sessiz bebek konuşmaları yapmak

Aptalı oynamak

Nesneleri veya vücut parçalarını emmek

Doldurulmuş bir hayvan gibi rahatlatıcı bir nesneye ihtiyaç duyma

Fiziksel olarak agresif olmak (örn. vurmak, tırmalamak, ısırmak, tekmelemek)

Öfke nöbetleri geçirmek

'Fütürizasyon'

'Geleceğe Dönüş!'

'Aşırı Planlama - Erteleme - Hayal Kurma - Felaketleştirme' "Hayat, biz başka planlar yapmakla meşgulken başımıza gelenlerdir."

"Hem zihin hem de beden sağlığının sırrı, hayat için yas tutmamaktır.

ne geçmiş ne de gelecek için endişelenmek, ama içinde bulunduğumuz anı bilgece ve ciddiyetle yaşamak."

"Bazen geçmiş ve geleceğin her iki tarafa da o kadar baskı yaptığını hissediyorum ki, şimdiki zamana hiç yer kalmıyor."

Fütürizasyon, geleceğin ne getireceğine dair gerçekçi olmayan, çoğunlukla olumsuz bir görüşe sahip olmaktır. Abartılı bir sonuç bekleme eğilimidir. Başka bir deyişle, hatalı düşüncemiz olayları gerçekte olduğundan daha kötü hale getirir.

Fütürizasyon basitçe planlama, gelecekte bir felaket hayal etme veya hatta gelecekte hoş bir sonuç hayal etme olabilir.

Bu bir düşünme hatasıdır ve çok yaygındır. Düşündüğümüz şeyin gerçeklikle uyuşmadığı hatalı bir düşünce kalıbıdır. Düşüncelerimiz çarpıtılmıştır. Ve düşünme hatalarında bu çarpıtma neredeyse her zaman olumsuzdur. Başka bir deyişle, hatalı düşüncelerimiz her şeyi olduğundan daha kötü gösterir.

Bunu hepimiz yaparız. Aşırı genelleme yaparız ve tek bir olumsuz olayı hiç bitmeyen bir yenilgi örüntüsü olarak görürüz. Ya da belirli bir olayın önemini büyütür ve yanlış bir şekilde, iyi gitmezse sonsuza kadar mahkum olacağımızı düşünürüz.

Bilinmeyen bir gelecek hakkında aşırı endişe duymak bizi kaygılandırır ve kaygımız sorunları çözme becerimizi engeller. Bizi daha yargılayıcı ve eleştirel yapar ve felaket ve aşırı düşünmeyi teşvik eder. Net düşünmeyi bırakırız. Şimdi ve buraya odaklanmak ve bir sonraki doğru şeyi yapmak yerine, değiştirmek için kendimizi çaresiz hissettiğimiz karanlık ve uzak bir geleceğe odaklanırız.

Bu durumlarda konuşan "endişeli iç çocuk" olsa da, tehlike şu ki, endişemize inanmaya başlar ve gergin gelecek çoktan gerçekleşmiş gibi tepki veririz. Bunu yapmak gerçek sorunlarla başa çıkmayı zorlaştırır.

Örnek Olay İncelemesi

Martha, düşük özgüvenle büyümüş bir anneydi. Çocuğunun da büyüyüp düşük özsaygıya sahip olmasından endişe ediyordu. Bu yüzden Martha'nın içindeki endişeli, kaygılı ve gergin çocuk, çocuğunun kendini iyi hissetmesi umuduyla onu aşırı övmeye ve üzerine titremeye başladı. Marta'nın tüm iyi niyetine rağmen, çocuğu başkalarının sürekli övgü ve ilgisine bağımlı olarak büyüdü ve sonuç olarak öz saygısı gelişmedi.

Ne yazık ki Martha'nın önlemeye çalıştığı şey de tam olarak buydu. Kızının öz saygısı hakkında bu kadar endişelenerek sorunu daha da kötüleştirdi. Şu ana odaklanabilseydi, daha az endişeli olacak ve çocuğunu objektif olarak daha iyi görebilecekti. Kızının ihtiyaçlarını daha iyi anlayabilirdi.

Anksiyete, sonucu belirsiz olan bir şeyle ilgili endişe, gerginlik veya huzursuzluk hissidir. Basitçe ifade etmek gerekirse, anksiyete gelecekten, hayal edilen bir gelecekten veya sonuçtan korkmaktır. 2017'de dünya çapında tahminen 284 milyon kişi anksiyete bozukluğu yaşadı ve bu da onu dünya çapında en yaygın ruh sağlığı bozukluğu haline getirdi.

Fütürizasyonun en tuhaf yönü, felaket bir geleceğin hayali olmasına rağmen, hayal edilen durumun acısını şu anda hissetmemizdir.

Over-Planning

"Ne kadar çok plan yaparsak, planımıza o kadar bağlı hale geliriz.

Plana çok fazla bağlandığımızda ise esnek olmayan bir hale geliriz."

Ve sonra plan hayal ettiğimiz gibi gitmediğinde hayal kırıklığına uğrama ve vazgeçme eğiliminde oluruz.

Planlamaya ne kadar çok zaman ayırırsak ve ne kadar iyi hazırlanırsak o kadar başarılı olacağımızı düşünürüz. Bu düşünce tarzında ölümcül bir kusur vardır.

Aşırı planlama aslında eyleme yol açmaz.

Planlama aşamasında yaptığımız şeyin artık verimli olmadığı bir nokta gelir.

Aşırı planlama bizi esnek olmayan bir hale getirir.

Aşırı planlama aşırı düşünmeye, bu da endişeye yol açar. Aşırı planlama, bazı şeyleri takıntı haline getirmemize neden olur.

Tüm dikkatimiz doğrudan planlamaya yöneldiğinde, hayalin kendisi göz ardı edilir. Bu, aşırı düşünme ve planlamanın bizi çaresiz bıraktığı, meşgul bedenin ve sürekli harekete geçen zihnin tam bir kölesi haline getirdiği bir kısır döngü başlatır. Enerji dikkatin aktığı yere gider. Zihinsel ve fiziksel yorgunluk noktasına varacak kadar aşırı planlama yapıyorsak, hayatımıza negatif enerjiyi davet ediyoruz demektir.

Bu, çoklu görevlere ve konsantrasyon kaybına yol açan kötü bir alışkanlık haline gelir. Planlıyor, tekrar planlıyor, planlamaya devam ediyor ve planlamanın üstüne plan yapıyor olmamız, hayalimizin gerektirdiği asıl işi yaptığımız anlamına gelmez.

Aşırı Planlama Yapıyor Olabileceğimize Dair Uyarı İşaretleri

1. En ufak bir beklenmedik durum karşısında çılgına döneriz.

2. Değişimden korkarız.
3. Küçük ayrıntılara takılırız.
4. Projeleri yarıda ya da daha başlamadan terk etmeye başlarız.
5. Gelecekte yaşıyoruz.

Aşırı Gerekçelendirme

Gerekçelendirmek, bir şeyin iyi görünmesini sağlamak veya doğru olduğunu kanıtlamak için bir açıklama veya gerekçe sunmaktır. Bu, insanlarla gelecek için konuşmalar, açıklamalar veya gerekçeler planlamaktır.

Örnek Olay İncelemesi

Karan 8 yaşında bir çocuktu. Yanlış bir şey yaptığını hissediyordu [babasının cüzdanından gizlice para almak veya okulda kavga etmek gibi]. Karan, babası bunu öğrendiğinde cezalandırılacağından ve azarlanacağından korkuyordu. Daha önce de itaat etmediği için azarlanmıştı. Bu yüzden Karan gelecek için bir gerekçe anlatısı planlar. Kendi küçük zihninde, lehte ve aleyhte argümanlar düşünür ve uygular. Karan aynı zamanda ebeveynlerden gelmesi beklenen ağır bir cezaya ilişkin korkunç bir felaket geleceği hayal eder. Bu da onun içindeki haklı çocuk örüntüsünü daha da güçlendirir.

Daha sonra, yetişkin yaşamında Karan, kimse istemese bile, eylemlerini önceden haklı çıkarma kalıbını geliştirir. Davranışları ve eylemleri için uzun açıklamalar yapmaya başlar. Bu hayali bir gelecektir; içindeki çocuk sürekli olarak eylemlerini, tepkilerini ve duygularını açıklayan ve haklı çıkaran bir kalıba sahiptir.

Erteleme

"Siz erteleyebilirsiniz, ama zaman ertelemez."

"Yarının sorumluluğundan bugünden kaçarak kurtulamazsınız."

Erteleme, belirli bir son tarihe kadar tamamlanması gereken bir görevi yapmaktan kaçınmaktır. Yapmak için yola çıktığımız şeyi takip etmemizi engelleyen bir kalıptır. Olumsuz sonuçları olabileceğini bilmemize rağmen bir göreve başlamayı veya bitirmeyi alışkanlık haline getirerek veya kasıtlı olarak ertelemektir. Üretkenlik üzerinde engelleyici etkisi olan bir iç çocuk kalıbıdır.

- Bir şeyi yapmamız gerektiğinde, onu yapmaya karar verir ve aklımıza koyarız.

- Daha sonra motivasyonumuzdan destek alırız ve bu da işleri hemen yapmamıza yardımcı olur.

- Bazı durumlarda, motivasyonumuz üzerinde ters bir etkiye sahip olan kaygı veya başarısızlık korkusu gibi belirli motivasyon düşürücü faktörler yaşarız.

- Buna ek olarak, bazen yorgunluk ya da gelecekte çok uzakta olan ödüller gibi, öz denetimimizi ve motivasyonumuzu engelleyen bazı engelleyici faktörler yaşarız.

- Motivasyonumuzu düşüren ve engelleyen faktörler motivasyonumuza ağır bastığında, ya süresiz olarak ya da aralarındaki dengenin lehimize değiştiği bir noktaya ulaşana kadar ertelemeye devam ederiz.

Motivasyon kırıcı ve engelleyici faktörler açısından insanların erteleme yapmasının belirli nedenleri söz konusu olduğunda, aşağıdakiler en yaygın olanlar arasındadır:

- Soyut hedefler.
- Gelecekte çok uzakta olan ödüller.
- Gelecekteki benliğimizden kopukluk.
- Bunalmış hissetmek.
- Kaygı.
- Görevden kaçınma.
- Mükemmeliyetçilik.
- Değerlendirme veya olumsuz geri bildirim korkusu.
- Başarısızlık korkusu.
- Algılanan kontrol eksikliği.
- Motivasyon eksikliği.
- Enerji eksikliği

Erteleyiciler genellikle şöyle der:

1. "Baskı altında iyi çalışırım."

2. "Şu anda çok tembelim."
3. "Çok meşgulüm."
4. "Bundan sıkıldım."

Basit bir deyişle, ertelemek –

Bir gün yapacağım.

Bunu bir gün yapacağım.

Hayal kurmak

Hayal kurmak, arzulanan bir şey hakkında gündüz düşleri kurmaktır.

Hayal kurmak, aslında yaratmayı planlamadığımız alternatif bir gerçekliği hayal etmektir.

Hayal kurmak, bizi olmadığımız bir kişi haline getirdiği için ilişkimizi koparır.

Çocuk hayali bir masal dünyası yaratır, gelecekte hoş bir sonuç hayal eder. Bu, çocuğun kendini çevredeki sıkıntılı, acı verici durumlardan izole ettiği bir hayatta kalma mekanizmasıdır.

Bir çocuk özel bir niteliğe veya yeteneğe sahip olduğunu hayal edebilir, örneğin uçmak gibi. Çocuk gerçek dünyada bir travma ile karşılaştığı anda hayal dünyasına 'uçar'. Şimdiki yetişkin, içindeki hayalperest çocukla birlikte, gerçekçi olmayan idealize edilmiş geleceği hayal etmeye devam eder. Bu da yüksek beklentiler ve başarısız ilişkilerle sonuçlanır.

Fanteziye eğilimli kişilik (FPP), bir kişinin fanteziye yaşam boyu kapsamlı ve derin bir katılım yaşadığı bir kişilik tipidir. Bu bir tür "aşırı aktif hayal gücü" ya da "hayal dünyasında yaşama" biçimidir. Bu özelliğe sahip bir birey, fantezi ve gerçeklik arasında ayrım yapmakta güçlük çeker.

Fanteziye eğilimli kişilerin uyanık oldukları zamanın yarısını ya da daha fazlasını fantezi kurarak ya da hayal kurarak geçirdikleri ve fantezilerini gerçek anılarıyla karıştırdıkları bildirilmiştir.

'Parakozmos', genellikle aşırı veya kompulsif hayalperestler tarafından yaratılan son derece ayrıntılı ve yapılandırılmış bir fantezi dünyasıdır.

Wilson ve Barber çalışmalarında çok sayıda özellik sıralamışlardır:

- çocuklukta hayali arkadaşlara sahip olmak.
- Çocukken sık sık hayal kurmak.

- gerçek bir fantezi kimliğine sahip olmak.
- Hayali hisleri gerçekmiş gibi deneyimlemek.
- canlı duyusal algılara sahip olmak.

Her gelecekleştirme modelinde, yetişkin şimdiki zaman gerçekliğinden, geçmişi geleceğe aktaran içsel çocuğa geçer.

Stresli bir durumda olan bir çocuk genellikle kafası karışmış, bunalmış veya kaotik hisseder. Bu kaos içinde çocuk, kaos hissini çözmeye yardımcı olacak bir fantezi yaratır. Yetişkinin içindeki çocuk, fanteziyi gerçek sanır. Ancak altı yaşında işe yarayan bir şey 36 yaşında işe yaramayabilir.

"Pastanın gökten düşmesini bekleyen kişi asla çok yükseğe çıkamaz." Hayal kurmak, aynı şeyi başarmak için çaba sarf etmekle takip edilmezse, genellikle başarısız olur. Bunun nedeni, iç çocuğun yalnızca hayal kurmuş olması, ancak bunu gerçeğe dönüştürmek için çok çalışmayı hiç öğrenmemiş olmasıdır.

Örnek Olay İncelemesi

Jackie her zaman şu sorunu yaşadı: "Ben çok daha fazlasını hak ediyorum. Ama istediğimi asla elde edemiyorum." Jackie her zaman sınıfın en iyisi olmanın hayalini kurardı. Daha sonra iş yerinde de en iyi olduğunu ve bunun için gerektiği gibi ödüllendirildiğini hayal ederdi. Ancak işine değer vermek yerine hayal kurmak için daha fazla zaman harcardı. Dolayısıyla, başlangıçta hayal kurma örüntüsünde olan Jackie şimdi başka bir felaketleştirme örüntüsüne sahiptir - İstediğimi asla elde edemeyeceğim, öyleyse neden yapayım.

Sadece şimdi felaket değil, gelecek de felaket olarak hayal ediliyor.

Şu anda yetişkin birçok kaynağa sahiptir. Kaynakların önemini fark etmeyen içsel çocuktur. Geçmişteki acı, şimdiki zamanda bir deneyim olarak ve öngörülen, hayal edilen bir gelecek olarak canlı kalır.

Felaketleştirme

Felaketleştirme, mevcut bir durumu gerçekte olduğundan çok daha kötü olarak algılamaktır.

Felaketleştirme, birçoğumuzun inanarak sahip olduğu mantıksız bir düşüncedir. Genellikle iki farklı şekilde ortaya çıkabilir: mevcut bir durumdan bir felaket çıkarmak ve gelecekteki bir durumdan bir felaket çıkarmayı hayal etmek.

Bu tür düşünceler genellikle "ya olursa" sözleriyle başlar.

Ya sınavda başarısız olursam?

Ya her şeyi unutursam?

Ya babam performansımdan memnun olmazsa?

Ya kız arkadaşıma evlenme teklif edersem beni reddederse?

Ya işimi kaybedersem?

• Birisi bir sınavda başarısız olacağından endişe edebilir. Buradan hareketle, sınavda başarısız olmanın kötü bir öğrenci oldukları ve asla geçemeyecekleri, derece alamayacakları veya iş bulamayacakları anlamına geldiğini varsayabilirler. Bunun asla finansal olarak istikrarlı olamayacakları anlamına geldiği sonucuna varabilirler.

• Felaketleştirmeye eğilimli biri iş yerinde bir hata yaparsa, kovulacağına inanabilir. Ve eğer kovulurlarsa, evlerini kaybedeceklerini düşünebilirler. Ve eğer evlerini kaybederlerse, çocuklarına ne olacağı - ve bu böyle devam eder.

• "Eğer bu prosedürden hemen kurtulamazsam, asla iyileşemeyeceğim ve hayatım boyunca sakat kalacağım."

• "Eşim beni terk ederse, asla başka birini bulamam ve bir daha asla mutlu olamam."

Karşılaştığımız sorun aslında oldukça önemsiz küçük bir aksilik olabilir. Ancak, felaketleştirme alışkanlığına kapıldığımız için, sorunları her zaman hayattan daha büyük hale getiririz ve bu da elbette üstesinden gelmeyi inanılmaz derecede zorlaştırır.

Felaketleştirmenin iki bölümü vardır:

• Olumsuz bir sonucu tahmin etmek.

• Olumsuz sonucun gerçekleşmesi halinde bunun bir felaket olacağı sonucuna varmak.

Felaketleştirmenin çeşitli potansiyel nedenleri ve katkıda bulunanları olsa da, çoğu üç kategoriden birine girer.

1. Belirsizlik – muğlak olmak kişiyi felaket düşüncesine sürükleyebilir.

Bir arkadaşınızdan "Konuşmamız gerek" yazılı bir kısa mesaj almak buna bir örnektir. Bu muğlak mesaj olumlu ya da olumsuz bir şey olabilir, ancak elimizdeki bilgilerle bunlardan hangisinin olduğunu bilemeyiz. Dolayısıyla, en kötüsünü hayal etmeye başlarız.

2. Değer – Yüksek değer atfettiğimiz ilişkiler ve durumlar felaketleştirme eğilimine yol açabilir. Bir şey özellikle önemli olduğunda, kayıp veya zorluk kavramıyla başa çıkmak daha zor olabilir.

Bir iş başvurusunda bulunmak buna bir örnek olabilir. İşi alamazsak yaşayacağımız büyük hayal kırıklığını, kaygıyı ve depresyonu hayal etmeye başlayabiliriz.

3. Korku – Özellikle de mantıksız korku, felaketleştirmede büyük rol oynar. Doktora gitmekten korkuyorsak, sadece kontrol için gidiyor olsak bile doktorun bize söyleyebileceği tüm kötü şeyleri düşünmeye başlarız.

Felaketleştirme, kendimizi geleceğe yansıttığımızda ve en kötü sonucu hayal ettiğimizde gerçekleşir. Anksiyete, feci bir sonucu hayal etmek ve şu anda sıkıntı yaşamaktır.

Bu algı-davranış örüntüsü, çocuk travma yaşadıkça oluşur. Çocuk bunun hayatın acımasız gerçekliği olduğuna ve her zaman böyle olacağına inanmaya başlar.

Yetişkin bizlerde, endişeli iç çocuk yüzeye çıkmaya devam eder, sonucu felaketleştirir ve bunun gerçek olduğuna kuvvetle inanır. Sonuç, şimdiki zamanda acı ve ıstıraptır. Burada geçmiş felaketler geleceğe yansıtılır. Bu düşünce biçimi yıkıcı olabilir çünkü gereksiz ve ısrarcı endişe, kaygı ve depresyonun artmasına neden olabilir.

Düşün-Aberasyonlar

'Karışıklık'
'Yapmalı mıyım, Yapmamalı mıyım?'
'Kararsızlık'
"Kafa karışıklığı, henüz anlaşılmamış bir düzen için icat ettiğimiz bir kelimedir."
"Hayat çoktan seçmeli bir soru gibidir, bazen soru değil, seçenekler kafanızı karıştırır."

Kafa karışıklığı, odaklanmış ve net bir şekilde düşünememe veya muhakeme edememe durumudur. Kişinin bir şey hakkında şaşkın ya da zihninin bulanık olması durumudur. Oryantasyon kaybı ya da zaman, konum ve kişisel kimliğe göre kişinin kendisini dünyada doğru bir şekilde konumlandırma becerisidir.

Latince 'confusio' kelimesinden, 'birbirine karışmak' anlamına gelen 'confundere' fiilinden türetilmiştir.

Örnek Olay İncelemesi

Mary basit bir kızdı. Diğer tüm basit çocuklar gibi, neyin doğru ya da yanlış, iyi ya da kötü, olumlu ya da olumsuz olduğunu anlamıyordu. Anne ve babası onun için dünyaydı. Bir yandan anne ve babası yalan söylemenin yanlış olduğunu ve her zaman doğruluk yolunu izlemek gerektiğini öğütlüyorlardı. Ancak daha sonra, ya bir şeyden kaçınmak için ya da ebeveynlerinin rasyonalize ettiği gibi - bu gerekliydi - sık sık yalana başvurduklarını gözlemledi.

Örnek Olay İncelemesi

Mohan, babasının her zaman hükümetin yolsuzluk yaptığını iddia ettiği ve babasının arkadaşlarıyla yaptığı uzun konuşmalara tanık olduğu bir ortamda yetişti. Ancak, iş trafik polisine rüşvet vermeye geldiğinde, babası iki kez düşünmezdi.

Çoğumuz büyürken ebeveynlerimizin söz ve eylem ikilemine tanık olmuşuzdur; bir şey söyler ve bir şey yaparlardı. Bu durumla yüzleştiğimizde, "Bunu anlamak için daha çok küçüksün" cevabını alırdık. Ancak başka bir konu söz konusu olduğunda azarlanırdık - Sen artık büyüdün, senden bu beklenmezdi. Yani ebeveynlerimizin keyfine göre hem genç hem de yaşlıydık.

İç çocuk, anlamakta ve bilinçli benliğine entegre etmekte zorlandığı çelişkili sözler ve eylemler olduğunda kafa karışıklığı modelini geliştirir. Bu aynı zamanda tam olarak deneyimlenemeyen bir olay, durum veya duyguyla karşı karşıya kaldığımızda da olur. Çocuk bu duruma ya da duyguya nasıl tepki vereceğini bilemez. Durum çocuk için bir anlam ifade etmez ve "kafası karışık iç çocuk örüntüsü" gelişir. Daha sonraki yaşamda, yetişkin otomatik olarak sürekli kafası karışık görünür. Yetişkin işte, evde, ilişkilerde karar vermekte zorlanır.

Bu, ebeveynlerin kurallarına veya kafa karıştırıcı toplumun normlarına göre uyum sağlama sürecidir. Bu, gerçekte kim olduğumuzu bırakıp olmadığımız bir şeye dönüşmek gibidir. Bu nedenle şu ifade kullanılır: Bir parçamın bunu yapması gerekiyor ama bir parçam bunu yapmak istemiyor. Birçok 'bölünmüş baş ağrısı' ya da migrenin ardında yatan temel neden budur.

Kararsızlık

"Yanlış bir karar riski, kararsızlığın dehşetine tercih edilir."

Kararsızlık, bir seçim yapamama, iki veya daha fazla olası hareket tarzı arasında bocalama durumudur.

Örnek Olay İncelemesi

Albert, notlarında başarılı olması için ailesinin her zaman büyük baskısı altındaydı. Onun mekanik oyuncaklarla oynamayı çok sevdiğini biliyorlardı. Bu yüzden robotik alanında bir gelecek hayal ediyorlardı. Farkında olmadan bu 'baskıyı' müzisyen olmak isteyen Albert'e aktardılar. Bu durum Albert'i, yapmaktan hoşlandığı ve iyi olduğu şey ile dürüst ebeveynlerinin onun için en iyi olduğunu düşündüğü şey arasında bir türlü karar veremediği, kafası karışık bir çocuk durumuna soktu. Sonunda yanlış kariyer yolunu ve depresif bir yaşamı seçti.

Ebeveyn beklentileri zor, imkansız, yanlış, bunaltıcı ve çocuğun arzularıyla uyumsuz olarak algılanabilir. Çocuğun yerine getiremediği bu tür ebeveyn beklentileri, kafa karışıklığı duyguları yaratır. Kafası karışmış iç çocuk örüntüsü aktive olur ve hayatlarının her alanına yayılır. Kendileri için karar veremezler. Bu bir duygu yaratır - Ben bir başarısızım. Asla kimsenin beklentilerini karşılayamam. Yetenekli ve çok fazla potansiyele sahip olmalarına rağmen, kendilerini küçümser ve düşük performans gösterirler. Yargılanma, beceriksizlik ya da yetersizlik duyguları ortaya çıkar.

'Aşırı Genelleme'

'Asla Her Zaman'

'Bir parça için doğru olan, bütün için doğru olmayabilir!'

"Daima ve asla, asla kullanmamanız gerektiğini her zaman hatırlamanız gereken iki kelimedir."

Aşırı genelleme, tek bir olaya ve minimum kanıta dayanan geniş genellemeler yapma eğiliminde olduğumuz bir düşünce sapması modelidir. Daha spesifik olarak, geçmiş deneyimlerimizi şimdiki veya gelecekteki koşullar hakkında varsayımlarda bulunmak için bir referans noktası olarak kullanma eğilimidir. Başka bir deyişle, geleceği tahmin etmek için esasen geçmiş bir olayı kullanırız.

Mevcut bilgilerden mantıksal olarak çıkarılabilecek sonuçları aştığı için çok geniş sonuçlar çıkarma eylemidir. Aşırı genelleme sıklıkla depresyon veya anksiyete bozukluğu olan kişileri etkiler. Bu, bir deneyimi gelecektekiler de dahil olmak üzere tüm deneyimlere uyguladığımız bir düşünme biçimidir.

Bu aşırı genelleme kalıbında, meydana gelen herhangi bir olumsuz deneyimi kaçınılmaz bir hata kalıbının parçası olarak görürüz. Sosyal anksiyete, hayatı büyük ölçüde etkileyebilir ve günlük rutinimizi engelleyebilir. Aşırı genelleme düşüncelerimizi daha da kötüleştirebilir, herkesin bizden hoşlanmadığını ve hiçbir şeyi doğru yapamadığımızı hissetmemize neden olabilir.

Kendimizi sınırlayan aşırı genelleme, kendimizi potansiyelimizi karşılamaktan alıkoyduğumuz zamandır. Bunlar "yeterince iyi değilim" veya "bunu asla yapamam" gibi yaygın düşüncelerdir. Bu bizi bir sonraki adımı atmaktan alıkoyar, kariyerimize ve sosyal hayatımıza zarar verir. Aşırı genellemeler sosyal anksiyetenin zayıflatıcı bir belirtisi olabilir. Başkalarıyla etkileşimimizi sınırlar ve hayatımızda yapmak istediklerimizi gerçekleştirmemizi engelleyebilir.

Aşırı genelleme yapan kişiler, olayları değerlendirirken "her zaman" ve "her" gibi kelimeler kullanırlar, ancak bu kelimeler muhtemelen tam olarak doğru değildir. Aşırı genelleme, provokasyonlar hakkında konuşurken kullandığımız dilde anlaşılabilir. "Her zaman", "asla", "herkes" ve "hiç kimse" gibi kelimeler kullanırız. Bu tür bir düşünce ve dil önemlidir çünkü bir şeyin her zaman başımıza geldiğini söylediğimizde, sadece tek bir olay yerine olayların örüntüsüne tepki vermeye başlarız.

Aşırı genelleme yapan insanlar diğerlerinden daha öfkeli olma eğilimindedir, öfkelerini daha az sağlıklı yollarla ifade ederler ve öfkelerinin bir sonucu olarak daha büyük sonuçlara katlanırlar.

Örneğin, bir keresinde kötü bir konuşma yaptıysam, kendi kendime konuşmalarımı hep berbat ettiğimi söylemeye başlayacağım. Başlangıçtaki başarısız bir çaba aşırı genellenerek - bunu asla yapamayacağım- haline gelir.

'Bir parça için doğru olan, bütün için de doğrudur' her zaman doğru değildir. Tek bir olaya dayanarak geniş bir genelleme yaparız. Karşı cinsten biri tarafından reddedilmek, "yeterince iyi değilim ya da sevilmiyorum" şeklinde genelleştirilir. İfade dili bazen'den her zaman'a ya da hiçbir zaman'a dönüşür; bazıları hepsi ya da hiçbiri olur ve birileri herkes ya da hiç kimse olur.

'Cephe'

'Aldatıcı kafa karışıklığı'

'Her parıldayan şey altın değildir!'

Cephe, aldatıcı bir dış görünüştür. Cephe, insanların duygusal olarak takındıkları bir tür paravandır. Eğer kızgınsak ama mutlu gibi davranıyorsak, bir cephe oluşturuyoruz demektir. Cephe takınan bir kişi kesinlikle paravan takınıyordur: dünyaya gösterdikleri yüz, nasıl hissettikleriyle uyuşmaz.

Kafa karışıklığı bazen çevredeki iç çocuk tarafından yaratılan bir cephe olabilir. Bu, düşmanca bir durumda hayatta kalmayı sağlayan koruyucu, savunmacı bir modeldir. İç çocuk, kafa karışıklığı yaratarak çevreyi nasıl alt edeceğini öğrenir. Çocuk, belirli kelimeleri kullanarak veya belirli bir şekilde davranarak yetişkinlerin şaşkın kalacağını öğrenir. Bu, çocuğun kendini güçsüz hissettiğinde güçlü hissetmesine yardımcı olur. Çocuk aslında kendini güçsüz, ezilmiş ve kafası karışmış hisseder ve bu kafa karışıklığı içinde kendini güçlü hissetmek için başkalarının kafasını karıştırmaya karar verir.

Güçsüzlükle başa çıkmak için kafa karışıklığı yaratma otomatik hale getirildiğinde, birey izolasyon, yabancılaşma, yanlış anlaşılma ve yalnızlık duyguları yaşamaya başlar çünkü güç ve kontrol hissini sürdürmek için kişinin başkalarında ve dünyasında kafa karışıklığı yaratmaya devam etmesi gerekir. Genellikle aşırı entelektüel kişi yukarıdaki stratejiyi kullanacaktır.

'Sonuçlara Atlamak'

'Varsayımsal Düşünme'

'Zihin Okuma - Falcılık'

Hemen sonuca vardığımızda, aslında çok az kanıtla veya hiç kanıt olmadan olumsuz sonuçlar çıkarıyor, insanlar ve koşullar hakkında mantıksız varsayımlarda bulunuyoruz. Bu, inançlarımızı destekleyecek hiçbir kanıt olmasa bile, başkalarının ne düşündüğünü ve hissettiğini ya da neden belirli şekillerde davrandıklarını bildiğimizi düşündüğümüzde ortaya çıkar. Şaşırtıcı olmayan bir şekilde, bu durum her türlü soruna yol açabilir.

Gelecekte bir şeylerin olacağını varsayarız (öngörüsel düşünme) ya da başka birinin ne düşündüğünü bildiğimizi varsayarız (zihin okuma). Sorun, bu sonuçların nadiren gerçeklere veya somut kanıtlara dayanması, daha ziyade kişisel duygulara ve görüşlere dayanmasıdır.

Bu iki şekilde gerçekleşebilir - zihin okuma ve falcılık. "Zihin okuma" yaptığımızda, başkalarının bizi olumsuz değerlendirdiğini veya bizim için kötü niyetleri olduğunu varsayarız. "Falcılık" yaptığımızda ise gelecekteki olumsuz bir sonucu tahmin ediyor ya da daha durum gerçekleşmeden durumların en kötüye gideceğine karar veriyoruz.

Örnek Olay İncelemesi

Patricia'nın iş arkadaşlarıyla iyi ilişkileri vardı. Ancak kendisini ofisin geri kalanı kadar zeki ya da yetenekli görmediklerine inanıyordu. Patricia'ya hevesle beklediği ve üzerinde çalışmak için heyecan duyduğu önemli bir proje verildi. Ancak kendi kendine sürekli şunu söylüyordu: "Zaten hepsi benim aptal olduğumu düşünüyor. Bir hata yapacağımı ve tüm projeyi mahvedeceğimi biliyorum."

Patricia'nın düşünceleri gerçeklere dayanmıyor. Kendisine tepeden baktıklarına ya da projenin başarısız olacağına dair herhangi bir kanıtı yok. Başkalarının ne düşündüğü ve gelecekteki olayların sonucu hakkında sonuçlara varıyor. Meslektaşlarının "zihnini okuyor" ve projenin sonucuna dair "fal bakıyor". Kendisine bu projede elinden gelenin en iyisini yapacağını ve bir hata yapılırsa bundan ders çıkaracağını söylemeyi seçebilir.

İnsanların en büyük düşünce sapmalarından biri de 'rasyonel' yaratıklar olmamızdır. Bir yandan, zaman zaman mantıklı düşünüyoruz, ancak düşüncelerimizin çoğunun, çoğu zaman, sandığımız kadar mantıklı ya da doğru olmadığına şüphe yok.

Durumları yorumlama şeklimiz, kültürel ve dini geçmişimiz de dahil olmak üzere yetiştirilme tarzımız, içimizdeki ruh halimiz ve o anda olup bitenlerle ilgili hislerimiz tarafından yönlendirilir.

Tahminlerimizde sıklıkla yanılırız ve bu da karşımızdaki kişiyi üzebilir, aşağılayabilir ya da rencide edebilir. Bu durum, yakın ve kişisel ilişkilerin yanı sıra profesyonel ilişkilerimiz ve iş yerimiz için de felaket olabilir.

'Siyah-Beyaz Düşünme'

'Ben ya iyiyim ya da kötüyüm'

'Ya hep ya hiç düşüncesi - Büyütme ve Küçültme'

"Hayat siyah beyaz değildir ama renkli de diyemezsiniz. Aslında ondan ne yaptığınızdır, bu yüzden ona nasıl baktığınız çok önemlidir."

Siyah-beyaz düşünme ya da ya hep ya hiç düşünme, bir kişinin düşüncesinin, kendisinin ve başkalarının hem olumlu hem de olumsuz niteliklerinin ikiliğini uyumlu, gerçekçi bir bütün halinde bir araya getirmede başarısız olmasıdır. Bu, aşırı uçlarda düşünmektir - eylemler ve motivasyonlar ya tamamen iyi ya da tamamen kötüdür ve ortası yoktur. Durumları asla gerçekten tarafsız ve nötr bir şekilde göremeyiz.

Ben parlak bir başarıyım ya da tam bir başarısızım. Erkek arkadaşım bir melek ya da şeytanın vücut bulmuş hali.

Bu kutuplaşmış düşünme biçimi, dünyayı çoğu zaman olduğu gibi - karmaşık ve aradaki tüm tonlarla dolu - görmemizi engeller. Ya hep ya hiç zihniyeti orta yolu bulmamıza izin vermez. Çoğumuz zaman zaman bu düşünce sapmasına kapılırız. Aslında, bu kalıbın kökeninin insanın hayatta kalmasına, yani savaş ya da kaç tepkisine dayandığına inanılmaktadır.

Bu kalıp fiziksel ve zihinsel sağlığımıza zarar verebilir, kariyerimizi sabote edebilir ve ilişkilerimizde bozulmaya neden olabilir.

Örnekler şunları içerebilir:

- insanları aniden "iyi insan" kategorisinden "kötü insan" kategorisine geçirmek.

- İşten ayrılmak veya insanları kovmak.

- bir ilişkiyi bitirmek.
- sorunların gerçek anlamda çözülmesinden kaçınmak

Bu tür bir iç çocuk düşünce sapması modeli genellikle başkalarını idealize etme ve değersizleştirme arasında gidip gelir. Aşırı uçlarda düşünen biriyle ilişki içinde olmak, tekrarlanan duygusal çalkantı döngüleri nedeniyle gerçekten zor olabilir.

Siyah-beyaz düşünmek kendimiz için katı kurallar oluşturmamıza neden olabilir. Siyah-beyaz terimlerle düşündüğümüzde, her başarısızlığı içselleştirir ve her başarıdan gerçekçi olmayan bir beklenti içine gireriz. Hepimiz "kötü insan" mı yoksa "iyi insan" mı olduğumuzu merak etmişizdir. Gerçekte, çoğumuz hem kötü hem de iyi niteliklere sahip olarak ikisinin arasında bir yerdeyiz. Siyah-beyaz terimlerle düşündüğümüzde, kendimizi aşırı eleştirme veya hatalarımızı görmeyi reddetme riskiyle karşı karşıya kalırız. Bu bizi başkalarının görüşlerine karşı aşırı duyarlı hale getirebilir ve eleştiriyi kabul etmeyi zorlaştırabilir. Bu da gerçek anlamda gelişmemizi ve kendimize şefkat göstermemizi engeller.

İlişkilerde istikrarsızlık yaratır çünkü bir kişi, ihtiyaçlarımızı karşılamasına ya da bizi hayal kırıklığına uğratmasına bağlı olarak, farklı zamanlarda erdemin ya da ahlaksızlığın kişileşmiş hali olarak görülebilir. Bu da kaotik ve istikrarsız ilişki kalıplarına, yoğun duygusal deneyimlere, kimlik dağılımına ve ruh hali değişimlerine yol açar.

İlişkiler, birbirlerini aile, arkadaş, komşu, iş arkadaşı ya da tamamen başka bir şey olarak gören bireyler arasında gerçekleşir. İnsanlar iniş çıkışlar yaşar ve kaçınılmaz olarak çatışmalar ortaya çıkar. Normal çatışmalara siyah-beyaz düşünce kalıplarıyla yaklaşırsak, diğer insanlar hakkında yanlış sonuçlar çıkarır, müzakere ve uzlaşma fırsatlarını kaçırırız. Daha da kötüsü, siyah-beyaz düşünme, kişinin kararının kendisi ve ilgili diğer kişiler üzerindeki etkisini düşünmeden karar vermesine neden olabilir.

Bu tür bir düşünce tarzı, katı bir şekilde tanımlanmış kategorilere bağlı kalmamıza neden olur - Benim işim. Onların işi. Benim rolüm. Onların rolü.

Hepimiz zaman zaman dünyayı siyah-beyaz terimlerle düşünürüz. Sevdiklerimizdeki kusurları görmeyi reddetmekten kendimize karşı aşırı sert olmaya kadar, insan beyninin dünyayı ya/ya da terimleriyle anlama eğiliminin ilişkilerimiz üzerinde derin bir etkisi vardır.

Dünya ya/ya da şeklinde bir yer değildir: Hayatlarımız grinin tonlarıyla doludur. Dünyayı siyah-beyaz görerek başlangıçta iyiyi kötüden, doğruyu yanlıştan ve güzeli çirkinden ayırmayı kendimiz için daha kolay hale getirebiliriz. Ancak bu tür bir düşünce yorucu olabilir ve bizi sürekli iniş çıkışlara sürükleyebilir. Ve derin bir düzeyde, olayları kolay, ikili terimlerle basitleştirmek, yaşamı ve ilişkileri bu kadar zengin kılan karmaşıklığın çoğundan bizi mahrum bırakır.

Büyütme ve Küçültme

Büyütme ve Küçültme, kendi olumlu özelliklerimizi en aza indirirken başka bir kişinin olumlu özelliklerini büyütme eğiliminde olduğumuz bir Siyah-Beyaz düşünme sapması kalıbıdır. Başka bir deyişle, bir yandan kendimizi değersizleştirirken diğer yandan da karşımızdaki kişiyi yüceltiriz. Alçakgönüllü olmak harika bir şeydir, ancak özsaygımıza zarar verecek şekilde değil.

'Etiketleme'

'Ben sadece böyleyim' 'Etiketleme'

Etiketleme, birini veya bir şeyi bir kelime veya kısa bir ifadeyle tanımlamak, özellikle yanlış veya kısıtlayıcı bir şekilde bir kategoriye atamaktır. Hayatımız boyunca insanlar bize etiketler yapıştırır ve bunun tersi de geçerlidir. Bu etiketler, kendimiz ve başkaları hakkında düşündüklerimizin yanı sıra başkalarının kimliklerimiz hakkında nasıl düşündüklerini de etkiler.

Çoğu zaman, birbirimizi tanımlamak için kullandığımız etiketler asılsız varsayımların ve basmakalıp düşüncelerin sonucudur. Çok az tanıdığımız ya da hiç tanışmadığımız insanlara düzenli olarak etiketler uygularız ve aynı şey bize de yapılır. Dolayısıyla, iyi ya da kötü, etiketler kimliğimiz üzerinde çoğu zaman kontrolümüz dışında bir etkiyi temsil eder.

"Farklı" olarak etiketlenmek okullarda zorbalığa ve ötekileştirmeye yol açabilir. Çocuklar değişir ve gelişir, ancak etiketler ne yazık ki kalıcı olma eğilimindedir. Bu durum, çocukların olumsuz itibarlarını geride bırakıp yeni bir başlangıç yapmalarını zorlaştırabilir. Etiketlerin kullanımı çocuklar için zararlı olabilir. Etiketleme ve damgalama arasındaki ilişki karmaşıktır ancak iyi belirlenmiştir.

Bir çocuğun yaşadığı zorluklara odaklanan etiketler, çocuğun diğer alanlardaki yeteneklerini ve güçlü yönlerini tanımak pahasına bunu yapar. Bu tür etiketler, bir çocuğun kimliğinin sadece bir parçası olsa bile, geçmişi görmek çok zor olabilir. Bu durum, yetişkinlerin çocuklardan beklentilerinin azalmasına ve çocuğun eylemlerine ilişkin yorumlarını gereksiz yere etkilemelerine neden olabilir.

Bir şeyleri nasıl etiketlediğimiz genellikle içsel inanç sistemlerimizi yansıtır. Bir şeyi ne kadar çok etiketleme eğilimi gösterirsek, inanç sistemlerimiz de o kadar güçlü olur. Etiketlerimiz genellikle somut gerçekler ve kanıtlardan ziyade geçmiş deneyimlere ve kişisel görüşlere dayanır.

'Duygusal Muhakeme'

'Duygusal gerçek ve gerçeklik' 'Duygular - Düşünceler - Eylemler'

Bizi üzen bir şey olduğunda, bununla nasıl başa çıkıyoruz - duygularımızı durumun gerçekliğinden ayırabiliyor muyuz yoksa ikisini birbirine mi karıştırıyoruz?

Bir durum bizde duygusal bir tepki uyandırır, bu da bizi durum hakkında o kadar çok düşünmeye sevk eder ki zihnimizde yarattığımız gerçeklik gerçek gerçeklikten ayrılır. Gerçekte sorun olmayan şeyler hakkında sadece nasıl hissettiğimiz ve düşündüğümüz nedeniyle stres yaratılır - duygularımızın gerçekliği nasıl yorumlayacağımıza rehberlik etmesine izin veririz.

Bu, duygusal akıl yürütmedir ve aksini kanıtlayan kanıtlara bakmaksızın duygusal tepkimizin bir şeyin doğru olduğunu kanıtladığı sonucuna varırız. Duygularımız düşüncelerimizi bulandırır, bu da gerçekliğimizi bulandırır.

"Kendimi suçlu hissediyorum, o halde kötü bir şey yapmış olmalıyım", "Kendimi yetersiz hissediyorum, o halde değersiz olmalıyım" veya "Korkuyorum, o halde tehlikeli bir durumda olmalıyım" gibi düşünceler duygusal akıl yürütmenin işaretleridir.

Duygusal muhakeme, daha bir şey için çalışmaya başlamadan kendimizi başarısız hissetmemize yol açabilir. Zihnimizin duygularımızın kontrolü ele geçirmesine izin vermesi yorucudur ve daha başlamadan başarısız olduğumuzu düşünmemize neden olabilir. Bu da işi ertelemeye ve bazen de hiç yapmamaya yol açabilir. Duyguların kontrolü ele geçirmesi değişme arzusunu da azaltır, çünkü denesek bile değişimin mümkün olmadığını hissederiz.

Duygularımız düşüncelerimizi ve dolayısıyla eylemlerimizi belirliyorsa, duygusal muhakemeye sahip olabiliriz. Gerçeklik deneyimimizi o anda nasıl hissettiğimize bağlı olarak yorumlama eğilimindeyizdir. Dolayısıyla, bir şey hakkında nasıl hissettiğimiz, kendimizi içinde bulduğumuz durumu nasıl algıladığımızı ve yorumladığımızı etkili bir şekilde şekillendirir. Bu, ruh halimizin her zaman etrafımızdaki dünyayı nasıl deneyimlediğimizi etkilediği anlamına gelir. Dolayısıyla duygularımız, hayatımızı ve koşullarımızı nasıl gördüğümüz konusunda etkili bir barometre haline gelir.

Adillik Yanılgısı

'Adil Olma Yanılgısı'
'Bu Adil Değil! Beni Suçlama!'
'Suçlama - Kişiselleştirme'

"İyi bir insan olduğunuz için dünyanın size adil davranmasını beklemek, vejetaryen olduğunuz için boğanın size saldırmamasını beklemeye benzer."

"Hayatı, kendinizin merkezde olduğu ve her şeyin eşit çıktığı bir matematik problemi haline getirmeye çalışmayın. İyi olduğunuzda da kötü şeyler olabilir. Ve eğer kötüyseniz, hala şanslı olabilirsiniz."

Adalet yanılgısı

Hayatın adil olması gerektiği inancıdır.

Hayatın adil olmadığı düşünüldüğünde, durumu düzeltmeye yönelik girişimlere yol açabilecek öfkeli bir duygusal durum ortaya çıkar. Kızgın hissederiz çünkü neyin adil olduğuna güçlü bir şekilde inanırız, ancak diğer insanlar bizimle aynı fikirde olmaz. Hayat adil olmadığı için, olması gerektiği zaman bile işler her zaman bizim lehimize sonuçlanmayacaktır.

Bu tür bir algı-tepki örüntüsüne sahip olanlar, işler istedikleri gibi gitmediğinde genellikle "Hayat adil değil" derler. Durumları genellikle "adil olup olmadıklarına" göre değerlendirirler; dolayısıyla, gerçekte hayat her zaman adil olmadığı için genellikle hayal kırıklığına uğramış hissederler.

Dünyaya bakış açımız sahip olduğumuz inançların bir sonucudur. Dolayısıyla, yaşadığımız her deneyim bu çerçevede yorumlanacaktır. Örneğin, temel bir inanç olarak şansa inanıyorsak, o zaman insanlar ya şanslı ya da şanssız olarak damgalanacak ve büyük, güzel bir evi ve yepyeni bir arabası olan biri şanslı, bunlara sahip olmayan biri ise şanssız olacaktır. Bu bir düşünme biçimi, bir algı kalıbıdır- tepki. Dolayısıyla, başımıza kötü bir şey gelirse, bunu şanssız olduğumuz şeklinde yorumlarız. Ve hayatın adil olmadığını.

Bir kez karar verdiğimizde - 'Ben şanssızım; Hayat adil değil' - artık kurban modundayızdır.

Adil olma yanılgısı genellikle koşullu varsayımlarla ifade edilir:

- Eğer beni sevseydi, bana elmas bir yüzük verirdi.
- Eğer işime değer verselerdi, beni ödüllendirirlerdi.

İnsanlar adil olsaydı ya da size değer verseydi işlerin nasıl değişeceğine dair varsayımlarda bulunmak cazip gelebilir. Ancak başkalarının düşündüğü ya da algıladığı bu değildir. Bu yüzden de acı çekeriz.

Çocukken ebeveynlerimizi yansıtırız. Onlar bizim için dünyadır. Annem bir şey yaptıysa ben de onun gibi yapmalıyım. O zaman haklı olurum, sevilirim, onun gibi olurum. Böylece annenin davranışı bir model haline gelir. Bu, yansıtılmış bir iç çocuk modeli yaratır.

Çocuk sonunda anne-babası gibi yürür, onun gibi konuşur, onun gibi davranır, onun gibi ses çıkarır ve hatta hayata karşı anne-babasının hissettiklerinin aynısını hisseder. Yetişkin ve ebeveyn olduğumuzda, tıpkı ebeveynlerimizin bizimle konuştuğu gibi davranır ve çocuklarımızla konuşuruz. Adalet yanılgısında, çocuğa neyin adil olduğunu öğreten belirli bir değer sistemi çocuk tarafından anne, baba ya da her ikisinden de alınır.

Sözler, davranışlar, eylemsizlikler ve destekleyici olmayan bakışlar siyah-beyaz yasalar tarafından yönetilmez ve yine de hayatımızda olmasını seçtiğimiz kişilerden belli bir düzeyde nezaket bekleriz. Nezaketin ötesinde, hepimizin bize nasıl davranılmasını istediğimize dair fikirlerimiz vardır ve bize kötü davranıldığında derinden inciniriz. İnsanlar gerçekliği nasıl gördüklerini önceki deneyimlerine dayanarak inşa ederler.

Günlük durumlarda, nasıl tepki vereceğimiz inanç sistemlerimize dayanır ve doğal olarak durumlara nasıl tepki vereceğimiz, verdiğimiz tepkinin durum için doğru tepki olduğunu varsaydığımız için oldukça otomatik görünür.

Ancak, adaletin ne olduğuna dair tanımlarımıza çok sıkı bir şekilde bağlı kalırsak, başkalarının bizim kategorilerimize uymayan davranışlarıyla karşılaştığımızda katılık, endişe ve öfke riskiyle karşı karşıya kalırız. Elbette hepimiz başkalarının davranışlarının neyi gösterdiği konusunda küçük bir anlaşmazlık yaşayabiliriz, ancak bazen adalet konusunda takıntılı hale gelirsek, endişe ve üzüntü riskiyle karşı karşıya kalırız.

Sorun şu ki, iki kişi adaletin ne olduğu konusunda nadiren hemfikirdir ve onlara yardımcı olacak bir mahkeme de yoktur. Adalet, bir kişinin beklediği, ihtiyaç duyduğu ya da umduğu şeylerin ne kadarının diğer kişi tarafından sağlandığına dair öznel bir değerlendirmedir.

Örnek Olay İncelemesi

Sheena her hafta sonu Tim'den çiçek veya hediye beklemektedir çünkü en yakın arkadaşının erkek arkadaşından bunları aldığını görmüştür. Bunları alamadığında endişeli, incinmiş, reddedilmiş ve öfkeli hissediyor. Tom'un hiçbir fikri yoktur ve her Cumartesi gecesi sürekli olarak ilgisiz ve sevgisiz olmakla suçlanır. Sheena kendi yaşam deneyimini ve kişisel beklentilerini bir kural olarak uyguladığı için bu durum kafasını karıştırır ve onu incitir.

Adalet o kadar rahat tanımlanıyor, o kadar baştan çıkarıcı bir şekilde kendine hizmet ediyor ki, her insan kendi bakış açısına kilitleniyor.

Bugün çoğumuz ne olmak istiyorsak o olabileceğimiz söylenerek büyüdük. Şimdi iş yerinde övgü almadığımızda ya da azarlandığımızda bile bu bizim "adil" olarak gördüğümüz şeye ters düşebilir. Eleştirilmek bizim için adil değil. Bizim başarılı olmamız gerekirdi.

Adil kelimesi kişisel tercihler ve istekler için güzel bir kılıftır.

Bizim istediğimiz adil, diğer kişinin istediği ise sahte.

Adil olma yanılgısı, Aaron Beck'in bilişsel teorisine dayanan en yaygın bilişsel çarpıtma türlerinden biridir. Teori, herhangi bir etkileşimde çocuk modunda yaklaştığımızı belirtir: mızmızlanmak, öfke nöbeti geçirmek, mantıksız davranmak vb. (kendi "kurallarımız" çiğnendiğinde yapabileceğimiz gibi). O zaman karşımızdaki kişi bize bir ebeveyn gibi karşılık verecektir: bizi küçümseyerek konuşmak, otorite kullanmak, mantıksız olduğumuzu vurgulamaya çalışmak, bu strese ihtiyaçları olmadığını söylemek vb.

Teori aynı zamanda birine ebeveyn modunda yaklaşırsak: katı, kanun koyan, emir veren, sert ve otoriter, tehditler kullanan veya bağıran ("kurallarımız" çiğnendiğinde yapabileceğimiz gibi)... o zaman diğer kişinin bir çocuk gibi tepki vereceğini ve belki de öfkeleneceğini, kapanacağını, çıldıracağını, sinirleneceğini, uzaklaşacağını veya tam bir ergen olup isyan edeceğini ("bana ne yapacağımı söyleyemezsin") belirtir.

Hayatımız boyunca bu iki durum arasında gidip gelebiliriz; ya bu pozisyonlardan birinde başlarız ya da bir başkası tarafından tam tersi bir tepkiye tetikleniriz. Bu kişi ister bir eş, ister bir kardeş, ister bir iş arkadaşı ya da patron, ister bir arkadaş, isterse de bir ebeveyn ya da çocuk olsun fark etmez. Bu bizi her zaman hiçbir yere götürmez.

Suçlama

"Başkalarını suçladığınızda, değişme gücünüzden vazgeçersiniz."

"İnsanlar topal olduklarında, suçlamayı severler."

Suçlama, sorumlu tutma eylemidir, bir birey veya grup hakkında eylem veya eylemlerinin sosyal veya ahlaki açıdan sorumsuz olduğuna dair olumsuz ifadelerde bulunmaktır, övgünün tam tersidir. Bir kişi yanlış bir şey yapmaktan ahlaki olarak sorumlu olduğunda, eylemi suçlanmaya değerdir.

Suçlama, yanlış giden bir şeyden sorumlu olmak veya bu sorumluluğu birine atama eylemidir. Suçlamak, parmağı başka birine doğrultmak ve onu bir hata ya da yanlıştan sorumlu ilan etmektir. Eğer acı çekiyorsam, bunun sorumlusu birileri olmalıdır.

Suçlamak, aslında bizim sorumluluğumuzda olan seçimlerden ve kararlardan birini sorumlu tutmayı içerir. "Ben sorumlu değilim. Ben suçlanmamalıyım." Sanki bunu bize hep birileri yapıyormuş ve bizim hiçbir sorumluluğumuz yokmuş gibi.

Suçlama, başımıza gelen tüm zor şeylerden başkalarını sorumlu tuttuğumuz bir kalıptır. Birçoğumuz hayatta işler iyi gittiğinde övgüyü kendimize alırız ama işler kötü gittiğinde suçu koşullara ya da başkalarına atarız.

Örneğin, bir öğrencinin sınava girdiğini düşünün. Eğer sınavı geçerse, bu onun sıkı çalışmasının bir sonucudur. Ancak sınavı geçemezse, aniden dışsal bir neden ortaya çıkar - sorular müfredatın dışındadır, kontrol düzgün yapılmamıştır, sınav görevlisi kötü bir ruh halindeydi.

İşler yolunda gitmediğinde insanları, özellikle de bize yakın olanları suçlamak ilişkilerimiz, ailelerimiz ve kariyerimiz üzerinde ciddi zarar verici bir etkiye sahip olabilir.

Başkalarını suçlamak kolaydır. Suçlamak daha az iş demektir, çünkü suçladığımızda sorumlu tutulmamız gerekmez. Suçlamak, savunmasız olmak zorunda olmadığımız anlamına gelir. Başkalarını suçlamak kontrol ihtiyacımızı besler. Suçlamak birikmiş duyguları boşaltır. Suçlamak egomuzu korur.

Bazı insanlar suçlamayı kendilerini kurban haline getirmek için kullanır. Bu bir ego hamlesidir, çünkü 'zavallı ben' modunda olduğumuzda herkesin dikkatini çekeriz ve hala 'iyi' insan oluruz.

Suçlamayı ister üstün olmak ister kurban olmak için kullanalım, her ikisi de öz saygı eksikliğinden kaynaklanır. Hatta sorulması gereken soru 'neden suçluyorum' değil, 'neden kendimi bu kadar kötü hissediyorum ki daha iyi hissetmek için başkalarını suçlamak zorunda kalıyorum' olabilir.

Örnek Olay İncelemesi

Sarah doğrudan sormakta, istediğini talep etmekte zorlanır. İstemeden elde etmeyi bekler. İsteklerini sormak ya da ortaya koymak hiçbir zaman teşvik edilmedi. Aile içinde buna izin verilmiyordu. Ve o bir kızdı, nasıl isteyebilirdi ki!

Ne istediğini söylemek, hatta istemek tüm sorunların kaynağı olabilir. Birçok durumda, çocuk istediğini doğrudan isteyerek değil, dolaylı olarak hareket ederek nasıl elde edeceğini öğrenir.

Sarah şimdi partnerinden istediğini doğrudan istemekte zorlanıyor çünkü içindeki çocuk istemeden elde etmek istiyor.

Sarah şimdi ilişkisinde bir şikayet yaşıyor çünkü kocasına 'sormuyor' ve kocası ne istendiğini bilmiyor, çünkü istenmedi. Sarah anlaşılmayı beklemektedir. Onun isteklerini anlamadığı için suç kocanındır!

Çocuk isteklerini veya arzularını bastırır ve onları önemsiz görür. Daha sonra ne istediğini bile bilmez.

Kişiselleştirme

Personalization is a pattern where we consistently take the blame for absolutely everything that goes wrong with our life. It is the tendency to relate everything around us to ourselves. Whenever anything does not work out as expected, we immediately take the blame for this misfortune

– Irrelevant of whether or not we are responsible for the outcome.

Yeni evli bir adam, karısı ne zaman yorgunluktan bahsetse, bunun kendisinden bıktığı anlamına geldiğini düşünür.

Karısı artan fiyatlardan şikâyet eden bir adam, bu şikâyetleri geçimini sağlama becerisine yönelik saldırılar olarak algılar.

Hayatımız ve koşullarımız için sorumluluk almak takdire şayandır, ancak aynı zamanda kendimizi koşulların kurbanı gibi hissetmeye başlarsak tamamen yararsızdır.

Kişiselleştirmenin önemli bir yönü de kendimizi başkalarıyla kıyaslama alışkanlığıdır. O zeki, ben değilim. Bunun altında yatan varsayım, değerimizin sorgulanabilir olduğudur. Kişiselleştirmedeki temel hata, her deneyimi, her konuşmayı, her bakışı değerimiz ve kıymetimiz hakkında bir ipucu olarak yorumlamamız ve kendimizi suçlamamızdır.

Bizim hatamız olmayan veya kontrolümüz dışındaki durumlar için kendimizi suçladığımızda kişiselleştirme yapıyor olabiliriz. Bir başka örnek de yanlış bir şekilde kasıtlı olarak dışlandığımızı veya hedef alındığımızı varsaymamızdır.

Çoğumuz bunu ara sıra, arada bir yaparız. Ancak gerçekten ihtiyacımız olmadığı halde olayları kişisel olarak ele alma alışkanlığı edindiğimizi fark edersek, bu durum kendimizi suçlamamıza yol açar. Aslında kontrolümüz dışında olan şeylerden sorumlu olduğumuza inanarak, bizim hatamız olmayan veya kontrol edemediğimiz şeyler hakkında suçluluk veya utanç duygusu hissedebiliriz.

Örnek Olay İncelemesi

Stephanie'nin ortağı bir sağlık sorunuyla mücadele ediyordu. Ancak tedavi önerilerine uymuyordu. Stephanie, eşinin sağlık durumu kötüleştiğinde ona yardım etmek için yeterince çaba göstermediği için kendini sorumlu hissediyordu.

Partnerini desteklemesi, kendi kontrolü dışında olan şeylerin sorumluluğunu üstlenmesi gerektiği anlamına gelmez. Neleri kontrol edebildiğimizi anlamak önemlidir çünkü hepimiz yapabildiğimizde eylemlerimizin ve seçimlerimizin sorumluluğunu alabilmeliyiz. Bununla birlikte, bir şeyin kontrolümüz dışında olduğunu anlamamız ve sınırlamalarımızın farkına varmamız da gerekir.

Kişiselleştirmenin bir başka yönü de, bir olay ya da durum aslında bizimle ilgili olmadığında, bunu kendimize yansıtmak için olayları tersine çevirmemizdir. Bazen bu güvensizlik veya endişe duygusundan kaynaklanır.

Örneğin, bir odaya girdiğimizde herkes konuşmayı keserse, yanlışlıkla herkesin arkamızdan konuştuğuna inanmaya başlarız. Gerçekte bu başka bir şey de olabilir. Belki özel bir şey konuşuyorlardır ya da odanın sessizleştiği anlardan biridir.

Gerçekte öyle olmadıkları halde durumların bizimle ilgili olduğunu düşünürüz. Dikkate alınması gereken bir husus, diğer insanların çoğu zaman kendileri için endişelendikleri ve kendilerini düşündükleridir. Bu, çoğu zaman bizim hakkımızda düşünmedikleri veya endişelenmedikleri anlamına gelir.

Zamanlarını diğer insanlara odaklanarak geçiren bazı insanlar olabilir. Dedikodu yapan insanlarla uğraşmak zaman kaybıdır. Birisi bize kötü davransa bile, davranışları bizimle değil kendileriyle ilgilidir. Çoğu zaman bu tür insanları değiştirmek için hiçbir şey yapamayız, bu yüzden sadece olmak istediğimiz türden bir kişi olmaya odaklanmalıyız.

Bağlantının Kesilmesi

'Kopukluk'
'Ben ben değilim, burada değil, dışarıda'
'Duygusuz - Kaçış - Kopuk - Kimlik Füzyonu'

"Huzuru bulmak için bazen hayatınızdaki tüm gürültüyü yaratan insanlar, yerler ve şeylerle bağlantınızı kaybetmeye istekli olmanız gerekir."

"Bazen fişinizi çekmek ve kendinize yeniden bağlanmak için yalnız kalmaya ihtiyaç duyarsınız."

Bağlantının kesilmesi, izole veya müstakil olma durumu, (bir şeyi) başka bir şeyden ayırmak: iki veya daha fazla şey arasındaki bağlantıyı koparmak.

Dissosiyasyon, kişinin düşüncelerinden, duygularından, anılarından veya kimlik duygusundan koptuğu zihinsel bir süreçtir. Duygusal kopuş, diğer insanlarla duygusal düzeyde bağlantı kuramama veya kurmak istememedir. Bazı insanlar için duygusal olarak kopuk olmak onları istenmeyen drama, endişe veya stresten korumaya yardımcı olur. Diğerleri için ise duygusal kopuş her zaman gönüllü değildir.

Travmatik bir olay yaşayan çocuklar genellikle olayın kendisi sırasında veya takip eden saatler, günler veya haftalarda bir dereceye kadar kopukluk örüntüsüne sahiptir. Örneğin, olay 'gerçek dışı' görünür veya kişi olayları televizyonda izliyormuş gibi etrafında olup bitenlerden kopuk hisseder. Çoğu durumda, dissosiyasyon tedaviye gerek kalmadan düzelir.

Çocuk bir durumdan rahatsız olduğunda, bağlantıyı keser. Bilinçaltında yaratılan bu kalıp, çocuğu o rahatsız edici durumda izole eder. Bu, çocuk evde veya okulda 'baskı durumuyla' başa çıkamadığında veya bununla başa çıkamadığında meydana gelir. Bağlantının kopması, sanki orada değilmişsiniz gibi bir his olarak deneyimlenebilir.

Duygusuzluk

Birçok evde ve ailede çocuğun sevgi ya da duygularını göstermesine izin verilmez. Güçlü bir duygu sergilemek zayıflık olarak kabul edilir. Çocuk daha sonra bu duygudan kopar.

Sonia muhafazakâr ve katı bir aileden gelen genç bir kızdı. Her zaman söylenenleri belirli bir şekilde yapması gerekiyordu. Eğer bunu yaparsa, hiçbir ceza almazdı. Ailesinden hiçbir zaman 'sevgi görmedi'. Muhtemelen onlar da muhafazakar bir toplumda yetişmişlerdi. Sonia hiç şefkat görmediği için 'şefkatten' koptu. Bu da donmuş, duygusuz bir iç çocuk modeli yarattı. Yıllar sonra Sonia evlilik ilişkisinde yakınlaşmakta zorlandı.

Her birimiz büyüdükçe, baş edemediğimiz bazı duygulara sahip olduk, çünkü küçükken onlarla baş edemiyorduk.

Bir çocuğun öfkelenmesine izin verilmezse, çocuk bu duygudan kopar. Bu da öfke durumunun bastırılmasına ve bu durumun inkâr edilmesine yol açar. Bu 'olmayan öfke' içsel olarak kanalize olur ve başka şekillerde ifade edilir. "Kızgın mısın?" diye sorulduğunda, yetişkin şöyle cevap verir: "Kim ben, kızgın mı? Tabii ki hayır. Ben asla sinirlenmem."

Kaçışçılık

Tartışma, kavga ve şiddet eğilimi olan zehirli, istismarcı, işlevsiz ailelerde çocuk sadece duygusuzlaşmakla kalmaz, aynı zamanda o durumda orada olmama gibi kopuk bir durum yaratır. Bu şekilde çocuk travmatik durumdan 'kaçar'.

Neha'nın annesiyle sık sık kavga eden alkolik bir babası vardı. Başlangıçta, evdeki manzaradan dehşete düşerek battaniyesine saklanırdı. Yavaş yavaş, kendini durumdan soyutlayarak, gözlerini kapatarak ve kendini başka bir yerde, harika bir şey yaparken hayal ederek teselli buldu - aile toksisitesinden kaçmak için.

Bu "iç çocuktan kaçma" kalıbı, daha sonraki yaşamda stresli durumlarla, sorunlu konularla, işte, ilişkilerde başa çıkmada daha fazla sorun yaratır. Sadece orada değillerdir.

Her şey yolundaymış gibi davranırlar, normal konuşuyor gibi görünürler ama gözlerinden kopuk oldukları anlaşılır. Dikkat süreleri kısadır ve konuşmanın akışını kaybederler ve kendilerine söylenenleri hatırlamazlar.

Ayrılma

Basit bir ifadeyle, kopma, ayrılma veya ayrışma anlamına gelen bir kopukluk biçimidir.

Patrick normal bir çocuktu ama yemeğini bitirmesi ya da ev ödevini tamamlaması zaman alıyordu. Ailesi her zaman "Ellerini daha hızlı hareket ettiremez misin?" diye sorardı. Okulda avucunun arkasına üzgün bir gülen surat çizilerek cezalandırılırdı. Yavaş yavaş, parmaklarında anksiyete titremeleri geliştirmeye başladı. İçten içe ellerinden nefret etmeye başladı ve onların vücudunun bir parçası olmamasını diledi. Patrick'in durumunda, ebeveynlerin veya öğretmenlerin telkinleri nedeniyle belirli bir vücut parçası "benim değil" olarak deneyimlendi.

Bu ayrışmış iç çocuk örüntüsü ilerleyebilir, anormal ve patolojik hale gelebilir. Bu durum psikosomatik belirtilere yol açabilir. Burada, kopukluk bir ayrışma örüntüsüne yol açar. Yetişkin 'pes etmeye', teslim olmaya ve sonunda kendini gerçeklikten koparmaya başlar.

I-DENT-ITY KRIZI

Kimlik, kim olduğumuz, kendimiz hakkındaki düşüncelerimiz, dünya tarafından nasıl görüldüğümüz ve bizi tanımlayan özelliklerdir.

Kimlik Füzyonu - İki şey birleştiğinde, kaynağın kimliği ortaya çıkan varlığın kimliğinden farklıdır. Yeni varlığın kimliği orijinal varlığın kimliğinden kopuktur.

Afreen, babasının sakat olduğu ve annesinin geçinebilmek için gece gündüz çalıştığı bir ailenin dört çocuğundan en büyüğüydü. Sadece kendi başının çaresine bakmak, yemek pişirmekle kalmıyor, aynı zamanda bakıcı rolünü de üstlenmek zorunda kalıyordu. İçindeki çocuğun kimliği annenin kimliğiyle kaynaştı. Kendine yabancılaştığını hissetmeye başladı. Daha sonra, yetişkin Afreen her zaman şikayet ederdi: 'Ailemdeki herkese bakıyorum - yaşlı ebeveynlerime, kocama ve çocuklarıma. Ama kimse benimle ilgilenmiyor'. Afreen'in içindeki çocuk kendisinden kopmuştu çünkü bir bakıcı kimliğiyle aynı hizaya gelmişti.

Kimlik Füzyonu, çocuğun kişiliğinin bir aile üyesiyle aşırı özdeşleşerek, harmanlanarak ve kaynaşarak kaybolduğu bir iç çocuk modelidir.

Çoğu durumda, çocuğun kimliği, çocuğun daha bağlı olduğu ebeveynle kaynaşır. Böylece, içsel çocuk babaya kızgın olan annenin kimliğiyle kaynaşır. Çocuk daha sonra davranmaya ve annenin sesi olmaya başlar. Bu kaynaşmış bir iç çocuk kalıbıdır. Hayatta kalmak için başkasının kimliğine bürünme kalıbı ilişkilerde görülür. Çoğu zaman başkaları, büyümekte olan genç ve genç yetişkinin tavırları, durumları ele alış şekli veya çalışma tarzı açısından anne veya babaya çok benzediğini söyler. Bu bazen sorunlu olabilir. Yetişkinler olarak bizler de belli bir şekilde davranmak isteriz. Ancak, varsayılan olarak, annemiz veya babamız gibi davranmaya başlarız. Bu durum içimizde bir çatışma yaratabilir. Bir yetişkin olarak, belirli insanlara ilgi duyarız. Bu ezici, zorlayıcı çekim, içsel çocuğun bir başkasının içsel çocuğuna duyduğu çekimdir.

Çoğu zaman, iç-çocuktan iç-çocuğa bağlantılar o kadar güçlüdür ki, yetişkinin içindeki çocuk "Bunun olması gerekiyordu" veya "Biz ruh eşiyiz" gibi ruhani bir felsefeyi benimser.

Çarpıtmalar

'Illusioning'
'Orada Olmayanı Görmek, Duymak ve Hissetmek'
'Bu harika - Bu korkunç'
"Keşfetmenin önündeki en büyük engel cehalet değil, bilgi yanılsamasıdır."
"Gerçeklik yalnızca bir yanılsamadır, her ne kadar çok ısrarcı olsa da..."

— Albert Einstein

İllüzyon yanlış bir fikir, inanç veya izlenimdir. Duyusal bir deneyimin yanlış veya yanlış yorumlanmış bir algılanma örneğidir. İnsan beyninin normalde duyusal uyarımı nasıl organize ettiğini ve yorumladığını ortaya çıkarabilen duyuların çarpıtılmasıdır. İllüzyonlar gerçekliğin çarpıtılmış bir algısıdır.

Örnek Olay İncelemesi

Daha önce tartışıldığı gibi Rahul'un durumuna bakalım.

Rahul bir keresinde küçük bir çocukken evdeki misafirlerin önünde çok iyi bildiği bir şiiri okuyamadığı için babası tarafından azarlanmıştı. Dili tutulmuş ve orada bir heykel gibi hareketsiz durmuştu. Daha sonra okulda, basit bir soruya cevap veremediği için tüm sınıfın önünde yine azarlanıyordu. Bu öfke deneyimleri onu derinden etkiledi. Bir yetişkin olarak bile, işyerinde veya partilerde benzer durumlarla karşılaştığında, zihni babasının veya öğretmeninin azarladığı tüm sahneyi hatırlıyor ve dili tutuluyordu. Sonuç olarak, sosyal toplantılardan kaçınmaya başladı ve terfileri kaybetti, çünkü fikirlerini yansıtamıyordu.

İllüzyonda, iç-çocuk geçmişte olanları seçer ve bunları şimdiki zamanın ya da geleceğin üzerine bindirir. Mevcut gerçeklik olduğu gibi görülmez, geçmişin illüzyonu şimdiki zamanın üzerine bindirilir. Görülen şey orada değildir, orada olan şey sanki resmin bütünüymüş gibi büyütülür. Yukarıdaki Örnek Olay İncelemesi'nde, Rahul'un geçmişteki travmatik olaya ilişkin yanılsaması şimdiki zamana ilişkin görüşünü bulanıklaştırmakta, böylece mevcut durumla tarafsız bir şekilde yüzleşmek yerine yanılsamalı iç çocuğa tepki vermektedir.

Abartma - Muhteşemleştirme veya Korkunçlaştırma

Korkunçlaştırma, bir şeyin, özellikle de hoş olmayan veya olumsuz bir şeyin boyutunu vurgulamak için kullanılır.

Harikuladeleştirme zevk, haz veya hayranlık uyandırmaktır; son derece iyidir; harikuladedir.

İllüzyonda, bilinçaltımızda bir unsur seçeriz, onu bütünden koparırız ve sonra o unsura baktığımızda büyütülmüş gibi görünür. Bu şekilde düşüncelerimizi harika ya da korkunç hale getiririz - abartırız.

Farklı kalıplar bir illüzyon yaratmak için birlikte çalışabilir. Bu yanılsama yaratma yeteneği, çocukların kendilerini nasıl uzaklaştırdıkları ve aile deneyimlerinin gerçekliğini nasıl dağıttıklarıdır. Yanılsamaların gelişiminde, yaşamdaki stres ne kadar büyükse yanılsamalar da o kadar güçlü olur. Yanılsamalar duyusal, işitsel veya görsel olabilir: söylenmeyen bir şeyi görmek veya orada olmayan bir şeyi duymak veya orada olmayan bir şeyi hissetmek.

Örnek Olay İncelemesi

Çocukluğunda annesi tarafından defalarca kemerle dövülen genç bir kadın olan Shanaya rüya görmeye ve yılanlar hayal etmeye başladı. Her zaman etrafını saran ve onu boğan yılanlarla çevrili olduğunu hissediyordu. Ergenlik yıllarında, boğulma korkusu nedeniyle bol kıyafetler giymeye başladı. Daha sonra geliştirdiği tuhaf bir davranış kalıbı, diğer kişi ona sarılmadan önce kendisinin gidip diğer kişiye sarılmasıydı.

Yanılsama, iç çocuğun savunması olarak benimsenen bir modeldir. Yanılsama, içsel çocuk için bir 'konfor alanı'dır. Mevcut durumdaki yetişkin, içsel kargaşanın üstesinden gelmenin bir yolu olarak bu çarpıtılmış durumu benimsemiştir. Dolayısıyla, bu yanılsamalı durumdan uyanmak acı verici bir süreç haline gelir. Pek çok çocuk bir film yıldızı ya da başarılı bir spor yıldızı olma yanılsamasına sahiptir. Bu, çocuğun aile içinde o anda çok acı veren deneyimlere direnmesinin bir yoludur. Yanılsamalar katı, düzenli ve kalıcı hale geldiğinde sorunlar ortaya çıkar.

'Duyusal Bozulma'

'Hissedemiyorum; Alınganım; Acıyor'

'Duygusal çarpıtma - Aşırı duyarlılık - Ağrı'

Duyusal çarpıtma, bedensel duyumları artırarak, uyuşturarak veya başka bir şekilde değiştirerek öznel fiziksel deneyimin değiştirilmesini içerir.

Uyuşukluk, ağrı, donukluk veya bazen tam tersi aşırı duyarlılık olarak deneyimlenen bir durumdur.

Duyusal bozulma belki -

Duygusal duyusal bozulma çocuğun içinde hissizlik yaratan bir savunmadır. Örneğin, bir çocuk istismarı olayı sırasında çocukta hissizlik gelişir. Yıllar sonra yetişkinin içindeki çocuk bir hissizlik ya da cinsel duyum eksikliği geliştirir. Bu bir "benumbed hissi "dir.

Aşırı Duyarlılık bir kişi dünyaya karşı aşırı duyarlı olduğunda ortaya çıkar. Birey "çok alıngan" hale gelir. Aşırı duyarlı iç çocuk örüntüsüne sahip yetişkin, dokunma, koku, ses, tat ve hatta en önemsiz duygulara karşı aşırı duyarlı hale gelir.

Fiziksel duyusal bozulma ve ağrı dikkat odağını yalnızca ağrılı bölgeye daraltan örüntülerdir. Örneğin, bir kişinin başı ağrıyorsa, bireyin dikkati başına odaklanır. Ağrı ya da sorun odağının vücudun bir bölümüyle sınırlı olduğu tek taraflı bir hastalık gibi görünür. Dolayısıyla, bir yetişkine aşırı sorumluluk yüklendiğinde, "sorumlulukları omuzlamakta" zorlandığı için omuz rahatsızlığı geliştirir. Ağrı terimi, ceza veya cezalandırma anlamına gelen 'peine' veya 'poena' kelimesinden türetilmiştir.

'Amnezi'

'Unut gitsin!'

'Unutmak - Hatırlamak'

Amnezi, gerçekler, bilgiler ve deneyimler gibi anıların kaybını ifade eder.

Amnezi bir tür hafıza kaybıdır. Amnezisi olan bazı kişiler yeni anılar oluşturmakta zorluk çeker. Diğerleri ise gerçekleri veya geçmiş deneyimleri hatırlayamaz.

İç çocuk bunu rahatsız edici durumlardan korunmanın bir yolu olarak deneyimler.

- Kendini aldatıcı hafıza kaybı yetişkinin içindeki çocuk bir durumu hatırlamayı unuttuğunda ortaya çıkar. Bunun bir örneği, ebeveyninin içki içtiğini unutan bir alkoliğin yetişkin çocuğu olabilir.

- Silme veya iletişimsel etkileşimler sırasında uygun bilgileri atlamak, çeşitli şekillerde yorumlanabilecek taahhüt içermeyen bir ifadeye izin verir. "Bir şeyler olduğunda nasıl hissettirdiğini bilirsin" gibi basit ifadeler. Ne hissettirir, kim hissettirir, ne olur?

• Unutmak, Hafıza kaybı, kişi kontrol edilemez olarak algıladığı bir durumu kontrol etme girişimi olarak ne söylediğini unuttuğunda ortaya çıkar. Bu inkar kalıbı, kişi gerginliği azaltmak için bir şeyi kabul ettiğinde ve daha sonra bunu kabul ettiğini unuttuğunda ortaya çıkar.

Bu amnezik durumlar, genellikle kaos, boşluk ya da kontrolden çıkmış veya bunalmış hissetme gibi eski deneyimlerle ilgili kontrol edilemeyen durumları kontrol etmek için bilgi veya olayları unutarak sergilenir.

Amnezi unutmaktır ve bir savunmadır. Amnezi, travmatik olayın hatırlanmaması gerektiği için gelişmiştir. Unutmayı sürdürmek için nefesi durdurma ve kasları tutma gibi belirtiler sergilenir.

Birisi "Dünyadaki en kötü hafızaya sahibim ve bunun üzerinde çalışmak istiyorum" ya da "Ne olduğunu hatırlayamıyorum ama istismara uğradığımı hissediyorum" dediğinde, bu amneziye eğilimli iç çocuk modelidir.

Hipermnezi her şeyi hatırlamaktır. Bu da bir savunmadır.

"Söyledikleri her kelimeyi dinledim ve ne söylediklerini hatırladım. Aylar sonra bana - Sana bunu yapmanı söylemiştim - derlerdi ve ben de onları düzeltirdim. Derlerdi ki - Tanrım, nasıl bir hafızan olduğuna inanamıyorum. Her şeyi hatırlayabiliyorsun" derlerdi.

Bu, hipermnezi iç çocuk modelinin klasik diyaloğudur.

Hipermnezinin olumsuz tarafı, hipervijilans gibi dikkatli, güvensiz bir tutumdur.

Hem amnezi hem de hipermnezi çevresel, istenmeyen durumlara verilen tepkilerdir.

Uzmanlık

'Uzmanlık'
'Tanrı gibidirler, her zaman haklıdırlar'
'Büyülü düşünme - İdealleştirme - Süper idealleştirme'
"Dışarıda çok fazla stres var ve bununla başa çıkmak gerekiyor,

Sadece kendinize inanmanız, her zaman olduğunuz kişiye geri dönmeniz ve kimsenin size farklı bir şey söylemesine izin vermemeniz gerekiyor, çünkü herkes özel ve herkes harika."

"Hepimiz farklıyız. Bizi özel kılan da bu. Birbirimizi sevmeli ve birbirimizle iyi geçinmeliyiz. Kimseyi yargılamak bana düşmez."

"Bireyselliğe, herkesin özel olduğuna ve bu niteliği bulup yaşatmak için onlara bağlı olduğuna inanıyorum."

Kendimizi bir bebeğe geri saralım ve etrafa bu bebeğin perspektifinden bakmaya çalışalım.

Anne karnındaki cenin ya da içindeki çocuk anneye sıkı sıkıya bağlıdır. Anne çocuk için tek gerçekliktir.

Doğumdan sonra çocuk anne tarafından teselli edilmek için ağlar. Çocuk ne zaman ağlasa, anne onu besler, okşar ve onunla ilgilenir. Dolayısıyla, çocuğun düşünce durumu veya ihtiyaç durumu ebeveynlerin tepkisini yaratır. Buna kabaca 'büyülü düşünme' de denebilir.

Çocuğun ilk yıllarda geliştirdiği anlayışlar bilinçaltının derinliklerine gömülür ve daha sonra dünyaya genelleştirilir. Bu, çocuğun içsel kimliğinin gelişiminin başlangıcıdır. Bu anlayış çocuğun kendisini, ebeveynlerini, Tanrı'yı ve evrenin işleyişini nasıl gördüğüne de yansır.

Bebeğin temel zihin yapısı dünya tarafından pekiştirilir, böylece gelişmekte olan bebek orijinal dünya görüşünün doğru olduğuna inanır.

"Başkalarının benim hakkımda ne hissettiğini ben yaratırım" veya "Başkalarının benim hakkımda ne düşündüğünden veya hissettiğinden ben sorumluyum." Bu durum erken yaşlarda başlar ve büyülü düşünce ebeveynlerin "Bizi gülümsetiyorsun" gibi ifadeleriyle pekiştirilir. Çocuk davranışsal ve sözlü geri bildirimlere inanır ve iç çocuk düşünce kalıbını sürdürür –

"Başkalarının deneyimlerinden ben sorumluyum."

"İnsanların benim hakkımda düşündüklerinden veya hissettiklerinden ben sorumluyum."

"Benden hoşlanmamalarına neden olan benim yaptığım bir şey olmalı."

"Düşüncelerimi, duygularımı veya eylemlerimi kontrol edersem, onların benim hakkımdaki tepkilerini, düşüncelerini veya duygularını da kontrol edebilirim."

Bir sonraki seviyede, gelişmekte olan çocuk çoğu durumda ebeveynlerini ideal ve mükemmel olarak yaratır, çünkü ebeveynler çocuk için tüm dünyadır. Ebeveyn davranışı onlar için varsayılan normal haline gelir. Yıllar sonra ilişkilerde, yetişkinin içindeki çocuk eşini idealize eder. Bu da mevcut yetişkinin eşini şimdiki zamanda görmesini engeller. Bazen iç çocuk, eşin potansiyel ya da hayali idealini yalnızca görecek ya da ona aşık olacak kadar idealize eder. Sorun, eşin idealleştirmeye uymamasından kaynaklanan hayal kırıklıklarında ortaya çıkar. Hiç kimse bir başkasının içsel idealine denk olamayacağı için hayal kırıklığı artar. Bu idealleştirme iç çocuk örüntüsü, erkeğin şu andaki gerçekliği ve ilişkisiyle başa çıkmasını engeller.

Çoğu çocuk ebeveynlerini idealize eder. Sonunda, ebeveynlerimizin de tıpkı diğerleri gibi sadece insan olduklarını anlarız. Bu onların idealleştirme modelini sona erdirir. Ancak bazen içsel çocuk başkalarını idealize etmeye devam ederek bir ruhsallaştırma veya süper idealleştirme kalıbına girer.

Süper idealleştirme, iç çocuğun ebeveynleri Tanrı olarak hayal ettiği bir modeldir - ebeveynler her şeydir, her şeye kadirdir, her şeyi sever ve her şeyi bilir. Bu durum ebeveynler ya da ebeveynlere benzer şekilde cevaplara sahip olan akıl hocaları, gurular ya da öğretmenler hakkında olabilir. Birçoğumuz amacımızı ya da hayatın anlamını arar, bu "yüksek amaç" için öğretmen üstüne öğretmen ararız. Sorun, içimizdeki çocuğun gösteriyi yönetiyor olmasıdır.

"Onlar Tanrı'dır. Eğer onların dediklerini yaparsam, cezalandırılmam ve nirvanaya, cennete ulaşırım."

Süper idealleştirme, Tanrı benzeri niteliklerin insanlara aktarılması, insanların guru haline getirilmesi ve sanki dileklerimizi yerine getirme veya rüyalarımızı gerçekleştirme gücüne sahiplermiş gibi onlardan yardım istenmesidir. Birinci seviye gelişimin büyülü düşüncesi bir kişiye aktarılır, "sanki" düşünceleri bizi uyandırma gücüne sahipmiş gibi. Çocuk büyüklenmeciliğini bir kişiye aktarır ve onu, tıpkı ebeveynlerine yaptığı gibi, bir aziz, guru vb. haline getirir.

"İhtiyacım varsa, ailem/Tanrı bana verir. İhtiyacım yoksa alamam". "Sanırım Tanrı buna sahip olmamı istemedi; sanırım buna ihtiyacım yoktu."

Bu, Tanrı'nın buna ihtiyacım olmadığına karar verdiğini ruhsallaştıran yetişkinin içindeki çocuktur.

• İstediğimizi elde edemediğimizde, "Tanrı'nın/ebeveynlerimin benim için aklında başka şeyler var - daha yüksek amaçlar."

• İşler kaotik göründüğünde, "Tanrı gizemli yollarla çalışır."

• İyi olduğumuz halde ödüllendirilmediğimizde, "İyi olduğum için ödülümü başka bir hayatta alacağım" ya da "Şimdi kötü oldukları için cezalarını başka bir hayatta alacaklar."

Bilişsel terapide bu düşünce çarpıtmasına Cennetin Ödülü Yanılgısı adı verilir.

Özel olma hali, kendilerini özel olarak gördükleri bir iç çocuk örüntüsü durumudur. Yıllar sonra yetişkinin içindeki çocuk, iyi ya da özel olduğu için kendisiyle ilgilenilmesini bekler. Çocuk ihmal ya da istismar kaosunu işleyemez ve bu nedenle bir amaç olması gerektiğine karar verir ve bir tepki olarak özel olmayı yaratır. Özel olma, çocuğun özel ya da diğerlerinden farklı olduğu hissini yarattığı bir süreçtir. Bu durum sıklıkla "Sen özelsin" gibi ifadelerle pekiştirilir.

Çocukken hepimize olayların neden gerçekleştiğine dair nedenler verilir. Ebeveynler ödüller veya cezalar için bir neden verirler. Örneğin, ebeveynleri tarafından önerilen şeyi yapan bir çocuk, şimdi veya gelecekte ödüllendirilir. Ebeveynlerinin söylediklerini yapmayan çocuklar ise şimdi ya da gelecekte cezalandırılır. Ebeveynlerimizi bize ders vermeye çalışan tanrılar haline getiririz. Bir çocuk odasını temizleme dersini öğrendiği için ödüllendirilir. Başka bir çocuk ise dersi öğrenmediği için ebeveynleri tarafından cezalandırılır. Çocuğa "Neden cezalandırılıyorum?" diye sorulduğunda, ebeveynler "Çünkü senin ders almaya ihtiyacın var" derler. Yıllar sonra okulda, benzer bir ödül ve ceza modeli ders kavramıyla kaynaştırılır. Örneğin, aritmetik dersimi öğrenirsem ödüllendirilirim. Öğrenmezsem cezalandırılıyorum (fazladan ödev yapmak zorunda kalıyorum).

"Eğer iyi olursam, Tanrı bana daha fazla şey verir - para, iyi ilişkiler, mutluluk, vs. çünkü dersimi aldım. Eğer kötü bir şey olursa, öğrenmem gereken bir ders olmalı.

Dolayısıyla, İyi davranış = İyi sonuçlar, Kötü davranış = kötü sonuçlar.

İyi olursam elde ederim, kötü olursam elde edemem. İyi insanlar iyi, kötü insanlar kötü sonuçlar alır."

Uyumsuz deneyim kaosa neden olur ve bu da içindeki çocuk tarafından rasyonalize edilir. "Sanırım o kişinin başka bir hayattan karması vardı. Bu yüzden iyi bir insanın başına iyi bir şey gelmedi." Ya da, "Acaba hangi dersleri öğrenmeleri gerekiyor?" "Acaba neden kendi başlarına kötü olaylar yarattılar?"

- İyinin başına kötü gelir: "Sanırım öğrenmeleri gereken bir ders var."
- İyinin başına kötü gelir: "Daha yüce bir amaç ya da daha yüce bir plan olmalı."
- Tanrı bana ihtiyacım olanı verir: "İhtiyacınız olanı elde edemediğinizde, ona gerçekten ihtiyacınız olmamış demektir."

Ebeveynlerini idealize edemeyen veya onları tanrı haline getiremeyenler için, içselleştirilmiş bir idealleştirme modeli vardır. Bir iç dünya yaratırız. İdealize edilmiş ebeveynler "içsel tanrılar" haline gelir. Çoğu dini sistem bizden içimizdeki Tanrıyı bulmamızı ister. Bu, dışsal kaosla başa çıkmanın mükemmel bir yoludur.

Dünyayı anlamlandırmak için bir sistem yaratıldığında ve dünya iç çocuk için hiçbir anlam ifade etmediğinde, süper idealize edilmiş ebeveynlerle içe dönük bir sistem geliştirmek iç çocuğun psikolojik sistemini canlı tutar.

"Sıkışıp kalmışızdır" *çünkü içimizdeki çocuk seçime izin vermez.*

Yetişkin seçim yapmayı deneyimlemez.

Uyaran-tepki iç çocuk için işe yarar ve yetişkin dünyanın bu şekilde olduğuna karar verir.

İçsel Çocuk Özellikleri

"Herkes zihniyetlerin bir karışımıdır. Bir alanda baskın bir büyüme zihniyetine sahip olabilirsiniz, ancak yine de sizi sabit bir zihniyet özelliğine tetikleyen şeyler olabilir."

"Önyargı öğrenilen bir özelliktir. Önyargılı doğmazsınız; önyargı size öğretilir."

Artık 'yetişkiniz'. Bizler 'olgunuz'. Ancak içimizde hala çocuksu nitelikler var. Bu çocuksu nitelikler hayatımızın farklı zamanlarında, farklı durumlarda ortaya çıkar ve kendini gösterir. Hepimizin içinde bir 'iç çocuk' vardır. Çocukken incinmişizdir, zaman zaman kendimizi görünmez hissetmişizdir, büyümekten korkmuşuzdur, doğayı ve eğlenceyi sevmişizdir, kaygısız olmuşuzdur ve fantezilere inanmışızdır. Belirli bir zamanda herhangi bir özellik baskın olabilir. Ancak belirli bir özellik hayatımızın büyük bir bölümünde baskındır.

İçsel çocuk kalıplarının farkında olmak yeterlidir. Bu kalıpların farkında olmak, içsel çocuk özelliklerimizi anlamamıza yardımcı olur.

Bu, hayatımızın her anına içimizdeki çocuğun niteliklerinin hakim olduğu anlamına gelmez. Normal bir şekilde büyümeye, düşünmeye, hissetmeye, konuşmaya ve hareket etmeye devam ederiz. Düşünce süreçlerimizde üretilenlerin yanı sıra sürekli olarak dış kaynaklardan gelen uyaranlara maruz kalırız. Bazı uyaranlar tetikleyici olur çünkü içsel çocuk özelliklerini tetiklerler. Bu özellikler normalde içimizde gizlenmiş olabilir. Ancak tetiklendiklerinde bu özellikler kalıplarını ortaya koyarlar. Bazılarımız asla gerçekten büyüyemeyiz çünkü içimizdeki çocuk hala aktif ve tepkiseldir. Hepimiz büyüme, üstesinden gelme, öğrenme ve yaşamlarımızı dönüştürme sürecindeyiz ve bu amaca giden pek çok yol var.

'İçimizdeki çocuk' asla yaşlanmaz ama dışavurumlarında sürekli olarak güçlenir. Carl Jung bunun yaşam seçimlerimize ve davranışlarımıza müdahale ettiğini ya da onları geliştirdiğini belirtmiştir. Buna 'çocuk arketipi' adını vermiştir. Yazar Caroline Myss'e göre bu arketip yaralı çocuk, yetim çocuk, bağımlı çocuk, büyülü/masum çocuk, doğa çocuğu, ilahi çocuk ve ebedi çocuktan oluşur.

Masumiyet, dürtüsellik, spontanlık, yaratıcılık gibi niteliklerin yanı sıra bağımlılık, saflık, cehalet, inatçılık gibi nitelikleri de 'çocuk' fikriyle ilişkilendiririz. Örneğin, çocuğun masum yönü naif ve eğlencelidir. Böyle bir içsel çocuk özelliğinin öne çıktığı yetişkinler genellikle rahat, kaygısız ve başkalarına kolayca güvenebilen kişilerdir. İçimizdeki masum çocuk sağlıklı bir şekilde ruhumuza entegre edildiğinde, yetişkinliğin sorumluluklarını görece kolay ve dengeli bir şekilde yerine getirebilmenin yanı sıra içimizdeki masum, oyuncu, hafif yürekli tarafı beslememizi sağlar. Ancak olumsuz durumlarda, tetiklendiğinde, bu masum çocuk kendini bunlarla yüzleşmeye hazır hissetmeyebilir. Bu da umutsuzluk duygularına yol açar. Böyle zamanlarda, endişelerimizi kabul etmeyi reddetme ya da inkar etme ve 'büyümeyi' ve durumun sorumluluğunu almayı reddetme eğiliminde oluruz.

Olumlu anlamda, içimizdeki çocuk bize şakacı ve eğlenceli olmayı hatırlatarak sorumluluklarımızı dengeler. Ancak güvenlik duygumuz tehdit edildiğinde veya korku ya da potansiyel rahatsızlık algıladığımızda, 'içimizdeki çocuk özelliği' devreye girer ve olumsuz özellikler sergiler.

Yedi tür içsel çocuk özelliği vardır. Her birinin kendine özgü özellikleri ve daha karanlık yanları vardır. Hepimiz bu arketiplerin her biriyle bir noktada ilişki kurabiliriz.

Ebedi Çocuk Özelliği

'Ebedi çocuk özelliğine' sahip yetişkinler sonsuza dek gençtir. Çocuksu özellikler sergilerler, büyümeye direnirler ve eğlenceyi severler. Zihin, beden ve ruh olarak kendilerini her zaman genç hissederler ve başkalarını da aynı şeyi yapmaya teşvik ederler. Sonsuza kadar bu şekilde kalabilirler çünkü gerçekten büyük bir engele karşılaşmazlar. Hayatlarında sorumluluktan kaçıp kaçmadıklarını görmeleri gerekir.

Puer aeternus - Latince "ebedi çocuk" anlamına gelir, mitolojide sonsuza kadar genç kalan bir çocuk-tanrıyı tanımlamak için kullanılır; psikolojik olarak duygusal yaşamı ergenlik düzeyinde kalmış, genellikle anneye çok fazla bağımlı olan yaşlı bir erkeği ifade eder.

Karanlık tarafta, sorumsuz, güvenilmez ve yetişkin görevlerini üstlenmekten aciz olabilirler. Başkalarının kişisel sınırlarıyla mücadele ederler ve kendilerine bakmaları için sevdiklerine aşırı bağımlı hale gelirler. Yaşlanma sürecini inkar etmeleri, onları topraksız bırakır ve yaşamın aşamaları arasında mücadele etmelerine neden olur. Sorumluluk almak onlar için zordur, bağımlı hale gelirler ve gerçek dünyada hayatta kalma becerilerine güven geliştiremezler. Uzun vadeli ilişkilere girmekte ve sürdürmekte zorlanabilirler.

Daha karanlık özellikler: narsist, bencil veya övüngen; histriyonik, dikkatsiz ve düşüncesiz; materyalist, şüpheci; mantıksız düşünceler.

Büyülü Çocuk Özelliği

'Büyülü çocuk özelliğine' sahip yetişkinler bir olasılıklar dünyası görürler. Kaygısızdırlar ve her şeyin etrafında ve içinde güzellik ve mucize ararlar ve her şeyin mümkün olduğuna inanırlar. Hayalperesttirler, meraklıdırlar, idealisttirler ve genellikle mistiktirler.

Karanlık tarafta ise kötümser ve depresif olabilirler. Fantezi dünyasına, rol yapma aktivitelerine, oyunlara, kitaplara veya filmlere çekilebilir ve gerçeklikle bağlarını kaybedebilirler. Hayal kurarak ve gerçeklikten koparak çok fazla zaman harcarlar, kendilerini başkalarından uzaklaştırırlar ve onları sevenleri hayal kırıklığına uğratırlar. Genellikle kötü niyetli değildirler, ancak aynı engeller, sorunlar veya zorluklar etrafında duygusal olarak durgun kalarak kendilerine ve sevdiklerine zarar verirler. Peri masalı hikayeleriyle büyülenirler ve birinin gelip onları kurtarmasını beklerler. Bağımlılıkların kurbanı olabilirler.

Olumsuz bir durumla karşılaştıklarında kabuklarına çekilme eğilimindedirler. Sorunlarını inkar etmenin, kaçmanın, bunlardan kaçınmanın veya bunlardan kaçmanın yollarını ararlar ve hatta gerçeklikten kopabilirler. Olayları olduğu gibi görmek yerine, bilinçli ya da bilinçsiz olarak başkalarını manipüle etme ya da aldatma pahasına, gerçekliği istedikleri ya da olmasını diledikleri gibi görürler.

Daha karanlık özellikler: Son derece duygusal ama duygusal olarak mesafeli olma eğilimi; depresyona ve aşırı karamsarlığa yatkınlık; şimdiki zamanda kalmakta zorluk; mükemmeliyetçilik; aşk, seks, alışveriş, kumar gibi davranışsal bağımlılık

Zorlukları yaratımlara dönüştürme ve karmaşık sorunları çözmek için alışılmadık, dahiyane fikirler üretme potansiyeline sahiptirler. Yaratıcılık ve hayal gücü en büyük değerleridir.

İlahi Çocuk Özelliği

'İlahi çocuk özelliğine' sahip yetişkinler masum, saf ve genellikle ilahi olana derinden bağlıdırlar. Yeniden canlanmaya inanırlar. Mistik görünebilirler. Umudu, masumiyeti, saflığı, dönüşümü temsil ederler ve yeni başlangıçlar ararlar. Hayalperest ve eylemcinin uyumlu bir dengesiyle ortaya çıkabilirler. İçgüdü ve akıl tarafından yönlendirilirler ve fikirlerini iletme konusunda yeteneklidirler. Gerçeklik ve rasyonelliği dengelemek onların alanıdır. Kendilerini işlerine adamış, güçlü iradeli, yetenekli ve asla pes etmeyen kişilerdir.

Olumsuzluklardan bunalırlar ve kendilerini savunmaktan aciz hissederler. Kolayca öfkelenebilir ve olumsuz durumlarda kendilerini kontrol edemezler.

İdealist olma eğiliminde olabilirler. Başkalarının duygularını içselleştirmeden ve başkalarının sorunlarını kendi sorunları gibi görmeden başkalarına yardım etmekte zorlanırlar. Zorluklarda güç ve cesaret göstermek için kişisel bir sorumluluk hissederler. Dünyanın yükünü omuzlarında taşıma eğilimindedirler ve kendilerini aşırı yükleyerek yorgunluk, tükenmişlik, sinirlilik ve kaygıya yol açarlar.

Karanlık özellikler: değişken öfke; inatçı; aşırı idealist ve mükemmeliyetçi; eleştiriye duyarlı; dalgalı öz saygı; insanları memnun etme pahasına kendini feda etme.

Doğa Çocuk Özelliği

'Doğa çocuğu özelliğine' sahip yetişkinler doğaya ve çevreye, bitkilere, hayvanlara ve çevrelerindeki dünyaya derinden bağlı hissederler. Evcil hayvanlarla kendilerini rahat hissederler ve doğanın korunması konularıyla bağlantılı hissederler ve çevre bilincine sahiptirler.

Karanlık tarafta, çevrelerindekilere karşı istismarcı olabilirler. Öngörülemez ve dürtüsel olma eğilimindedirler. Kuralları, yönergeleri ve disiplini hayatta kalmalarına yönelik tehditler olarak gören 'özgür ruhlardır'. Kendilerini korkuyla koruma güdüsüyle hareket ederler ve hayatta kalmak için her şeyi yaparlar.

Zıt kutuplar sergileyebilir ve hayvanları, insanları veya çevreyi istismar edebilirler. Daha karanlık özellikler: dikkatsiz, dürtüsel, rekabetçi, benmerkezci, aşırı duyarlı, ruh hali değişimleri olan manyak.

Yetim Çocuk Özelliği

'Yetim veya terk edilmiş çocuk özelliğine' sahip yetişkinlerin kendilerini yalnız, duygusal olarak terk edilmiş veya öksüz hissetme geçmişleri vardır. Hayatları boyunca bağımsız olma, her şeyi kendi başlarına öğrenme, gruplardan kaçınma ve korkularıyla kendi başlarına mücadele etme eğilimindedirler. Kendilerini izole ederler ve sevdikleri de dahil olmak üzere kimsenin içeri girmesine izin vermezler. Duygusal boşluğu doldurmak için vekil bir aile arayarak aşırı telafi ederler.

Geçmişe tutunurlar. Tüm dünyayı reddeder ve dışlarlar. Çocukluklarında reddedildiklerine veya terk edildiklerine dair anılar taşırlar. Affetmeye ve bırakmaya ihtiyaçları vardır. Her zaman 'dünyaya karşı ben' durumundadırlar, kendilerini dışlanmış hissederler. Güçlü ve sağlıklı ilişkiler kurmakta zorlanırlar. Sevdiklerini kendilerinden uzaklaştırır ve sonra geri çekerler, bu da ilişkilerini fırtınalı hale getirir. Yanlış anlaşıldıklarını hissetmek bu kişilerde yaygındır.

Daha karanlık özellikler: depresyon; yanlış anlaşılma algısı; reddedilme ve yalnızlık korkusu; inatçılık

Yaralı Çocuk Özelliği

'Yaralı çocuk özelliğine' sahip yetişkinlerin istismarcı veya travmatik bir geçmişi vardır. Benzer istismarlardan muzdarip olan başkalarına karşı çok fazla şefkat duyarlar ve affetme duygusu geliştirme eğilimindedirler.

Çoğu zaman, tekrarlayan istismar kalıpları içinde sıkışıp kalabilirler. Bir 'kurban' zihniyetiyle yaşarlar. Ağlarlar. Her zaman depresif, üzgün ve kederlidirler ve kendilerine zarar vermeye ve kendilerini sabote etmeye başvurabilirler. Kendilerini umutsuz ve değersiz hissederler. Reddedilme ve başarısızlık baskındır. Terk edilmiş, yanlış anlaşılmış, sevilmemiş ve umursanmamış hissederler.

Travma ve acı örüntüsü, travma veya yara iyileşene kadar tekrar tekrar tekrarlanır. Bunlar 'bu hep benim başıma geliyor' deneyimleridir.

Geçmişlerinden kaçarlar.

Keşke ailem beni ben olduğum için sevebilseydi, daha iyi bir ebeveyn olabilirdim.

Keşke sevilmiş olsaydım, çok daha iyi biri olurdum.

Keşke bana saygılı davranılsaydı, bu kadar öfkeli olmazdım.

Yanlış anlaşıldıklarını hissederler ve kolayca kırılır ve incinirler. Olayları kişiselleştirir ve durumları ve ilişkileri içselleştirirler. Başkalarının onları anlamasını isterler ve aynı zamanda başkalarının onları asla tam olarak anlayamayacağını hissederler. Bu, kendine acıma, izolasyon, öfke, yapışkanlık, duygusallık, mantıksızlık ve intikamcılık şeklinde kendini gösterir.

Yüzleşemedikleri acılarını anlamak için başkalarının acılarıyla aşırı derecede meşgul olurlar. Anlaşılma ihtiyacı o kadar güçlüdür ki kendi kendilerini yaralamaya başvururlar. Dünya artık onların 'acılarını görebilir'.

Bu onların acılarının kanıtıdır. Bu şekilde başkalarından onay, sempati ve destek ararlar. Çektikleri acıların bilinmesini arzularlar. Başkalarının onları görüp kabul etmesini ya da onlar için üzülmesini umarlar. Bir diğer yaygın deneyim de depresyondur. Depresyon kırıklığın kanıtıdır ve bu da bir utanç örüntüsü oluşturur.

Başkalarının kendilerini sevmesini beklerler ama gerçekte özlem duydukları şey başkalarına sevgi vermektir. Genellikle başkalarının anlayış ve destek için başvurduğu 'güvenilir ve her koşulda yanlarında olan arkadaş'tırlar. Başkalarını derinlemesine anlamak için güçlü bir arzu duyarlar ve yargılayıcı olmayan ve açık yüreklidirler. Başkalarını anlamak kendilerini anlamanın anahtarıdır. Sevgi vermek, başkalarının sevgisini hissetmelerini ve almalarını sağlar.

Karanlık özellikler: yanlış anlaşılmış, değersiz, kırılmış hissetmek; depresyon; kendini bırakmakta zorluk.

Bağımlı Çocuk Özelliği

'Bağımlı çocuk özelliğine' sahip yetişkin, hiçbir şeyin asla yeterli olmadığına dair güçlü bir duyguya sahiptir ve her zaman çocuklukta kaybedilen bir şeyi yerine koymaya çalışır. İlgi ve bağlantı talep ederler, bu da çocukken sevgi, onay ve onay eksikliğinden kaynaklanır. Başkalarının ihtiyaçlarını kendilerininkinden önce göremedikleri için çevrelerindekileri duygusal ve enerjik olarak tüketme eğilimindedirler. Kasıtlı veya kasıtsız olarak başkalarını suçlamaya, manipüle etmeye veya duygusal olarak şantaj yapmaya devam edebilirler.

Bilinçli veya bilinçsiz olarak, mağduriyetlerini, kendilerine acımalarını, hak sahibi olma duygularını ve kişisel sorunlardan kaçınmalarını sürdürmek için nedenler ararlar.

Daha karanlık özellikler: düşük duygusal olgunluk; düşük öz saygı; bencil; empati eksikliği; yargılayıcı.

"İyi olmak illa ki zayıf olduğunuz anlamına gelmez. Aynı anda hem iyi hem de güçlü olabilirsiniz."

"'Sapiens'in gerçekten eşsiz olan özelliği, kurgu yaratma ve buna inanma yeteneğimizdir. Diğer tüm hayvanlar iletişim sistemlerini gerçekliği tanımlamak için kullanır. Biz ise iletişim sistemimizi yeni gerçeklikler yaratmak için kullanırız.

Kalıplarımızı Araştırmak

"Dünden ders alın, bugün için yaşayın, yarın için umut edin. Önemli olan sorgulamayı bırakmamaktır."

– Albert Einstein

"Sürekli olarak ne yaptığınızı ve bunu nasıl daha iyi yapabileceğinizi düşündüğünüz bir geri bildirim döngüsüne sahip olmanın çok önemli olduğunu düşünüyorum. Bence en iyi tavsiye bu: sürekli olarak işleri nasıl daha iyi yapabileceğinizi düşünün ve kendinizi sorgulayın."

– Elon Musk

Konfor alanımız, her şeyin bize tanıdık geldiği, rahat olduğumuz ya da en azından öyle olduğumuzu düşündüğümüz, çevremizi kontrol edebildiğimiz, düşük düzeyde kaygı ve stres yaşadığımız psikolojik bir durumdur. Bu, kaygıdan bağımsız bir konumda faaliyet gösterdiğimiz davranışsal bir durumdur.

Konfor alanımız tehlikeli bir yerdir. Gelişmemizi engeller, başarabileceğimiz her şeyi başarmamızı engeller ve bizi mutsuz eder. Dolayısıyla, hayatımızda bir değişiklik yapmaya karar verirsek, kendimizi konfor alanımızdan çıkarmamız gerekir.

Bu da kendimize bazı zor soruları, kabul etmeyi reddettiğimiz soruları sormakla başlar. Bunları kendimize sormamız ve yine kendimize yanıtlamamız gerekir. Peki, neden direniyoruz? Direniyoruz çünkü bu bizi 'rahat'sız kılıyor. Basit bir soru sorma ve kendimize uyum sağlama eyleminin duygularımızla aramızdaki duvarı yıkmaya başladığını anlayın. Hissettikleriniz için kendinizi asla yargılamayın. Önemli olan duygularımızla ne yaptığımızdır. Kendinizi sadece eylemleriniz için yargılayın, duygularınız için değil.

Aşağıdaki yazı Home Coming kitabından uyarlanmış ve değiştirilmiştir: John Bradshaw tarafından yazılan Reclaiming and Championing Your Inner Child adlı kitaptan uyarlanmıştır.

İçsel Çocuk Örüntüsü Anketi

Buradaki ifadelerle ne kadar özdeşleşirseniz, onların o kadar çok farkına varırsınız. Kabulle birlikte farkındalık, kendimiz için bir eylem planı oluşturmamıza yardımcı olur.

A. KİMLİK

1. Gizli benliğimin en derin yerlerinde, bende yanlış bir şeyler olduğunu hissediyorum.

2. Duygularımı içime atıyorum. Herhangi bir şeyi bırakmakta zorlanıyorum.

3. İnsanları memnun eden biriyim ve kendime ait bir kimliğim yok.

4. Yeni bir şey yapmayı düşündüğümde endişe ve korku yaşıyorum.

5. Ben bir asiyim. Çatıştığımda kendimi canlı hissederim.

6. Bir erkek/kadın olarak kendimi yetersiz hissediyorum.

7. Kendimi savunduğumda ve başkalarına boyun eğmeyi tercih ettiğimde kendimi suçlu hissediyorum.

8. Bir şeyleri başlatmakta zorlanıyorum.

9. Bir şeyleri bitirmekte zorlanıyorum.

10. Nadiren kendime ait bir düşüncem olur.

11. Yetersiz olduğum için sürekli kendimi eleştiririm.

12. Kendimi korkunç bir günahkar ve yaptığım her şeyin yanlış olduğunu düşünüyorum.

13. Katı ve mükemmeliyetçiyim.

14. Asla yeterli olamayacağımı, hiçbir şeyi doğru yapamayacağımı hissediyorum.

15. Ne istediğimi gerçekten bilmiyormuşum gibi hissediyorum.

16. Süper başarılı olmak için çabalıyorum.

17. Herhangi bir ilişkide reddedilmekten ve terk edilmekten korkuyorum.

18. Hayatım boş; çoğu zaman depresif hissediyorum.

19. Kim olduğumu gerçekten bilmiyorum.

20. Değerlerimin ne olduğundan veya olaylar hakkında ne düşündüğümden emin değilim.

B. SOSYAL

1. Temelde kendim de dahil olmak üzere herkese güvenmiyorum.

2. Kendim hakkında başkalarına her zaman yalan söylediğimi hissediyorum.

3. İlişkimde takıntılı ve kontrolcüyüm.

4. Ben bir bağımlıyım.

5. İzole olmuş durumdayım ve insanlardan, özellikle de otorite figürlerinden korkuyorum.

6. Yalnız kalmaktan nefret ediyorum ve bundan kaçınmak için neredeyse her şeyi yaparım.

7. Kendimi başkalarının benden beklediğini düşündüğüm şeyleri yaparken buluyorum.

8. Her ne pahasına olursa olsun çatışmadan kaçınırım.

9. Bir başkasının önerilerine nadiren hayır derim ve bir başkasının önerisinin neredeyse itaat edilmesi gereken bir emir olduğunu hissederim.

10. Aşırı gelişmiş bir sorumluluk duygusuna sahibim. Başkalarıyla ilgilenmek benim için kendimle ilgilenmekten daha kolaydır.

11. Sıklıkla doğrudan hayır demem ve daha sonra çeşitli manipülatif, dolaylı ve pasif yollarla başkalarının istediklerini yapmayı reddederim.

12. Başkalarıyla yaşadığım çatışmaları nasıl çözeceğimi bilmiyorum. Ya karşımdakini alt ediyorum ya da tamamen geri çekiliyorum.

13. Anlamadığım ifadeler için nadiren açıklama isterim.

14. Sıklıkla bir başkasının ifadesinin ne anlama geldiğini tahmin eder ve tahminime göre yanıt veririm.

15. Ebeveynlerimden birine veya her ikisine kendimi hiç yakın hissetmedim.

16. Sevgiyi acımayla karıştırıyorum ve acıyabileceğim insanları sevme eğilimindeyim.

17. Hata yaptıklarında kendimle ve başkalarıyla alay ederim.

18. Kolayca teslim olur ve gruba uyum sağlarım.

19. Şiddetli bir rekabetçiyim ve kötü bir kaybedenim.

20. En derin korkum terk edilme korkusudur ve bir ilişkiye tutunmak için her şeyi yaparım.

İçimizdeki Çocuk Sınavı

Bu, Oenone Crossley-Holland tarafından oluşturulmuştur.

Aşağıdaki her ifade için cevap verin ...

Neredeyse hiç

Bazen

Çoğu zaman

1. Eğlenceli bir tarafım var ve kendimden nasıl zevk alacağımı biliyorum.

2. Çocukluk anılarım güçlüdür ve gençken nasıl hissettiğimi hatırlayabilirim.

3. Canlı bir hayal gücüm var ve yaratıcı uğraşlardan hoşlanıyorum.

4. Zaman zaman eski fotoğraflarıma bakarım.

5. Kardeşlerimle sağlıklı bir ilişkim var.

6. Beni çocukluğumdan tanıyanlar çok değişmediğimi söylüyorlar

7. Tenimin içinde rahatım.

8. Tüm arkadaşlıklarımda ve yakın ilişkilerimde eşit ortaklıklar ararım.

9. Yetiştirilme tarzımla barış içindeyim.

10. Hayatın küçük zevkleri beni memnun eder ve çoğu zaman dünyaya hayranlık duyarım.

11. Çocukluk yaralarımın farkındayım.

12. Davranışlarım içimde kim olduğumu yansıtır.

13. Beni destekleyen bir hayat inşa ettim.

14. Yalnız olmak beni endişelendirmiyor.

15. Şimdiki zamanda yaşıyorum ve hayata karşı bir merakım var.

16. Bazen aptal olabilirim ve gülmeye değer veririm.

17. Her gün gevşemek ve kapanmak için zaman ayırırım.

18. Çocuklarla birlikte olmaktan keyif alırım ve onlardan bir şeyler öğrenebileceğimi hissederim.

19. Oyuncaklarımı arabadan attığımda bunu kabul edebilirim.

20. Özgürlük duygusu hissediyorum.

Eğer cevapların çoğu 'çoğu zaman' ise...

Yetişkin bizler şimdiki zamanla senkronize ve içimizde huzurluyuz.

'İçimizdeki çocuk özellikleri' ve kalıpları düşüncelerimizi, algılarımızı, davranışlarımızı ve eylemlerimizi etkilemiyor. Yetişkin sorumluluğumuzu taşıyoruz ve geçmişimiz bize yük olmuyor. Hayatımızdaki ilişkilere tamamen bağımlı ya da tamamen bağımsız olmak yerine, muhtemelen bir denge ve karşılıklı bağımlılık yeri bulmuşuzdur. Gerektiğinde yardım isteyebiliriz.

Eğer cevapların çoğu 'bazen' ise ...

Yetişkin 'biz', geçmiş meseleler ile şimdiki zamanda olmak arasında bir denge kurmaya çalışıyor. İçsel çocuk özelliklerinin uykuda veya gizli bir durumda olduğu, yetişkinin dolu dolu yaşadığı zamanlar vardır. Ancak tetiklendiğinde, özellikler aktif hale gelir ve içsel çocuk kalıpları ortaya çıkar.

Eğer cevapların çoğu 'neredeyse hiç' ise ...

'İç çocuk' kalıpları yetişkin varlığa hükmeder. Yetişkin 'biz' 'sıkışmış' durumdayız ve algıyı değiştirip kalıbı kıramıyoruz. Farkındalık ya da kabullenme zordur ya da harekete geçmek.

Çocukluk deneyimlerinin araştırılması

Aşağıda olası çocukluk deneyimlerinin bir listesini bulacaksınız. Belki tam olarak burada anlatıldığı gibi gerçekleşmemiş olabilirler ancak benzer olabilirler. Sorunun ebeveynlere atıfta bulunduğu her yerde, büyükanne ve büyükbabaları, üvey ebeveynleri, amcaları, teyzeleri, erkek kardeşleri, kız kardeşleri, kuzenleri, öğretmenleri ve hayatınızda var olan diğer kişileri de düşünün.

Bu çalışma Robert Elias Najemy'nin çalışmalarından uyarlanmış ve değiştirilmiştir.

Her bir deneyim için şunları keşfedin

"Çocukken hangi duyguları hissettim?

"Çocukken zihnimde kendim, başkaları ve hayat hakkında hangi inançlar oluşmuştu?

"O zamanlar karşılanmamış ihtiyaçlarım nelerdi?

1. Size kızan, sizi azarlayan, sizi reddeden veya sizi suçlayan biri oldu mu? Kim ve ne zaman?

2. Hiç terk edilme hissi yaşadınız mı? Hiç yalnız bırakıldınız mı veya başkalarının sizi anlamadığını ya da destek olmadığını hissettiniz mi? Ne zaman? Kim tarafından? Nasıl?

3. Hiç daha fazla şefkat, hassasiyet veya sevgi ifadesine ihtiyaç duydunuz mu? Kimden ve ne zaman?

4. Çevrenizde sık sık hasta olan veya sık sık hastalıktan bahseden kişiler var mıydı? Kim ve ne zaman?

5. Başkalarının yanında ya da başkalarıyla bağlantılı olarak hiç aşağılanma hissi yaşadınız mı? Hangi durumlarda?

6. Daha az ya da daha çok yetenekli ya da değerli olduğunuz konusunda başkalarıyla karşılaştırıldınız mı? Kiminle, hangi durumlarda ve hangi yetenekler veya karakter özellikleriyle bağlantılı olarak?

7. Hiç sevdiğiniz birini kaybettiniz mi? Kimi ve ne zaman?

8. Anne ve babanız birlikte kalmaya devam etmelerinin tek nedeninin siz olduğunuzu ve bunun kendileri için büyük bir fedakarlık olduğunu ya da sizin uğrunuza çok şey feda ettiklerini ve onlara borçlu olduğunuzu söylediler mi? Kime? Ne zaman? Hangi konularda? Onlara tam olarak ne borçlusunuz?

9. Sizi hiç mutsuzluklarının, hastalıklarının ya da sorunlarının nedeni olmakla suçladılar mı? Kim sizi suçladı ve tam olarak ne hakkında? Bunun bizim hatamız olduğunu söylerken ne demek istediler, bu gerçek sizin için ne anlama geliyor? Onlara göre siz ne yapmalıydınız?

10. Size hiç hayatınızda hiçbir şey başaramayacağınızı, tembel, beceriksiz ya da aptal olduğunuzu söylediler mi? Kim, ne zaman ve hangi konularda?

11. Sık sık bir kişiden, ebeveynden veya Tanrı'dan gelen suçluluk ve cezadan bahsettiler mi? Kim? Ne zaman? Ne tür suçluluk ve ne tür ceza hakkında?

12. Herhangi bir öğretmen sizi diğer çocukların önünde aşağılanmış hissettirdi mi? Ne zaman? Nasıl? Ne ile ilgili?

13. Diğer çocukların yanında hiç reddedilmişlik ya da aşağılanmışlık hissettiniz mi/kim tarafından? Ve hangi kriterlere göre aşağılık?

14. Size hiç kardeşlerinizden veya genel olarak başkalarından sorumlu olduğunuz ve onlara ne olursa olsun sizin sorumluluğunuzda olduğu söylendi mi? Kim söyledi? Kimler hakkında? Hangi konularla ilgili olarak sorumluydunuz?

15. Birinin kabul edilebilir ve sevilebilir olması için şu özelliklere sahip olması gerektiğini olumlu ya da olumsuz bir şekilde anlamanız sağlandı mı?:

a. Diğerlerinden daha iyi olmak mı?

b. Her şeyde ilk olmak mı?

c. Kusursuz, hatasız olmak mı?

d. Zeki ve akıllı olmak?

e. Yakışıklı ve güzel olmak?

f. Evde mükemmel bir düzen ve temizliğe sahip olmak?

g. Aşk hayatınızda büyük bir başarıya sahip olmak?

h. Finansal ve sosyal başarınız var mı?

i. Herkes tarafından kabul edilmek?

j. Birçok yönden aktif olmak? Birçok şey başarmak?

k. Her zaman başkalarının ihtiyaçlarını karşılamak?

l. Başkalarına asla 'hayır' dememek?

m. İhtiyaçları ifade etmemek?

16. Kendi başınıza düşünemeyeceğinizi, karar veremeyeceğinizi veya bir şeyleri başaramayacağınızı ve her zaman tavsiye dinlemeniz ve başkalarına bağımlı olmanız gerektiğini bir şekilde anlamanızı sağladılar mı? Bu mesajı size kim verdi? Hangi konularda karar veremediğiniz veya düzgün bir şekilde idare edemediğiniz varsayılıyor?

17. Hiç rol modeliniz oldu mu - ebeveynler, büyük kardeşler veya çok dinamik ve yetkin olan veya hala öyle olan başkaları, böylece kendinizi

a. Onlar gibi olma ihtiyacı mı?

b. Değerinizi kanıtlama, bu modellere ulaşma ve hatta onları geçme ihtiyacı mı?

c. Asla onlarla boy ölçüşemeyeceğinize inandığınız için umutsuzluk, kendini reddetme, çabadan vazgeçme, belki de kendini yıkıcı eğilimler?

18. Çevrenizde hiç beklenmedik, öngörülemeyen, gergin, hatta şizofrenik davranışları olan ya da alkolik veya uyuşturucu bağımlısı biri oldu mu ki ondan ne bekleyeceğinizi bilemeyesiniz? Şiddet uygulandı mı? Kim tarafından ve nasıl bir davranıştı?

19. Ebeveynlerinizden birine ya da her ikisine karşı reddedilmişlik ya da utanç hissettiniz mi? Neden?

20. "Cezalandırıcı Tanrı" hakkında çok sık konuşurlar mıydı?

21. Size bir şey söyleyip başka bir şey yaptıklarını, sözleri ve eylemleri arasında tutarlılık olmadığını, kendileri için başka, başkaları için başka olmak üzere çifte standartları olduğunu ya da ikiyüzlü, sahte ve doğru olmayan kişiler olduklarını hiç hissettiniz mi? Kim ve ne zaman? Hangi konularla ilgili olarak?

22. Ebeveyninizin güvencesi neye dayanıyordu - paraya mı? Başkalarının görüşlerine mi? Eğitim? Kişisel güç? Aile birliği mi? Mülkiyet? Bir eş üzerinde mi? Diğerlerine mi?

23. Her zaman her istediğine sahip olan ve kimsenin bir iyiliğini geri çevirmediği şımarık bir çocuk muydunuz? Eğer öyleyse, bunun üzerinizde nasıl bir etkisi oldu?

24. Hareket ve ifade özgürlüğünüzü bastırdılar mı? Sizi yapmak istemediğiniz şeyleri yapmaya zorladılar mı? Yapmak istediğiniz şeyleri yapmanızı yasakladılar mı? Ne yapmaya zorlandınız veya ne yapmanız engellendi?

25. Bir şekilde size kız olduğunuz için:

a. Bir erkekten daha mı az değerlisiniz?

b. Bir erkek olmadan güvende değil misiniz?

c. Seks kirli ve günah mı?

d. Sosyal olarak kabul edilebilir olmak için evlenmelisiniz?

e. Erkeklerden daha mı az yetkinsiniz?

f. Tek göreviniz başkalarına hizmet etmek mi?

g. İhtiyaçlarınızı, duygularınızı veya fikirlerinizi ifade etmemelisiniz?

h. Kendinizi kocanıza teslim etmelisiniz?

i. Kabul edilebilir olmak için güzel mi olmalısınız?

26. Bir şekilde erkek olduğunuzu anlamanızı sağladılar mı:

a. Güçlü olmalısınız?

b. Karınızdan daha üstün, daha yetkin, daha güçlü ve daha zeki olmalısınız?

c. Değeriniz cinsel becerilerinize göre mi ölçülür?

d. Değeriniz profesyonel ve finansal başarınıza göre mi ölçülür?

e. Kendinizi diğer erkeklerle mi kıyaslamalısınız?

Olası yanlış çocukluk çıkarımları

Lütfen kendinizde gözlemlediğiniz inanç veya duyguların yanına bir işaret koyun, böylece bunlar üzerinde çalışabilirsiniz.

1. Beni kabul etmeleri için başkaları gibi olmalıyım.

2. Beni sevmez ve kabul etmezlerse güvende değilim demektir.

3. Başkaları beni kabul etmezse, değersizim demektir.

4. Değerli olmak ve onların beni sevmesi için 'doğru' olmalıyım.

5. Başkalarının beni kabul etmesi ve sevmesi için mükemmel olmalıyım.

6. Sahip olmalıyım güvende olmak için.

7. Sahip olmalıyım layık görülmek için.

8. Başarmak zorundayım   layık görülmek için.

9. Kendimi değerli hissetmek için yetenekli ve başarılı olmalıyım.

10. Mutluluğum kendi ellerimde değil. Ben dış etkenlerin kurbanıyım.

Kendime verdiğim değer (her bir nokta üzerinde düşünmek ve etkisini ve yoğunluğunu anlamak)

a. Başkalarının benim hakkımda ne düşündüğü.

b. Çabalarımın sonucu.

c. Görünüşüm.

d. Param.

e.   Bilgim.
f.   Başkalarıyla nasıl kıyaslandığım.
g.   Profesyonel konumum.
h.   Diğerleri.

İçimizdeki çocukla tanışmak için anket

1.   Çocukken en önemli hatamın şu olduğunu duymuştum .
2.   Çocukken, aşağıdakiler için suçluluk hissederdim   .
3.   Reddedildiğimi hissettim   .
4.   Korku hissettim.
5.   Öfke hissettim .
6.   Kendimi aşağılık hissettim   .
7.   Kendimi güvende hissettim   .
8.   Huzur hissettim.
9.   Sevildiğimi hissettim   .
10. Kendimi mutlu hissettim   .

"Zamanının gerçek bir vizyoneri olan Isaac Newton, çoğu insanın sormayı bile bilmediği sorulara yanıt bulmak için pek çok yöne bakan bir adamdı."

"Her şey hakkında nasıl bu kadar çok şey biliyorsun?" diye sormuşlar çok bilge ve zeki bir adama ve cevap vermiş: "Cahil olduğum herhangi bir konuda soru sormaktan asla korkmayarak ya da utanmayarak."

"Kendini dönüştürme, kendini sorgulama dönemiyle başlar. Sorular daha fazla soruya yol açar, şaşkınlık keşiflere yol açar ve artan kişisel farkındalık kişinin yaşam biçiminde dönüşüme yol açar. Benliğin amaca yönelik olarak değiştirilmesi ancak zihnimizin iç işlevlerinin gözden geçirilmesiyle başlar. Yenilenen iç işlevler eninde sonunda dış çevremize bakışımızı değiştirir."

Bölüm 3: Değiştirin Algı, Kalıpları Kırın

Evren Bir Düşüncedir!

"Düşündüğümüz her düşünce geleceğimizi yaratıyor."
— Louise Hay

"Hiçbir şey size kendi düşüncelerinizin savunmasızlığı kadar zarar veremez."
— Buddha

"Bizi biz yapan düşüncelerimizdir; bu nedenle ne düşündüğünüze dikkat edin. Kelimeler ikincildir. Düşünceler yaşar; çok uzaklara giderler."
— Swami Vivekananda

"Düşüncelerinizi değiştirirseniz dünyanızı da değiştirirsiniz."
— Norman Vincent Peale

"Herkesin içinde bir okyanus var. Sokakta yürüyen her birey. Herkes bir düşünceler, içgörüler ve duygular evrenidir.
Ancak her insan, kendimizi dünyaya gerçekten sunmadaki yetersizliğimiz nedeniyle kendi tarzında sakatlanmıştır."
— Khaled Hosseini

Evrende düşünceden daha büyük bir güç yoktur.

Zihin nedir? Düşünceden başka bir şey değildir!

Evren bile bir düşüncedir.

"Biz bu evrenin bir parçasıyız; bu evrenin içindeyiz, ama belki de bu iki gerçekten daha önemlisi, evrenin bizim içimizde olmasıdır."

Bir düşünce ince görünebilir, ancak gerçek bir güçtür, madde ve enerji olarak çok 'gerçek' olan bir şeydir. Sürekli olarak bize doğru ve bizim aracılığımızla akan engin bir düşünce okyanusu tarafından kuşatılmış durumdayız. Her düşünce kendi başına titreşimsel, ruhsal bir formdur ve sürekli olarak evrimleşir, gelişir, şekillenir ve biçimlenir. Düşünmek bizim için nefes almak gibi sürekli bir süreçtir. Her düşünce yeni bir yaratımdır. Düşünmek zihinlerin yaptığı şeydir.

Düşünceler sonsuz ve tükenmezdir. Düşünceler en hızlı, ışıktan daha hızlı seyahat eder. Çakra kavramında Taç çakrası, Üçüncü Göz çakrasının üzerindedir. Düşünceler zaman ya da mesafe ile sınırlı değildir. Dünyanın öbür ucunda yaşayan birini düşünün. Onu aklımıza getirmemiz ne kadar zaman aldı? Geçen yıl yaptığımız bir şeyi düşünün. Bir sonraki tatilimizi düşünün. Bu süreç neredeyse anlıktır.

"Düşünceler, sözler ve eylemler birbiriyle yakından ilişkilidir, iç içe geçmiştir."

Düşüncenin sırrı, onun en saf enerji olmasıdır. Eğer evreni dışarıdan görmemiz mümkün olsaydı, göreceklerimiz karşısında hayrete düşerdik! İçinde yaşadığımızı sandığımız tüm bu uçsuz bucaksız evren, kendisi de boyutsuz bir noktadan başka bir şey olmayan bir zihnin içindeki bir düşünceden ibarettir.

Eğer Tekilliğin içini görebilseydik, onun bir ışık noktası olduğunu keşfederdik. Eğer ışığın içine bakabilseydik, onun sonsuz kalıplar oluşturan inanılmaz, dinamik bir titreşim ve frekans sistemi olduğunu keşfederdik. Eğer bu kalıpları ayrıntılı olarak inceleyebilseydik, tüm bu kalıpların birbirleriyle etkileşim halinde olan zihin ve bedenlerden oluşan evrenimizi oluşturduğunu anlardık.

Dört şeyi ve dört bireyi ele alalım.

- Mumbai.
- Para.
- Arkadaşlık.
- Mahatma Gandhi.

Mumbai

Bir Mumbaikar için Mumbai'nin farklı bir deneyimi, hissi, anısı ve izlenimi vardır. Mumbai'yi hiç ziyaret etmemiş ve sosyal medya aracılığıyla duymuş ve okumuş biri için Mumbai algısı değişir. Bir ziyaretçi için Mumbai deneyimi ve anıları farklı olacaktır. Terörist saldırıya tanıklık etmiş biri için Mumbai farklı bir deneyim, anı, duygu ve his bırakır. Bu dünyada herhangi iki insan Mumbai hakkında aynı algılara, anılara, bakış açısına, deneyime, düşüncelere ve duygulara sahip olabilir mi? Peki Mumbai nerede var? Dünya gezegeninde belli bir enlem ya da boylamda mı? Bu insanların düşüncelerinde farklı bir Mumbai var. Her biri için Mumbai kendi düşüncelerinde var!

Para

Para, belirli bir ülkede veya sosyo-ekonomik bağlamda mal ve hizmetler için ödeme ve vergi gibi borçların geri ödenmesi olarak genel kabul gören herhangi bir kalem veya doğrulanabilir kayıttır. Wikipedia böyle diyor. Hiç parası olmayan birine, yoldaki bir dilenciye sorun. Günün ekmeğine sahip olacak kadar parası olmayan biri için para farklı anlam ifade eder. Aynı para, oyuncaklarına her şeyden çok değer veren bir çocuk için farklı bir tanıma sahiptir. Kumara düşkün biri için paranın farklı bir yüzü vardır. Ve tüm hayatını parayı dengeleyerek ve biriktirerek geçiren sıradan bir vatandaş için de farklı bir anlam ifade eder. Peki, para nedir? Bir ekonomist tarafından tanımlanan şey mi? Paranın herkes için farklı bir algısı vardır. Bu dünyada herhangi iki birey para hakkında aynı algılara, anılara, bakış açısına, deneyime, düşüncelere ve duygulara sahip olabilir mi? Her biri için para, kendi düşüncelerinde vardır!

Arkadaşlık

Arkadaşlık, insanlar arasındaki karşılıklı sevgi ilişkisidir. Arkadaşlık gününü kutlarız. Arkadaşlık hakkında kitaplarımız, filmlerimiz ve betimlemelerimiz var. En yakın arkadaşı tarafından incitilmiş biri için arkadaşlık en büyük acıdır. İhtiyacı olan bir arkadaş aslında sadece bir arkadaş değildir, bu arkadaş kılık değiştirmiş bir melektir. Medya paylaşımlarını beğenen bir sosyal medya arkadaşı tamamen farklı bir arkadaş türüdür. Bir anne en iyi arkadaş olduğunda, o arkadaşlık deneyimi farklıdır. Peki, gerçek dostluk anlayışı nedir? Bu dünyadaki herhangi iki ruh, arkadaşlık hakkında aynı algılara, anılara, bakış açısına, deneyime, düşüncelere ve duygulara sahip olabilir mi? Her biri için dostluk kendi düşüncelerinde ve deneyimlerinde mevcuttur!

Mahatma Gandhi

Mahatma Gandhi kimdir? Bağımsızlık öncesi Hindistan'ın yöneticileri için Gandi farklı bir adamdı. Özgürlük savaşçıları için Gandi bir rol model, bir kahramandı. Bugünün birileri içinse sadece para banknotu üzerindeki bir resim olabilir. Ve Gandhiji oğlunun bakış açısından da farklıydı. Gerçek 'Gandi' kimdir? Şaşırtıcı bir şekilde, Gandhiji farklı bireyler tarafından farklı algılanıyor, bu da onun kendisi hakkında algılamış olması gerekenden farklı! Gandi hakkında aynı algılara, anılara, bakış açısına, deneyime, düşünce ve duygulara sahip yaşayan ya da ölü herhangi iki varlık olabilir mi? Peki, o nerede var? O bizim düşüncelerimizde var!

Mumbai ya da Para ya da Dostluk ya da Gandhiji ile ilgili hangi algı doğrudur?

Mesele neyin doğru neyin yanlış olduğu, neyin iyi neyin kötü olduğu, neyin gerçek neyin kurgu olduğu değildir.

Mumbai coğrafi bir konum mudur? Para maddi bir şey midir?

Arkadaşlık soyut bir ilişki midir?

Gandhiji sadece zamanın bir noktasında bu gezegende yaşamış bir insan mıdır?

Her birimiz için bunlar düşüncelerimizde mevcuttur. Onlar hakkındaki algımız gerçekliğe dönüşür. Bu kavramı tüm yerlere, tüm maddi ve soyut şeylere ve yaşayan ya da ölü tüm varlıklara genişletirsek, bunlar düşüncelerimizde var olurlar. Basitçe söylemek gerekirse, evren olarak adlandırdığımız şey düşüncelerimizde var olur.

Biz bu Evrenin bir parçası mıyız?

Yoksa Evren Düşüncelerin bir parçası mı?

Artık şunu söyleyebilir miyiz - "Ben neysem oyum ve ben Evren'im!!!"

Eğer evrenim düşüncelerimin bir parçasıysa, o zaman 'geçmişim' ya da 'sorunlarım' ya da 'algılarım' ve 'kalıplarım' dediğim her şey düşüncelerimde var değil mi?

O halde, hayatımın çözümü, arzu ettiğim dönüşüm düşüncelerimde mevcut değil mi?

Bunun farkındalığına, kabulüne ve onayına sahip olduğumuz anda "Algıyı Değiştir; Kalıbı Kır" süreci başlar.

Dönüşüm geçmişi değiştirmekte ya da çevremizi kontrol etmekte yatmaz. İçimizde yatar. Bize ne olduğu önemli değildir. Önemli olan içimizde ne olduğudur. Ve içimizdeki evrenin farkına vardığımızda, dengesizliği kabul ettiğimizde ve kendimizi olduğumuz gibi ve her şeyin olduğu gibi kabul ettiğimizde, eski kalıplar parçalanır ve hayatımızın yeni bir varsayılan ayarı ortaya çıkar.

Eğer etrafımızda gördüklerimizden hoşlanmıyorsak, o zaman basitçe düşüncelerimizi değiştirmemiz gerekir. Düşüncelerimizi her zaman değiştirebiliriz ve dolayısıyla her an farklı bir durum yaratmak her zaman mümkündür. Aslında, bir durum hakkında aynı düşünceleri düşünmeye devam edersek, bir dış gücün yardımı olmadan durumun değişmesi pek olası değildir.

Her düşünce bir titreşim frekansıdır. Bir düşünce bir diğerini çeker, o da bir diğerini çeker ve sonunda fiziksel gerçekliğimizde tezahür edene kadar birlikte güç kazanırlar. Düşünceler hissedilebilir. Bazı düşünceler hafif hissedilir; diğerleri ise ağırdır ve bize ağırlık verir. Tekrarlanan düşünce kalıplarının doğası gereği kendimizi daha hafif ya da daha ağır hissederiz.

Evrendeki her bir şey belirli bir frekansta titreşir. Bilinçaltımızdaki her şey de dahil olmak üzere düşüncelerimiz ve duygularımız evrene belirli bir titreşim iletir ve bu titreşimler yaşadığımız hayatı şekillendirir. Evren bu şekilde çalışır. İyi haber şu ki, evrenin nasıl çalıştığını bir kez anladığımızda, evrenin bizim için çalışmasını sağlayacak güce sahip oluruz! Kendimizi sıkışmış, tatmin olmamış ya da hayatımızdan memnuniyetsiz hissediyorsak, cevap titreşimimizi, niyetlerimizin ve arzularımızın evrenin niyetleri ve arzularıyla rezonansa girdiği o mükemmel perdeye yükseltmekte yatar.

Evrendeki her şey enerjiyse, istediğimiz "şeyler" nesne olmaktan çıkar ve daha çok enerji akımları haline gelir. O halde bu enerjiyi yeniden yönlendirerek kendimizi güçlendirmemiz gerekir. Enerjiyi nasıl yönlendiririz? Niyet yaratırız. Niyeti de arzularımızın ve düşüncelerimizin titreşimleri aracılığıyla yaratırız. Odaklandığımız şey gerçekliğimiz haline gelir. Söylendiği gibi, dikkat nereye giderse enerji de oraya akar.

Bu "çekim yasası "dır. Bu felsefe ebedidir - Buda ve Lao Tzu'dan 'The Secret'a kadar, bu öğreti insan hayal gücünü büyülemiştir.

"İnsan zihni neyi tasarlayabilir ve neye inanabilirse, onu başarabilir." "Zihninizi değiştirin, hayatınızı değiştirin."

"Düşünceler şeylere dönüşür."

"Ne olduğuna inanıyorsan, osun."

"Bir kez karar verdiğinizde, evren onu gerçekleştirmek için komplo kurar."

"Ne verirsen onu geri alırsın."

"Düşüncelerinizin ne kadar güçlü olduğunu fark etseydiniz, asla olumsuz bir şey düşünmezdiniz."

"Zihninizi tüketen şey, hayatınızı kontrol eder."

"Hayatınızda sadece üç şey üzerinde kontrolünüz vardır; düşündüğünüz düşünceler, gözünüzde canlandırdığınız imgeler ve yaptığınız eylemler."

Evrende iyileştireceğinizden emin olabileceğiniz tek bir köşe vardır, o da kendi benliğinizdir.

Dr. Sumit Goel

Dönüşüm Yolculuğu

"Bir insanı dönüştürmek için gerekli olan şey, onun kendisi hakkındaki farkındalığını değiştirmektir."

"Kişi, daha büyük bir farkındalığın davranış kalıbıdır."

— *Deepak Chopra*

"Düşünceleriniz ve duygularınız olmak yerine, onların arkasındaki farkındalık olun."

— *Eckhart Tolle*

Dönüşüm bir olay değildir. Bir yolculuktur. Hayatımızdaki belirli bir an değildir. Güçlendirilmiş yaşamın sürekli bir sürecidir. Dönüşüm yolculuğunda sona asla ulaşılmaz, ancak dönüşüm sürecinin her adımı yola çıktığımız hedeftir. Dönüşüm yolculukları belirli kritik sorularla başlar. Bu sorular için doğru bir yanıt yoktur. Kritik sorular şunlardır

Gerçekten dönüşmek istiyor muyum? Dönüşüm için hazır mıyım?

Dönüşümümün mümkün olduğuna inanıyor muyum?

Algıları Değiştirmeye ve Kalıpları Kırmaya karar verdiğimiz o an yolculuğumuz başlıyor...

"Bir sorunu nasıl çözeceğimizi bilmememiz, o sorunun çözülemez olduğu anlamına gelmez; bu, olduğumuz gibi kalırsak çözemeyeceğimiz anlamına gelir."

Öz-dönüşüm basitçe zihnimizi kapalı olan bir şeye açmak anlamına gelir. Nasıl dönüşeceğimizi bilmesek bile, basit bir içe bakma eylemi dışa doğru tezahürlere yol açacaktır.

Bu dönüşüm yolculuğu şu üç adımdan geçer

Farkındalık, Kabullenme ve Eylem!

Adım 1: Farkındalık

"Farkındalık sayesinde kendimi gerçekte olduğum gibi, bütünlüğümle görmeye başlıyorum."

"Öfkeyle geriye ya da korkuyla ileriye değil, farkındalıkla etrafımıza bakalım."

"Farkındalık zihnimizin dışına çıkmamızı ve onu eylem halinde gözlemlememizi sağlar."

Olmak istediğimiz şey olmak, dönüşmek için benliğimizin farkında olmalıyız.

Farkındalık bizi bilinçli olarak kendimize bağlar. Farkındalık, algılarımızın bilincinde olma ve düşünce-duygu-davranış kalıplarımızı anlama durumudur. Açıklıkla anlamak ve yansıtmaktır. Farkındalık çeşitli şekillerde geliştirilebilir. İlham verici bir kitap okumak veya ruha dokunan bir film izlemek ya da yakın bir arkadaş veya akıl hocası bir farkındalık kaynağı olabilir. Bazıları başkalarına sorarak bilgi toplar; bazıları içselleştirip içgörü kazanarak kendi başlarına yeni bir anlayış düzeyine ulaşabilir.

Biz düşüncelerimiz değil, düşüncelerimizi gözlemleyen varlığız; düşüncelerimizden ayrı ve ayrı olarak düşünen biziz. Ancak düşüncelerimiz ve eylemlerimiz bizi biz yapar. İçsel benliğimiz üzerinde fazladan düşünmeden, sadece düşünerek, hissederek ve istediğimiz gibi davranarak yaşamaya devam edebiliriz; ancak dikkatimizi 'öz-değerlendirme' olarak adlandırılan bu içsel benliğe odaklayabiliriz. Öz-değerlendirme yaparken, 'olması gerektiği' gibi düşünüp düşünmediğimizi, hissedip hissetmediğimizi ve davranıp davranmadığımızı biraz düşünebiliriz.

Dikkat! Öz farkındalığın içerdiği kendini sorgulama, sonu gelmeyen bir sarmala yol açabilir. Soğan kabuğu gibi katman katman. Ve çoğu zaman farkındalığın 'daha derinlerine' inmek faydalı bir şey ortaya çıkarmayabilir, ancak sadece onları soyma eylemi bile daha fazla endişe, stres ve kendini yargılama yaratabilir. Birçoğumuz her zaman bir seviye daha derine bakma tuzağına yakalanırız. Bunu yapmak önemli hissettirir ancak gerçek her zaman belirli bir seviyenin ötesindedir. Ve daha derine bakma eyleminin kendisi, rahatlattığından daha fazla umutsuzluk hissi yaratır.

"Hepimiz kendimizi gerçeklere ve kanıtlara dayanarak akıl yürüten düşünürler olarak düşünürüz, ancak gerçek şu ki beynimiz zamanının çoğunu kalbimizin zaten beyan ettiği ve karar verdiği şeyleri gerekçelendirmek ve açıklamakla geçirir."

Kalıpların farkında olun.

Öfkelendiğimde ne yapıyorum? - Tartışıyorum, kötü davranıyorum ve sonra kızdığım için suçluluk duyarak ağlıyorum.

Üzüldüğümde ne yapıyorum? Kendimi odaya kilitlerim, ağlarım ve böyle olduğum için kendime lanet okurum, sonra da cep telefonumla tıkınırım.

Üzüldüğümüzde zihnimiz nereye gider? Ne zaman kızgın hissederiz?

Suçlu mu? Endişeli?

Kendimiz için yarattığımız sorunların farkına varın. 'En büyük sorunum muhtemelen öfkem veya üzüntüm hakkında konuşamamak. Ya cep telefonuma gömülerek kaçıyorum ya da etrafımdaki insanları tersleyerek pasif-agresif oluyorum.

Güçlü ve zayıf duygularımız nelerdir? Hangi duygulara kötü tepki veriyoruz? En büyük önyargılarımız ve yargılarımız nereden geliyor? Bunlara nasıl meydan okuyabilir veya yeniden değerlendirebiliriz?

'Algılarımın ve kalıplarımın farkında mıyım?'

Adım 2: Kabullenme

"Hayatta gerçekten kabul ettiğimiz her şey değişime uğrar."

"Tek bir olasılığın kabulü her şeyi değiştirebilir."

Bazıları farkındalığı iç dünyamızı keşfetme yeteneği olarak anlar. Diğerleri ise bunu geçici bir öz-bilinç durumu olarak adlandırır. Bazıları ise farkındalığı kendimizi nasıl gördüğümüz ile başkalarının bizi nasıl gördüğü arasındaki fark olarak tanımlar.

Farkında olduğumuz şeyleri kabul edip onaylamadıkça ve cehalet ve inkar durumunda kalmadıkça, dönüşüm yolunda kalabilir miyiz?

Kabullenme şu anlama gelir: "Hayatımdan ben sorumluyum ve onu nasıl yöneteceğime dair seçimlerim var.

Kabullenme kaderimizle uzlaşmak ya da boyun eğmek anlamına gelmez: "Pes etmeliyim çünkü yapabileceğim hiçbir şey yok ve ne yaparsam yapayım bir fark yaratmayacak.

Kabullenme zorlanamaz. 'Kabullenme' yolculuğu onları kabullenememekle ve sonra da kabullenmenin bir yolunu bulmakla başlar. Bu önemlidir çünkü kendimizi gerçekte olduğumuz gibi kabul etmezsek, hayatımızda çeşitli sorunlar yaratırız. Bu sorunların bazıları içsel olup bizi kişisel olarak etkilerken bazıları da başkalarının bize nasıl davrandığını etkileyecektir. Birçoğumuz kim olduğumuzu kabul etmeme tuzağına düşer ve başkaları gibi olmaya çalışırız.

Kötü şeyler olduğunda, 'Buna inanamıyorum' ya da 'Bu benim başıma geliyor olamaz' deriz. Hayal ettiğimiz, idealize ettiğimiz ya da beklediğimiz şeylere inanmaya ve kendimizi kaptırmaya başlar ve bir kendini kandırma balonu yaratırız. İşte o zaman her şeyi olduğu gibi görmemiz gerekir. Bu kabullenmedir.

Kabullenme, "Neden ben" aşamasından "Tamam, ben neysem oyum ve olmayı seçtiğim şeye dönüşmeyi seçiyorum" aşamasına geçmektir.

Günlük hayatımızda karşılaştığımız çoğu durum iyi ve kötünün bir karışımıdır. Kabullenmeden her zaman iyi bir şey çıkacağını bilin. Ne kadar çok kabul edersek, kendimiz hakkında o kadar çok şey öğreniriz. Her seferinde bir adım atmaya istekli olursak dönüşüm yolculuğumuzda hayatta kalabiliriz. Olası olmayan, alışılmadık ve beklenmedik şeylere uyum sağlamak her zaman kolay değildir, ancak yine de olaylar karşısında daha rahat olmak ve daha olumlu bir tutum geliştirmek mümkündür. Durumları kabullenmek için ne kadar mücadele edersek, o kadar kötüleşiyor gibi görünürler. Kabullenme, mutluluğumuz ve huzurumuz için yapılması gereken bir yolculuktur.

Ancak şu anda bulunduğumuz yeri kabul ettiğimizde zihnimiz, bedenimiz ve enerjimizle hizalanma yaratırız. Ve ancak o zaman eyleme geçebiliriz. Şu anda bulunduğumuz yeri kabul etmediğimizde, inkâr ya da cehalet içinde olduğumuzda, bunun içinden geçemeyiz ya da ötesine geçemeyiz.

Kabullenmenin onunla aynı fikirde olduğumuz anlamına gelmediğini, sadece bulunduğumuz yerde olduğumuzu hatırlamak önemlidir. Kabullenmek boyun eğmek değildir; bir durumun gerçeklerinin kabul edilmesidir. Sonra da bu konuda ne yapacağımıza karar vermektir.

Birçoğumuz suçlarız, çünkü suçlamak bedendeki gerilimi serbest bırakır çünkü onu bir şeye veya başka birine iteriz. Kabul etme ve onaylama adımını geçmeden bir sonraki adım olan eyleme geçemeyiz.

Algılarımızın ve kalıplarımızın farkına vardığımızda ve bunları kabul ettiğimizde, kendimizi eyleme hazırlamış oluruz.

İç gözlem, düşüncelerimizi ve duygularımızı incelemek için içe bakmayı içeren bir süreçtir, ancak çok daha yapılandırılmış ve titiz bir şekilde. İç gözlemin - düşüncelerimizin, duygularımızın ve davranışlarımızın nedenlerini incelemenin - öz farkındalığı geliştirdiği varsayılır. Şaşırtıcı bir bulgu, iç gözlem yapan kişilerin daha az öz farkındalığa sahip olmalarıdır.

İç gözlemle ilgili sorun, çoğu insanın bunu yanlış yapmasıdır. En yaygın iç gözlem sorusu "Neden?" Duygularımızı anlamaya çalışırken bunu sorarız. Neden böyleyim?

Aslında 'neden' sorusu en etkisiz öz farkındalık sorusudur. Bilinçaltı düşüncelerimize, duygularımıza ve güdülerimize erişimimiz yoktur. Bu yüzden kendimize sorarız - Neden? Kendimizi doğru gibi hissettiren ama genellikle yanlış olan yanıtlar icat etme eğilimindeyiz. Örneğin, bir babanın patlamasından sonra, bir oğul, gerçek neden ebeveynleri arasındaki bir tartışma olduğu halde, yeterince iyi olmadığı sonucuna varabilir.

'Neden' diye sormakla ilgili sorun sadece ne kadar yanıldığımız değil, haklı olduğumuzdan ne kadar emin olduğumuzdur. İnsan zihni çoğu zaman mantıksız çalışır ve yargılarımız nadiren önyargıdan arınmıştır. Bulduğumuz her türlü 'içgörüyü', geçerliliğini ya da değerini sorgulamadan 'körü körüne kabul eder', çelişkili kanıtları görmezden gelir ve düşüncelerimizi ilk açıklamalarımıza uymaya zorlarız.

'Neden' diye sormanın olumsuz bir sonucu da verimsiz olumsuz düşüncelere davetiye çıkarmasıdır. İç gözlemci insanların geviş getirme kalıplarına yakalanma olasılığı daha yüksektir. Örneğin, oğul her durumun rasyonel bir değerlendirmesini yapmak yerine her zaman her durumda yeterince iyi olmamaya odaklanacaktır. Bu nedenle, sık sık kendini analiz edenler daha depresif ve endişeli olma eğilimindedir.

İfadeyi çevirin – Özgörümüzü ve özfarkındalığımızı geliştirmek için neden değil ne diye sormalıyız. 'Ne' soruları objektif kalmamıza, geleceğe odaklanmamıza ve yeni içgörülerimize göre hareket etme gücüne sahip olmamıza yardımcı olur.

Neden böyleyim? İfadeyi tersine çevirin. Olmayı seçtiğim şey olmak için ne yapıyorum?

İlk sorunun boş bir cevabı vardır.

İkinci soru bir eylem planına yol açar.

Adım 3: Eylem

"Bir şey hareket edene kadar hiçbir şey olmaz."

– Albert Einstein

"Kim olduğunu bilmek istiyor musun? Sorma. Harekete geçin! Eylem sizi belirleyecek ve tanımlayacaktır."

"Eylemle birleşmeyen bir fikir asla işgal ettiği beyin hücresinden daha büyük olamaz."

Eylem, değişimi etkilediğimiz yerdir.

Eylemler davranışlarımızdır, bizi hedeflerimize doğru ilerleten şeylerdir. Harekete geçmek başarıya giden yolda önemli bir adımdır. İnsanlar bazen sadece büyük şeylerin harekete geçmek anlamına geldiğini düşünürler. Ancak, hedeflerimize ulaşmamıza katkıda bulunan genellikle küçük, istikrarlı eylemlerdir.

Farkındalık ve kabullenme olmadan eyleme geçmek yokuş yukarı bir mücadeleye dönüşür. Anlama, düşünme, soru sorma ve 'olanı' kabul etme sürecinden geçip ardından eyleme geçersek, bunun etrafında enerji inşa ederiz. Momentumla birlikte değişim o kadar da zor değildir.

Farkındalık, kabullenme ve eyleme geçtiğimizde, zihin, beden ve duygular en az direnç gösteren yolda ilerlemek üzere bir araya gelir.

Bir dönüşüme gerçekten 'ihtiyaç duyma' noktasına geldiğimizde, dönüşüm gerçekleşmeye başlar. Dönüşüme duyulan ihtiyaç, dönüşüm arayışıyla birleştiğinde sihirli bir şey olur.

Sorunlara zaman harcamayın. Sorunları 'çözmek' için enerji harcamayın. Bunun yerine, arzu edilen dönüşümü gözünüzde canlandırın ve kendinizi ona bırakın. Bir anda büyük bir değişiklik yapmak mümkün olmayabilir. Bu, zihin ve beden üzerinde ters etki yaratan bir stres yaratır. Yavaşça başlayarak ivme kazanın.

Bazen sorunun ne olduğunu tespit edemeyebiliriz. Bu sorun değildir. 'İyi olmadığımı' kabul etmek yeterlidir. Kendimize sadece şunu sormalıyız

- "Daha rahat hissetmek için ne yapmalıyım? Kabullenme aşamasındayken rahatsız edici olabilir. "Bu konuda bir şey yapmak istiyor muyum?" diye sorun. Evet, o halde harekete geçin. Bir sonraki adımı atın. Düşünmek için biraz zaman ayırın. Yeni içgörüler ortaya çıkacaktır.

Birkaç derin nefes almak bir eylem olabilir. Gerginliği azaltır. Sorumluluk bizde. Başka hiç kimse bu nefesleri bizim için almayacak.

'Tavır'

Niyetlerimiz eylemlerimizi belirler. Hayatımız, gerçekleştirdiğimiz eylemlerin bir birikimidir. Eğer içimizde bir yerlerde huzur yoksa, niyetlerimiz konusunda daha bilinçli olmamız gerekir. Niyetlerimize dikkatimizi verme eylemi bizi kim olduğumuz ve yaptığımız şeyleri neden yaptığımız konusunda daha derin bir anlayışa götürür. Niyetlerimizi fark etme alışkanlığını geliştirdiğimizde, istediğimiz yaşamla rezonansa giren kararlar almak çok daha kolay hale gelir. Kim olduğumuz ve neyi başarmak istediğimizle uyumlu bir şekilde hareket etmeyi seçebiliriz.

Tutum, hayatın inişli çıkışlı dönemlerini atlatmamıza yardımcı olan en önemli faktörlerden biridir. Nasıl başa çıkacağımızı belirler. Bakış açılarımız performansımızı ve reddedilmeyle başa çıkma şeklimizi etkiler. Yanlış tutumlar başarılarımızı engeller. Olumsuz inançlar birikmeye devam ederse, verimsiz bir sonuçla sonuçlanır. Olumsuz düşünme sürekli endişe, 'ya olursa' senaryoları veya yönetme ve başa çıkma konusunda kendimize güvenmemekten oluşabilir.

En kötüsünü varsaydığımızda, düşünmek ve bir şeyleri tamamlamak zorlaşır. "Bunu asla yapamayacağım." Bu tür düşüncelerle işimizi tamamlamakta ne kadar etkili olabiliriz?

Olumlu bir tutum, durumların üstesinden gelebileceğimize dair inancımıza katkıda bulunur. Bu, 'mutlu, umursamaz bir tutumumuz' olduğu anlamına gelmez, daha ziyade bir şeyler olduğunda bununla başa çıkabileceğimiz anlamına gelir.

'Doğru' şeyi yaptığımızdan emin olmak istediğimiz için karar vermekte zorlanır ya da karar vermekten kaçınırsak, genellikle hiçbir şey yapmamış oluruz. Hiçbir şey yapmamayı da seçebiliriz çünkü o anda doğru kararın bu olduğuna karar vermişizdir.

Farkındalığın amacı kabuldür ve kabulün amacı da eylemdir.

Bu bir dönüşüm yolculuğudur.

Platon tüm kötülüklerin cehaletten kaynaklandığını söylemiştir. Mesele kusurlarımız olması değildir - mesele kusurlarımız olduğunu kabul etmeyi reddetmemizdir. Kendimizi olduğumuz gibi kabul etmeyi reddettiğimizde, sürekli uyuşturma ve dikkat dağıtma ihtiyacına geri döneriz. Ve benzer şekilde başkalarını da oldukları gibi kabul edemeyiz, bu yüzden onları manipüle etmenin, değiştirmenin veya olmadıkları kişi olmaya ikna etmenin yollarını ararız. İlişkilerimiz işlemsel, koşullu ve nihayetinde zehirli hale gelecek ve başarısız olacaktır.

Uzun vadede göz önünde bulundurulması gereken üç basit kural:

1. İstediğiniz şeyin peşinden gitmezseniz, ona asla sahip olamazsınız.
2. Eğer hiç soru sormazsanız, cevap her zaman hayırdır.

3.   Eğer ileriye doğru adım atmazsanız, aynı yerde kalırsınız.

"Bırakın düşünmeyi performansınız yapsın."

"İyi yapılan, iyi söylenenden daha iyidir."

"Kim olduğumuz ve kim olmak istediğimiz arasındaki fark, ne yaptığımızdır."

Tetikleyiciler

"İçsel inançlarımız başarısızlığı daha gerçekleşmeden tetikler." "Tetikleyiciler hiç beklemediğimiz bir anda ortaya çıkabilir.
Tüm duygusal yaraların iyileştiğini düşündüğümüzde, bize hala bir yara izi olduğunu hatırlatan bir şey olabilir."
"Olumsuz duygular hissetmemizi tetikleyen insanlar birer elçidir.
Onlar varlığımızın iyileşmemiş kısımları için habercilerdir."

Tetikleyiciler nedir?

Tetikleyici, bize geçmiş travmayı hatırlatan ve yeniden yaşamamıza neden olan bir şeydir. Geri dönüşlere neden olabilir. Bir flashback, uyarı olmadan ortaya çıkabilen canlı, genellikle olumsuz bir anıdır.

Bir tetikleyici sadece zihnimizdeki bir 'tetikleyici düşüncesi' olabilir. Ya da içimizde yoğun bir duygusal tepkiye neden olan insanlar, kelimeler, fikirler, olaylar veya çevresel durumlar olabilir. İnançlarımıza, değerlerimize ve daha önceki yaşam deneyimlerimize bağlı olarak neredeyse her şey bizi tetikleyebilir; örneğin bir ses tonu, bir insan tipi, belirli bir bakış açısı, tek bir kelime - her şey tetikleyici olabilir. Bu tetikleyiciler herhangi bir yerde, herhangi bir zamanda gerçekleşebilir ve her şey bir tetikleyiciyi harekete geçirebilir. Her birey için benzersizdir. Çoğu zaman ya bunları görmeyiz ya da 'tetiklendiğimizi' hissettiğimizde bile bunlara tutunuruz.

Tetikleyiciler ilişkilerin bozulmasına, depresyona ve bazı durumlarda intihara yol açabilir. Tetikleyiciler sık görülüyorsa ve kişi bunlarla başa çıkmakta zorlanıyorsa bir sorun haline gelebilir. İstismarcı bir evde büyüyen bir çocuk, insanlar tartıştığında veya kavga ettiğinde endişeli hissedebilir. Bir çatışmaya dahil olmamıza bağlı olarak, korkabilir, savunma mekanizması olarak saldırabilir veya kendimizi çatışmadan uzaklaştırabiliriz.

Tetikleyiciler bizi sıkıntı, acı, öfke, hayal kırıklığı, üzüntü, korku ve yalnızlık ve diğer güçlü duygulara sokan hatırlatıcılardır. Tetiklendiğimizde, duygusal olarak geri çekilebilir ve sadece incinmiş veya kızgın hissedebilir ya da muhtemelen daha sonra pişman olacağımız agresif bir şekilde karşılık verebiliriz. Tepkimiz çok yoğundur çünkü su yüzüne çıkan acı verici bir duyguya karşı savunma yapıyoruzdur.

Öfke, suçluluk, sinirlilik ve düşük benlik saygısı gibi duygular, bireyler tetiklendiğinde yüzeye çıkarak çeşitli davranışlara ve takıntılara dönüşebilir. Ne yazık ki, duygusal tetikleyicilerin doğası çok derinlere inebilir ve travmatize edici olabilir. Bazıları bireyleri kendine zarar verme, başkalarına zarar verme ve madde bağımlılığı gibi sağlıksız başa çıkma yollarını benimsemeye itebilir.

'Tetiklenme'

Hepimiz bireysel ve kendimize özgü doğuştan gelen öz doğamız ve kişiliğimizle doğarız. Her birimizin kendi 'hassasiyetleri' vardır. 'Büyümemiz' ve ebeveynliğimiz de duyarlılığımızı koşullandırabilir. Eğer 'başkalarının bizim hakkımızda ne düşündüğüne' duyarlıysak, başkalarının önünde alay edilmek, dalga geçilmek ya da azarlanmak güçlü bir tetikleyici görevi görecektir. Bir çocuk misafirlerin önünde azarlandığında, önemli olan azarlama değil, çocukta olumsuz bir tepki ortaya çıkaran 'başkalarının' varlığıdır. Aynı büyüyen çocuk okulda öğretmeni tarafından azarlanır ve bu da tetikleyici olarak işlev görür. Dolayısıyla, doğuştan gelen hassasiyetlerimiz dürtüldüğünde, bunlar gelecekteki tepkiler için potansiyel tetikleyiciler haline gelir.

'Tetiklenme' terimi, genellikle savaştan dönen askerlerin yaşadığı geçmiş tatsız deneyimlere kadar uzanır. Geçmiş travmatik deneyimlerimiz nedeniyle tetiklendiğimizde, tepkimiz genellikle aşırı korku ve panik olur. Bize önceki travmatik durumu hatırlatan bir şey gördüğümüzde, duyduğumuzda, tattığımızda, dokunduğumuzda veya kokladığımızda tetikleniriz. Örneğin, bir tecavüz mağduru sakallı erkekler gördüğünde tetiklenebilir çünkü tacizcisinin de sakalı vardı. Çocukken alkolik babası tarafından saldırıya uğrayan bir kız alkol kokusu aldığında tetiklenebilir.

Bir tetikleyici, tamamen güvende olsak bile beynimizin bir tehditle karşı karşıya olduğumuza inanmasına neden olur. Bunun nedeni, bize geçmişimizdeki olumsuz bir olayı hatırlatan bir şeyle karşılaşmış olmamızdır. Tetiklenmek, önceki geçmişle ilgili bir şeye duygusal bir tepki vermektir. Travma yaşamışsak, bir tetikleyiciyle karşılaşmak vücudumuzun savaş-kaç moduna geçmesine neden olabilir, sanki travmayı 'geçmişte değil de şu anda' yaşıyormuşuz gibi.

'Tehdit altında' olduğumuzda, otomatik olarak savaş ya da kaç tepkisi veririz. Vücut bir 'adrenalin iğnesi' alır ve duruma tepki vermek için tüm kaynaklarına öncelik vererek yüksek alarma geçer. Sindirim gibi hayatta kalmak için gerekli olmayan işlevler beklemeye alınır. Savaş ya da kaç durumu sırasında ihmal edilen işlevlerden biri de kısa süreli hafıza oluşumudur. Bazı durumlarda, beynimiz travmatik olayı hafıza deposuna tam olarak veya doğru şekilde yerleştirmeyebilir. Geçmiş bir olay olarak depolanmak yerine, durum hala mevcut bir tehdit olarak etiketlenir. Travmatik olay sırasında, beynimiz duyusal uyaranları hafızaya yerleştirir. Aynı uyaranlarla başka bir bağlamda karşılaştığımızda bile, tetikleyicileri travma ile ilişkilendiririz. Bazı durumlarda, duyusal bir tetikleyici, neden üzgün olduğumuzu fark etmeden önce duygusal bir tepkiye neden olabilir.

Alışkanlık oluşumu da tetiklemede güçlü bir rol oynar. Aynı şeyleri aynı şekilde yapma eğilimindeyizdir. Aynı kalıpları takip etmek beyni karar verme zorunluluğundan kurtarır.

Tetikleme Takibi

Tetikleyicilerimizi tanımlamak tetikleyici yönetimi için hayati önem taşır. 'Farkındalık' bizi tetikleyiciler tarafından manipüle edilmek yerine onlarla başa çıkmaya hazırlar. Tetikleyicilerin kurbanı olmak ve onlara dürtüsel olarak tepki vermek arkadaşlıklarımızın gerilmesine, ilişkilerimizin zehirli hale gelmesine ve hayatın çok daha acı verici olmasına neden olabilir.

Farkındalık arttıkça, tetiklendiğimizde bununla yüzleşmeye bilinçli olarak daha hazırlıklı oluruz ve tetikleyici ile tepkiyi güçlendirilmiş bir şekilde ele alabiliriz. Tetikleyicilerimizi keşfetmek o kadar da zor değildir. İşin en zor kısmı aslında sürece bağlı kalmaktır.

Adım 1: Vücut işaretleri

Her tetikleyici bir tepki üreten bir eylemdir. Bu tepki fiziksel düzlemde deneyimlenebilir. Bu beden işaretlerinden herhangi birine dikkat edin:

- Baş dönmesi veya sersemlik hissi.
- Ağız kuruluğu veya mide bulantısı.
- Titreme.
- Kasların gerilmesi veya yumrukların sıkılması ya da çene kaslarının gerilmesi.
- Konuşma değişiklikleri - geveleme veya beceriksizlik.
- Çarpıntı.
- Değişen solunum düzeni.
- Terleme veya sıcak ya da soğuk basması.
- Boğulma hissi.

- Uyuşmuş veya boşlukta hissetme veya kaybolma veya kafa karışıklığı.

Vücudun verdiği ilk tepki nedir?

Her seferinde verilen tepkilerde bir düzen var mı?

Bu beden işaretleri ne kadar sürüyor?

Bu tepkileri zihinsel olarak not edin ve günlüğe kaydedin.

Adım 2: Önceki düşünce ve sonraki duygu

Beden işaretlerini almaya başladığımız tam o anda, tam o anda gelen düşünceler nelerdir?

Kutuplaşmış bakış açılarına sahip aşırı, anlamsız, mantıksız düşünceleri arayın - biri ya da bir şey iyi ya da kötü, doğru ya da yanlış. Bu düşüncelere tepki vermeden sadece farkında olun. Bilinçli zihin durumuna getirin.

Zihin kişi, durum ya da kendi benliği hakkında nasıl bir hikaye yaratıyor?

Tetiklendiğinde deneyimlenen duygulara bir isim verin.

Rahatsız edici duyguyla ilişkili olarak ortaya çıkan davranışı not edin.

Çevremizde bize yakın olan insanlar iyi birer bilgi kaynağıdır ve o anki durumumuzu tanımlamamıza yardımcı olabilirler.

- Yoğun duygular - yalnızlık, endişe, korku, öfke, umutsuzluk, nefret, dehşet, keder, düşük ve terk edilmiş hissetme.
- Davranışlar - bağırmak, tartışmak, hakaret etmek, saklanmak, ağlamak, kendini kilitlemek veya aşırı tepki vermek.

Adım 3: Daha önce ne oldu?

– Genellikle, durumun içindeyken durumu rasyonel bir şekilde kavrayacak durumda değilizdir. Tepkiden sonra, her şeyin başladığı yere geri döneriz. Tetiklenmeden önce hazırlayıcı bir durum olabilir

– - İş yerinde stresli bir gün, günlük rutinimizden farklı veya alışılmadık bir şey - herhangi bir şey daha sonra tetiklenmeye zemin hazırlayabilir. Her seferinde bir kalıp olup olmadığına bakın. Tetikleyicilerimizi belirlediğimizde, tetikleyici yatkınlıkların farkına vardıktan sonra yavaşlayarak gelecekte tetiklenmemizi önleyebiliriz.

Adım 4: Temel hassasiyetlerimiz

Duygusal olarak tetiklenmek her zaman en derin ihtiyaçlarımızdan bir veya daha fazlasının karşılanmamasına dayanır.

İçimizde ne dürtülüyor?

Algıları anlayın. Hangi ihtiyaçların veya arzuların tehdit altında olduğunu düşünün:

- Anlaşılmamak.
- Sevildiğini ya da beğenildiğini hissetmemek.
- Olduğumuz gibi kabul edilmemek.
- Dikkat edilmemek.
- Kendimizi güvende ve emniyette hissetmemek.
- Gereken saygıyı görmemek.
- İhtiyaç duyulduğunu, değerli veya değerli olduğunu hissetmemek.
- Adil muamele görmemek.
- Hakarete uğramış hissetmek.
- Haksızlığa uğramış hissetmek.
- Reddedilmiş veya görmezden gelinmiş hissetmek.
- Suçlanmak veya utandırılmak.
- Yargılanmak.
- Kontrol edilmek.

Her tepki verildiğinde hangi içsel duygular yeniden ortaya çıkıyor?

Adım 5: Tetikleyicinin belirlenmesi

Tetikleyiciler bir şeye verdiğimiz tepki ile tanımlanabilir. Vücut işaretlerinin ve ardından gelen duygu ve davranış değişikliğinin farkına vardığımızda, bunu kimin veya neyin tetiklediğine dikkat edin. Tepkiden önceki eylemi geri izleme.

Bir olayı hatırladığımızda ya da rahatsız edici olay gerçekleştiğinde tetiklenebiliriz.

Bu tek bir nesne, kelime, koku veya duyusal izlenim olabilir. Diğer zamanlarda, belirli bir inanç, bakış açısı veya genel bir durum olabilir. Örneğin, tetikleyici yüksek bir sesten belirli fiziksel görünümlere sahip insanlara veya güneşin altındaki neredeyse her şeye kadar değişebilir. Bazı durumlarda tetikleyicilerin bir kombinasyonu olabilir. Günlük tutun.

Maruz kalmamızı bilinçli olarak sınırlayabileceğimiz bazı durumlar, insanlar ve konuşmalar olduğunu, diğerlerinin ise tamamen kontrolümüz dışında olduğunu bilmeli ve kabul etmeliyiz. Tetikleyicilerin farkında olmak, kalıplarımızı anlamamıza yardımcı olur ve bizi ruh halimiz hakkında uyarabilir. Daha fazla farkındalıkla, duygularımızın bizi kontrol etmesinin aksine, duygularımızı yönetme şeklimizin sorumluluğunu almaya başlayabiliriz.

Büyüdükçe, o dönemde yeterince kabul edemediğimiz ve başa çıkamadığımız acılar yaşadık. Yetişkinler olarak, bize bu eski acı verici duyguları hatırlatan deneyimler tarafından tetikleniriz.

Tetikleyicilerimizi öğrendikten sonra, iyileşmeye doğru atılacak ilk adım bunların kökenlerini düşünmektir.

Sor – Tetikleyicilerden hangileri çocukluk deneyimlerimle ilgili olabilir?

Kalıplarla ilişki kurabiliyorsak, sorun - onlar hakkında nasıl hissediyorum? Acının sadece ondan kaçınmaya çalıştığımız için geçmediğini ve hatta daha fazla acıya neden olabileceğini fark edeceğiz.

Tetikleyicilerimiz hakkında dürüstçe düşünmek onları iyileştirmenin tek yoludur.

Tetikleyici türleri

Tetikleyiciler içsel ve dışsal olabilir. Her ikisi de bizi güçlü bir şekilde etkileyebilir.

Dış Tetikleyiciler - Her Yönden Tetikleyiciler

Çoğu insan tetikleyicileri düşündüğünde, dış tetikleyicileri düşünür. Çevremizdeki herhangi bir şey dış tetikleyici olabilir. Bunlar daha belirgin olma eğilimindedir ve kendimiz veya bize yakın kişiler tarafından daha kolay teşhis edilebilir.

İç Tetikleyiciler - Kafamızdaki Tetikleyiciler

İç tetikleyiciler kendi içimizde hissettiğimiz şeylerdir - duygularımız veya düşüncelerimiz.

Dış tetikleyicilerin aksine, bunlar kişisel ve bize özel olan 'içsel' olaylardır. Bunlar daha ince ve görünmezdir ve anlaşılması, kabul edilmesi ve yönetilmesi uzun zaman, bazen bir ömür boyu sürebilir.

Heyecan verici nedenler akut olayları tetikler.

Temel ve yatkınlaştırıcı nedenler kronik olayların örüntülerinden sorumludur.

Sürdürücü nedenler ve çevre, kronik olayların deneyimlerini güçlendiren deneyimlerin tekrarlanmasından sorumludur.

Yaygın tetikleyicilere bazı örnekler şunlardır:

- kayıpların veya travmaların yıldönümleri.
- korkutucu haber olayları.
- Yapılacak çok şey olması, bunalmış hissetmek.
- aile içi sürtüşmeler.
- bir ilişkinin sona ermesi.
- yalnız çok fazla zaman geçirmek.
- yargılanmak, eleştirilmek, alay edilmek veya aşağılanmak.
- finansal sorunlar, büyük bir fatura gelmesi.
- fiziksel hastalık.
- cinsel taciz.
- Bağırılmak.
- agresif sesler veya bizi rahatsız eden herhangi bir şeye maruz kalmak.
- bize kötü davranan birinin etrafında olmak.
- belirli kokular, tatlar veya sesler.

Tetikleyiciler 'Eylem Planı'

Tetikleyicilerin belirlenmesi bir eylem planı oluşturmamıza yardımcı olacaktır. Tüm duygusal tetikleyicilerden kaçınamayabiliriz, ancak bu rahatsız edici durumları atlatmamıza yardımcı olmak için kendimize dikkat etmek üzere eyleme geçirilebilir adımlar atabiliriz. Duygusal tetikleyicilerimizi bildiğimizde, onlarla güçlenmiş bir şekilde yüzleşmeyi seçebiliriz. Bu durumlardan kaçmamıza gerek yoktur.

Öfke veya korku gibi aşırı duyguların derinliklerine gömüldüğümüzde yapabileceğimiz bir dizi şey vardır.

1. Bir tetikleyici ortaya çıkarsa, kendimizi rahatlatmak ve tepkilerin daha ciddi semptomlara dönüşmesini önlemek için neler yapılabileceğine dair önceden bir eylem planı geliştirin.

2. Geçmişte işe yarayan araçların yanı sıra başkalarından öğrenilen fikirleri de dahil edin.

3. Bu zamanlarda yapılması gereken şeyleri ve o durumda yardımcı olabileceğini düşündüğümüz takdirde yapılabilecek şeyleri dahil edin.

Eylem Planı şunları içerebilir:

• "Bu düzeni bozmayı seçiyorum ve tamamen başarılı olmasam bile umudumu kaybetmeyeceğim." Tetikleyici ile her karşılaştığınızda ve ona tepki verirken bunu tekrarlamaya devam edin.

• Dikkatinizi kişi veya durumdan uzaklaştırın ve nefese odaklanın. Hayatta olduğumuz sürece nefesimiz her zaman yanımızdadır - rahatlamak için mükemmel bir yoldur. Birkaç dakika boyunca nefes alıp vermeye odaklanmaya devam edin. Eğer dikkat tetikleyici kişi ya da duruma geri dönerse, dikkatinizi tekrar nefese çekin.

• Eğer biriyle birlikteysek, bir süreliğine kendimize izin vermemiz, ayrılmamız ve kendimizi daha kontrollü ve sakin hissettiğimizde geri dönmemiz tavsiye edilir.

• "Sabah 3'teki arkadaşımı", destekçimi arayacağım ve ben durumu konuşurken beni dinlemesini isteyeceğim."

• Duygularınızı asla es geçmeyin, ancak onları dışa vurmayın da. Duyguları bastırmak veya kontrol etmeye çalışmak çözüm değildir. Karşılaştığımız duyguların yoğunluğunu azaltmayı, hafifletmeyi seçebiliriz. Duyguları inkar etmek, duyguları yumuşatmak ve bilinçsizce bastırmak arasında ince bir çizgi vardır. Bu nedenle, öz farkındalık ipuçlarını uygulamak önemlidir.

• Farkındalık gibi uygulamalar, zihniyetimizi şimdiki ana yerleştirerek şu ana odaklanmamızı sağlar. Bu, acı verici veya üzücü deneyimlerden uzaklaşmayı teşvik eder ve stresi azaltabilir.

Günlük tutma

"Yazıyorum çünkü söylediklerimi okuyana kadar ne düşündüğümü bilmiyorum."

Sor - Benim tetiklenme şeklim nedir? Duygusal tetikleyicilerimizin bizi kör etme gibi bir özelliği vardır, bu nedenle buna karşı koymak için sorgulayıcı olun. Anlayın - İçimde neler oluyor? 'İçimizde neler olduğunu' anlamak, sakinlik, öz farkındalık ve kontrol duygusunu yeniden kazanmamıza yardımcı olacaktır.

Açıklanan adımlara dayanarak, tepkiyi kabul ederek ve kökenine kadar geri giderek düşünce ve duyguları günlük haline getirin.

Yazın. Faydalarını görmek için çok güzel yazmamız gerekmez. Düşüncelerimizi kağıt üzerinde ya da dijital olarak organize etmek, düşüncelerimiz ve duygularımız hakkında, hepsini kulaklarımızın arasında tutmaktan daha fazla netlik sağlamak için genellikle yeterlidir.

Şunları not edin:

- Vücut işaretleri.
- Önceki düşünce ve sonraki duygu.
- Daha önce olanlar.
- Temel hassasiyetlerimiz.
- Tetikleyicileri fark ettiğimizde listeye ekleyin. Daha olası veya gerçekleşecek olanları ya da hayatımızda zaten gerçekleşmekte olanları yazın.
- Bu tetikleyicilerin nereden kaynaklandığı hakkında günlük tutun. Örneğin, ebeveynlerimiz hiçbir işe yaramadığımızı, baş belası olduğumuzu ya da itici olduğumuzu mu söyledi? Bir öğretmenimiz bize aptal olduğumuzu ve hayatta asla başarılı olamayacağımızı mı söyledi? Ya da ihmal edildik ve bu yüzden yalnız mı büyüdük? Tetikleyicilerimizin nereden geldiğini bilmek kendimizi daha iyi tanımamızı sağlar.
- Eğer tetiklenirsek ve bize yardımcı olan şeyleri yaparsak, onları listede tutmaya devam ederiz. Kısmen yardımcı oluyorlarsa, eylem planımızı gözden geçirebiliriz. Yararlı değillerse, en yararlı olanı bulana kadar yeni fikirler aramaya ve denemeye devam edin.

İnsanlar ve konuşmaları tarafından tetiklendiğimizi hissettiğimizde, iki şeyi aklımızda tutmalıyız.

Diğer kişinin niyeti – diğer kişi yaşadığımız acının tamamen farkında olmayabilir. İletişimi sürdürmeyi rahatsız edici bulsak da, diğer kişinin niyeti hakkında taze bir bakış açısına sahip olmalıyız. Onlara karşı sabırlı olmak ve sınırlarımızı yavaş ama iddialı bir şekilde iletmek önemlidir.

Bizim acımız – Hissettiğimiz her şeyin hayatımızdaki gerçeklikten kaynaklandığını anlamak önemlidir.

Tıpkı başkalarının ne tür sıkıntılar yaşadığını bilmediğimiz gibi, başkaları da kendi mücadelelerimizden tamamen habersiz olabilir.

Duygusal tetikleyiciler, eğer onları yönetmez ve iyileştirmezsek, sürekli olarak tekrarlanmaya devam edecektir. Onlardan kaçarız ve bu tetikleyicileri iyileştirmek ve kalıpları kırmak için gerekenleri yapmayız. İyileşme basitçe farkındalık kazanmak ve bizi güçlendiren istikrarlı bir zihni benimsemek anlamına gelir.

"Duygusal tetikleyicilerimiz iyileşmesi gereken yaralardır."

"Her niyet dönüşüm için bir tetikleyicidir."

– Deepak Chopra

Neden Yapmıyoruz Ne Yapmak İstiyoruz?

"İnsanlar eksikliklerinize işaret ederek sizi korkutma eğilimindedir. Eğer hatalarımızı gönüllü olarak kabul ederseniz, o zaman insanların işaret edecekleri bir şey olmaz."

– *Anupam Kher*

"Sizi geride tutan ne olduğunuz değil, ne olmadığınızı düşündüğünüzdür."

– *Henry Ford*

"Zihniyetlerimize hapsolmuş özgür bir dünyada yaşıyoruz!"

'Yapmak istediklerimizi neden yapmadığımız' basit, doğrusal bir süreç değildir. Kalıplarımızı ve varsayılan ayarlarımızı kırmak karmaşık ve karmaşıktır çünkü mevcut bir alışkanlığı bozmamızı ve aynı zamanda yeni, alışılmadık bir dizi eylemi teşvik etmemizi gerektirir. Şaşırtıcı bir şekilde bu bir anda gerçekleşebilir ya da bir ömür boyu sürebilir ve biz yine de kendimizi dönüştüremeyebiliriz. Zamanında kalkıp 10000 adım yürümek ya da sadece Pranayama uygulamak veya günde fazladan bir bardak su içmek gibi basit değişikliklerin tutarlı, alışılmış bir kalıp ve davranış haline gelmesi zaman alır.

Kalıpları kırma ve yeni güçlendirilmiş kalıplar oluşturma konusundaki başarımız, aksiliklerin yönetilme şeklidir. Dürtüsel olarak vardığımız sonuç, özeleştiri yapmamız ve hedefimize ulaşmak için yeterince yetkin olmadığımızı veya yeterli iradeye sahip olmadığımızı algılamamızdır.

Aksilikleri başarıya dönüştürmek düşünmeyi, şefkati ve çabalarda tutarlılığı gerektirir.

Kendimize söylediğimiz, kendi kendimizi engelleyen bazı bahaneler ve sonuçlar:

Neden bilmiyorum ama yapamıyorum.

Bu yapılamaz. Sadece düşüncelerde iyi.

Durumumdan umutsuzum.

Şu anda bunun için zamanım yok. Belki daha sonra.

Ben hep böyle yaptım.

Herkes bu şekilde yaşıyor.

Şu anda çok fazla işim var.

Çocuğuma, yaşlı ebeveynlerime, kazançlarıma ve yüksek kan şekerime odaklanmak zorundayım.

Egzersiz, yoga, yürüyüş, sağlıklı beslenme için zamanım yok.

Çabuk sıkılıyorum.

İşe yaramıyor.

Arkadaşım denedi ama başaramadı.

Kısa bir yolu var mı?

Yoruldum.

Bize yardımcı olmasa da konfor alanımızdan çıkmak istemeyiz.

Başka seçeneğimiz olmadığını hissederiz.

Değişmekten hoşlanmıyoruz.

Alışkanlıklarımızı değiştirmeyiz.

Stresimizi ele almıyoruz.

Daha büyük sorunları ele almaktan korkuyoruz.

Acıyı ve yorgunluğu görmezden geliyoruz.

Bedenimizin, zihnimizin ve ruhumuzun bakıma ihtiyacı olduğunu kabul etmiyoruz.

Kendimizi dönüştürmek için zamanımız yok.

Kendimize başarısız olma izni vermiyoruz.

Zamanımız yok.

Bizi Geri Tutan Nedir?

Bizi geride tutan nedir? Korku mu, inanç mı, yoksa alışkanlık mı?

Düşündüğümüzden daha fazlasını başarma potansiyeline sahibiz ve bu da hedeflerimiz için tutkulu ve kararlı olmamızı gerektiriyor. Ancak, hayatta bizi geride tutan şeyleri bulmayı unutursak bu yeterli değildir. Hepimiz bu tür unsurlarla çevriliyiz ancak bunlar genellikle fark edilmiyor ve genel üretkenliğimizi etkiliyor.

Güven eksikliği

Kendimize ve dönüşüm sürecine olan güven eksikliği, dönüşümün önündeki en büyük engellerden biridir. Deniyoruz. Başarısız oluruz. Bu da yeniden deneme sürecini daha da zorlaştırır. Bunu yapamayacağımıza inanmaya başlarız. Ama işler böyle yürümez.

Kendinden şüphe

"Sorunlarım için bir çözüm göremiyorum."

"Hayatımı değiştirebilecek potansiyele sahip olduğumu düşünmüyorum."

Kendimizden sürekli şüphe eder ve hedeflerimizin ulaşılabilir olup olmadığını sorgularsak, karamsar duygularımız kendi kendini gerçekleştirir hale gelecektir. Kendimizi geri çekersek başarılı olamayız. Kendimize inanır ve başarımızı gözümüzde canlandırırsak, başarılı olma ihtimalimiz çok daha yüksektir.

Bir şeylerin asla değişmeyeceğini düşünmek

Birçoğumuz hayatımızdaki durumların asla değişemeyeceğine inanırız. Hayatımız boyunca böyle olduk ve bu da gerçek değişimi uygulamamızı engelliyor. Zihniyetimizin içine hapsolmuş durumdayız. Göletteki kurbağa için tüm dünya bir göletir. Harekete geçin ve dağlar yerinden oynasın.

Kendimizi başkalarıyla kıyaslamak

Yapılması en zor şeylerden biri kendimizi başkalarıyla kıyaslamaktan vazgeçmektir, özellikle de zaman rekabetçi olduğunda ve herkes birbirini geçmeye çalıştığında. Ya kıskançlık ya da ego yüzünden acı çekeceğiz. Ve bu iki durum da dönüşümümüzü durdurur.

Sonuçları anında beklemek

'Anlık' ve 'bir dakika içinde' bir dünyada yaşıyoruz. Bu hipnotize edilmiş bir dünya. Hemen sonuç almak istiyoruz. Sabırsız hale geldik. 'Daha az girdi - daha çok çıktı' anlayışına şartlandık. Kendimizi dönüştürmeye karar veriyoruz. Düşünüyoruz ve bir plan yapıyoruz. Ve sonuçları hemen görmek istiyoruz. Ve istediğimizi elde edemediğimizde, çabayı ve süreci suçluyoruz. İyi şeyler zaman alır. Sıkı çalışma her zaman meyvesini verir.

Sonucu varsayarsak

Bazılarımız akıllı olduğumuza inanırız. 'Bu iş yürümeyecek. Başarısızlığa mahkumdur. Bu asla gerçekleşemez. Yeni bir şeye başlamayız çünkü işlerin nasıl sonuçlanacağından eminizdir - kötü bir şekilde! Geleceğimizde ne olacağını bilmenin hiçbir yolu yoktur. İyimser olun ve sonuçları hayata bırakın.

Geçmişte yaşamak

Dünün reddedişlerini bugünün hikayesi haline getiriyoruz. Geçmiş, günümüzde rol yapmıyor. Yaşandı ve oldu. Ancak geçmişi düşünerek, geçmişin düşüncelerini şimdiki zamanda canlı tutuyoruz. Geçmişimizin reddinin bundan sonra yapacağımız her hareketi belirlemesine izin veririz. Kelimenin tam anlamıyla kendimizin daha iyi olduğunu bilmiyoruz. Reddedilmek yeterince iyi olmadığımız anlamına gelmez. Bu, gelişmek, fikirlerimizi geliştirmek ve yapmak istediğimiz şeyin derinlerine inmek için daha fazla zamanımız olduğu anlamına gelir.

Geçmişteki suçluluk duygusuna tutunmak

Suçluluk duygusu genellikle kendimiz için farklı bir şekilde yapmış olmayı dilediğimiz her şeyin kendi yarattığımız bir hatırlatıcısıdır. Hepimiz suçluluk duygusu yaşarız. Bu, diyette hile yapmaktan hayatımızı sonsuza dek etkileyecek korkunç bir seçim yapmaya kadar pek çok şekilde karşımıza çıkabilir. Suçluluk duygusu bizi hırpalar, hatalarımızı tekrarlamamıza neden olur ve bir şeyi nasıl daha farklı yapabileceğimizi yeniden canlandırarak enerjimizin büyük bir kısmını boşa harcar. Vazgeçmenin ve suçluluk duygusunu bırakmanın zorlaşmasının bir nedeni de kendimizi cezalandırma ihtiyacı hissetmemizdir. Suçluluk duygusu 'şimdi'mizde tam olarak var olmamıza ve hayatımızdaki tüm iyi şeyleri görmemize izin vermez. Suçluluk bizi 'kurban' modunun daha da derinlerine götürür. Kederimizin üzerine binen anlamsız bir yüktür.

Sevdiklerini hayal kırıklığına uğratma korkusu

Birçoğumuz insanları hayal kırıklığına uğratmaktan endişe duyarız; bu nedenle de bir başkasını hayal kırıklığına uğratabileceğimiz durumlardan kronik olarak kaçınırız. Bunun nedeni, başkalarının görüşlerinin benlik kavramımız için temel olduğunu hissetmemizdir. Sevdiklerimizin görüşleri bizi etkileme eğilimindedir. Aynı seviyede olamamaktan çok korkarız. Ebeveynlerimiz söz konusu olduğunda bu durum daha da karmaşık bir hal alır. Ebeveynlerimiz ve bizim farklı görüşlere, zevklere ve kişilik özelliklerine sahip olmamız çok yaygındır. Önemsemek ve endişelenmek tamamen normaldir, ancak başkalarını hayal kırıklığına uğratma korkusunun bizi ele geçirmesine izin verdiğimizde, kendimizi felç etmiş oluruz.

Konfor alanımızda kalmak

"Konfor bölgesi güzel bir yerdir, ancak orada hiçbir şey büyümez."

İçimizde huzur olmasa bile, yaşam biçimimize alışırız. Değişim her zaman acı vericidir. Büyüme veya ilerleme fırsatlarını reddediyoruz çünkü bu, konfor alanımızın dışına çıkmak ve kendimizi başarısızlığa açık hale getirmek anlamına geliyor. Risk almak pek çok kişi için korkutucu bir tekliftir. Ne de olsa, konfor alanımızın dışına çıkmak başarısızlık olasılığını davet etmek anlamına gelir. Ancak denemediğimiz sürece gerçekten neler yapabileceğimizi asla bilemeyiz. Hepimiz bir noktada başarısız olmuşuzdur, ancak kendimizi zorlarsak başarılı oluruz. Bu tüm büyük adamların hikayesidir. Büyük risk, büyük ödül olasılığını da beraberinde getirir. Konfor alanında olmak gerçekten iyi görünür ama aynı konfor alanı bizi kendimizi gerçekleştirmekten ve gerçek yaşam deneyimlerinden alıkoyar.

Korku ve Başarısızlık

Dönüşüm yolculuğu kolay değildir. Korkarız. Belirsizlikten, gelecekten, geçmişin tekrarlanmasından, başarısızlıklardan korkarız. Yol boyunca başarısızlıklar olur. Başarısızlık korkusu bizi geride tutar çünkü başarısız olmaktan korktuğumuzda herhangi bir şeyi riske atmaktan da korkarız. Bu yüzden aynı rolde kalırız. Sırf rolümüzü değiştirirsek başarısız olmaktan korktuğumuz için aynı şeyi tekrar tekrar yaparız. Hayal kurar ve uykuya dalarız.

Başarısızlık, yaptığımız şeyin bu sefer işe yaramadığı anlamına gelir ama bir daha işe yaramayacağı anlamına gelmez. Bırakın başarısızlık bize yük olmasın. Bir risk aldık ve işe yaramadı. Bu korkunç bir duygu ama bunun normal olduğunu anlamalıyız. Hiç kimse bazen başarısız olmadan başarılı olamaz. Neyin yanlış gittiğini değerlendirin. Öğrenmemiz gereken dersleri öğrenelim ki ilerleyebilelim ve bir dahaki sefere daha iyi kararlar alabilelim. Başarılı olanlar, düşüp kalmak yerine başarısızlıklarından ders almışlardır.

Başarısızlık bizi yıkmamalıdır. Başarısızlık bizi daha güçlü kılmalı ve gelişmemize yardımcı olmalıdır. Başarı, başımıza gelenlere nasıl tepki verdiğimize göre şekillenir. Çözülebilecek sorunları çözmeli ve çözemeyeceğimiz sorunlarla yaşamayı öğrenmeliyiz.

Ne zaman bırakacağını bilememek

Bırakmamız gereken bir zaman gelir. Batmakta olan bir geminin kaptanı bile cankurtaran sandalına ne zaman bineceğini bilmelidir. Duygusal olarak bağlı olduğumuz bir şeyden uzaklaşmak zordur. Ancak ne zaman yolumuza devam edeceğimizi bilmek bize özgürlük verecek ve diğer fırsatlardan yararlanmamızı sağlayacaktır.

Kendi benliğimizle uyum içinde olmamak

Hepimiz nefes alıyoruz ama sadece birkaçımız yaşıyoruz. Çoğumuz sadece rutin hayatın günlük eziyetinden geçiyoruz. Durup düşünmüyoruz. Kendimizin 'gözlemcisi' olmak için zamanımız yok. Kendimizde neyin yanlış olduğunu bilmiyoruz. Algılarımızın ve kalıplarımızın farkında bile değiliz. Dönüşümün ne olduğunu ve dönüşümün neler yapabileceğini bilmiyoruz. Neyi bilmemiz ve ne yapmamız gerektiğini bilmiyoruz. Bu farkındalık eksikliği, kendimizle uyum içinde olmamak, bizi geri tutuyor.

Doğru zamanı beklemek

Eğer hiç başlamazsak, asla başaramayız. Doğru zamanı bekler, bekler ve bekleriz. Mükemmel zamanı bekleyemeyiz; o asla gelmeyecektir. 'Doğru' zaman olduğunu hissedene kadar mücadeleye atılmayı reddedersek, hayatımızı battaniyenin içinde geçirebiliriz. Bugün yeni bir başlangıcın ilk günü - değişim için ilk adım. Birçoğumuz bir aksilik yaşadığımızda, midemizde kelebek hissi oluştuğunda geri adım atarız. Bu duyguyu kucaklayın. Artık korkmayana kadar beklemeyin. Bu asla gerçekleşmeyebilir. O zamana kadar çok geç olacaktır. Küçük başlayın. Bir şeylere başlayın.

Plan eksikliği

Birçoğumuzun gerçeğe dönüştürmek istediğimiz bir fikri, konsepti veya hayali vardır. Ancak sağlam bir plan ve net bir vizyon olmadan hiçbir şeyi başarmamız mümkün değildir. Hedeflerimizi tanımlamak, onları gerçekleştirmeye yönelik ilk adımdır. Bu, bize rehberlik edecek bir yol haritası oluşturmakla ilgilidir. Bir plan olmadan, farkında bile olmadan kolayca rotamızdan sapabiliriz. Bunları birer birer gerçekleştirmek için bir plan oluşturun. Planlamanın uzun ve sıkıcı olması gerekmez. Mikro planlar ve uzun vadeli adım adım planlar yapın. Ve sadece yapın.

Mükemmeliyetçilik

Mükemmel, birinci ya da en iyi olmamız gerektiği düşüncesiyle yetiştirildik. Hiç kimse mükemmel değildir. Sürekli olarak mükemmellik için çabalamak sadece hoşnutsuzluk yaratır. Hayatta iyi olduğumuz şeyler vardır ve mücadele ettiğimiz şeyler de olacaktır. Bir şeyi mükemmel yapma arzumuzun onu yapmamızı engellediğini hissetmeyi öğrenin.

Mükemmeliyetçilik bizi tüketecek ve yoracaktır. Gayretli çaba ile mükemmeliyetçilik arasındaki farkı düşünün. Ne zaman yeterli olduğunu bilin. Kendimiz için ulaşılamaz beklentiler belirlemek yerine, hata yapacağımızı kabul edin. Bu hatalardan ders alırsak, bu deneyimlerden güçlenerek çıkarız.

Onay aranıyor

"Onay ve tasdik aramaktan vazgeçtiğinizde inanılmaz bir şey olur. Onu bulursun."

Bizi geride tutan şey, eylemlerimiz için sürekli onay alma ihtiyacımızdır. Başkalarının görüşleri bizim için içgüdülerimizden ve düşüncelerimizden daha önemlidir. Ve çevremizdeki insanlardan her zaman teşvik edici ve olumlu motivasyon almayız. Bazen, başkalarının görüşlerini almak iyidir. Kimse bizi bizden daha iyi tanıyamaz. Eninde sonunda kendi ayaklarımız üzerinde durmak zorundayız. Aldığımız her karar için başkalarını dinlemek, ileride ne istediğimizi dinlememek gibidir.

Başkalarından etkilenmek

Pek çok insan bize bir şeyin neden işe yaramayacağını söylemekten garip bir tatmin ve heyecan duyuyor ve bize deneyip başarısız olan başka birinden memnuniyetle bahsediyor. Başarılı olan biz olabiliriz! Bunu öğrenmenin tek yolu denemektir! Birkaç olumsuz insanın zihnimizi işe yaramaz, üretken olmayan tavsiyelerle doldurmasına izin veririz. Bize neden işe yaramayacağına dair bir düzine neden sunarlar. Eleştirel olmak doğru olmaktan daha kolaydır. Teşvik eden ve saygıyla onaylayan kişilere zaman ayırın ve onları dinleyin.

Suçu kaydırmak - Sebep aramak

"Başkalarını suçladığınızda, değişme gücünüzden vazgeçersiniz."

Olduğumuz şeyden sorumlu olduğumuzu fark etmediğimiz ve eksikliklerimizi başka birine veya bir şeye atfettiğimiz sürece, hayattan istediğimizi asla alamayacağız. Suçu başkasına atmak çok caziptir. Bunu istemek doğaldır. Hesap verebilir olun. Sorumluluğu üstlenin. Bahaneler üretmeyin. Harekete geçin. Sebep aramayı bırakın ve sorunu çözmek için ne gibi değişiklikler yapılması gerektiğini düşünün.

Kendimizi veya başkalarını küçük düşürmek

Sürekli olarak kendi kendimize olumsuz konuşmalar yapar ya da başkalarını aşağılarsak, yaşamımıza yalnızca olumsuzluğu davet etmiş oluruz. Kendimize "ben aptalım" ya da "hiçbir şeyi doğru yapamıyorum" demek, bizi geride tutan yaralar açmaktır. Benzer şekilde, bunu başkalarına yaptığımızda da herkesi aşağı çekeriz. Olumsuz alışkanlıkları olumlu olanlarla değiştirin. Neyin yanlış gittiğine değil, neyle gurur duyduğumuza odaklanın. Kendimizi ve diğer herkesi yukarı çekmenin yollarını arayın.

Harekete geçememe

Pastanın gökten düşmesini bekleyen kişi asla çok yükseğe çıkamaz.

Bazılarımızı harekete geçme konusundaki yetersizliğimiz engelliyor! Daha önemli konularda gerçek anlamda harekete geçmek için enerjimizin kalmadığı bir noktaya kadar çoklu görev yapma eğilimindeyiz. Bazılarımız çok tembeliz, çok rahatız. Hiçbir şey yapmamayı seçiyoruz. Erteleme, hiçbir şey yapamamamızın temel nedenidir. Bir şeyler yapmak istiyorsak, harekete geçmeye başlamamız gerekir. Arkamıza yaslanıp işlerin lehimize sonuçlanmasını bekleyemeyiz.

Her şeyin kolay olmasını ister ve bekleriz

Bedava öğle yemeği ve kolay hedef yoktur. Bir hedef çaba, mücadele, sıkı çalışma ve özveri gerektirir. Kolay olan sadece kale direğinde durmak ve hiçbir şey yapmamaktır. Ancak maçlar bu şekilde kazanılmaz. Kolay olanı yapmayın, yapabileceklerinizi yapın. Hiçbir şeyi değiştirmiyoruz ve sonuç bekliyoruz. Kendimizi geliştirmek istiyorsak, neyin işe yarayıp neyin yaramadığını görmek için bir şeyler denemeliyiz. Bazı insanlar oturup sihirli fasulyelerin gelmesini beklerken, geri kalanımız kalkıp işe koyulur.

Gerçeklerden kaçıyoruz

Kendimize yanlış hikâyeyi anlatmaya devam ediyoruz. Dönüşüm bir yalana dayanamaz. Kendimize karşı dürüst olmalıyız. Bir cephenin arkasında yaşayamayız. Özgün olmamız gerekir. Bu da kendimizi olduğumuz gibi kabul etmemiz gerektiği anlamına gelir. Ve sonra da kendimizi dönüştürmeyi seçmeliyiz. Aksi takdirde, bu öfke ve hayal kırıklığına yol açacaktır. Gerçeği görmezden gelmek dönüşüm değildir. Varoluşumuzun herhangi bir yönü hakkında sahte olmak ruhumuzda karanlık bir boşluk açar. Gerçekle yüzleşmek her zaman kolay olmayabilir ama gerçekle yüzleşmek tek yoldur. Kendimizi yargılamaya devam eden biziz, kendimiziz. Kafamızın içinde bir hikaye anlatarak kendimizi yargılarız.

Hiçbir zaman gerçekten orada olmayan şeyi bırakın. O sadece bir yanılsamaydı ve asla gerçekten düşündüğümüz gibi olmadı. Anahtar farkındalık, kabullenme, bırakma ve bir sonraki adımı atmaktır.

Hak edilmemiş hissetmek

Alçakgönüllü olmak kendimizi küçük görmekle eş anlamlı değildir. Ancak çoğumuz kendimizi küçümseme alışkanlığı içindeyiz. Övgülere, takdirlere ve iltifatlara layık olmadığımıza inanmaya başlarız. Bize verilenlere layık olmadığımızı hissettiğimizde, daha fazlasını yapma ve daha fazlası olma fırsatlarından uzak dururuz. Kendimiz hakkında çok az şey düşünürüz. Ya bugün hayatta bulunduğumuz yerden memnun oluruz ya da arzuladığımız şeye ulaşmanın imkansız olduğunu hissederiz. Böylece, sıradan olmaya devam ediyoruz.

Dikkat dağıtıcı!

Dikkat dağıtıcı unsurlar hiçbir zaman eksik olmaz. Ancak dikkatimiz milyonlarca yöne çekildiğinde düşüncelerimize odaklanmak zorlaşır. Dikkatimiz dağınık bir hayat yaşarsak, hedeflerimiz de yan çizer. Dikkat dağıtıcıları beslemeyi bırakın. Kendimizi bir görevden diğerine zıplarken bulduğumuzda derin bir nefes alın. Yavaşlayın ve zihninizi sakinleştirin.

Bahaneler

Bir şeyi neden yapmamız gerektiğini ya da neden yapmamamız gerektiğini uydurabiliriz. Neden çoğumuz ikincisine inanma eğilimindeyiz? Çünkü daha kolaydır. Hayatta uğruna çalışmaya ya da sahip olmaya değer hiçbir şey kimseye kolay gelmemiştir. Başarılar ve başarılarımızı kazanmak asla hayır demenin ya da bir şeyin ulaşılamaz olduğuna inandığımız için kendimizi kötü hissetmenin bir sonucu olmayacaktır. Bir şeyi yapmamak için her zaman bahaneler olacaktır. Değişiklik olsun diye, bir şeyler yapmak için bir bahaneniz olsun!

Hesap verebilir olmamak

Hatalarımızı, kötü seçimlerimizi, kötü eylemlerimizi kabul etmeliyiz. Kabul etmeli ve kabullenmeliyiz. Hiçbirimiz mükemmel değiliz ve hiçbirimiz diğerinden daha iyi değiliz. Sadece farklıyız. Kendi yolculuğumuz ve normal versiyonumuz var. Eylemlerimiz, deneyimlerimiz veya duygularımız ne olursa olsun, yaptığımız seçimlerden sorumluyuz.

Zihnimizi yeni fikirlere ve bakış açılarına kapatmak

Yaşımız ilerledikçe bilgeleşsek bile, ömür boyu öğrenci olarak kalacağız. Hiçbir anlayış asla kesin değildir. Hayatta başarı her zaman haklı olmaya bağlı değildir. Gerçek bir ilerleme kaydetmek için, tüm cevaplara zaten sahip olduğumuz varsayımından vazgeçmeliyiz. Başkalarını dinleyebilir, onlardan bir şeyler öğrenebilir ve her görüşlerine katılmasak bile onlarla başarılı bir şekilde çalışabiliriz. İnsanlar saygılı bir şekilde aynı fikirde olmamayı kabul ettiklerinde, bakış açılarının çeşitliliğinden herkes faydalanır.

"Kazanma İsteğinden Daha Güçlü Olan, Başlama Cesaretidir."

Sorunun bir kısmı nereden başlayacağını bilmektir. Diğer kısmı ise bilinmeyenden korkmaktır. Her ikisi de ilk adımı atmamızı engelleyebilir. Dönüşüm yolculuğunun özü, rotada kalmak, mesafeyi kat etmek, düşmek ve tekrar ayağa kalkmak, ileriye doğru devam etmektir.

Kendimizi neye adadık?

Kendimizi önce sürece adamadan yanlışlıkla sonuca adarız.

İlk adımı atmak için çaba göstermeden önce başarının hayalini kuruyoruz. Sürece bağlı kalmadan önce sonuca bağlı kalıyoruz. Süreç, ilk adımı atmak ve bir sonraki adım için hazırlıklı olmaktır. Bağlılık budur.

Sonuç ise tamamen 'oraya varmakla' ilgilidir. Egoya dayalıdır. Ödülü kazanmakla ilgilidir. Takdir kazanmak. Övgüyü kabul etmekle ilgilidir. Süreç ise tamamen 'burada olmak' ile ilgilidir. Bu gerçekliktir. Şu anda gerçekleşiyor.

Kendimizi sürece adadığımızda, sonucu hayal edebiliriz.

Çoğumuz umut ve umutsuzluk arasında gidip geliriz. Kendimizi durgun, sarkaç gibi hissederiz.

Kendimize verdiğimiz sözde başarısız olduğumuzu hissederiz. Kendimizi neye adadığımızı bilmezsek ilerleyemeyiz.

"Hayatımın sonunda girişimde bulunmadığım, yapmadığım veya tamamlamadığım takdirde beni üzecek tek şey nedir?" Eğer hemen bir cevap varsa, buna bağlı kalmalıyız. Eğer hemen bir cevap yoksa, sorun değil. Sadece hayatın akışına bırakın. Doğru düşünce hayatın doğru anında kendini gösterecektir. Onu zorlamayın. 'Cevap' netleştiğinde, şekillenmesine, ivme kazanmasına ve muhteşem bir yaratıma dönüşmesine izin verin. İhtiyaç duyulan tek bileşen bağlılıktır.

Maçı oynayana kadar maçı kazanmayı hayal edemeyiz. Görüş bildiren bir yorumcu olmak yerine atışla yüzleşmemiz gerekir. Taahhüdümüz, her seferinde mükemmel sonucu elde etmek değil, süreçten geçmektir.

İstekli miyiz? Oyunu oynamaya istekli miyiz? Kendimizi hazırlamaya ve topla yüzleşmeye hazır mıyız? Kazanacağımızdan ya da kaybedeceğimizden emin olmasak bile? Bacaklarımız titrese bile mi? Ortaya çıkacak mıyız? Yapacak mıyız? Dışarıdaki ve içerideki muhalefete rağmen?

İşte bağlılık budur. Bir şeyi gerçekleştirmek için gereken budur.

Doğru adımları atmak. Bu İnisiyasyondur. Sonra, sol ayağınızı ileri atın. Bu Israrcılıktır.

Bir ayağınızı diğerinin önüne koyun ve yolunuza devam edin. Doğru yapıp yapmadığımızı bilmesek bile. Oraya varıp varamayacağımızı bilmesek bile.

Basit bir kararlılık eylemi yardım için güçlü bir mıknatıstır.

"Gerektiğinden önce acı çeken bir adam, gerekenden daha fazla acı çeker."

Kendimize "Yeter artık, bir daha asla, bu artık değişmeli!" dediğimiz duygusal bir eşiğe ulaşmamız gerekir.

"Bizi hayallerimizi yaşamaktan alıkoyan şey, onun sadece bir hayal olduğuna olan inancımızdır."

"Ne yaparsanız yapın, sizi kıran şeye asla geri dönmeyin." "Negatif bir zihinle pozitif bir hayat yaşayamazsınız."

"Arkanızdakileri bırakmadan önünüzdekilere ulaşamazsınız."

Tutunmak ... Bırakmak

"Gerçek şu ki, bırakmadığınız sürece, kendinizi affetmediğiniz sürece, durumu affetmediğiniz sürece, durumun biterse, ilerleyemezsiniz."

"Sizi inciten şeyi unutun ama size öğrettiklerini asla unutmayın."

"Bazılarımız tutunmanın bizi güçlü kıldığını sanır, ama bazen de bırakmaktır."

"Olduğum şeyi bıraktığımda, olabileceğim şey olurum. Sahip olduğum şeyi bıraktığımda, ihtiyacım olanı alırım."

"Tutunmak sadece bir geçmiş olduğuna inanmaktır; bırakmak ise bir gelecek olduğunu bilmektir."

"Bırakmak, ruhumuzu bağlayan geçmişin imgelerini ve duygularını, kinlerini ve korkularını, bağlılıklarını ve hayal kırıklıklarını serbest bırakmaktır."

"Vazgeçmek ve bırakmak arasında önemli bir fark vardır."

Neden geçmişimize tutunuyoruz?

Neden duygularımıza tutunuyoruz?

Neden olumsuzluklarımıza tutunuyoruz?

Bizi derinden etkileyen şeyleri neden bırakamıyoruz?

Neden geçmişin karanlığını ve geleceğin endişesini bırakamıyoruz?

Zihin alanımızdaki düşünce ve duygu karmaşasını neden bırakamıyoruz?

Elinizde bir kağıt parçası tutun ve elinizi bedeninizin önünde, bedeninizin hizasında, uzanmış bir şekilde tutun.

Bunu yaparken herhangi bir sorun yaşıyor muyuz? Hayır

Kağıdın ağırlığı bize yük oluyor mu? Hayır

Şimdi kağıdı tutarak elinizi bir saat boyunca aynı pozisyonda kaldırın.

Ne hissediyoruz?

Elde bir ağrı, bir rahatsızlık.

İki saat boyunca tutmaya devam edin.

Şimdi ne hissediyoruz?

Acı. Bir sürü rahatsızlık.

Bir saat daha dayan.

Şimdi ne hissediyoruz?

Korkunç. Şiddetli ağrı. Güçsüz hissediyorum. Uyuşmuş.

Ya bize bir saat daha dayanmamız söylendiyse?

Olmaz. Kendimizi güçsüz hissederiz.

Ve elimiz ölü gibi yere düşer.

Ne oldu?

Kağıt tutunmak için çok mu ağırdı?

Biz tuttukça kağıt ağırlaştı mı?

Neden ağrı, rahatsızlık, acı, güçsüzlük, uyuşma ve düşüp ölme gibi hisler yaşadık?

Kağıt olduğu gibi kaldı.

Sorun ona 'tutunmakta' idi.

Kağıdı ilk tuttuğumuzda iyiydik. Bu normaldi.

Bu normal düşüncelerimizde, duygularımızda ve davranışlarımızda olur.

Hissetmek ve tepki vermek insana özgüdür. Kızarız, üzülürüz. Bunları hissetmek normaldir.

Ancak kâğıdı elimizde tuttuğumuzda, bu bize acı vermeye, bizi rahatsız hissettirmeye başlar.

Ama biz onu tutmaya devam ederiz. Tutundukça acı çekeriz.

Daha fazla tutarsak, hissizleşiriz. Ta ki kendimizi güçsüz hissettiğimiz ve 'pes ettiğimiz' bir noktaya gelene kadar.

Kağıt geçmişimizi simgeler.

Kağıt duygularımızı ifade eder.

Kağıt, zehirli ilişkimizi ifade eder.

Kağıt, algılarımızı ve kalıplarımızı ifade eder.

Bırakmak çok zordur. Aynı düşünce kalıplarına tekrar tekrar takılıp kalırız.

Geçmişe tutunur ve onu zihnimizde tekrar tekrar canlandırırız. Bir şeylere umutsuzca tutunma çabası, şimdiki anda mutluluk ve sevinç deneyimleme kapasitemizi sınırlar. Hayat sürekli değişimden ibarettir. Bir şeylere tutunmak için ne kadar uğraşırsak uğraşalım, istesek de istemesek de er ya da geç değişimlerle karşı karşıya kalacağız. İçinde yaşadığımız çevreyi sahiplenme ve kontrol etme çabalarımızı ne kadar erken bırakırsak, kendimizi yeni olasılıklara o kadar hızlı açarız.

İşte bu yüzden bırakabilmek çok önemlidir.

"Bırak gitsin!" Kendimize tekrar tekrar hatırlatmamız gerekir. Bunu mantramız haline getirmeli, günümüze devam ederken tekrar etmeliyiz.

Elbette, bırakmak önemlidir. Değişim zordur ve geçmiş olayları, ilişkileri, umutları ve arzuları bırakmak hayatımıza devam etmek için hayati önem taşır. Ancak çoğu zaman bu konuda başarısız olur, kendimizi geçmişimizdeki acı verici olaylara tutunurken buluruz.

Neden Tutunuyoruz?

İkilem! Geçmişte oldu. Biz bunu yaşadık. Zihnimizde tekrar tekrar canlandırıyoruz. Acı veriyor. İstiyoruz ve geçmişi bırakmaya ve elimizden gelen her şeyi yapmaya çalışıyoruz. Ama sıkışıp kalırız. Ve bu çok canımızı yakıyor. Bu kadar acı veriyorsa neden tutunuyoruz?

Acılarımıza ve geçmişimize alışkınız

Acılarımıza alışmış ve adapte olmuşuzdur. Çektiğimiz acı bize tanıdık geliyor. Bir süre belli bir şekilde işlediğimizde, sanki her şey böyleymiş gibi gelir.

Acıya neden olsa bile bildiğimiz şeye bağlı kalma eğilimindeyizdir. O zaman bırakmak bizi rahatsız eder. Hayat öngörülemez olduğundan, ne bekleyeceğimizi bilmek güven vericidir. En azından şu anki acıyla ne bekleyeceğimizi biliyoruz.

Bilinçsizce ve farkında olmadan, kim olduğumuzu geçmişimizle karıştırırız. Acımız kimliğimiz haline gelir. Bırakmak da kimliğimizi bırakmaktır.

Acımızın bizi koruduğuna inanıyoruz

Acı veren deneyime tutunursam, bunun bir daha olmasını engelleyebilirim.

Geçmişimizin tekrarlanmasını istemiyoruz. O anıları tekrar yaşamak istemiyoruz. Her şeyi yeniden yapmak dayanılmaz olur. Bu yüzden, ekstra tetikte oluruz. Tekrar yaşanırsa kendimizi asla affetmeyiz. Potansiyel olarak acı verici bir deneyimin işaretlerini izlemek bize kontrolün bizde olduğu hissini verir. Aslında, yanlış bir kontrol duygusu. İç sesimiz geçmişin acısını geleceğin acısından uzak tutmak için kullanır. İkisi de olmaz. Biz sadece şu anda acıyla yaşıyoruz.

Bize acı çektirenleri cezalandırmak istiyoruz

Beni incittin.

Seni nasıl affedebilirim?

Seni affetmek seni haklı çıkarır.

Seni affetmek yenilgiyi kabul ettiğim anlamına gelir.

Kısasa kısas. Benim hissettiğim acıyı sen de hissetmelisin.

Nasıl bir his olduğunu senin de anlamanı istiyorum.

Ne yazık ki, bizi inciten kişi nasıl hissettiğimizi umursamıyor gibi görünür. Hatta bilmiyor bile olabilirler. Hatta yaptıklarını kabul etmeyebilir ya da bunun yerine bizi suçlayabilirler. Nasıl yapabilirler? Biz de onlara zarar vermeye çalışıyoruz. Onların bize yaptıklarının aynısını yaparız. Bunu yaparak sorunumuza çare bulacağımıza inanırız.

'Onları' cezalandırmak o anda iyi hissettirebilir, ancak uzun vadede acımızı pekiştirir. Göze göz, dünyayı kör eder. Sonunda gücümüzü başkalarına verir ve kendimizi tutunacak çok daha fazla şeyle zincire vurmuş oluruz.

Geçmişi hala sürecin bir parçası değil, bir başarısızlık olarak değerlendiriyoruz

Bir ilişki sona erdiğinde, ilişkiyi devam ettirmeyi 'başarısızlık' olarak görürüz. Nasıl daha iyi olabileceğimize odaklanırız ve diğer kişiyi her zaman haklı görürüz. Hepimiz insanız. Başarısız değiliz ve sadece veda etmek zorunda olduğumuz için başarısız olmadık. Bazen iyi insanlar aynı fikirde olmayı bırakır; bazen de sadece gitme zamanı gelmiştir. Bu sadece yaşam sürecinin bir parçasıdır.

'Deneyimlerimizden öğreniyoruz'

Birçoğumuzun aklına takılan şeylerden biri de 'deneyimlerimizden ders çıkarmamız' gerektiği fikridir. Geçmiş deneyimleri mevcut durumlara uygulamak iki nedenden dolayı işe yaramaz. Birincisi, hiçbir mevcut durum hiçbir zaman tam olarak geçmişteki bir duruma benzemez. İkincisi, geçmiş deneyimlere bel bağlamak yeni bir şey öğrenmemizi engeller. Ne zaman deneyimlerimize bel bağlasak, ortaya çıkabilecek şeyleri yalnızca geçmişimizde zaten ortaya çıkmış olanlarla sınırlarız. Geçmişi gelecekteki tüm yaratımların kaynağı haline getiririz. Ya geçmişte yaşadıklarımızın şimdi bir önemi yoksa? Ya geçmiş şimdi önemli değilse?

Tutunduğumuz şeyler...

İlişkilerimiz

Endişelerimiz

İmajımız - İyi görünmek

Konfor Alanımız

Alışkanlıklarımız

Geçmişimiz

Malzeme dağınıklığı

Düşünceler

Bu duygusal dağınıklıktır.

Nasıl olursak olalım, hayattaki insanları ve ilişkileri kendimize çekeriz. Bağlarımızda yaşam amacımızı ararız. Onlara tutunuruz ve bağlarımızın iplerini o kadar sıkı çekeriz ki bu ilişkiyi zorlar. İlişkiler bizim için bırakması en zor şeylerdir, hatta bağ zehirli hale gelse bile. İlişkilerimizi çevreleyen olayların üzerinde durmayı gerçekten bırakmamız aylar ya da yıllar alabilir.

Endişelerimiz üzerinde geviş getirmeye devam ederiz. Ruminasyon, endişelerimizin çözümleri yerine semptomlarına, olası nedenlerine ve sonuçlarına odaklanmaktır. Çoğumuzun yaptığı bir şeydir, her küçük ayrıntısını ele alana kadar sürekli endişenin üzerinden geçeriz. Bu bizi bir süreliğine iyi hissettirir ama sonunda daha fazla acı verir.

Sorun hakkında endişelenmek bize sorun hakkında bir şeyler yapıyormuşuz gibi hissettirir. Bir şekilde, tüm bu düşünceyle bir çözüm bulacağımız yanılsaması vardır. Sorun şu ki, genellikle hiçbir şey yapamayacağımız çözümsüz sorunlar hakkında geviş getiririz. Kendimizi bırakmak yerine durmadan geviş getiririz.

Ruminasyon, bir şeyler hakkında takıntılı hale geldiğimizde bir sorun olmaya başlar. Kafamızın içinde sürekli dönüp duran bu düşünceler artık bize hizmet etmediğinde, işte o zaman bırakmamız gerekir.

Dualite yaşıyoruz. Biz neysek oyuz. Ancak başkalarının bizi olduğumuz gibi görmemesini isteriz. Ve bu varlık ve görünüm ikiliğine tutunmaya devam ediyoruz. Başkalarının bizi nasıl görmesini istediğimizi bırakmamız gerekiyor. Ne yazık ki sosyal medya, birçokları için insanlarla bağlantı kurmak için bir araç haline geldi ve bizi yalnızlığa itiyor. Kendi 'eksikliğimizi' başkalarının 'var-oluşunu' gördüklerimizle karşılaştırıyoruz.

Bırakmak tutunmanın tam tersidir. Bırakmak, bir şey üzerindeki kontrolümüzü zihinsel olarak gevşetmektir. Bu kontrol kaybı, bırakmamayı seçmemizin nedenidir. Bir şeye tutunduğumuzda, hala durum üzerinde kontrolümüz olmadığı fikrini taşırız.

Durum üzerinde kontrolümüz olmadığı gerçeğini kabul ettiğimizde bırakabiliriz. Bu özellikle ilişki sorunları için geçerlidir; bazen sorunu bırakmamız ve olduğu gibi kabul etmemiz gerekir.

Maddi şeylere tutunmak gibi bir alışkanlığımız var. Bunun nedeni duygularımızı maddi şeylere bağlamamızdır - odamız, oyuncaklarımız, battaniyemiz, arabamız, hediyelerimiz. Eşyalarımızın manevi değeri vardır. Eşyalara tutunmamızın en yaygın nedeni duygusal yaratıklar olmamızdır. Bazen, o şeylere tekrar ihtiyacımız olabileceğinden endişe ettiğimiz için onları elimizde tutarız. Sevdiğimiz birinden kalan bir şeyden kurtulduğumuz için kendimizi suçlu hissederiz. Ya da harcadığımız para için kendimizi suçlu hissederiz. Hayallerimizi ve umutlarımızı sahip olduklarımıza bağlarız.

Bazen bir şeye veda ettiğimizde, o şeyin bizim için temsil ettiği umuda da veda etmiş oluruz. Bu şeyleri bırakmak bir başarısızlık ya da utanç gibi gelebilir. Bir hayalden vazgeçmek gibi gelebilir.

Kurtulmak için en çok mücadele ettiğimiz şeyler muhtemelen öz değerimizle bağlantılıdır.

Geçmişteki boşluk, korku, suçluluk ve endişe duygularına verilen bir tepkiden kaynaklanan dağınıklık, kısır bir döngü içinde daha fazla dağınıklığa neden olabilir ve daha fazla suçluluk, utanç, korku ve endişe gibi tepkisel duygusal acılarla birleşebilir.

En çok tutunduğumuz şey, öz değerimizi tanımlar. Örneğin, başarıya çok değer veriyorsak, ödüller veya üniversite transkriptleri gibi başarılarımızın somut kanıtlarını oluşturan şeyleri bırakmak zor olabilir. Bunları atmak kendimizi daha az başarılı hissetmemize neden olabilir.

Ya da ilişkilerimize her şeyden çok değer veriyorsak, insanlardan gelen hediyelerden kurtulmak daha zor olabilir. İstenmeyen veya kullanılmayan hediyeleri atmak, bize hediyeyi verene karşı vefasızlık yaptığımız hissini verebilir. Bu durum, sevildiğimizi ve takdir edildiğimizi gösteren, başkaları için bir anlam ifade ettiğimizi kanıtlayan doğum günü ve tebrik kartları için de geçerli olabilir.

Dağınıklık sadece duygularımızı, anılarımızı, değerimizi ve kimliğimizi temsil etmekle kalmaz, aynı zamanda daha derin sorunlarla başa çıkmaktan alıkoyabilir ve acıya karşı bir tampon görevi görebilir. "Bir şeyleri dağıtırken etrafımızı göremeyiz, bu da onunla uğraşmamamızı sağlar - bu bir başa çıkma yoludur."

Dağınıklığı ne kadar çok azaltırsak, bu konuda o kadar iyi oluruz ve hayatımızda neyi tutacağımızı, atacağımızı ve arayacağımızı seçme konusunda daha bilinçli hale geliriz. Biraz boş alan, daha güçlü ilişkiler ve daha iyi fiziksel ve zihinsel sağlık yoluyla daha güçlü bir biz sağlayan yeni bir yaşam biçimine yer açmaya yardımcı olur.

Anılar ve duygular

Geçmişte yaşamaya devam ediyoruz. Geçmiş çoktan yaşanmıştır. Ancak geçmişin düşüncelerini şimdiki zamanda canlı tutuyoruz. Geçmişe tutunmak onu şimdinin bir parçası haline getirmektir. Sanki onu şimdi yeniden yaşıyormuşuz gibi. Geçmiş deneyimleri şimdiki eylemlerimiz için bir gerekçe olarak kullanırız. Geçmişe tutunmak yolumuza devam etmemize izin vermez. Çünkü geçmişe tutunmak için kullandığımız her bir enerji parçası, bugünümüzü ve geleceğimizi yaratmak için sahip olmadığımız bir enerji parçasıdır.

Güçlü bir şekilde olumsuz ya da olumlu olan olaylara tutunuruz. Bunlar geçmişteki acıları, ihanetleri, istismarı içerebileceği gibi güçlü olumlu anıları da içerebilir.

Tutunuruz çünkü tutunmanın gelecekteki acılara karşı koruma yarattığına inanırız. Eğer onu 'farkındalık' durumumuzda tutarsak, o zaman bir daha incinmeyiz. Eğer bırakırsak, o zaman karanlıkta kalırız.

Bazılarımız geçmişteki acılara tutunuruz çünkü travma dramasını severiz. Hayatlarımız için birilerini suçlamak isteriz, bu da bizi kurban konumunda tutar. Bu, başkalarını mağdur etmek ve manipüle etmek için harika bir yoldur. Sadece geçmişte yaşamakla kalmayız, onu başkalarını haksız çıkarmak için de kolayca kullanırız.

Geçmişe tutunmak şu ya da bu şekilde her zaman zararlıdır. Yargılamayı gerektirir ve yargılama doğası gereği yıkıcıdır.

Geçmişteki olumlu olaylara tutunmak bile yaşamlarımızda büyük sınırlamalar yaratır!

Sürekli olarak geçmişteki başarılarımızdan, en mutlu anlarımızdan bahsetmeyi alışkanlık haline getirdiğimizde, farkında olmadan geçmişimizi bugünümüzle kıyaslama eğiliminde oluruz. Bizler 10 ya da 20 yıl önce olduğumuz kişi değiliz. Olumlu geçmişi hatırlamak, şimdiki zamanın o kadar iyi olmadığını hissetme riskini taşır ve şimdiki zamanı mutsuz hale getirebilir.

Geçmişin iyi ya da kötü anılarının silinemeyeceğini anlamak önemlidir. 'Geçmişi unutmak' anlamsızdır. O halde nasıl bırakacağız?

Hafızayı silemeyiz. Anılarımıza yapışan duygular üzerinde çalışabiliriz.

Geçmişe dair düşünceler her zaman olumlu ya da olumsuz bazı his ve duygularla yüklüdür. Pozitif ya da negatif yükü nötr bir yüke dönüştürme pratiği yapabilirsek, o zaman geçmişe takılıp kalmayı bırakırız. Böylece geriye nötr bir duygusal yüke sahip bir anı kalacaktır. Yani anıyı silmemize gerek yoktur, çünkü buna ihtiyacımız olmayabilir. Eğer hatırlanmaya değer ise, anı kalacaktır. Ya da kaybolup gidecektir. Her iki durumda da sorun yoktur. Ve anılarımızın duygularını nötralize ettikçe, tutunmayı bırakır, salıveririz. Artık tamamen şimdiki zamanda, onların tamamen farkında olacağız. Bu farkındalıktır.

Nasıl Bırakılır

Kasıtlı olarak bırakmayı seçmek bilinçaltımıza iyileşmeye ve yolumuza devam etmeye hazır olduğumuzu söyler. Geçmişteki acı verici deneyime olan bağlılığımız parçalanmaya başlar.

'Bırakmak, kurtulmak anlamına gelmez. Bırakmak, olmaya izin vermek demektir. Şefkatle bıraktığımızda, her şey kendiliğinden gelir ve gider.

1. Beklenti olmadan hareket edin. Yapmak, sadece yapmanın tadını çıkarmak için. Beklenti ile yapmak, beklentiler karşılanmadığında hayal kırıklığına yol açar. Bu durum ilişkiler için de geçerlidir.

2. Kendinizi sonuca bağlamayın. Kendinizi yapmaya adayın.

3. Başkalarının davranışlarını kontrol edebileceğimiz fikrini bir kenara bırakın. Sadece kendimiz ve nasıl davrandığımız üzerinde kontrolümüz vardır.

4. Hatalar için yer bırakın.
5. Değiştiremeyeceğimiz şeyleri kabul edin.
6. Yeni bir beceri öğrenin.
7. Algıyı değiştirin, temel nedeni kılık değiştirmiş bir nimet olarak görün.
8. Ağlayarak içinizi dökün; olumsuz duyguları ağlayarak atmak onları serbest bırakır.
9. Hoşnutsuzluğu anında olumlu eyleme dönüştürün.
10. Şu ana dönmek için Farkındalık veya Meditasyon veya Pranayama.
11. Günlük yürüyüşe başlamak veya diyete devam etmek gibi küçük de olsa başarıların bir listesini yapın ve her gün buna ekleyin.
12. Fiziksel aktiviteye katılın. Egzersiz, ruh halini iyileştiren endorfinleri artırır.
13. Enerjinizi kontrol edemediğimiz şeyler yerine kontrol edebileceğimiz şeylere odaklayın.
14. Duygularınızı yaratıcı bir şekilde ifade edin.
15. Duyguları güvenli bir şekilde dışa vurun.
16. Kendinizi stresli durumdan uzaklaştırın, değiştirin veya kabullenin - bu eylemler mutluluk yaratır; acıya tutunmak asla mutluluk yaratmaz.
17. Bir kapanış duygusu geliştirmeye yardımcı olmak için deneyimin bize ne öğrettiğini belirleyin.
18. Günlük düşünceleri. Bu bir ifade biçimidir.
19. Küçük kabullenme eylemleri için kendinizi ödüllendirin.
20. Doğa ile temasa geçin. Bu bizi 'köklerimize' bağlar.
21. Bir grup etkinliğine katılın. Tanımadığınız insanlarla birlikte olun. Etrafınızdaki insanlardan keyif alın.
22. Metaforik olarak serbest bırakın. Tüm stresleri yazın ve kağıdı kanalizasyona atın. Sifonu çekin. Gerçekten işe yarıyor.
23. Yaratıcı fanteziler kurun. Bundan on yıl sonrasına bakın. Sonra yirmi yıl, sonra otuz yıl sonrasına bakın. Geçmişte ve şimdi endişelendiğimiz şeylerin çoğunun büyük şemada önemi olmayacaktır.

24. Gülüp geçin.

25. Yapın işte.

"Acı sizi tutmuyor. Acıyı siz tutuyorsunuz. Acıları bırakma sanatında iyi olduğunuzda, o zaman bu yükleri yanınızda taşımanızın ne kadar gereksiz olduğunu anlayacaksınız. Sizden başka hiç kimsenin sorumlu olmadığını göreceksiniz. Gerçek şu ki, varoluş hayatınızın bir festivale dönüşmesini istiyor."

"Yenileyin, serbest bırakın, bırakın gitsin. Dün gitti. Onu geri getirmek için yapabileceğiniz hiçbir şey yok. Bir şeyi 'yapmalıydın' diyemezsiniz. Sadece bir şey yapabilirsiniz. Kendinizi yenileyin. Bu bağlılıktan kurtulun. Bugün yeni bir gün!"

Aksilikler ve Tükenmişlikler

"Hayatta zorlanmak kaçınılmazdır, yenilmek ise isteğe bağlıdır."
"Tabii ki zor. Zor olması gerekiyor. Eğer kolay olsaydı, herkes bunu yapardı. Bunu harika yapan şey zor olmasıdır."

— Michael Jordan

"Hayatıma dönüp baktığımda, ne zaman iyi bir şeyden mahrum bırakıldığımı düşünsem, aslında daha iyi bir şeye yönlendirildiğimi fark ediyorum."
"Kırılmalar atılımlar yaratabilir. Bir şeyler dağılır, böylece bir şeyler bir araya gelebilir."

Kendimi motive ettim. Denedim.

Denedim. Başaramadım.

Başarısız oldum. Ben bir başarısızım.

Kendimi tekrar nasıl motive edebilirim?

Ya yine başarısız olursam?

Yeniden denemek için motivasyonum yok.

Yeniden denemek için enerjim yok.

Tekrar denemekten korkuyorum.

Neden başarısız olduğumu bilmiyorum.

Nasıl tekrar deneyeceğimi bilmiyorum.

Hepimiz hayat yolculuğumuzda aksilikler, çöküşler ve nüksler yaşarız.

Ufak tefek aksilikler bizi kısa bir süreliğine raydan çıkarır, ancak diğerleri tüm hayatımızı raydan çıkarmış gibi görünebilir. Hepimiz hayatımızın bir noktasında bunları yaşarız.

Aksiliklerle nasıl başa çıktığımız, yaşam yolculuğumuzu belirler. Bazılarımız sadece parçaları toplayıp yola devam edecek güce sahiptir. Diğerleri ise bırakmakta zorlanır. Aksilikler, çöküşler ve nükslerle karşılaştığımızda hepimiz hayal kırıklığı, umutsuzluk, üzüntü, hayal kırıklığı veya öfke yaşarız. Her birimiz bununla farklı şekilde başa çıkarız. Bazıları inkârı seçer, bazıları öfkelenir, bazıları yas tutar ve bazıları da kaçmaya karar verir. Bu duygularla ne yaptığımız bizi birbirimizden ayırır. Bu zor zamanlardan nasıl çıkarız?

Hepimiz yaşamlarımızda bir değişim yaratmak için güçlenmiyor ya da motive olmuyoruz. İlham alan ve motive olanlarımız... dener. İstediğimiz şeyi başaramamamızın pek çok nedeni olabilir. Başarısız oluruz. Bunu bir aksilik olarak görürüz. Aksilikler bizi geriye götürür. Bir gerilemeyle ilgili en büyük sorun, yeniden denemek için önceki motivasyon düzeyinden daha fazlasını gerektirmesidir. Belli bir motivasyon düzeyiyle denedik ama başaramadık. Bir dahaki sefere, yaşam yolculuğumuza geri dönebilmek için daha fazla kendini ikna etme, daha fazla motivasyon, daha fazla çaba, çözülmesi gereken daha fazla kendini sınırlayan inanç, üstesinden gelinmesi gereken daha fazla şüphe ve soru, üzerinde çalışılması gereken daha fazla duygu... gerekir. Ve her seferinde bir barikata çarptığımızda bu daha da zorlaşır. Denemekten bile yoruluyoruz. Tükeniyoruz. Ta ki aksiliklerin hayatımızın hikayesi haline geldiği bir zamana kadar. Kendimizi bu şekilde tanımlamaya karar veririz.

Olanlar üzerine nasıl düşünür ve daha büyük bir öz farkındalık duygusu kazanırız?

Aksilikler ve engeller bizi raydan çıkarabilirken, aynı zamanda hayatımıza farklı bir perspektiften bakmak için birer fırsattır. Birçok atılım, insanlar risk aldıktan, bir engelle karşılaştıktan, yeniden toparlandıktan ve ilerledikten sonra gerçekleştirilmiştir.

"Bir aksilik çoğu zaman bizi daha da kötü ama daha da iyi bir hedefe götüren bir yola sokar."

"Gerileme ne kadar zor olursa, geri dönüş de o kadar iyi olur."

"Bir aksilik, yeniden başlamak için bir fırsattır, bu sefer daha akıllıca."

Farklı engel türleri

Aksilikler, barikatlar ve yenilgiler şu anda bulunduğumuz yer ile olmak istediğimiz yer arasında duran engeller olsa da, her biri farklı bir zorluk seviyesini temsil eder.

Aksilikler genellikle nispeten küçük sorunlardır. Hız kesiciler gibidirler, bizi durdurmazlar. Sadece bizi yavaşlatırlar.

Nüksler, bir başarı döneminden sonra kötüleşmedir. Bir değişim ve dönüşüm döneminden sonra eski haline dönmektir.

Barikatlar bizi yavaşlatmaktan biraz daha fazlasını yapan engellerdir. Bizim 'takılıp kalmamıza' neden olurlar. Sadece ilerlememizi engellemekle kalmaz, aynı zamanda bir şeyi başarmamızı da önlerler. 'Barikatları aşmak' mümkün olabilir, ancak bu zaman ve çaba gerektirir.

Arızalar bir işlevin yerine getirilememesi, ilerleme kaydedilememesi ya da bir etki yaratılamaması, bir çöküştür.

Yenilgiler 'yenilmişlik' hissini, moral bozukluğunu ve zorlukların üstesinden gelme duygusunu ifade eder. Tüm aksiliklerin ve barikatların anasıdır. Yenilgiler, hayatımıza dair algıları değiştirebilecek önemli yaşam değiştiriciler olabilir.

Peki, engellerimizi ne zaman bir gerileme, bir nüksetme, bir barikat, bir çöküş veya bir yenilgi olarak adlandırırız? Cevap başarısızlıkta ya da engelde yatmıyor. Bu, engeli algılayışımıza ve tepki biçimimize bağlıdır. Bu, ne derece bunaldığımız ya da geride kaldığımızın derecesi ve yoğunluğudur. Bu, umudumuza ve nasıl başa çıkacağımıza bağlıdır. Eğer tamamen pes edersek, bu bir yenilgidir. Eğer yavaşlar, algımızı değiştirir ve yenilenmiş bir güçle hareket edersek, o zaman bu sadece bir gerilemedir.

Algılarımızı değiştirdikçe ve kalıplarımızı kırdıkça, yenilgi gibi görünen aynı engel küçük bir aksiliğe dönüşebilir.

Bir engelle yüz yüze geldiğimizde suçlarız. Durumu suçlarız, insanları suçlarız, kaderi suçlarız, Tanrı'yı suçlarız ve hatta kendimizi suçlarız. Bir aksilik ya da yenilgiye verilen bir başka tepki de öfkedir. Öfke, çünkü kendimizi hayal kırıklığına uğramış ve üzgün hissederiz çünkü hayatımızın bu noktasında olmak istediğimiz yerde olmadığımız için kendimizi hayal kırıklığına uğratmışızdır. Bu şekilde tepki verdiğimizde aslında kendimize zarar vermiş oluruz.

Bu olumsuz tepkilerin, duyguların veya yanıtların hiçbiri gitmek istediğimiz yere ulaşmamıza yardımcı olmaz. Daha da kötüsü, bizi yolumuzda durdururlar. Bir kasırganın tozu gibi umutsuzluğa kapılır, dönüp durur, çok enerji harcar ama hiçbir yere varamayız. Kendimizi böyle hissederiz. Sanki bir çemberin içinde dönüp duruyoruz ve bu kargaşadan nasıl çıkacağımızı bilemiyoruz ki yeniden ilerlemeye başlayabilelim.

Step-Up için Gerileme

Bunu kabul edin

Hiç kimse aksiliklere karşı bağışık değildir. Bir aksilikle karşılaştığınızda bunu fark edin ve kabul edin. Bu, yeniden oluşum sürecini başlatır. Gerilemenin diğer tarafında, daha önce olduğumuz kişi olmayacağız.

Suçlamayı ortadan kaldırın

Bazen ortada hiçbir sebep yokken bazı şeyler olur. İleriye dönük yolları araştırmak, suçlamaya ya da somurtmaya çalışmaktan çok daha sağlıklıdır.

Zaman ayırın

Fiziksel yaraların iyileşmesi için zaman gerekir. Duygusal yaraların iyileşmesi ise daha uzun sürer. Açıkçası, aksiliklerin üstesinden gelmek için kendimize zaman tanımamız gerekir. Sabırsızlık sadece bunu zorlaştırır ve uzatır. Sorunlarımızı çözmek ve yolumuza devam etmek için her zaman çok acele ederiz. Sabırsızlık hayatımızın diğer alanlarını da etkileyen bir kalıp haline gelmiştir. Zamanın hareketinin bizi bunun üstesinden gelmeye itmesine izin verin. Zaman iyileştirir!

Duyguları deneyimleyin

Duygularımızı görmezden gelirsek, bir noktada ve genellikle daha zarar verici şekillerde ortaya çıkacaklardır. Duygusal bir tepkiyi deneyimlemek için bir gün, bir hafta, bir ay gibi bir son tarih belirleyin. Bunu yaparken, duyguyu gözlemleyin. Düşüncelerin günlüğünü tutun. Ardından son bir kez gözyaşlarınızı silin ve yeniden ilerlemeye hazır olun.

Gerçekliği kabul edin

Gerilemenin ardından ayağa kalkmanın en iyi yollarından biri, sonuç adil olmasa bile gerçeği kabul etmektir. Kendimize bunun olmaması gerektiğini söyleriz. Belki de öyledir. Bazı kararlar karmaşıktır ve hangi faktörlerin aleyhimize işlediğini her zaman bilemeyiz. Kötü zamanlama kadar basit bir şey de olabilirdi. Bu, kendimizi inkâr etmekten kurtulmak için bir fırsattır. Olanları kabullenene kadar, duygularımızın hüküm sürdüğü bir inkar durumunda sıkışıp kalacağız.

Bakış açınızı değiştirin: Normalleştir - Yeniden önceliklendir - Yeniden çerçevelendir

Normalleştirin. Herkes mücadele eder. Biz sadece başarılı profilleri görüyoruz. Arka plandaki mücadele hikayelerinden bihaberiz. Aksilikler yaşamak normaldir. Zorlanmayı ve hayal kırıklığına uğramayı bekleyin. Yalnız olmadığımızı bilin.

Yeniden önceliklendirin. 1-10 arası bir ölçekte, bu ne kadar büyük bir sorun ya da engel? Abartma eğilimindeyizdir. Öncelikleri yeniden belirlemek bize engelle ilgili gerçekçi bir bakış açısı kazandırır.

Yeniden çerçeveleyin. Ortaya çıkabilecek faydaları düşünün. Bundan ne gibi yeni anlamlar çıkarabiliriz? Olumlu bir sonuç elde etmemize yardımcı olabilecek terimlerle olanları yeniden çerçevelemenin bir yolunu arayın.

"Hayır"dan "henüz değil"e geçin

Anahtar, kendimize "Hayır, başarısız oldum" demekten "Henüz değil, ama yapacağım" demeye geçmektir.

Başarısızlığı kendi içinde bir son olarak değil, bir süreç olarak görün. Bu zihniyet, işler zorlaştığında pes etmemizi isteyen kafamızdaki olumsuz sesi susturmaya yardımcı olacaktır. Başarısızlıktan ders çıkarabileceğimize ve başarılı olma potansiyeline sahip olduğumuza inanırsak, tekrar deneyecek gücü buluruz.

Şimdiki Zamanda Kalın

Yaşananları ne kadar çok takıntı haline getirirsek, zihnimizde tekrar tekrar yaşarız ve aynı şeyin tekrar yaşanacağına dair korkumuz bizi o kadar çok geri çeker.

Biraz ara verin

Nefes al. Eğlenceli bir şeyler yapın. Zihninize bir mola verin. Kalıpları kırmak için molalara ihtiyacımız var.

Hedefin ne olduğunu netleştirin

Planımız başarısız olduğunda, yapmamız gereken ilk şey tam olarak neyi başarmayı umduğumuzu netleştirmektir. Gerçekçilik ve doğruluk, aşırı tepki vermekten kaçınmaya yardımcı olmak için önemlidir.

Sonucu netleştirin

Neyi başarmaya çalıştığımızı netleştirdikten sonra, ... bir şeyi başardığımızı anlamak önemlidir. Kesinlikle, her şey nadiren ters gider. Hem olumlu hem de olumsuz yönleri belirleyin. Halihazırda yapılmış olan bazı iyi işleri geri almadan değişiklikler yapmamız gerekebilir.

Doğru olanları ve yanlış gidenleri listeleyin

Bu bir sızlanma seansı değil. Suçlama oyunu değil. Yanlışların farkındalığı ve kabulü. Yanlışları listeleyin.

Listeyi 2'ye bölün

Listeyi ikiye bölmemiz gerekiyor. Bir plan başarısız olduğunda, başarısızlığa neden olan her şey bizim kontrolümüzde olmayacaktır. Listeleri adlandırın - kontrolüm altındaki şeyler ve kontrolüm dışındaki şeyler. Listedeki her bir maddeyi gözden geçirin ve kategorize edin.

Değiştiremeyeceğimiz şeylerin listesini temizleyin

Bir plan başarısız olduğunda, kontrol edemediğimiz faktörlere lanet okur ve sızlanırız. Kafamızı duvarlara vururuz. Bunlar hakkında yapabileceğimiz hiçbir şey olmadığını kabul edin. İkinci listeyi bir kenara bırakın ve ilk listeye yeniden odaklanın.

Bir eylem planı yapın

Hedefi yeniden tanımlayın. Gelecek için öğrenilen dersler oluşturun. Ortaya çıkabilecek olası engelleri düşünün ve bunlar için plan yapın. Sorunlarla karşılaşacağımızı öngörmeli ve bu sorunlar ortaya çıktığında acil durum planları ve eylemleri hazır bulundurmalıyız. Yeni yaklaşımlar denemek için esnek ve açık fikirli olun.

Harekete geçin

"Bilmek yeterli değildir; uygulamalıyız. İstemek yeterli değildir; yapmalıyız." – Bruce Lee

Bilmek yeterli değildir; uygulamalıyız. İstemek yeterli değildir; yapmalıyız Yapılanları değiştiremeyiz, ancak onunla başa çıkmayı seçebiliriz.

Başarısızlık iki şekilde gelir: eylemlerimiz ve eylemsizliklerimiz. En büyük pişmanlıklarımız üzerine düşündüğümüzde, eylemleri değil eylemsizlikleri yeniden yapabilmeyi dileriz! Hayat bizi yere serdiğinde, ayağa kalkın. Ve bizi tekrar yere serdiğinde, tekrar ayağa kalkın. Bir gerilemeden sonra ayağa kalkmanın tek yolu budur.

Tükeniş

Deneriz ve tekrar deneriz. Denemekten yoruluruz. Tükeniriz.

Tükenmek, uzun süreli, çözülmemiş stresle birlikte gelen bir ruh halidir. Tükenmişlik, zihinsel, duygusal veya fiziksel bitkinlikle birlikte çabalarımızın ve girişimlerimizin anlamını yitirmesidir.

Tükenmişlik herkesi, her zaman etkileyebilir.

Balayı aşaması

Dönüşümümüz için harekete geçmeye başladığımızda, çok fazla pozitiflik, bağlılık ve enerji ile başlarız. Bu balayı evresidir - her şey yolundadır, iyi başlamıştır.

Stres başlıyor

Tükenmişliğin ikinci aşaması, bazı günlerin diğerlerinden daha zor ve çabaların daha az ödüllendirici olduğunun farkına varılmasıyla başlar. İyimserlik darbe almaya başlar. Stres fiziksel, duygusal ve eylemlerimizde kendini göstermeye başlar.

Stres birikir

Tükenmişliğin üçüncü aşaması kronik strestir. Bir aksilik gibi görünen şey, kısa süre sonra bir barikat veya çöküş haline gelir.

Yanıyor

Tükenmişliğin dördüncü aşamasına girildiğinde belirtiler kritik hale gelir. Bu gerçek tükenmedir. Normal şekilde devam etmek çoğu zaman mümkün değildir. Arızalar yenilgi gibi görünmeye başlar.

Tükenmişlik bir kalıp haline gelir

Tükenmek hayatımızın hikayesi haline gelir, arkasında pes ettiğimiz bir hikaye. Artık denemeyi bırakmışızdır. Başa çıkmak için umut kalmamıştır.

"Başarısızlık korkusu, en çok korkulan şeyi yaratan bir kısır döngü yaratır."

Hayatımızın geri kalanını bu şekilde mi yaşamak istiyoruz?

Yapabileceğimiz her şeyi yapamamak çünkü basitçe pes etmek?

Ayakta durmayı, yürümeyi, düşmeyi, ağlamayı ve sonra denemeyi öğrenen bir çocuk.

Tekrar düşer. Ama bu sefer çabası ilk denemeden daha fazladır. Tekrar ve tekrar dener. Ve adım adım, bebek adımları çocuğu hedefi ilerletmeye iter. Koşmak için. Çocuk zaman aldı, çaba harcadı ama ağladı ve denedi. Çocuk bunu bir aksilik, bir çöküş ya da bir yenilgi olarak adlandırır mı?

Bazen çocuk gibi olmak, pes etmeyecek kadar inatçı olmak ve kendinizden daha fazlasını talep etmeye devam etmek önemlidir!

Anlık bir dünyada yaşıyoruz. Biz sabırsız bir nesiliz. Her şey için hızlı bir çözüm olduğuna inanıyoruz - Her hastalık için bir hap! Ancak hap, hastalığın nedenini ya da oluşumunu ele almaz.

"İçinde bulunduğumuz karmaşaya düşmek için bütün bir hayat gerekir. Bundan kurtulmak için kendinize biraz zaman tanıyın."

Hastaları iyileştirmek için iyi bir kitaptan, bir vaazdan ya da 6 adımlı bir senaryodan daha fazlası gerekir.

Buna hazır mıyız?

Dönüşüm tek seferlik bir olay değildir. Sadece bir kitap ya da blog okuyup, bir kursa katılıp tüm sorunların çözüleceğini düşünemeyiz. Bu süreçte başarısız olacağız ve kendimizi ezik hissedeceğiz. Sorun değil! Tekrar deneyin. Başarısızlıktan, başarıdan öğrendiğimizden çok daha fazla şey öğreniriz.

"Hiçbir şey değişmezse, hiçbir şey değişmez."

"Bazen en çok yapmamız gereken şey, en çok korktuğumuz şeydir."

"Aslında hayatta iniş ve çıkışlara ihtiyacımız vardır. İnişler bize nereye gitmek istediğimizi hatırlatır, çıkışlar ise bizi oraya ulaşmaya iter. Zamanla, inişler yükselmeye devam eder ve çıkışlar da o kadar alçak olmaz."

"Hayat, bazen bunu fark etmek zor olsa da, her biri bizi daha da büyüten bir dizi deneyimdir. Çünkü dünya karakter geliştirmek için inşa edilmiştir ve katlandığımız aksiliklerin ve kederlerin ileriye doğru yürüyüşümüzde bize yardımcı olduğunu öğrenmeliyiz."

– Henry Ford

"Bilirsiniz, herkesin hayatında aksilikler olur ve herkes kendisi için belirlediği hedeflerin gerisinde kalır. Bu, yaşamanın ve bir insan olarak kim olduğunuzla yüzleşmenin bir parçasıdır."

– Hillary Clinton

"Kurduğum ilk şirket büyük bir patlama ile başarısız oldu. İkincisi biraz daha az başarısız oldu ama yine de başarısız oldu. Üçüncüsü, bilirsiniz, tam anlamıyla başarısız oldu, ama iyi sayılırdı. Çabucak toparlandım. Dördüncüsü neredeyse hiç başarısız olmadı. Hâlâ harika hissettirmiyordu ama fena değildi. Beş numara PayPal'dı."

– Max Levchin, former PayPal CTO

Kalıpları Kırmak

*"Dışımızdaki hiç kimse bizi içten yönetemez.
Bunu bildiğimizde özgür oluruz."*

– Buddha

"Bizler tekrar tekrar yaptığımız şeyiz. O halde mükemmellik bir eylem değil, bir alışkanlıktır."

– Aristotle

"Her şeyden uzaklaşmak, pek çok insan bunu ister ve tabii ki en nihayetinde her şeyden uzaklaşmanın tek yolu şimdi kendi içine dönmektir."

– Eckhart Tolle

"Yaratıcılık, olaylara farklı bir şekilde bakmak için yerleşik kalıpların dışına çıkmayı içerir."

– Edward de Bono

"Kalıpların zincirleri, kırılamayacak kadar ağır olana kadar hissedilemeyecek kadar hafiftir."

"Tüm hayal gücü - düşündüğümüz, hissettiğimiz, duyumsadığımız her şey - insan beyni aracılığıyla gelir. Ve bu beyinde bir kez yeni kalıplar yarattığımızda, beyni yeni bir şekilde şekillendirdiğimizde, asla orijinal şekline geri dönmez."

"Hayatına devam etmek, kendini geçmişten kurtarmanın ilk aşamasıdır. son aşama ise bırakmadır."

"Özgür olmak ya da olmamak, genellikle bir yere yavaşça mı yoksa hiçbir yere hızlıca mı varmak istediğinize göre belirlenir."

Hayatımız nedir? 'Ben'in keşif yolculuğudur. Hayatta kendimizi döngüler içinde buluruz. Hikayeler farklıdır, durumlar farklıdır ama kalıplarımız aynı kalır.

Olumsuz bir şeyle karşılaştığımızda, bunu tek seferlik bir olay olarak geçiştiriyor ve kendimizi ya da çevreyi suçluyoruz. Ve sonra da unuturuz. Ancak her seferinde tepki verir ve unuturuz. Ve bundan hiçbir şey öğrenmeyiz. Tüm bunların nedeni kalıpları fark edememizdir.

Dolayısıyla, bu tür durumları hayatımıza çekmeye devam ediyor ve kendimizi, çevremizi ve hatta Tanrı'yı suçluyoruz!

Aldığımız kararların çoğu, tam olarak farkında olmadığımız bilinçaltı bir düzeyde alınır. Bu temel, anlık seçimler geçmişimizden gelen 'algılarımızdan' ve hatalı inançlarımızdan etkilenir. Yaşamlarımızdaki kalıpların kendilerini tekrar tekrar oynattığını görürüz ve nasıl durduracağımızı bilemeyiz. Kırılması zor gibi görünürler çünkü sürekli tekrarlanarak varlığımızın derinliklerine işlemişlerdir. Belirli kalıpları araştırdıkça, bunların altında yatan nedenlerin aynı olduğunu görürüz. Bu sebeple başa çıkarak, hayatımızdaki pek çok istenmeyen davranıştan kurtulabiliriz.

Kalıplar diğerleriyle bağlantılı olabilir, bazı nedenler de kalıpların kendisi olabilir! Bu tür kalıpları tek seferde tamamen ortadan kaldırmak kolay olmayabilir. Çalışmaya devam edin ve tutarlı olun. Daha sonra, temel nedenlerin doğru bir şekilde ele alındığı ve kalıpların kırıldığı bir noktaya geleceğiz.

Kalıplar Nasıl Kırılır

Kalıplar, zihnimizin ve bedenimizin içsel, temel 'varsayılan ayarlarının' bir sonucu olarak ortaya çıkar. Bu varsayılan ayarlar, doğuştan gelen çekirdek doğamıza, hassasiyetlerimize, içsel inançlarımıza ve sahip olduğumuz değerlere göre 'ayarlanır'. 'Kalıbı kırmak' için içimize bakmamız, tetikleyicileri ve kalıpları belirlememiz ve bunları çözmemiz gerekir. İyi olan şey, kalıpların 'sıfırlanabilmesidir'.

"Gerçek sizi özgür kılacaktır, ama önce sizi perişan edecektir."

Peki, kalıplarımızı gerçekten nasıl sıfırlarız?

Değiştirilmesi veya geliştirilmesi gereken somut davranışı tanımlayın.

Tetikleyicileri belirleyin.

Tetikleyicilerle başa çıkın.

Bir yedek plan geliştirin.

Daha büyük kalıbı değiştirin.

İpuçlarını ve hatırlatıcıları kullanın.

Destek alın.

Kendi benliğimizi destekleyin ve ödüllendirin.

Israrcı ve sabırlı olun.

Belirli, yapılabilir davranışlar açısından düşünerek alışkanlık kırma sürecini başlatın.

Hayatımızdaki olumsuz kalıpları günlük haline getirmek, neyi kıracağımızı belirlememize ve seçmemize yardımcı olacaktır.

1. Böyle bir durumda kaldığımız son birkaç zamanı listeleyin. Çıkmak istediğimiz bir kalıp seçin. Daha önce karşılaştığımız birkaç yoğun durumu listeleyin.

2. Her bir durum için sonuca yol açan faktörleri listeleyin. Her bir olaya yol açan çok sayıda faktörü listeleyin. Her olayın birden fazla tetikleyicisi olması mümkün olabilir, bu nedenle mümkün olduğunca çok sayıda tetikleyiciyi listeleyin.

3. Faktörler arasındaki ortak noktaları belirleyiniz. Listelenen tüm faktörlere bakın. Olaylar arasındaki ortak noktalara dikkat edin. Listelenen tüm faktörler arasında birkaç baskın eğilim olacaktır.

4. Faktörlerin nedenini derinlemesine inceleyin. Bu ortak faktörleri inceleyin. Bu faktörlere ne yol açtı? Her yanıt için, altta yatan nedeni belirlemek üzere daha derine inin. Faktörlerin arkasında birden fazla neden olması mümkündür.

5. Nedeni ele almak için eylem adımlarını belirleyin. Nedenleri ele almak için ne yapmalıyım? Bir Eylem Planı Oluşturun. Adımları bulduğumuzda, bunların kalıplara doğrudan hitap etmediği görülebilir. Yine de nedenlerden birine hitap ettiği için kalıptan kopmaya yardımcı olabilir.

Genellikle, kalıplar ve rutin davranışçılık sistemimiz için faydalı olabilir, çünkü beynimizi otomatik pilot moduna geçirir. Bu rutinleşmiş kalıpların diğer yüzü, bu kalıplar iyi sütundan çok kötü sütunda yer aldığında ortaya çıkar.

Kalıbı başlatmak için her zaman bir tetikleyici vardır. Tetikleyiciler içsel ya da dışsal, duygusal ya da durumsal ve çevresel olabilir. Daha küçük örüntüler daha büyük örüntülerin içine yerleşmiş olabilir. Kök nedenleri doğru bir şekilde araştırır, doğru eylem planlarını belirler ve bunlara göre hareket edersek, kalıplar çözülmeye başlayacaktır.

Daha büyük kalıplara bakarak ve onları değiştirerek aslında sadece temel alışkanlıklarımızla başa çıkmayı kolaylaştırmakla kalmıyor, aynı zamanda irademizi daha küçük, daha kolay kalıp kırma davranışları üzerinde uyguluyoruz. Bu da güçlenme duygumuza katkıda bulunur.

Yeni sinirsel yolların oluşmasının, eskilerinin kaybolmasının ve yenilerinin eskilerinin yerini almasının zaman alacağını anlamak önemlidir. Dikkat! Bunu bırakmak için bir bahane olarak kullanmayın.

Bazı zor sorular

Şaşırtıcı bir şekilde, olumlu bir amaçla bilinçli olarak geçmişimize dalmakta isteksiz davranıyoruz. Öte yandan, sebepsiz yere kötü şeyler hakkında geviş getirmeye devam ediyoruz. Geçmişe bakmak ve olayların neden bu şekilde gerçekleştiğini anlamak acı verici ve sinir bozucu olabilir. Bu kalıpların hayatımızda neden yer aldığını tespit edemezsek, yeni deneyimler yaratmak için onları asla durduramayız.

Kalıbı neden kırmamız gerektiğini ve onu sağlıksız kılan şeyin ne olduğunu anlayın. Düzeltmenin ilk adımı her zaman neden düzeltilmesi gerektiğini anlamaktır. Bu şekilde, faydasını görecek ve en başından itibaren üzerinde çalışacağımız bir hedefimiz olacaktır.

Bazı sorularla dürüstçe yüzleşmeye hazır mıyız?

Durun ve düşünün - Hayatta verdiğiniz kararlar

Çaresizlikten mi? Düşüncesizce mi?

Büyük bir fırsatı kaçırma korkusuyla mı?

İmaj veya itibarı korumak için egodan mı?

Karar, diğer insanların bizi nasıl algılayacağına mı dayanıyordu?

Kendimizi birine kanıtlamak için mi? Ebeveynler? Arkadaşlarımıza mı? Sosyal medya takipçileri?

Mümkün olan en güvenli yolu seçmek için mi?

Başkalarına körü körüne güvenerek mi?

Kendine kasıtlı olarak zarar vermek - kendini sabote etmek?

Bu tür kararlar hayatın diğer alanlarında nerede kendini gösterdi?

Bu şekilde olmayı kimden öğrendim?

Çocukluğumda kim böyleydi?

Ebeveynlerim arasında ne gözlemledim?

Çocukken ihtiyaçlarım o kadar göz ardı mı edildi ki, hayatım boyunca sevgi arıyorum ama sürekli olarak beni terk eden insanlar buluyorum?

Kendimi mi terk ediyorum? Başkalarını mı?

Öz farkındalık için birkaç soru daha:

Hayatımın hangi alanlarında acı çekiyorum?

İlişkilerimde veya kariyerimde kendim hakkında nasıl hissediyorum?

Bu konuda hangi duygulara sahibim? Üzüntü, endişe, suçluluk veya öfke mi?

Olmak istediğim kişi olmamı engelleyen şey nedir?

Çocukken ailemin neresinde bu şekilde davrandığımı gözlemledim?

Bu şekilde olmaya devam etmenin bugün hayatımdaki sonuçları nelerdir?

Neden ve neyi değiştirmek istiyorum?

Somut olarak hayatım için vizyonum nedir?

Bu vizyonda nasıl hissedeceğim ve olacağım?

Deneyimlediğimiz dönüşümsel değişimlerin hepsi hemen belirgin değildir, birçoğu inceliklidir.

Bu devam eden bir süreçtir ve zor bir iştir. Ancak büyümeye ve gelişmeye devam edebilmemiz ve dolayısıyla kendimizle ve diğer insanlarla daha sağlıklı ilişkiler geliştirebilmemiz için bunun yapılması gerekir.

Muazzam, imkansız ya da zor gibi görünse de iç huzurumuz ve büyümemiz için elzemdir. Kolay yol, hiçbir eylemde bulunmayarak sağlıksız kalıpların devam etmesine izin vermektir, ancak sonunda gerçekten mutlu olmadığımızı ve daha fazlasına ihtiyacımız olduğunu fark edeceğiz. İşte bu noktada kalıpları kırmak devreye girer. It will help us to not only become better versions of ourselves, but it will attract positive people, healthy bonds, empowered life, and things that are a better, healthier fit for us.

"Değişimin sırrı, tüm enerjinizi eskiyle savaşmaya değil, yeniyi inşa etmeye odaklamaktır."

— *Socrates*

"Geleceğinizi değiştiremezsiniz; ancak alışkanlıklarınızı değiştirebilirsiniz ve kesinlikle alışkanlıklarınız... geleceğinizi değiştirecektir."

— *Dr. Abdul Kalam*

"Aynı kalmanın acısı, değişimin acısından daha ağır basana kadar hiçbir şey olmaz."

"Yanlış şeylere HAYIR demek, doğru şeylere EVET demek için alan yaratır."

"Dönüşüm becerileri, kaynakları ve teknolojiyi kullanmaktan çok daha fazlasıdır. Her şey zihin alışkanlıklarıyla ilgilidir."

"Gerçek dönüşüm gerçek dürüstlük gerektirir. Eğer ilerlemek istiyorsanız, kendinize karşı dürüst olun."

Sadece Yap...

"Yapılan küçük işler, planlanan büyük işlerden daha iyidir."
"Başlamak için büyük olmak zorunda değilsiniz, ama büyük olmak için başlamak zorundasınız."

— Zig Ziglar

"Eylem, büyük bir güven tazeleyici ve inşa edicidir. Eylemsizlik korkunun yalnızca sonucu değil, aynı zamanda nedenidir."

— Norman Vincent Peale

"Önemli olan eylemdir, eylemin meyvesi değil. Doğru şeyi yapmak zorundasınız. Herhangi bir meyve elde etmek sizin elinizde olmayabilir, sizin zamanınızda olmayabilir. Ama bu doğru şeyi yapmaktan vazgeçeceğiniz anlamına gelmez. Eyleminizden ne gibi sonuçlar çıkacağını asla bilemeyebilirsiniz. Ama hiçbir şey yapmazsanız, hiçbir sonuç olmayacaktır."

— Mahatma Gandhi

"Binlerce kilometrelik yolculuk tek bir adımla başlar."

— Lao Tzu

Yap işte!

Farkındayım.

Kabul ediyorum.

Harekete geçmeyi seçiyorum.

Geçmişi ve geleceği şimdiki zamandan ayırmayı seçiyorum.

Algıyı değiştirmeyi ve kalıbı kırmayı seçiyorum.

Bazen ihtiyaç duyulan tek şey derin bir nefes almak, ikna olmak ve sadece harekete geçmektir. Başka hiçbir şeye gerek yoktur. Evren bir düşüncedir! Ve bizi harekete geçirebilecek olan da düşüncedir.

Harekete geçin, harekete geçmemiz gerektiği için değil.

Kimseyi memnun etmek için değil.

Başka bir seçenek olmadığı için değil.

Harekete geçiyorum çünkü harekete geçmeyi seçiyorum.

Harekete geçiyorum çünkü içimden harekete geçmek geliyor.

Kendinizi eyleme adayın, sonuca değil.

Değişimi getiren şey eylemdir. Bunu zihnimizde düşünmek, biz yapana kadar anlamsızdır. Yedek kulübesinde otururken gol atamayız. Bunun için giyinip kuşanmamız ve oyuna girmemiz gerekir.

Evet, bir hedefimizin olması gerekir. Ancak o zaman golü atabiliriz.

Hedef her zaman 'sorunu çözmek' olmayabilir. Çünkü ne kadar çok sorunu anlamaya çalışırsak, ne kadar çok sorunu analiz etmeye çalışırsak, o kadar çok soruna takılıp kalırız ve hayatımız o kadar çok sorunun etrafında döner.

Hedefimiz sorunlarımızın ötesinde olmalıdır. Sor -

Sadece sorunu çözerek huzur mu bulacağım, tatmin mi olacağım, güçlenecek miyim ya da tatmin mi olacağım?

Yoksa, nasıl elde edeceğimi bilmesem bile, ötesinde bir şey tarafından mı yönlendirilirim?

Kendimize ilişkin algılarımızı değiştirmenin ötesine bakarsak, etrafımızdaki dünyaya ilişkin algımızı da değiştirmiş oluruz.

Kalıpları kırmanın ötesine bakın, böylece daha güçlendirici varoluş kalıpları yaratırız.

Kendimizi dönüşüm sürecine adadığımız an, dönüşümümüz başlar.

İç sesimiz, düşüncelerimiz, duygularımız, tutumumuz uyum içinde olduğu anda dönüşüm çoktan başlamıştır.

Seçtiğimiz şeyi sadece kararlılığımız ve ısrarımızla başarabiliriz, ancak 'harekete geçmek' planlanabilir, yol boyunca tuzaklardan kaçınılabilir.

Eylemler sadece alınabilir. Eylemleri planlamak, biz planı eyleme geçirene kadar işe yaramayacaktır.

Eylem felcine girmekten kaçınmak isteriz. Farkında ve kabullenmiş olabiliriz, ancak 'eyleme geçerken' kaybolmak istemeyiz. Büyük bir kararla karşı karşıya olduğumuzda harekete geçmek özellikle zor görünebilir. Bir miktar planlama, hazırlık ve müzakere önemli olsa da, gerçek şu ki, küçük de olsa harekete geçmek, bizi büyük kararlara doğru ilerletmek için bileşik bir etkiye sahip olacaktır.

Bazen gerçek şudur ki 'tamam' demek 'mükemmel' demekten daha iyidir.

Tonlarca bilgi ile donatılmış olabiliriz. En iyi becerilere, en olumlu tutumlara ve en güçlü inançlara sahip olabiliriz. Ancak doğru zamanı bekler ve sadece plan yapmaya devam edersek, bundan hiçbir şey çıkmayacaktır. Eylem tüm başarıların temelidir. Her eylem başarı getirmeyebilir ama aynı zamanda eylem olmadan hiçbir başarı mümkün değildir.

Hedefler hayata anlam ve amaç kazandırır. Hedefler kendi kendini gerçekleştirmez. Bir eylem planımızın olması gerekir. Ve eylem planlarına göre hareket edilmesi gerekir. Koçluk yapılabilir ve eğitilebiliriz, ancak başarı için oyunun oynanması gerekir.

Eylem Planı

Bir hedefi düşünmek ve onu gerçekten uygulamak iki farklı şeydir. Eylem planı, bir görevi tamamlamak için gerçekleştirmemiz gereken her şeyi ayrıntılarıyla anlatan bir listedir. Eylem planları, bu hedefleri nasıl gerçeğe dönüştürdüğümüzdür.

"Ne "yi Belirleyin

İçsel bir çalkalama yapın. Farkında olun ve kabul edin. Düşün. Beyin fırtınası yapın. Daha önce belirlenen hedefler üzerinde düşünün. Daha önce ulaşılan ve ulaşılamayan hedefleri düşünün. Örüntüyü tanımlayın.

Başarılı olduğumuz hedeflerin bir amacı vardı. Başaramadığımız hedeflerin ise yoktu. Bu en önemli adımdır. Gerçekte ne istiyoruz?

30 saniyeden kısa bir süre içinde, şu anda hayattaki en önemli üç hedefinizi hızlıca yazın. Yazmayı başardığımız üç hedef muhtemelen hayatta ne istediğimizin doğru bir resmidir. Bir hedefi yazdığımızda, sanki onu bilinçaltımıza programlıyor ve hayal ettiğimizden daha fazlasını başarmamızı sağlayacak bir dizi zihinsel gücü harekete geçiriyoruz.

Hedefimize ulaşmamızla uyumlu insanları ve koşulları hayatımıza çekmeye başlayacağız.

Neyimizi anladığımızda, bizi tatmin olmuş hissettiren şeyleri ifade edebilecek ve doğal olarak en iyi olduğumuz zamanlardaki davranışlarımızı neyin yönlendirdiğini daha iyi anlayabileceğiz. Bunu yapabildiğimizde, ileride yapacağımız her şey için bir referans noktamız olacaktır.

Bu da daha iyi karar vermemizi ve daha net seçimler yapmamızı sağlar.

Hedefi Açıklayın

Zihnimiz iyi bir alandır. Ancak çok fazla dağınıklığa sahiptir. Hedefi zihninizden çıkarın ve bir kağıda yazın. Günlük tutun. İlan edin. Hedefimizi fiziksel olarak yazdığımızda, onu ilan ettiğimizde, beynin mantıksal tarafı olan sol tarafına erişmiş oluruz. Bu, beynimize bağlılığımızı bildirir.

SMART Bir Hedef Belirleyin

SMART hedefimiz gerçekçi ve ulaşılabilir olmalıdır. Aksi takdirde, bizi tekrar tekrar başarısızlıklara ve tükenmişliklere sürükleyecektir. SMART bir hedef belirleyerek, eylemlerimizi etkili kılmak için ihtiyaç duyacağımız adımlar, görevler ve araçlar konusunda beyin fırtınası yapmaya başlayabiliriz.

Specific	Neyi başarmak istediğimiz konusunda belirli fikirlere sahip olmamız gerekir. Başlamak için "W" sorularını yanıtlayın: kim, ne, nerede, ne zaman ve neden.
Measurable	İlerlememizi ölçmek için her aşamada hedefin ne kadarını gerçekleştirdiğimizi bilebileceğimiz bir yönteme sahip olmamız gerekir.
Attainable	Hedefimiz ulaşılabilir olmalıdır. Hedefe ulaşmak için gereken araçları, becerileri ve adımları ve bunlara nasıl ulaşacağınızı düşünün.
Relevant	Hedef bizim için neden önemli? Hayatımızla örtüşüyor mu? Bu sorular gerçek hedefi ve bu hedefin peşinden gitmeye değer olup olmadığını belirlememize yardımcı olabilir.
Time-bound	İster günlük, ister haftalık ya da aylık bir hedef olsun, son tarihler bizi bir an önce harekete geçmeye motive edebilir.

Her Seferinde Bir Adım Atın

Bir yolculuğa çıktığımızda, başlangıç noktasından varış noktasına gitmek için bir harita kullanırız. Aynı fikir bir eylem planına da uygulanabilir. Bir harita gibi, eylem planımızın da hedefimize nasıl ulaşacağımıza dair adım

adım talimatlar içermesi gerekir. Başka bir deyişle, bunlar gitmemiz gereken yere ulaşmamıza yardımcı olan mini hedeflerdir.

Bu çok fazla planlama gibi görünebilir, ancak eylem planımızın 'daha ulaşılabilir' ve daha yönetilebilir görünmesini sağlar. En önemlisi, her aşamada yapmamız gereken belirli eylemleri belirlememize yardımcı olur.

Görevleri Önceliklendirin

	ACİL	ACİL DEĞİL
ÖNEMLİ	Çeyrek 1 Acil ve Önemli 'Kriz' Yap - Kısa vadeli hedefler	Çeyrek 2 Acil Değil, Ama Önemli 'Hedefler ve Planlama' Planı - Uzun vadeli hedefler
ÖNEMLİ DEĞİL	Çeyrek 3 Acil, ancak önemli değil 'Kesintiler' Delege Etme/Geciktirme - Zaman kaybetmeyin	Çeyrek 4 Acil ve önemli değil 'Dikkat Dağınıklığı' Ortadan kaldırmak

Eisenhower matrisini kullanmadan önce, neyin acil ve neyin önemli olduğu konusunda netleşmemiz gerekir. Bu da algılarımızı ve kalıplarımızı anlamaktan, ne olduğumuzun ve ne olmayı seçtiğimizin farkında olmaktan geçer.

Acil ve önemli görevler konusunda netleştikten sonra, bir sonraki öncelik zamanımızın çoğunu 2. kadranda geçirmeyi hedeflemektir. Bunu yapmanın en iyi yolu nedir? İddialı olmayı ve 3. kadrandaki görevlere "hayır" demeyi öğrenin. Çeyrek 4 görevlerini, tercihen sonlara doğru geri itin.

Ve en önemlisi, 2. çeyrekte mümkün olduğunca çok zaman geçirmek. Uzun vadeli vizyonumuzla uyumlu olan önemli şeyleri yapmak. Çok acil hale gelmeden önce elimizden gelenin en iyisini yapmak!

Görevleri Zamanlama

Bir sonraki adım bir son tarih belirlemektir.

Hedefimiz için bir son tarih belirlemek şarttır; eylem planımızın başlangıcını geciktirmemezi önler. Önemli olan gerçekçi olmaktır. Oluşturulan her eylem adımı için bir başlangıç ve bitiş tarihinin yanı sıra belirli görevleri ne zaman tamamlayacağımıza dair bir zaman çizelgesi belirleyin. Bunları programımıza eklemek, gerçekleşmeleri gerektiğinde bu görevlere odaklanmamızı ve başka hiçbir şeyin dikkatimizi dağıtmasına izin vermememezi sağlar.

Büyük bir hedef söz konusuysa, bir dizi alt teslim tarihi belirleyin. Nihai hedef direğini kilometre taşlarına ayırın.

Peki ya hedefimize son teslim tarihine kadar ulaşamazsak? Başka bir son tarih belirleyin.

Unutmayın, bir son tarih, ona ne zaman ulaşacağımıza dair bir tahmindir.

Hedefimize çok önceden ulaşabiliriz veya beklediğimizden çok daha uzun sürebilir, ancak yola çıkmadan önce bir hedef zamanımız olmalıdır.

Bir son tarih, bilinçaltımızda hedefimize zamanında ulaşmamız için bir 'itme sistemi' görevi görür.

Gittikçe öğeleri kontrol edin

Listeler sadece hedeflerimizi gerçeğe dönüştürmemize yardımcı olmakla kalmaz, aynı zamanda eylem planımızı düzenli tutar ve ilerlememizi takip etmemize yardımcı olur. Listeler yapı sağlar, kaygıyı azaltır. Eylem planımızdaki bir görevin üstünü çizdiğimizde beynimiz dopamin salgılar. Bu ödül kendimizi iyi hissetmemizi sağlar.

Gözden Geçir Sıfırla İyileştir Yeniden Başlat Yeniden Çalıştır

Hedefe ulaşma adımları döngüseldir. Hedeflerimize ulaşırsak, süreç yeni bir hedefle yeniden başlar. Engeller varsa, bir gözden geçirme veya sıfırlama ya da iyileştirme yapılmalıdır, böylece süreç yeniden başlar. Hedeflerimize dakikalar içinde ulaşabileceğimiz gibi, bu süre yıllara da uzayabilir.

Hedefimize ulaşmak bir süreçtir. Bu süreç zaman alır. Aksilikler, barikatlar, nüksler, yenilgiler ve tükenmişlik yaşayabiliriz. Hayal kırıklığına uğramak ve pes etmek yerine, nasıl ilerlediğimizi görmek için sık sık gözden geçirmeler planlayın. Yolculuğumuzun başında doğru yolda olup olmadığımızı bilemeyebiliriz. Eğer istediğimiz gibi değilse, eylem planımızı değiştirmemiz gerekebilir. Yeniden çalışın.

Yaşam Hedefleri

Yaşam hedefleri, ulaşmak istediğimiz şeylerdir ve 'hayatta kalmak için başarmamız gerekenlerden' çok daha anlamlıdırlar. Günlük rutinlerin veya kısa vadeli hedeflerin aksine, uzun vadede davranışlarımızı yönlendirirler. Değerlerimiz açısından ne deneyimlemek istediğimizi belirlememize yardımcı olurlar. Kişisel hedefler oldukları için de pek çok farklı biçim alabilirler. Ancak bize bir yön duygusu verirler ve mutluluk ve esenlik için - mümkün olan en iyi yaşamlarımız için - çabalarken bizi sorumlu kılarlar.

Çoğumuzun hayalleri vardır. Bizi neyin mutlu ettiğini, neyi denemek istediğimizi biliriz ve bunu nasıl yapacağımıza dair belli belirsiz bir fikrimiz olabilir. Ancak net hedefler belirlemek, hayal kurmanın ötesinde çeşitli şekillerde faydalı olabilir.

Hedefler belirlemek davranışlarımızı netleştirebilir

Hedef belirleme eylemi ve bu hedefleri oluştururken sarf ettiğimiz düşünce, dikkatimizi isteklerimizin neden, nasıl ve ne olduğuna yöneltir. Bu nedenle, bize odaklanacak bir şey verirler ve motivasyonumuzu olumlu yönde etkilerler.

Hedefler geri bildirime olanak sağlar

Nerede olmak istediğimizi bilirsek, şu anda nerede olduğumuzu değerlendirebilir ve esasen ilerlememizin bir haritasını çıkarabiliriz. Bu geri bildirim davranışlarımızı buna göre ayarlamamıza yardımcı olur. Hedefler, geri bildirime izin vererek davranışlarımızı hizalamamıza veya yeniden hizalamamıza olanak tanır ve bizi yolumuzda tutar.

Hedef belirlemek mutluluğu teşvik edebilir

Hedeflerimiz değerlerimize dayandığında anlamlı olurlar. Anlam, amaç ve 'daha büyük' bir şey için çabalamak mutluluğun temel unsurudur. Olumlu duygular, ilişkiler, bağlılık ve başarı ile birlikte, 'İyi Yaşam' olarak anladığımız şeyi oluşturur. Yaşam hedefleri günlük işlerin dışında bir şeyi temsil eder. Seçimlerimizin gerçek amaçlarının peşinden gitmemizi ve oraya ulaştığımızda başarı hissinin tadını çıkarmamızı sağlarlar. Elimizden gelenin en iyisini yapmak için çabalamak bile bazen mutluluğa yol açabilir.

Bizi güçlü yönlerimizi kullanmaya teşvik ederler

Bizim için en çok neyin önemli olduğunu düşündüğümüzde, tutkularımızın yanı sıra içimizdeki güçlü yönlerimizle de daha uyumlu hale gelebiliriz. Kendimiz için bir rota çizmek bir şeydir, ancak oraya ulaşmak için güçlü yönlerimizi kullanmak bir dizi başka fayda sağlar. Güçlü yönlerimizi bilmek ve bunlardan yararlanmak özgüvenimizi artırabilir ve hatta sağlık ve yaşam memnuniyeti duygularını teşvik edebilir. Hedeflerimize ulaşmak için bunları kullanmak, dolayısıyla ne olduklarını keşfetmek bile sağlığımız için iyi bir şey olabilir.

Sadece yap!

Hayat aslında çok basit ama biz onu karmaşık hale getirmekte ısrar ediyoruz.

Bazen, yeterince derin düşünürsek, düşünceler sadece bir parmak şıklatarak eyleme dönüştürülebilir. Şu anda. Sadece düşüncelerimizdeki doğru değişimle. Plana gerek yoktur. Planlar beynin yapması ve uygulaması içindir. Planlar harekete geçmeyi kolaylaştırır.

İhtiyaç duyulan tek plan farkındalık ve kabullenmedir.

Bir plana ihtiyacımız var mı?

Nefes almak, nefesimizi düzenlemek, Pranayama yapmak

Kendimizi olduğumuz gibi kabul etmek ve dünyayı olduğu gibi kabul etmek

Şimdiki zamanda kalmak, dikkatli olmak

Kendini ve başkalarını sevmek ve sevilmek, kendine ve başkalarına saygı duymak ve saygı görmek

Kendini ve başkalarını affetmek

Bırakmak için

Yeniden büyümeye başlamak için

Sadece yapın!

[Başka her şey için eylem planlarını ve hedefleri tanımlayın!]

"Mutlu bir hayat yaşamak istiyorsanız, bunu bir hedefe bağlayın, insanlara veya nesnelere değil."

— Albert Einstein

"Başarılarınızın yüksekliğinin tek sınırı hayallerinize ulaşmanız ve onlar için çalışmaya istekli olmanızdır."

— Michelle Obama

"Bazı şeyleri yapmak - rekabet etmek için fantastik bir kahraman olmanıza gerek yok. Zorlu hedeflere ulaşmak için yeterince motive olmuş sıradan bir adam olabilirsiniz."

— Edmund Hillary

"Elinizdeki imkanlarla mümkün olan her şeyi yaparak kendinizi bir an önce özgürleştirmeye başlayın; bu ruhla ilerledikçe daha fazlasını yapabilmeniz için yol açılacaktır."

"*Eğer beklerseniz, olan tek şey yaşlanmanızdır.*"

"*Harekete geçmeden önce tüm cevaplara ihtiyacımız yoktur ve aslında hiçbir zaman da olmayacaktır... Genellikle harekete geçerek bazılarını keşfedebiliriz.*"

"*Vizyonun ardından girişim gelmelidir. Basamaklara bakmak yeterli değildir - merdivenlerden yukarı çıkmalıyız.*"

Oyuncu - Gözlemci - Yönetmen - Yapımcı

"Gün ışığı. Güneşin doğuşunu beklemeliyim. Yeni bir hayat düşünmeliyim. Ve pes etmemeliyim. Şafak söktüğünde, bu gece de bir anı olacak. Ve yeni bir gün başlayacak."

Anupam Kher, Senin Hakkında En İyi Şey Sensin! "Oyunculuk, hayali koşullar altında doğru davranmaktır."

"Rüya bilincinde... bir şeyleri dileyerek gerçekleştiririz çünkü biz sadece neyin gözlemcisi değiliz deneyimliyoruz ama aynı zamanda yaratıcıyız."

"Gözlemleyin ve bu gözlemde ne 'gözlemleyen' ne de 'gözlemlenen' vardır - sadece gözlem gerçekleşir."

— Jiddu Krishnamurti

Aktör, bir eylem veya sürecin katılımcısıdır. İcracı veya Yapıcı.

Gözlemci, bir şeyi izleyen veya fark eden kişidir. Performansın Gözlemcisi.

Yönetmen, bir faaliyetten sorumlu olan kişidir. Gözlemcinin Rehberi.

Bir film ortamında oyuncu, kamera önünde performans sergileyen kişidir. Oyuncu, performans sergilerken kendisine verilen rolü oynayan kişidir. Performans beklentilere uygun olabilir ya da olmayabilir. Oyuncu nasıl değerlendirir?

Oyuncu şimdi çekimini veya performansını gözlemlemek için kameranın arkasına geçer. Ancak performansının gözlemcisi olduğunda, sahnede üzerinde çalışılması gereken incelikleri anlayabilecektir. Rolü fazla ya da az oynamış olabilir ya da reflekslerin zamanlaması biraz erken ya da geç olmuş ya da sahneye uygun olmamıştır. Oyuncu eylemlerinin bir gözlemcisi olmadıkça, performansın mükemmelliği için gerekli olan ince nüanslar üzerinde çalışamayacaktır.

Böylece, oyuncu başka bir çekim için gider! Tekrar kameranın önüne gelir ve tekrar çekim yapar. Bilinçli olarak, gözlemlediği nüanslar zihninde tazedir. Böylece, performansını sergilerken, kusurlu olduğunu gözlemlediği şeyi odağa getirir ve çekime devam eder.

Gözlemlemek için tekrar kameranın arkasına geçer. Hataları odağa getirirken, sahnenin ihtiyacı pahasına bunları düzeltmek için aşırı stres yaptığını fark eder. Kusurları ve bunların nasıl düzeltileceğini gözlemledikten sonra yeniden çekime gider.

Ve tekrar tekrar çekildiğinde, oyuncu-gözlemci kendi çekiminin yönetmeni olur! Tekrarlanan performanslara aldırmayan oyuncu, ancak sahneden istediği şeyi elde ettikten sonra tatmin olur. Oyuncu artık kendi kendini yönlendirme aşamasındadır. Bu mükemmelliğe tek bir çekimle ulaşılamayabilir ve bu tatmin duygusuna ulaşmak için tutarlı, ısrarlı, düzenli ve adanmış çabalar gerekir.

Ancak içindeki yönetmen uyandığında, başarılı bir çekimin yapımcısı olmak için eylemlerinin gözlemi ona rehberlik edecektir.

Çok filmsel! Ama film yapmak hayatlarımızın bir yansıması değil mi!

William Shakespeare'in 'As You Like It' adlı pastoral komedisinden bir monolog olan 'All the world's a stage' (Tüm dünya bir sahnedir), Perde II Sahne VII Satır 139'da melankolik Jaques tarafından söylenmiştir. Konuşma dünyayı bir sahneye, hayatı da bir oyuna benzetmekte ve bazen insanın yedi çağı olarak da adlandırılan, bir insanın hayatının yedi aşamasını sıralamaktadır.

Tüm dünya bir sahne,

Ve tüm erkekler ve kadınlar sadece oyunculardır;

Çıkışları ve girişleri vardır;

Ve bir adam zamanında birçok rol oynar,

Onun eylemleri yedi yaşındadır.

Bizler insanız. Hayatı yaşıyoruz. Hayatımızın her anı eylem halinde bir sahnedir. Bizler yapanlarız. Yaptığımız işi her zaman seviyor muyuz? Tatmin oluyor muyuz? Bazen mutlu, bazen üzgün hissediyor muyuz? Hayatımızı 'olmayı' deneyimlemekten ziyade dileyerek ve isteyerek yaşıyoruz. Hayatlarımıza dönüp baktığımızda pişmanlık duyuyoruz. Keşke daha farklı, daha iyi bir şey olsaydı diye hayıflanırız. Hepimiz diliyoruz – Bir kez daha büyümek istiyorum!

İnsanların %99'u aktör olma aşamasında kalıyor. Onlar sadece yaşam yolculuklarındaki rollerini oynuyorlar, sadece hayatlarını kazanmaya çalışıyorlar ve çok azı da varlıklarını sürdürmeye çalışıyor.

Sadece %1'imiz gözlemci, yani eylemlerimizin gözlemcisi olma aşamasına geçiyoruz. Ve evet, keskin ve önyargısız bir gözlemci olmak. İçimize bakmak için kendimizden çıkmamız gerekir. Nerede olduğumuzun ve yaşamımızda hangi yöne bakmamız gerektiğinin farkında olmamız gerekir. Farkındalığı kabullenmenin takip etmesi gerekir. Farkındalık ve kabullenme nihayetinde eyleme yol açar.

Sadece gözlem ve eylem bize hayatta istediğimizi vermeyebilir.

Çünkü başarısızlıklar olacaktır.

Roma bir günde inşa edilmedi! ... ne demişler. Deneyin, deneyin, başarana kadar deneyin!

Sürekli bir yapma - gözlemleme - yapma süreci içinde olmamız gerekir - gözlemlemek - yapmak - gözlemlemek - ta ki yapmak istediğimiz şekilde yapana kadar. Şaşırtıcı bir şekilde, birçoğumuz çok fazla öz yansıtma ve gözlem yaparız ancak umudumuzu, yönümüzü ve enerjimizi kaybederiz. Yeni bir kalıp oluşturmak ve eskisini kırmak, yeni bir sinir yolu oluşturmak için tutarlılık ve sebat gerekir. İşte o zaman hayatımıza yön verebileceğiz. Hayatımızın her aşamasında kendimizi yönlendirebildiğimiz zaman, tatmin edici bir yaşamın üreticisi olabileceğiz!

Hawthorne etkisi, bireylerin gözlemlendiklerine dair farkındalıklarına yanıt olarak davranışlarının bir yönünü değiştirdikleri bir tür tepkisellik anlamına gelir.

Biz gözlemciyiz ve gözlemlenen de biziz.

Hayatta kendi "varsayılan ayarlarımızı" oluşturduk, değiştirmek isteyebileceğimiz ama bir şeylerin bizi engellediği ayarlar. Varsayılan ayar, benimsenen önceden seçilmiş bir seçenektir. Bir ayar olarak varsayılan otomatiktir. Varsayılan kalıplar, düşünmeden gerçekleştirdiğimiz eylemlerdir. Bunlar alışkanlıklarımız, rutinlerimiz ve takıntılarımızdır. Günlük eylemlerimizin çoğu varsayılanlarımız tarafından kontrol edilir. Bunlar üretkenliğimize yardımcı olan ya da zarar veren güçlü araçlardır. Gerçek şu ki, hayatımızı değiştirmek ve daha üretken olmak istiyorsak, öncelikle varsayılan kalıplarımızı değiştirmemiz gerekir.

Peki hangi varsayılanlar üretkenliğimize zarar veriyor? Bunları gerçekten üretken, sağlıklı ve uzun vadeli bir şekilde nasıl ele alabilir ve değiştirebiliriz?

Güvenimizi kırdığı için sadece varlığıyla, sözleriyle veya eylemleriyle içimizde öfke uyandıran bir kişiyi düşünün. Ne yaparız? Öfkeleniriz.

Öfkemiz yüzümüze yansır, sesimizin tonunda hissedilir, beden dilimizde görülür ve konuşmamızda patlak verir. Öfkelenmeye karar vermeyiz; bu sadece olur. Otomatiktir ve bizim kontrolümüzde değildir. Ve bu tetikleyici kişi her önümüze çıktığında, mantıklı zihnimiz bulanıklaşır ve öfkeleniriz... tekrar ve tekrar.

Şimdi öfkemizi gözlemlemek için içimize bakmayı seçiyoruz. Tetiklenen bireye ilişkin algımızı ve dolayısıyla öfke tepkimizi değiştirmeyi seçiyoruz.

Bu kişi etrafındaki herkeste öfke uyandırmaz. Onu seven birileri olmalı! Tepkiyi tetikleyen şey mi belirler? Tetikleyici tetikleyicidir çünkü öfkeyle tepki vermeyi biz seçtik. Tepkimiz üzüntü, incinme ya da gözyaşı olabilirdi. İçinde bulunduğu durumdan dolayı o kişiye acıyabilirdik. Ya da onun varlığını görmezden gelebilirdik. Ya da egomuzu bir kenara bırakıp daha soğukkanlı ve olumlu davranarak şefkatli olmayı seçebiliriz.

Ancak bizim varsayılan modelimiz öfkedir. Öfke bizim varsayılan ayarımız haline gelmiştir. Şimdi bu ayarı şefkatli olacak şekilde değiştirmeyi seçiyoruz.

Bir dahaki sefere, onun varlığıyla birlikte, varsayılan ayarımız yine öfkeyi tetikleyecektir. Ama artık farkındayız. Yine de öfkeleneceğiz. Ancak, artık öfkelendiğimizi anladığımız kabullenme aşamasındayız. Ancak yüzümüzde, ses tonumuzda, beden dilimizde ve konuşmamızda bazı değişiklikler olacaktır. Farkında ve kabullenmiş.

Bir dahaki sefere yine onun varlığıyla, daha iyi kontrol sahibiyizdir. Tepkimizin süresi ve yoğunluğu daha iyidir. Yine sinirlendik ama daha hızlı sakinleştik. Yine farkında ve kabullenmiştik.

Ve bu böyle devam ediyor, tekrar tekrar çekiliyor, her seferinde onun varlığı daha iyi ve daha sakin bir tepki, bizim seçtiğimiz bir tepki, güçlendirilmiş ve tatmin edici bir tepki ortaya çıkarıyor.

Nihayetinde, tutarlı ve ısrarcı olduktan sonra, farkındalık ve kabulle ve eylem üstüne eylemle, varsayılan ayarlarımız olan düşünmeden öfkelenmeyi değiştirerek herkese karşı daha şefkatli oluruz. Artık onun varlığında iyiyizdir, gülümseriz, kendimizi güçlü hissederiz. Tetikleyici 'tetikleyiciliğini' kaybetmiştir!!!

Arzu ettiğimiz her türlü değişim, hedeflerimizi, stratejilerimizi ve davranışlarımızı ayarlamak için sürekli öğrenmeyi ve öğrendiklerimizi ustalıkla uygulamayı gerektirir. Ancak yapmamız gereken en önemli öğrenme, kendi deneyimlerimizden öğrenmeyi içerir. Bu, diğer insanların bize söyleyebileceklerini özümsemekle ilgili olanlardan tamamen farklı bir dizi beceri gerektirir.

Eski Yunanlılar bunun için bir kelime kullanmışlardır: Praksis.

Praksis dört aşamalı bir süreçtir:

- Eylemlerimizi ve etkilerini gözlemlemek.
- Gözlemlediklerimizi analiz etmek.
- Bir eylem planı stratejisi oluşturmak.
- Harekete geçmek.

Daha sonra yeni eylemlerimizin etkilerini gözlemleyerek en baştan tekrar başlarız. Praksis sürecindeki bu dört aşamanın her birinin temel öğrenme becerisi vardır.

Gözlem aşamasında, temel beceriler öz farkındalık ve öz izlemedir. Odağımızı iç faktörlere kaydırmak, gerekli değişiklikleri yapmak için ihtiyaç duyduğumuz bilgileri elde etmenin tek yoludur.

Analiz aşamasında, temel beceri kendimiz ve davranışlarımız hakkında eleştirel düşünmektir. Bu, kendimize karşı belirli bir tutum benimsememizi gerektirir; bu tutum, bir bilim adamının yürüttüğü deneye karşı takındığı tutuma benzer. Bu tutum, önceden var olan varsayımlarımızı doğrulamak için görmek istediklerimizi değil, orada ne varsa onu görmeye istekli olmamız anlamında açık olmalıdır. Ve yargılayıcı olmamalıdır. Amaç, yüzeyin altında neler olup bittiğini bulmaktır.

Strateji aşamasında temel beceri yaratıcı düşünmedir. Bir şeyin değişmesi gerektiğine karar verirsek, ne tür bir değişikliğin işe yarayacağını belirlemenin en etkili yolu, değişiklikleri yaptıktan sonra işlerin nasıl olacağını hayal etmektir. Bulunduğumuz yerden hayal ettiğimiz bu yeni yere ulaşmak için atmamız gereken belirli adımları bulmak için oradan geriye doğru çalışın.

Eylem aşamasında, temel beceri süreç düşüncesidir. Gerçekleşmesi gereken değişikliğe karar vermek, bu değişikliği başarılı bir şekilde yapmakla aynı şey değildir. Bunu başarmak için gereken ekstra çabayı nasıl göstereceğimizi bilmek, rahatsızlıkların üstesinden gelmek için gereken motivasyon ve azmi bulmak için biraz daha derine inmek ve gerekirse öncelikleri ve değerleri değiştirmek gerekebilir. Süreç düşüncesi, aktörlükten gözlemciliğe ve yönetmenliğe geçmekle ilgilidir. Kendi kendimizin en iyi motivatörü, koçu, amigosu ve hayranı olmaktır.

Değişimin Aşamaları ve Döngüsü

Transtheoretical veya Stages of Change Modeli ilk olarak sigarayı bırakma araştırmalarından elde edilen sonuçlara dayanmaktadır. Sigarayı kendi başlarına bırakan bireylerle görüşülmüştür. Sonuçlar, sigarayı bırakmanın birkaç deneme gerektirdiğini ve bunların altı değişim aşamasından geçtiğini göstermiştir. Daha ileri araştırmalar, bir davranış değişikliğine girişen hemen herkesin bu aşamalardan geçeceğini göstermiştir.

Algıyı değiştirmeye ve kalıbı kırmaya karar veren herhangi birimiz, değişim için çalışırken eylem, nüksetme ve düşünme aşamaları arasında gidip gelecektir. Bir gerileme yaşandığında, bunun farkında olmalı ve değişim sürecinin bir parçası olarak kabul etmeli ve bunu büyük bir deney içinde bir öğrenme fırsatı olarak değerlendirmeliyiz. Bu, esnekliği ve öz şefkati teşvik ederek sorun çözmeyi ve eylem aşamasına daha hızlı geri dönmeyi kolaylaştırır.

Değişim aşamaları şunlardır:

1. Düşünme öncesi - Değiştirilmesi gereken bir sorun olduğunu henüz kabul etmemek.

2. Düşünme - Bir sorun olduğunu kabul etme ancak henüz bir değişiklik yapma isteğine hazır olmama.

3. Hazırlık / Kararlılık - Değişime hazırlanmak.

4. Eylem/İrade Gücü - Algıyı değiştirmek ve kalıbı kırmak.

5. Bakım - Değişimin sürdürülmesi.

6. Nüks - Eski varsayılan ayarlara geri dönme ve yeni değişiklikleri terk etme.

Birinci Aşama: Ön Düşünce

Bu aşamada insanlar değişim hakkında ciddi düşünmezler ve herhangi bir yardımla ilgilenmezler. Mevcut kalıplarını savunurlar ve bunun bir sorun olduğunu hissetmezler. Bu bir inkar aşamasıdır. Precontemplators dirençli veya motivasyonsuz olarak nitelendirilir ve bilgi veya tartışmadan kaçınma eğilimindedir.

İkinci Aşama: Tefekkür

Bu aşamada insanlar algılarının ve kalıplarının mevcut durumunun kişisel sonuçlarının daha fazla farkındadır. Değişim olasılığını düşünseler de, bu konuda kararsız olma eğilimindedirler. Değişimin olumlu ve olumsuz yönlerini düşünürler ancak uzun vadede ortaya çıkabilecek faydalardan şüphe duyabilirler. Düşünme aşamasını atlatmak birkaç hafta kadar kısa ya da bir ömür kadar uzun sürebilir. Düşünen, düşünen, düşünen ve belki de ölen insanlar bu aşamayı asla geçemezler. Ancak yardım ve destek almaya daha açık olabilirler. Düşünenler genellikle erteleyici olarak görülür.

Üçüncü Aşama: Hazırlık/Belirleme

Bu aşamada insanlar bir değişiklik yapmaya karar vermişlerdir. Şimdi küçük adımlar atıyorlar. Artık internette geziniyor, insanlarla konuşuyor ve bu değişikliği yapmak için neye ihtiyaç duyacakları hakkında bilgi toplamak için bunun gibi kendi kendine yardım kitaplarını okuyorlar. Çoğu zaman insanlar heyecanla bu aşamayı atlar ve doğrudan düşünme aşamasından eyleme geçerler. Ancak başarısız olurlar çünkü bu değişikliği yapmak için nelerin gerekli olduğunu yeterince kabullenmemişlerdir. Bu aşama istikrarlı bir aşamadan ziyade bir geçiş aşaması olarak görülür.

Dördüncü Aşama: Eylem/İrade Gücü

Bu, insanların algılarını ve kalıplarını değiştirebileceklerine inandıkları ve değişim için adımlar atmaya aktif olarak dahil oldukları aşamadır. İnsanların eylemde geçirdikleri süre değişir. Genellikle aylar sürer, ancak bir saat kadar kısa da olabilir! İnsanlar iradelerine güvenir ve samimi ve içten çabalar gösterirler, ancak nüksetme açısından en büyük risk altındadırlar. Planlar geliştirirler. Motivasyonlarını sürdürmek için kısa vadeli ödüller kullanabilir ve değişim çabalarını özgüvenlerini artıracak şekilde analiz edebilirler. Bu aşamadaki kişiler aynı zamanda yardım almaya açık olma eğilimindedir ve başkalarından destek arama olasılıkları da yüksektir.

Beşinci Aşama: Bakım

Sürdürme, daha önceki varsayılan kalıplara dönme eğiliminden başarıyla kaçınabilmeyi içerir. Sürdürme aşamasının amacı yeni statükoyu korumaktır. Bu aşamadaki kişiler kendilerine ne kadar ilerleme kaydettiklerini hatırlatma eğilimindedir. Yaşamlarının kurallarını sürekli olarak yeniden formüle ederler ve yaşamın nüksetmesiyle başa çıkmak için yeni beceriler edinirler. Kendilerini engelleyen durumları önceden tahmin edebilir ve başa çıkma stratejilerini önceden hazırlayabilirler. Kendilerine karşı sabırlıdırlar ve eski kalıpları bırakıp yenilerini uygulamanın genellikle biraz zaman aldığının farkındadırlar. Günaha karşı direnir ve yollarından sapmazlar. Bir gün içinde bile değişimin birkaç farklı aşamasından geçebiliriz. Gerilemek, bir aşamaya ulaştıktan sonra bir önceki aşamaya geri dönmek normal ve doğaldır. Bu, algıları değiştirmenin ve kalıpları kırmanın normal bir parçasıdır.

Altıncı Aşama: Nüks

Daha önceki varsayılan ayarlarımıza geri dönebilir ve döngüye yeniden girebiliriz. Herhangi bir aşamada takılıp kalabiliriz.

Nüksetmenin hayati önem taşıdığının farkında olmak ve kabul etmek, bunu yönetmek için bir yaklaşıma sahip olmaya yardımcı olur. Şunu sorun:

Bu gerilemeden ne öğrendim?

Tekrar harekete geçmek için ne yapmam gerekiyor?

Değişim için çalışırken kendime nasıl davranmak istiyorum?

Nüksetme tetikleyicisini değerlendirmek ve değişim motivasyonunu yeniden değerlendirmek önemlidir. Ve değişimi gerçekleştirene kadar değişim döngüsünü tekrarlayabiliriz.

"Pratik yapmak bir oyuncuyu mükemmelleştirir. Bisiklete binmek ve motor kullanmak gibi. Öğrenilebilen ve pratik yapılabilen bir sanattır."

— Anupam Kher

"Oyunculuk yaptığınız bir şey değildir. Yapmak yerine, ortaya çıkar."

"Oyunculuk kendini ifade etmenin bir biçimidir, başka biri olmak değildir ve rol yapmak da değildir; başka biri olma kurgusunu kendinle ilgili bir şeyi ifade etmek için kullanmaktır."

"Bildiğimiz evren, gözlemcinin ve gözlemlenenin ortak bir ürünüdür."

"Bizler doğamız gereği gözlemciyiz ve dolayısıyla öğreniciyiz. Bu bizim daimi durumumuzdur."

— Ralph Waldo Emerson

"Kendi bedeninizin ve onun hareketlerinin farkına vardığınızda, bedeniniz olmadığınıza şaşıracaksınız. Bu temel bir ilkedir; bir şeyi izleyebiliyorsanız, o şey siz değilsinizdir. İzleyen sizsiniz, izlenen değil. Siz gözlemcisiniz, gözlemlenen değil. Nasıl her ikisi birden olabilirsiniz?"

— Rajneesh

Farkındalık: Bir Nefeste Yaşam

"Anın içinde mutlu olun, bu yeterli. İhtiyacımız olan tek şey her an, daha fazlası değil."

— Mother Teresa

"Dikkatinizi içinizdeki duyguya odaklayın. Bunun ağrı-beden olduğunu bilin. Orada olduğunu kabul edin. Bunun hakkında düşünmeyin - hissin düşünceye dönüşmesine izin vermeyin. Yargılamayın ya da analiz etmeyin. Bundan kendinize bir kimlik yaratmayın. Mevcut kalın ve içinizde olup bitenlerin gözlemcisi olmaya devam edin. Sadece duygusal acının değil, aynı zamanda 'gözlemleyen kişinin', sessiz gözlemcinin de farkında olun. Bu Şimdi'nin gücüdür, bilinçli varlığınızın gücüdür. Sonra ne olduğunu görün."

— Eckhart Tolle

"Anın içinde olun. Nokta. Sadece orada olun.

Çünkü "Şu büyük şeyi yapmalıyım." derseniz

Asla işe yaramaz. İşe yaramaz. Sadece bırakmalısın.

Olursa olur. Olmazsa, olmaz. Ne yaparsanız yapın, sadece doğru, dürüst ve gerçek olun, tek isteyebileceğiniz budur."

— Robert De Niro

"Farkındalık, şimdiki anda, yargılamadan, kasıtlı olarak dikkat ederek ortaya çıkan farkındalıktır ...

aklımızda ne olduğunu bilmekle ilgilidir."

— Jon Kabat-Zinn

Mindfulness Nedir

Farkındalık şimdiki anda yaşamaktır. Her anın bilinçli olarak daha farkında ve uyanık olmak ve çevremizde olup bitenlere kabullenerek ve yargılamadan bağlanmaktır.

Sakinlik hissi yaratma niyetiyle bedenimizin, zihnimizin ve şimdiki anda hissettiklerimizin farkında olma pratiğidir.

Kişinin deneyiminin yargılamadan an be an farkında olmasıdır.

Yani, Farkındalık

- Farkındalık
- Dikkatinizi verin
- Kasıtlı olarak, bir amaç doğrultusunda
- Şimdiki Zaman
- Yargılamadan

Dolayısıyla, niyetimiz ve dikkatimiz tam farkındalıkla şimdide olduğunda, deneyimi iyi ya da kötü, doğru ya da yanlış, olması gereken ya da olmaması gereken olarak yargılamadan, ortaya çıkan durum geçmişin toksisitesinden ve geleceğin beklentisinden arınmış olur.

Farkındalık Şimdi'nin Güçlendirilmesidir!

Yaşıyoruz çünkü nefes alıyoruz.

Hava aldığımızda buna İlham denir. Nefesimizle ilham veririz.

Havayı dışarı verdiğimizde buna Tükenme denir. Nefesimizin bitimiyle sona ereriz.

Tüm hayatımız bir nefesten ibarettir.

Her nefesle ilham veririz ve her nefesle sona ereriz.

Basit bir ifadeyle, Farkındalık nefesimizin ve dolayısıyla hayatımızın Güçlendirilmesidir!

Şimdiki zamanın ne kadarındayız?

Bu anı geçmişe kafa yorarak veya bilinmeyen gelecekten korkarak geçirirsek, şimdiki zamana yer ve zaman bırakmamış oluruz. Zihnin dolaşmasına izin vermek çok insanidir, kendimizle, şimdiki zamanımızla bağlantımızı kaybederiz ve kendimizi geçmiş veya gelecek meselelerine kaptırırız. Şu anda ne olduğu yerine daha önce ne olduğu ya da henüz ne olmadığı konusunda takıntılı hale geliriz. Bu nedenle, Farkındalık bizi 'şimdi' içinde bulunduğumuz duruma sabitleyecek en iyi araçtır.

Farkındalık, 'algıları değiştirmek ve kalıpları kırmak' için yapılması gereken en basit araçtır.

Farkındalık, tamamen mevcut olma, nerede olduğumuzun ve ne yaptığımızın farkında olma ve etrafımızda olup bitenlerden bunalmama yönündeki insani bir nitelik ve yetenektir.

Farkındalığın Üç Yönü

Niyet – Niyetimiz, farkındalık pratiğinden elde etmeyi umduğumuz şeydir. Stresi azaltmak, duygusal dengeyi sağlamak veya varsayılan algı ve kalıp ayarlarımızı değiştirmek ya da sadece daha sağlıklı hissetmek isteyebiliriz. Niyetimizin gücü bizi düzenli olarak farkındalık pratiği yapmaya motive etmeye yardımcı olur ve farkındalık bilincimizin kalitesini şekillendirir.

Dikkat – Farkındalık, içsel veya dışsal deneyimlerimize dikkat etmek, basitçe ortaya çıktıklarında düşünceleri, duyguları ve hisleri gözlemlemekle ilgilidir.

Tutum – Farkındalık; merak, kabullenme, nezaket ve en önemlisi yargılayıcı olmama gibi belirli tutumlara dikkat etmeyi içerir.

Farkındalığı Anlamak

Farkındalık hepimizin sahip olduğu bir niteliktir; sadece ona nasıl erişeceğimizi öğrenmemiz gerekir. Farkındalıklı olduğumuzda stresi azaltır, performansımızı artırır, zihnimizi gözlemleyerek içgörü ve farkındalık kazanır ve başkalarının iyiliğine olan dikkatimizi artırırız. Anlaşılması zor değildir ve çağlardır uygulanmaktadır.

Farkındalık uygulamalarının fayda sağladığı bilimsel olarak gösterilmiştir. Kanıta dayalıdır. Mindfulness'a inanmak zorunda değiliz. Hem bilim hem de deneyimler sağlığımız, mutluluğumuz, işimiz ve ilişkilerimiz için olumlu faydalarını göstermektedir. Bunu herkes yapabilir.

Farkındalık uygulaması evrensel insani nitelikleri geliştirir ve kimsenin inançlarını değiştirmesini gerektirmez. Herkes faydalanabilir ve öğrenmesi kolaydır. Bir uygulamadan çok daha fazlasıdır. Yaptığımız her şeye farkındalık ve özen getirir ve gereksiz stresi azaltır. Bu bir yaşam biçimidir.

Dinamiktir. 'Tam burada, tam şimdi' üzerine bilinçli bir dikkattir. Kendimizi belirli bir şekilde dikkat etmek üzere eğitmekle ilgilidir. Farkındalıklı olduğumuzda, biz (1) şu ana odaklanırız, (2) geçmişte olan veya gelecekte olabilecek hiçbir şeyi düşünmemeye çalışırız, (3) çevremizde olup bitenlere bilinçli olarak konsantre oluruz, (4) fark ettiğimiz hiçbir şey hakkında yargılayıcı olmamaya veya olayları 'iyi' veya 'kötü' olarak etiketlememeye çalışırız.

Farkındalık sadece bir şey duyduğumuzu, bir şey gördüğümüzü bilmek veya hatta belirli bir duyguya sahip olduğumuzu gözlemlemek değildir. Bunu denge ve soğukkanlılıkla ve yargılamadan yapmakla ilgilidir. Farkındalık, içgörü için alan yaratacak şekilde dikkat etme pratiğidir.

Farkındalık bize bedenimizde, duygularımızda, zihnimizde ve dünyada neler olup bittiğini gösterir.

Farkındalık, şimdiki deneyimin farkında ve dengeli bir şekilde kabul edilmesidir. Hoş ya da nahoş, şimdiki anı olduğu gibi, ona tutunmadan ya da onu reddetmeden kabul etmek ya da ona açılmaktır.

Farkındalık şimdiki ana dönmek anlamına gelir.

Farkındalıkla ilgili yaygın bir yanlış kanı, bunun şimdiki anda kalmak anlamına geldiğidir.

Ancak gerçek şu ki, hiç kimsenin zihni şimdiki anda kalmaz. Ancak geri dönüş üzerinde kontrolümüz vardır. Zihnimizi her zaman şimdiki ana geri döndürebilir, nefesimize veya şimdiki anda bulunabilecek duyularımıza geri döndürebiliriz.

Farkındalık Pratiği

Geçmişin geçmiş olmasının bir sebebi var.

Kalması gereken yer orası.

Ama eğer gitmesine izin vermezsen

Geçmişiniz geleceğinizi yiyip bitirecek!

Ta ki bugünün hikayesi

Bir zamanlar olduğun kişi

Kasvet, pişmanlık, öfke, suçluluk

Ah, keşke 'bulanıklığı' görebilseydiniz!

Olanları değiştiremezsiniz

Ne kadar uğraşırsan uğraş

Ne kadar düşünürsen düşün

Ne kadar ağlarsan ağla!

Şu anda ne olursa olsun

Gerçek... nefesinizin kontrol edebileceği

Bu Nefeste hayatınızı dolu dolu yaşayın

Bütünleşmiş ahenkli bir Bütün hissedeceksiniz!

Çünkü geçmişin geçmiş olmasının bir nedeni vardır

Öyleydi ve şimdi yok.

O yüzden bunu düzeltmenin yollarını düşünmeyi bırak.

Bitti, değiştirilemez, devam et.

Olumsuzluklara kapılmayın İçinizde huzurlu olun ve 'yaşamaya' başlayın

Algıyı Değiştirin, Kalıpları Kırın

Hayatınız yepyeni bir anlam kazanacak!

Bunlar nereden başlayacağımıza dair önerilerdir. Bir kez akışa girdiğimizde, her an farkındalık pratiği yapabiliriz.

Dikkatli Nefes Alma

Farkındalıklı Nefes Yaptığımız işi durdurun ve bir nefes alın. Nefesimizin hissini fark etmek için bir dakikanızı ayırın. Pranayama yapın. Nefesin içeri girdiğini hissedin ve dışarı çıkıyor. Bunu mümkün olan her zaman yapın. Bu tek nefese odaklanmak bizi gün boyunca daha sakin tutacaktır. Dikkatli nefes almak, biraz stresli veya sinirli hissetmeye başladığımız zamanlar için harika bir uygulama olabilir.

Dikkatli Uyanma

Günümüzün ilk anlarına farkındalık getirmek için bir niyet belirlemek, gelecek saatler için tonu ayarlamanın nazik bir yoludur. Şunlara dikkat edin: Kendimizi uyanık mı yoksa yorgun mu hissediyoruz? Kaslarımız gergin mi? Her hareketin verdiği hissi fark ederek kollarınızı ve sırtınızı yavaşça gerin. Gözlerinizi açtığınız anda aklınızdan hangi düşüncenin geçtiğini fark etmeye çalışın.

Dikkatli Yemek

Her yemek yediğimizde kendimize ana geri dönmeyi hatırlatmak, farkındalığı günümüze dahil etmenin harika bir yoludur ve vücudumuza hangi gıdayı koyduğumuz konusunda daha bilinçli olmamıza yardımcı olacaktır. Şunlara dikkat edin - tat, doku, koku. Her bir lokmada her zaman fark edilecek çok şey vardır. Çikolatanın tadını çıkarın ve meyvenin tadını çıkarın. Küçük ısırıklar alın ve yavaşça çiğneyin.

Dikkatli Temizlik

Bulaşık yıkamak, yerleri süpürmek veya çamaşır yıkamak gibi günlük işler, farkındalığı günlük hayata taşımak için ideal bir fırsattır. Eller ne yapıyorsa ona dikkat edin; suyun dokunuşunu ve sıcaklığını, ovma hareketini fark edin; farklı kumaşları hissedin. Süpürürken kolların hareketini fark edin.

Dikkatli Duş Alma

En iyi fikirlerimizin duşta aklımıza geldiği söylense de, yıkanmak aynı zamanda günün büyük bir bölümünü dolduran durmak bilmeyen düşünce akışından uzaklaşmak için de bir zaman olabilir. Suyun verdiği hisse dikkat edin. Suyun sıcaklığına ve her bir damlanın cilde temas ettiğinde nasıl hissettirdiğine ve sabunun cilde sürtünürken nasıl hissettirdiğine dikkat edin.

Dikkatli Yürüyüş

İster işe ya da eve uzun bir yürüyüş, ister ev içinde kısa bir yürüyüş olsun, her adım dikkatli olma şansını beraberinde getirir. Dikkatinizi şunlara verin - ayaklar ve bacaklar. Her bir ayağın yere değerken, yuvarlanırken ve sonra tekrar itilirken nasıl hissettiğine dikkat edin. İleriye doğru hareket ederken her bir bacağın bükülmesini, baldır ve uyluk kaslarının gerilmesini hissedin. Yüzünüzdeki rüzgarı hissedin.

Dikkatli Dinleme

Başka bir kişiyi dinlerken genellikle bedenen oradayızdır ama tam olarak orada değilizdir. Çoğu zaman onları dinlemeye odaklanmayız; zihnimizdeki gevezeliğe kapılırız. Söylediklerini yargılar, zihinsel olarak katılır veya katılmayız ya da bir sonraki adımda ne söylemek istediğimizi düşünürüz. Etrafımızdaki insanlarla gerçekten birlikte olmak, evde ve işte ilişkilerimizi geliştirmenin ve derinleştirmenin en iyi yollarından biridir. Konuştuğumuz kişinin sadece sözlerine değil, onunla ilgili her şeye dikkat edin. Dinleyin ama aynı zamanda beden dillerini de gözlemleyin. Karşınızdaki kişi cümlesini bitirmeden önce bir sonraki adımda ne söyleyeceğinizi düşünmeye başlama dürtüsüne direnin. Sadece dinleyin.

Dikkatli Bekleme

Bekleme zamanımıza farkındalık katmak, bir iç çekişi bir gülümsemeye dönüştürebilir. İlk düşünceye ve tüm deneyime dikkat edin. Kızgınlık veya öfke hissini hissedin. Her küçük hareketi fark edin.

Dikkatli Hareketler

Hareket ederek farkındalık pratiği yapmanın birçok yolu vardır ve bunu istediğimiz kadar aktif hale getirebiliriz. Koşmak, dans etmek veya egzersiz yapmak farkındalık pratiğimiz olabilir. Alternatif olarak, pratiğimiz merdivenlerden yukarı çıkarken ayaklarımızın yerdeki hissine dikkat etmek kadar basit olabilir. Çimlerin üzerinde çıplak ayakla yürüyün ve bu hissin tadını çıkarın. Önemli olan dikkatimizi neye odakladığımız değil, farkındalığımızı tek bir şey üzerinde tutarak sürekli pratik yapmak için zaman ayırmamız ve ortaya çıkan şeyi fark etmemizdir.

Bir dakikalık farkındalık

Gün boyunca kısa 'farkındalık dakikaları' uygulayabiliriz. Bu süre zarfında görevimiz dikkatimizi başka hiçbir şeye değil nefesimize odaklamaktır. Gözlerimiz açık ya da kapalı olarak pratik yapabiliriz. Bu süre zarfında nefesimizle bağlantımızı kaybeder ve düşünceler içinde kaybolursak, sadece düşünceyi bırakın ve dikkatinizi nazikçe nefese geri getirin. Dikkatimizi ihtiyacımız olduğu kadar çok geri getirin.

Zihni izleyin

Kendini gözlemleme yoluyla, farkındalık otomatik olarak hayatımıza akar. Farkındalıklı olmadığımızı fark ettiğimiz anda farkındalıklı oluruz! Artık zihnin akıntısına kapılmak yerine onu izliyoruz. Düşünceleri izlediğimiz her an farkındalık içindeyizdir. Anahtar şudur: Düşüncelerinize inanmayın. Onları o kadar da ciddiye almayın. Onları izleyin, sorgulayın. Bu şekilde, düşünceler ve koşullanmış, tepkisel yaşam ve düşünme biçimleri üzerimizdeki etkilerini kaybederler. Artık onları oynamak zorunda kalmayız.

Bu şekilde, her küçük eylem kutsal bir ritüel haline gelir. Bizi anla, kendimizle, alanımızla ve hatta etrafımızdaki dünyayla uyum içinde tutar, hepsi uyum içinde işler. 'Yaparken', sadece her anı için tüm dikkatimizle orada olalım. Hayat bir yapılacaklar listesi değildir. Keyfini çıkarmak içindir!

İlişkilerde Farkındalık Pratiği Yapın

Farkındalık, ilişkilerimizde ve kişilerarası durumlarda duygularımız hakkında birbirimizle etkili bir şekilde iletişim kurmamıza yardımcı olmada rol oynar.

Daha fazla dikkat edin - duygularımızın daha fazla farkına vararak ve içgüdüsel olarak tepki vermeyerek ve başkalarının söylediklerine daha fazla dikkat ederek.

Daha fazla kabullenme pratiği yapın - özellikle de bir çatışmanın içindeyken. Direnmek yerine daha kabullenici olmak, başkalarından olumlu ve üretken bir yanıt alma şansımızı artırmamıza yardımcı olur.

Başkalarını takdir etmek - ilişkilerde daha derin bağlar kurulmasını sağlar.

Kendimizin olduğumuz gibi olmasına ve başkalarının da aynısını yapmasına izin verin. Bu, daha fazla kendini ifade etmeyi teşvik eder.

Mindfulness bedenimiz ve zihnimiz için nasıl faydalıdır

1. Geliştirilmiş çalışma belleği.
2. Anksiyeteyi azaltır.
3. Stresi Azaltır.
4. Duygusal dengeyi geliştirir.
5. Daha iyi ağrı yönetimi.
6. Olumsuz düşünceleri daha kolay uzak tutar.
7. Zihin alanımızı boşaltır.
8. Daha iyi dinlememize, başkalarını daha çok takdir etmemize ve iş yerinde iyi geçinmemize yardımcı olur.
9. Tepki vermek yerine yanıt vermemize yardımcı olur.

10 Uykuyu İyileştirir.

Geçmiş bizi rahatsız etmeye devam ediyor. Suçluluk ve pişmanlık. Olabilirdi

ve yapmadım. Yetiştirilme tarzını suçlamak ve kendini suçlamak.

Gelecek bizi endişelendirmeye devam ediyor. Yapabilecek miyim? Ne yapacağım?

Nasıl yapacağım?

Hem geçmiş hem de gelecek şimdiki zamanımızı yiyip bitiriyor. Farkındalık bizi şimdinin içine sokar.

Şimdiki zamanda olmak, akıldan çıkmayan geçmişe ve endişe verici geleceğe izin vermez.

Ne kadar farkındalıklı olursak, geçmişi ve geleceği o kadar uzak tutarız.

Dolayısıyla farkındalık, algıyı değiştirmenin ve kalıpları kırmanın en basit yoludur!

"Olana teslim ol. Olanı bırak. Olacak olana inanın."

"Hayatta başımıza gelen olayları her zaman değiştiremeyiz, ancak onlara nasıl tepki vereceğimizi seçebiliriz."

"Düşüncelerinizin ötesine bakın, böylece Bu An'ın saf nektarını içebilirsiniz."
— Rumi

"Günümüzün koşuşturması içinde hepimiz çok fazla düşünüyor, çok fazla arıyor, çok fazla istiyor ve sadece var olmanın keyfini unutuyoruz."
— Eckhart Tolle

"Dikkatinizi görülen nesneden ziyade görme deneyimine verin ve kendinizi her yerde bulacaksınız."

Algıyı Değiştirdi ve Kalıpları Yıktı

Bu, genç bir yetişkinin gerçek yaşam öyküsü... Onun öyküsü, onun sözleri, onun algıları ve kalıpları... Onun dönüşümünün öyküsü.
Benim Hikayem

Merhaba, ben ...

Ben hepimizin 'çocuk olmak için çok yaşlı ve yeterince yaşlı olmak için çok genç' olarak bildiği biriyim. Evet, doğru tahmin ettiniz, ben herkesin hayatının o evresindeyim 'Yetişkin Hayatına Giren Genç'.

Bunun yanı sıra, kendimi tıp fakültesi son sınıf öğrencisi olarak tanımlıyorum ve bana kalan ömrüm boyunca yetecek bir sürü hikâyem ve hayat dersim var. Yaklaşık bir yıl sonra büyük ve cesur profesyonel dünyaya girmek üzereyken, hayat bana çok önemli bir ders vermeye karar verdi ve nasıl! İzin verin sizi de benimle birlikte bu yolculuğa çıkarayım.

Çocukken, hayatımın erken dönemlerinde başlayan bir cilt hastalığım vardı. Başlangıçta beni çok rahatsız etmiyordu, ancak zamanla işler hem fiziksel hem de duygusal olarak daha da kötüleşti. Hastalık yayıldı, cildimin görünümü değişti ve insanların benimle ilgili görüşleri ve algıları da değişti. Sevgi ve şefkatten sempati ve biraz da acımaya dönüştü. Bu durum bazen öyle bir boyuta ulaştı ki bana dokunulmaz biri gibi davranıldı. Küçük çocuğumun kalbi incinmişti. Kendimi suçlamaya başladım. Bunun benim hatam olduğunu, bana farklı davranılması için bir hata yaptığımı düşündüm. Normal olmayı, herkes gibi olmayı, dahil edilmeyi arzuluyordum. Ama artık kendime güvenmiyordum, sanki kendim olamıyormuşum gibi hissediyordum, daha doğrusu artık kim olduğumu bilmiyordum.

O sıralarda derslerimde başarılı olmaya başladım ve sihirli bir değnek değmiş gibi herkesin bana karşı tutumu değişti.

Artık 'acınan kız' ya da 'çirkin tenli kız' değildim. Tüm bu ilgi, takdir, adrenalin patlaması... gerçek bir yüksek gibiydi. O yüksek adrenalinle yaşadım. Kendimi her seferinde o pozisyonda olmayı hedef olarak belirledim ve tüm bunlar sadece o birkaç dakikalık dikkat içindi. Kendim için ölçütler ve hedefler belirledim. Bunun %0,1 bile altında kalan hiçbir şey benim için kabul edilemezdi, bu sadece başarısızlıktı. Kendime o kadar çok baskı uyguluyordum ki sanki canlı bir düdüklü tencerenin içinde yaşıyormuşum gibi hissediyordum. Bana ait olmayan ama alışkın olduğum bir şeyin arkasından koşuyordum. Bunu kendime 'kalıp' yapmıştım. Kendimle ilgili algım o kadar zarar görmüştü ki, sadece hastalığımın ve akademisyenliğimin beni ben yaptığına ve bunlar olmadan var olmadığıma inanmaya başlamıştım.

Tüm bunlar okul yıllarım boyunca, hatta ortaokulda bile devam etti. Parlak bir öğrenci olarak büyüdüm ama özsaygım çok düşüktü, kendime güvenim çok azdı ve kendimle ilgili neredeyse hiçbir fikrim yoktu. Kolayca kaynaşamadığım için çok az arkadaşım vardı. Kendimi incinmekten korumak için kendimi dünyadan soyutlamıştım. Ama 'dahil olmak' için can atıyordum. Biz Y kuşağının 'FOMO - Fear Of Missing Out' dediği durumdan muzdariptim. Buna bir de 'parlak' bir hayata sahip olmanın getirdiği akran baskısı eklenince, sefil bir hayatın mükemmel karışımı ortaya çıktı. Kendimi, toplumun beni nasıl gördüğüne göre değerlendirdiğimi çok az biliyordum.

Tıp fakültesine girdiğimde mücadele etmeye devam ettim. Kendime güvenmemi ve sesimi duyurmamı gerektiriyordu ve ben bunun temellerinden yoksundum. Üniversiteye gitmekten korkuyor, emin olduğumu düşündüğüm tek şey olan 'doktor olma seçimimi' ikinci kez sorguluyordum. Bunun sonucunda ilk sınavımda bir aksilik yaşadım. Ve bunu iyi karşılamadım. Bundan sonra kıyamet koptu. Öyle bir moda girdim ki 'Ben tam bir başarısızım, hiçbir işe yaramıyorum'.

"Hayatında asla bir şey başaramayacaksın. Hiçbir şey yapamayacaksın."

Sahip olduğum düşünceler bunlardı, 'kaybeden' olarak etiketlenmekten korkuyordum. Akademisyenliğim elimden alındığı için sanki varlığım sona ermiş gibi hissediyordum. Hedeflerimi insanların görüşlerine göre belirlemem ve başarısızlıklarımı onların değil benim görüşlerimden görmem ne kadar da komikti. Çünkü öyle yapsaydım, hiç umursamadıklarını fark ederdim! Bir sonraki olayda bunu hatırlamadılar bile.

Bu benim her zamanki alışkanlığımdı. Hedefler ve amaçlar belirleyin ve biraz hata yapsam bile kendinize inanmayı bırakın. Geçmişteki tüm başarı ve kazanımlarımı dikkate bile almazdım. Bir aksilik, kendimi kim olarak gördüğüme dair yeni tanımımdı. Her şeyi tek bir perspektiften gören, kısıtlı vizyona sahip bir ata dönüşmüştüm. Dürüst olmak gerekirse, başarılarımdan zevk bile almıyordum çünkü bir sonraki dakika başarısız olmaktan korkuyordum ve onları düşünmek bile baskı ve şüphe anılarını geri getiriyordu.

Sonra kendimi tamamen kitaplara verme döngüsü başladı. Yapmam gereken... daha doğrusu... geri dönmem, tekrar ortaya çıkmam gerekiyordu. Kendimi yeniden tanımlamam gerekiyordu.

Yavaş yavaş işler yokuş yukarı gitmeye başladı, güvenimi kazanmayı öğreniyordum. Düşüncelerimi ve zihnin gücünü öğrenmeye başlamıştım. Dürüst yaşamayı öğrenmeye başlıyordum ve sonra... BAM!

Hayat bana acımasız bir şaka yapmaya karar verdi. Hastalandım ve hayatımı değiştirecek bir hastalık, nadir görülen bir bozukluk teşhisi kondu. Öğrendiğim anı hala hatırlıyorum, uyuşmuştum, şok olmuştum. Ne söyleyeceğimi, ne hissedeceğimi bilmiyordum. Sadece nefes alıyordum ama yaşamıyordum. Kanatlarımı açmayı, büyümeyi öğreniyordum ve her şey kökünden söküldü. Bu benim için dünyanın sonu anlamına geliyordu.

Bunun ardından ağlama ve suçlama dalgası geldi. "Neden ben?" "Hayat bana yeterince acımasız davranmamış mıydı?" "Neden tüm evren her zaman bana karşıydı?" "Ben sadece şanssız olanım ve mutlu olmayı hak etmiyorum" "Bunu kendim yaratmış olmalıyım" Gün boyunca aklımdan geçen düşünceler bunlardı. Aynı anda hem kızgın, hem üzgün, hem kederli, hem de korkuyordum. Hayatımda diğer her şey geri planda kaldı ve sadece bunun etrafında dönmeye başladım. İnsanlarla tanışmaktan korkuyordum çünkü kendimi onların gözlüklerinden görüyordum. Kendimi sadece bununla özdeşleştirdiğim eski algıma geri döndüm. Bu benim 'modelim' idi.

Ancak bir noktadan sonra kendime hiç de iyi gelmediğimi fark ettim. Tüm bu olumsuz düşünce süreci, olumsuz imajım beni sadece geride tutuyordu. Kötü geçmişim yüzünden gelecekten o kadar korkuyordum ki, şimdiki zamanımda orada değildim.

İşte o zaman, günün sonunda en önemli olanın ben olduğuma ve her şeyin ancak kendimi tüm iyi ve kusurlarımla birlikte kabul ettiğimde tersine döneceğine karar verdim.

Kime bir şey kanıtlıyordum ki?

Nihayetinde her şey benim algımdı ve önemli olan tek şey benim görüşlerim ve kendimi nasıl gördüğümdü.

'Algımı değiştirmeli ve kalıplarımı kırmalıydım'.

'Şu anda iyi olmadığımı... ancak yakında oraya ulaşmam için kendime yardım edeceğimi' kabul etmem gerekiyordu.

Ben sorunlarımın çok daha ötesindeyim ve akademisyenlerimin de çok daha üstündeyim.

"Evet, olumsuz bir şey oldu ve bununla başa çıkmam gerekiyor, inkâr ederek kaçmamalıyım" diye kabul etmeyi öğrendim.

Suçlamak ve eleştirmek, işlerin neden böyle olduğunu bulmaya çalışmak işe yaramayacak ... ama kesinlikle yardımcı olacak olan şey, bunu olduğu gibi kabul etmek ve ileriye dönük eylemlerimi planlamaktır.

Her nüksettiğimde ayağa kalkmak çok ama çok zorlaştı. Dünya hiç umut olmayan karanlık bir yer gibi görünüyordu. Güne başlamak ya da herhangi bir şey yapmak için motivasyonum yoktu. Evimde bir sebze gibiydim, öylece yatıyordum. Görünüşe göre hiçbir amacım yoktu. Hayatın anlamından yoksundum. Tüm bunlardan kurtulmak kolay değildi. Ve her seferinde daha da kötüye gidiyor, sanki tüm imkanlarımı ve yeteneklerimi tüketmiş gibi görünüyordum. Bunun benim için bir kader olmadığını ya da bu iş için biçilmiş kaftan olmadığımı hissediyordum. Yapabileceğim başka bir şey yoktu. Sonum gelmiş gibi görünüyordu!

Umut yok, Kapsam yok!

Ama sonunda bu düşünceler beni kendime kızdırdı. "Ben ne yapıyordum?" diye düşünmeye başladım. Planlarımı gerçekleştirememekten nefret ediyordum ve şimdi bunu isteyerek yapıyordum. "Geriye dönüp baktığımda aptallık ettiğimi, olgunlaşmadığımı ve sorumsuz davrandığımı fark ettim. Bir süre yas tutmak sorun değil ama buna tutunmak ve bunu yaptıklarımı haklı çıkarmak için bir neden olarak kullanmak yanlıştı ve bunun artık değişmesi gerekiyor!

Algılarımın ve kalıplarımın farkına varmaya başladım. Farkında oldum ve kabullenmeye başladım.

Şu anda tamamen iyi olduğumu söyleyemem. Aksine bundan çok uzağım. Birçok engeli ve birçok zayıf anı olan zorlu bir yol olacak.

Ama bunun benim başlangıcım olduğunu biliyorum.

Bu benim hayatımın dönüm noktası olacak çünkü bunu ben seçtim. Bunu zor yoldan öğrendim ama beni ben yapan şey bu! Kendimi yeniden keşfetmeye ve tutkularımı yeniden yaşamaya başladım. Yemek pişirmek, resim yapmak, okumak gibi bana zevk veren şeyler yapmaya başladım. Ama hepsinden önemlisi. Tekrar yazmaya başladım, şiir yazmak benim yaratıcı çıkış noktam oldu, duygusal günlüğüm oldu ve tesellim oldu. Kendimi mutlu ve memnun görürsem, gökyüzünün benim sınırım olacağını, daha doğrusu sınır olmadığını fark ettim!

Keşke bunu daha önce öğrenmiş olsaydım. Keşke Bir kez daha büyüyebilirim. Ama hala çok geç değil. Binlerce motivasyon konuşması ve alıntı okuyabilir ve ilham almaya çalışabilirsiniz ama ödünç alınan bu ilham, içinizden "Sen Yap" diyen bir ses gelene kadar sürmeyecektir.

Yoluma karar verdim ve hayatıma yön vermeye karar verdim.

Başladığım bu yolculuk ancak kendime dair algımı değiştirmeye karar verdiğimde gerçekleşti. Hayatın her aşaması zorluklar getirir ve sizi farklı şekillerde test eder. Sabrınızı ve kendinize olan güveninizi sınar. Her zorluk karşısında yaptığınız gibi kendinizden şüphe etmeye başlayabilirsiniz. Ancak bir zorluk, siz onu öyle algıladığınız sürece zorlayıcı olmaya devam eder.

Kendime dair algım hastalığım ve sınavda gösterdiğim performans etrafında dönüyordu. Değişim ancak kendimi bunun ötesinde görmeye karar verdiğimde gerçekleşti. Ben her yeni anda kendimin yeni bir versiyonuyum, sürekli değişiyorum ve gelişiyorum ve bu benim için mükemmel.

Bu kabullenme, şüphe, özeleştiri ve kendimi baskı altına alma isteğimden kurtulmak için ihtiyaç duyduğum gücü, kuvveti getirdi. Döngüm ancak kendimle ilgili belirli bir algım olduğunu ve sabit kalıbımda tepki verdiğimi kabul etmek ve onaylamak için o ilk adımı attıktan sonra kırıldı. Bunlar attığım bebek adımları ama bana muazzam bir tatmin veriyor ve gün boyunca nasıl daha farklı davranabilirdim diye düşünerek yatağa gitmiyorum. Aksine gülümseyerek ve ertesi gün için umutla uyuyorum.

Değişim ilk başta zordur. Süreç içinde dağınıktır. Ama sonunda muhteşemdir!

Ve böylece maceram başlıyor, yakında diğer uçta buluşmak dileğiyle!

Algımı değiştirdim ve kalıplarımı kırdım.

Büyüyorum... bir kez daha.

Şimdi sıra sizde.

Ayrılmak

Uzaklara ve yükseklere uçmayı hayal ediyorum

Korkular ve şüpheler bana yalan söyletiyor

Benim zamanım şimdi, yükselmek ve parlamak için

Ağlayıp sızlanmanın bir anlamı yok.

Zincirlerimi nasıl kırdığımı izle

Kendimi kuşkulardan ve acılardan kurtarmak

Kafessiz bir kuş olmayı seçiyorum

İçimdeki ateş şimdi öfkelendi

Yolumda düşüp tökezliyorum

Bu benim uçuşum ve ben gemideyim.

Artık kendimi tutmayacağım

Her şey siyah olduğunda gökkuşağım olacağım

Çünkü ben olmaya karar verdiğim kişiyim

Kimse 'bu ben değilim' diyemez

Bu anlarda kendimi özgür bırakıyorum

Tüm şüphelerimden, korkularımdan arınmak ve 'sadece ben' olmak.

Her şey yolunda!

Her şey yolunda... Kabullenmeye ve evrime adım atıyorum.
Dönüşüm yolculuğuma tanıklık etmeyi seçiyorum.
Her şey yolunda... Hayatımın kurucusu ve yaratıcısı benim.
Kendi gözlemcim ve yönetmenim olmayı seçiyorum.
Her şey yolunda... Ben Evrenimin merkeziyim.
Acı ve ıstırabımın dağılmasına izin vermeyi seçiyorum.
Her şey yolunda... Bırakmaya ve özgürleşmeye istekliyim.
Hayatın bana sunduğu deneyimlere gülümsemeyi seçiyorum
Her şey yolunda... Anı yaşamaya hazırım.
Kendimi keyifle sevmeyi öğrenmeyi seçiyorum.
Her şey yolunda... Hedefimi belirliyorum.
Algımı değiştirmeyi ve ruhumu giymeyi seçiyorum.
Her şey yolunda... Yansımam sayesinde daha güçlü bir insanım.
Kalıplarımı kırmayı ve dönüşümü yaşamayı seçiyorum.
Her şey yolunda... Artık doğru yoldayım.
İyileşmeyi ve yeniden büyümeyi seçiyorum.

Yeni Bir Başlangıç

Büyümek İstiyorum... Bir Kez Daha!

Gerçekten bir kez daha büyümek istiyor muyum?

Hayatım boyunca istedim.

Ama şimdi... Yeniden doğduğumu hissediyorum!

Gerçekten geçmişe gidip her şeyi yoluna koymak istiyor muyum?

Aslında hayır... Şimdi'deyim... ve her şey çok parlak!

Derler ki - Yaşlanmak zorunludur, büyümek ise isteğe bağlıdır.

Ve büyümek benim seçtiğim seçenek. Çünkü dönüşümseldir.

Büyüyorum çünkü artık nasıl büyüdüğümü takdir ediyorum!

Bir kez daha büyüyorum, çünkü hayatımdaki her anın yeni başlangıçların gerçekleştiği o belirleyici an olabileceğine inanıyorum.

Sonları kutlayın, çünkü onlar yeni başlangıçlardan önce gelir.

Gerekli olanı yaparak başlayın; sonra mümkün olanı yapın ve aniden imkansızı yaparsınız.

Arkanızda, tüm anılarınız. Önünüzde, tüm hayalleriniz. Etrafınızda sizi seven herkes. İçinizde, yeni güçlenmiş siz.

Yaşamdaki her an 'gerçekleşiyor' olabilir. Bizi yapmak ya da yıkmak için gerçekleşebilir. Seçim bizimdir. Ve her olay bizi kendimizin farklı bir versiyonuna dönüştürür.

Yeni bir "Ben... versiyon n.0" için hazır olun.

www.ingramcontent.com/pod-product-compliance
Lightning Source LLC
LaVergne TN
LVHW091634070526
838199LV00044B/1063